TUEZ QUI VOUS VOULEZ

DU MÊME AUTEUR

Les Adieux à l'Empire, France-Empire, 2006 ; Babel n° 1323.
Le Détective de Freud, éditions De Borée, 2010.
Casanova et la femme sans visage. Une enquête du commissaire aux morts étranges, Actes Sud, 2012 (grand prix Sang d'encre de la ville de Vienne) ; Babel noir n° 82.
Messe noire. Une enquête du commissaire aux morts étranges, Actes Sud, 2013 (prix *Historia* du roman policier) ; Babel noir n° 105.
Tuez qui vous voulez. Une enquête du commissaire aux morts étranges, Actes Sud, 2014.
Humeur noire à Venise. Une enquête du commissaire aux morts étranges, Actes Sud, 2015.
Entretien avec le diable. Une enquête du commissaire aux morts étranges, Actes Sud, 2016.

ISBN 978-2-330-05870-8

OLIVIER BARDE-CABUÇON

TUEZ QUI VOUS VOULEZ

UNE ENQUÊTE DU COMMISSAIRE
AUX MORTS ÉTRANGES

roman

BABEL NOIR

À Christine et Thibault, Amélie et Ève.

Je suis un luron de l'espèce la plus fantasque du monde, et tout à fait fou, à mes heures, de mascarade et de danses.

SHAKESPEARE

PROLOGUE

LA CONTROVERSE SUR LES FESSES DU MOINE

Malgré le froid de cette veille de Noël, la foule se pressait du Pont-Neuf au Pont-Royal. Sur le premier pont se dressait un insolite temple grec de marbre blanc, bordé de quatre rangées de colonnes doriques, destiné à tirer le feu d'artifice. Des statues de divinités païennes s'élevaient sur sa balustrade, incongrues dans le Paris très catholique de cet hiver 1759.

Splendide en habit de brocart d'or et d'argent agrémenté de diamants, le roi se tenait au Louvre, sur une estrade aménagée en loge. Face à lui, au milieu de la Seine, deux bateaux portaient un salon octogone à huit arcades éclairées par des lanternes à toile transparente et peinte. Au milieu de ce salon des musiciens semblaient figés dans un sommeil maléfique. Soudain, comme touchés par une invisible baguette magique, ils s'animèrent et une musique divine glissa au-dessus des eaux. À ce signal, soixante bateaux, illuminés de centaines de lanternes chinoises, sortirent de sous les arches du Pont-Neuf. Les reflets de l'eau noire renvoyèrent autant d'éclats de lumière si bien qu'un instant, on crut à un incendie.

Le moine se glissa dans la foule bruyante qu'il fendit avec adresse. Les canons de la ville tonnèrent, ceux des Invalides leur répondirent aussitôt. Le roi venait de donner le signal du feu d'artifice.

Le moine gagna une petite ruelle et, après avoir soigneusement regardé autour de lui, ôta sa capuche. Les premières fusées éclataient dans le ciel lorsqu'une ombre apparut derrière lui. Instinctivement, le moine avait levé les yeux vers le ciel embrasé par un feu prodigieux. Gerbes, grenouilleries, dauphins et roues illuminaient la nuit dans une féerie de couleurs. Un instant, le moine se perdit dans la contemplation du spectacle féerique.

Son attention accaparée, il n'entendit pas qu'on marchait derrière lui. L'ombre sembla soudain prendre son envol et courir sur les murs. Le moine sursauta et se retourna, esquissant un dérisoire geste de défense. La lame du couteau le marqua d'une traînée sanglante. Étouffant un cri de douleur, il repoussa son agresseur et se précipita pour sortir de la ruelle et retrouver la sécurité de la foule.

Un bras s'abattit sur lui. Il tomba en avant mais se releva aussitôt. Cette fois, on l'attira en arrière et il vacilla. Une nouvelle fois, le couteau entailla son bras. Il se débattit, cherchant à se libérer de l'emprise de son agresseur. Suffoquant, il réussit à se dégager et donna un coup de pied qui atteignit l'autre dans l'aine. Dans la rue, à une vingtaine de mètres se pressait une foule joyeuse. Il se crut sauvé. C'est alors que la masse d'un corps le percuta violemment, l'assommant à moitié contre le chambranle d'une porte. Il tenta de crier mais le son s'étouffa dans sa gorge en un gargouillis indistinct tandis qu'on l'égorgeait.

Le commissaire aux morts étranges s'avançait en tenant à la main une frêle jeune fille au visage marqué de taches de rousseur. La dominant d'une tête, il portait ses cheveux noirs longs et noués par un ruban de velours et ses yeux bleus et pâles ne quittaient pas sa compagne. Lorsque la foule pressait trop fort, il faisait rempart de son corps pour la protéger. Tous deux tentaient de se rapprocher des bords de Seine pour apercevoir le combat de monstres marins crachant le feu par la gueule. De chaque côté du fleuve, ils pouvaient apercevoir des fontaines de feu qui jaillissaient en grosses gerbes rouges avant de retomber par nappes successives jusque dans l'eau qui en démultipliait l'image.

— Oh, s'écria l'Écureuil, voyez dans le ciel !

Volnay leva la tête pour suivre la direction indiquée par sa compagne. Les fusées éclairaient le ciel comme en plein jour, suivies de feux blanc. Ils s'immobilisèrent, serrés l'un contre l'autre au milieu des exclamations émerveillées. Leurs corps se touchèrent et s'épousèrent gracieusement. Jamais ils n'avaient connu une telle intimité au milieu de tant de monde. Soudain des fusées rouges jaillirent au milieu des feux blancs, gâchant la belle harmonie. Les spectateurs ne pouvaient le savoir mais, mus par un bel esprit de solidarité nationale, les artificiers français s'attachaient à faire échouer les tirs du seul artificier étranger, un Saxon.

— C'est magnifique, murmura la jeune fille extasiée.

Plus raisonnable que sa compagne, le commissaire aux morts étranges la tira en direction d'une ruelle où moins de monde se pressait. Il avait en effet constaté avec anxiété qu'en raison de la densité de la foule, certaines personnes ne touchaient plus terre, portées par la masse compacte, le sang coulant par les oreilles et le nez tellement elles se trouvaient comprimées et broyées par la multitude.

Un peu à l'écart, les deux jeunes gens admirèrent les nappes de feu rouge fusant des arcades situées sous le temple de l'Hymen. L'Écureuil se serra contre Volnay, rassurée par ses bras protecteurs. C'était tout ce dont elle avait besoin pour l'instant : qu'il la serre très fort contre lui. Elle cligna des yeux et laissa échapper une exclamation. Les fusées traçaient une éblouissante pluie d'or et d'argent. Des milliers d'étoiles brillantes montaient dans le ciel, formant une voûte éblouissante. Du Pont-Neuf, on tira alors en une fois trois cents fusées volantes. Ce fut une explosion de bruits et de couleurs et il sembla à tous que d'un coup on effaçait la nuit. La jeune fille chercha les lèvres de Volnay et… ne les trouva point.

L'attention du commissaire aux morts étranges s'était portée sur un attroupement des archers du guet. Il fronça les sourcils, hésitant sur la conduite à adopter. Et puis, son instinct de chasseur fut le plus fort et il entraîna l'Écureuil à sa suite.

— Que se passe-t-il ? demanda-t-elle étonnée.

— Le feu d'artifice est terminé et je voudrais vérifier quelque chose.

— Mais je voudrais voir les bateaux…

— Plus tard, si vous le voulez bien.

Et il la tira de nouveau par la main. L'Écureuil remarqua le changement qui s'était opéré chez son compagnon. Le commissaire aux morts étranges regardait tout autour de lui sans rien fixer précisément mais sans que rien ne lui échappe pour autant. Donnant l'impression d'être perpétuellement aux aguets, il se mouvait avec fluidité à travers la foule, souple et concentré. Instinctivement, les individus louches s'écartaient de lui.

Ils se retrouvèrent bientôt devant la ruelle, barrée par un cordon d'archers du guet. Le commissaire aux morts étranges avisa un archer qu'il connaissait pour les laisser passer jusqu'à leur chef. Celui-ci le regarda avec de grands yeux ronds.

— Vous êtes déjà là ? Comment est-ce possible ? Nous venons juste de découvrir le corps ! Ah, quel grand malheur !

Le sergent du guet mena Volnay jusqu'au corps qui gisait dans une flaque de sang.

— Ah quel malheur ! n'arrêtait-il pas de répéter.

Le commissaire aux morts étranges contempla le cadavre d'un œil sombre puis il soupira et s'agenouilla auprès de lui.

— C'est un gaucher qui lui a ouvert la gorge. Regardez les entailles. La plus profonde se trouve en haut, du côté droit du cou, et l'incision se termine en bas à gauche.

Il sentit un remue-ménage derrière lui et se retourna. Un homme se dirigeait vers lui, le verbe haut. Il portait une perruque à rouleaux en ailes de pigeon qui lui couvraient seulement en partie les oreilles. Son front était haut, son regard impérieux et le teint de son visage rappelait le vieil ivoire.

— Qu'est-ce que ceci ? On tue encore dans ma ville ?

Volnay lui aurait bien répondu qu'on y tuait allègrement tous les jours mais le nouvel arrivant n'était rien moins que Sartine, le lieutenant général de police. Cette fois, ce fut au commissaire aux morts étranges de marquer sa surprise.

— Vous ici ?

— J'étais au spectacle avec le roi au Louvre, je suis venu dès que j'ai su !

Il se fraya un chemin jusqu'aux pieds du cadavre et pâlit en le voyant.

— Quel malheur ! murmura-t-il.

— Il s'est débattu, murmura Volnay. On peut même dire qu'il s'est bien défendu avant de mourir.

S'accroupissant de nouveau près du cadavre, il releva la manche du moine, pleine de sang, découvrant les blessures au bras.

— Il y a eu ici une terrible bagarre. Notre moine n'était pas homme à se laisser tuer sans réagir. Mais malheureusement, il a eu le dessous.

D'un geste sûr, il entrouvrit la bouche du mort. Penché au-dessus de son épaule, Sartine eut une exclamation dégoûtée.

— C'est le troisième qu'on égorge avant de lui arracher la langue...

— C'est exact, fit le commissaire aux morts étranges. Un jeune étudiant, un ancien apprenti et maintenant...

— Un moine ! Votre père devrait faire attention et changer de tenue. Où est-il ?

— Je l'ignore...

Volnay baissa la tête et mentit.

— Je l'ai perdu dans la foule. Je suppose qu'après m'avoir cherché, il va regagner sa demeure.

— Ou boire un verre ou deux, trois peut-être...

— Mon père n'est pas un ivrogne.

— Non mais je le sens d'humeur mélancolique depuis le départ d'Hélène, il y a douze jours.

— À moi, elle ne manque pas ! remarqua tranquillement le commissaire aux morts étranges.

— Je n'en doute pas... je n'en doute pas...

Sartine cligna des yeux et fixa soudain un point avec attention. Volnay suivit son regard et plissa immédiatement les lèvres. Il avait laissé près d'un archer du guet l'Écureuil qui, les bras croisés pour se garder du froid, se balançait d'un pied sur l'autre, l'air indécis.

— Qui est cette jeune personne ? Un témoin ?

— Non, dit rapidement Volnay, elle n'a rien vu. Elle se trouvait avec moi pour assister au spectacle.

— Oh… fit Sartine soudain attentif. Mon commissaire aux morts étrange s'humanise !

Volnay ne répondit rien et serra les dents. Il regrettait d'avoir attiré l'intérêt du lieutenant général de police sur sa compagne. Le regard de celui-ci s'attarda sur cette forme souple et divinement menue.

— Elle est très jeune, murmura Sartine dont les yeux s'éclairèrent d'une lueur égrillarde. À peine seize ans ?

Il contempla songeusement son visage encadré d'une courte chevelure rousse et parsemé de taches de rousseur sur le nez et les pommettes. La vivacité de la jeune fille, ses yeux couleur noisette, deux jolies fossettes et un ravissant menton en pointe lui donnait l'air d'un petit écureuil.

Le commissaire aux morts étranges réprima un mouvement d'humeur. Depuis une semaine, l'Écureuil se réjouissait d'assister au feu d'artifice et voici maintenant qu'elle se trouvait à deux pas du cadavre d'un homme égorgé, reluquée sans vergogne par le lieutenant général de police. Afin d'éloigner celui-ci de sa compagne, Volnay l'entraîna vers l'entrée de la ruelle et tendit le bras en direction de la foule qui s'entassait dans les rues menant aux quais.

— Une chose m'intrigue. Ce moine est venu dans une impasse le soir où l'on tirait un magnifique feu d'artifice, un événement que tout Paris se garderait de manquer. Pourquoi ? Alors qu'à quelques pas de là, il prendrait une rue qui le mènerait en deux minutes à la meilleure place pour assister au spectacle…

Sartine réfléchit.

— Peut-être voulait-il simplement se soulager ou bien habite-t-il cette ruelle ou encore est-il venu chercher quelqu'un de sa connaissance qui y demeure ?

— C'est possible, admit Volnay, aussi va-t-on interroger tous les habitants des lieux une fois qu'ils seront tous revenus du spectacle. Nous en avons pour la nuit…

Il s'interrompit. Un groupe de jeunes gens passait en chantant et dansant. Certains portaient des masques et les filles du groupe prenaient des poses aguicheuses pour faire rougir les bourgeois. Volnay s'étrangla soudain. Au milieu d'eux, gai et exubérant, son père, en tenue de moine, s'égosillait au bras de deux jeunes donzelles qu'il faisait rire aux éclats.

— Mais… balbutia Sartine, on dirait que c'est votre père ! Que fait-il donc ?

De son côté, une partie du groupe s'était aperçue de l'attention qu'on lui portait. Une fille dit quelque chose à ses compagnons. Ils rirent et, se retournant vers Sartine et le guet, le moine releva sa bure et leur montra ses fesses.

Sartine s'étrangla.

— Avez-vous vu ce que faisait votre père ?

— Euh, non…

— Il vient de me montrer son cul !

Une jeune fille tira le moine par le bras. Avec ses boucles brunes balayant son front, son regard pétillant, ses pommettes écartées et son petit menton, elle attirait immanquablement l'attention.

— Ce n'est pas très malin de montrer vos fesses aux archers du guet !

Le moine rit.

— Douce Margot, je les ai dévoilées non pas à un archer du guet mais au lieutenant général de police en personne ! Pour une fois dans sa vie, ce baise-cul de

Sartine aura eu l'occasion de jeter un coup d'œil aux fesses du progrès !

Lafantaisie, un compagnon tailleur de pierre, s'esclaffa et pointa son doigt vers le moine.

— J'adore cet homme ! J'adore cet homme !

Ils rejoignirent leur bande qui continuait son chemin en chantant des chansons paillardes. Hormis le moine, le plus vieux n'avait guère plus de vingt ans. Margot raconta le haut fait du moine au reste de la troupe qui le congratula. En une semaine, il était devenu l'attraction du groupe. Joyeux compagnon pour tous, il payait souvent sa tournée. Avec les filles, il était aimable et respectueux. Surtout, il les régalait d'histoires drôles et d'anecdotes piquantes dont personne ne savait s'il les avait réellement vécues ou s'il les inventait au fur et à mesure. Et puis, quelle drôle d'idée cette tenue de moine, alors qu'il travaillait aux Archives ! C'était du moins sa version de sa vie personnelle.

Dans la rue, ils improvisèrent une ronde endiablée et Margot s'arrangea pour se placer à droite du moine afin qu'il lui prenne la main. Le moine avait beaucoup de prestance. De haute taille, il avait le front haut, des traits fins, un nez aquilin et une mâchoire ferme et bien dessinée, encadrée par une courte barbe bien taillée. Sa belle et noble figure affichait des rides d'expression qui révélaient autant de concentration intellectuelle que d'humour et de fantaisie. Ses yeux noirs très perçants recelaient toujours quelques éclairs de curiosité et d'humanité. Les filles de la bande l'adoraient.

Ensemble, ils atteignirent leur cabaret préféré, L'Oignon, qui se dressait quai de la Mégisserie, encore surnommé quai de la Ferraille.

Les mégissiers, qui préparaient en blanc les peaux de mouton, avaient déserté ces quais de Seine pour gagner la Bièvre. Des marchands de vieille ferraille s'étalaient désormais tout le long du quai mais aussi des marchands de vin, des pourpointiers et des fripiers avec leurs vieilles hardes usagées. On y vendait également des serins, très prisés pour leur couleur et leur chant. Chassés du pont au Change par les orfèvres deux siècles plus tôt, les oiseleurs avaient dû rejoindre ce qu'on appelait à l'époque la vallée de Misère pour y vendre petits oiseaux de chant et de plaisir comme les serins, tarins, fauvettes, rossignols, cailles, linottes, chardonnerets, pinsons, alouettes, sansonnets, merles… À l'époque un texte interdisait même, le printemps et l'été, la chasse des petits oiseaux de chant et de plaisir sur le territoire afin de favoriser leur reproduction.

Autour de l'eau vivait et croissait une population bien particulière de gagne-deniers et de portefaix qui déchargeaient les bateaux. On y croisait également des mariniers, des blanchisseurs, des porteurs d'eau et des ouvriers travaillant aux flots de bois. À la nuit tombée, les prostituées se donnaient à même les quais, contre un mur ou sous un porche. Une foule hétéroclite, gaie mais parfois violente, s'agitait alors sur ces quais froids et venteux. Les multitudes de ruelles surpeuplées et le peuple marginal qui s'ébattait aux bords du fleuve amenaient les archers du guet à éviter soigneusement les parages dans le noir. La salle de L'Oignon était longue et étroite, légèrement voûtée et éclairée par des bougies. De gros poteaux en bois soutenaient des poutres traversières noueuses, aux couleurs de miel de sapin, soutenant elles-mêmes les solives. Les buveurs occupaient des tables disséminées sans ordre le long de la pièce. Près d'un comptoir de bois se tenaient des fumeurs de pipe, la main accrochée à leur chope. Le moine salua de vieilles connaissances et fit ses civilités à la belle maîtresse de maison, Maguelone, qui lui dit :

— Qu'est-ce qui vous amène, mon bon moine ?

— La nostalgie, jeune dame, la nostalgie. À mon âge, c'est tout ce qu'il me reste !

Maguelone eut un aimable sourire.

— Alors ne venez pas la noyer dans la bière car celle-ci pourrait faire du mal à votre brillante cervelle !

— Oh, mademoiselle, plus jeune je craignais pour elle mais aujourd'hui je suis bien certain d'en être dépourvu !

Maguelone se pencha sur lui, dévoilant une intéressante perspective.

— Puis-je m'enquérir de vos souhaits ?

Le moine baissa par réflexe les yeux sur la poitrine offerte à sa vue et les releva vivement.

— Je suis d'humeur légère, un luron de l'espèce la plus fantasque au monde, et tout à fait fou, à mes heures, de mascarade et de danses. Une bière brassée d'excellente qualité fera donc l'affaire !

D'un air enjoué il effectua un pas de danse puis rejoignit la joyeuse compagnie attablée, auprès de Margot qui lui avait réservé un siège à côté d'elle. Une fois assis, il décora de mousse ses lèvres. La jeune fille lui glissa à l'oreille quelques mots. Le trouble de sa voix et ses regards appuyés laissaient deviner quelque tendre inclination pour son voisin. La conversation légère et spirituelle du moine, ses traits d'esprits, son comportement cavalier mais empreint de manières la charmaient. Elle comptait le lui faire savoir sous peu.

Insensible aux cajoleries de Margot, le moine réfléchissait. Tout à l'heure, son attention s'était focalisée sur Sartine sans apercevoir son fils mais plus il réfléchissait et plus la chose lui devenait suspecte. Le lieutenant général de police ne traînait pas pour le plaisir dans une ruelle avec des archers du guet et son fils, le commissaire aux morts étranges, ne devait pas se trouver très loin.

— Hum, dit-il à Margot, je crois que je vais rentrer chez moi. Je me souviens que mon fils doit passer me voir.

— Il vous tarde tant de lui raconter que vous avez montré vos fesses à Sartine ?

— Euh, non. Pas trop en fait…

Margot lui pressa le bras de ses longs doigts maigres et blancs.

— Oh, Guillaume, ne pouvez-vous encore rester ? Nous sommes à peine arrivés et c'est la veille de Noël !

Elle le trouvait beau et adorait ses yeux rieurs, sa voix profonde mais joviale. Conscient de son intérêt pour lui, le moine observa sa voisine de table. Son expression faussement étonnée dissimulait une personnalité plutôt résolue. Son long nez n'était pas sans donner un charme particulier à une figure agréable bien qu'un peu pâlotte. Elle travaillait avec sa mère qui vendait des ouvrages de mode. Il s'interrogea soudain. Pourquoi lanternait-elle avec cette bande de joyeux traîne-savates toujours prêts à chopiner ? Il hocha doucement la tête. Et lui, que cherchait-il à travers cette jeune et exubérante compagnie ?

Comme pour le tirer de ses réflexions, à l'autre bout de la table, Lafantaisie s'écria :

— Aux femmes élancées et fertiles !

Tout le monde leva sa chope et but. Le moine détacha doucement les doigts de la jeune fille de son poignet.

— Chère enfant, il faut vraiment que je parte.

Margot afficha une moue déçue.

— Vous devenez bien sage, tout à coup.

Les yeux du moine étincelèrent.

— La fête des Fous approche. Avec elle, les sages deviennent fous et les fous deviennent sages !

Sartine fulminait. Il n'en revenait pas de ce manque de respect. La vision des fesses du moine le hanterait longtemps ! Son attention fut tout à coup distraite par la vision d'une affiche à hauteur d'hommes, collée sur le mur à l'angle de la ruelle. Le lieutenant général de police se rua dessus, suivi plus calmement par Volnay.

— Vous savez que la fête des Fous a été interdite depuis longtemps ? Trop d'exactions et de scandales. Or, voyez cette affiche !

Sartine l'arracha d'un geste sec pour la brandir.

— On en trouve à tous les coins de rue !

Il lut à haute voix :

— "La fête des Fous aura bien lieu cette année. Dansez et moquez-vous de qui vous voulez !"

— Ce ne sont que des affichettes, tempéra Volnay.

— Vous savez comme moi les limites à la liberté d'afficher, fit Sartine d'un ton pointilleux. Nous ne pouvons tolérer cela !

Il jeta un coup d'œil rapide et marmonna à voix basse :

— Et pourquoi pas, *dansez et tuez qui vous voulez* ! Ce serait de circonstance !

Le commissaire aux morts étranges hocha la tête. Les affiches permettaient la diffusion des actes officiels mais les particuliers pouvaient obtenir la permission de la police d'utiliser les panneaux d'affichage, de sorte qu'un certain nombre d'annonces se trouvaient placardées sur les murs pour vendre des effets personnels, louer une chambre, retrouver un animal égaré ou annoncer la publication d'un nouveau livre, le décès d'un proche… Un périodique reprenait même chaque semaine une synthèse du contenu de ces affiches. La seule limite de ces informations se trouvait dans le nombre de gens capables de les lire.

— Le plus simple est d'enquêter auprès des afficheurs, observa le commissaire aux morts étranges.

La profession d'afficheur se trouvait réglementée. Il fallait savoir lire et écrire mais être également enregistré à la Chambre royale et syndicale des libraires et imprimeurs. Aussi possédait-on sur ce registre tous les noms des afficheurs avec leur adresse personnelle.

Sartine haussa les épaules d'un geste agacé.

— Une enquête a eu lieu auprès de tous les afficheurs. La police se livre même à une fouille-surprise de leur sacoche à tout moment de la journée sans jamais rien trouver.

— Pourquoi un afficheur risquerait-il de perdre une situation convenable ? objecta le commissaire aux morts étranges. N'importe qui peut coller en cachette des affiches. D'ailleurs, celles qui invitent à la fête des Fous le sont à hauteur d'homme alors que les afficheurs montent sur leur échelle de manière à les coller plus haut afin qu'elles ne soient pas arrachées par les passants…

— Tiens, vous avez remarqué cela aussi, fit Sartine surpris.

— C'est mon métier d'observer.

— J'aimerais que tous mes agents possèdent votre coup d'œil !

Volnay cilla brièvement. Les compliments n'étaient pas spécialement le fort du lieutenant général de police. En entendre un l'inquiétait plus qu'il ne le rassurait.

— De toute manière, conclut le jeune policier, la fête des Fous n'aura pas lieu puisqu'elle n'est pas autorisée.

Sartine balaya les rues de la main.

— Et que voulez-vous faire contre cette populace ? Il y a six cent mille habitants à Paris sans compter les étrangers. Lorsque le vin et la bière couleront à flots dans les rues, pensez-vous que nous pourrons arrêter tous les buveurs et tous les danseurs ?

Volnay fronça les sourcils. Le lieutenant général de police disposait de milliers de mouches dans la ville pour le renseigner. Sous ses ordres, se rangeaient encore quatre compagnies du guet avec cent trente-neuf hommes dont cent à pied et neuf cents hommes de la garde de Paris. Il est vrai que, face à la multitude, ces forces-là ne pesaient guère et l'appel à l'armée serait un aveu de son incapacité à gérer la situation. Mais les soldats étaient-ils sûrs pour autant ? Les sergents recruteurs sévissaient dans les tavernes en saoulant les jeunes gens avec l'aide de prostituées. Quant aux officiers, ils achetaient leur titre et ne se montraient guère doués pour commander.

— La semaine dernière, reprit Sartine d'une voix sourde, nous avons connu une émeute. Un laquais avait dit des sottises à ses maîtres. Pour le punir, on le condamna à être exposé en public au carcan avant d'être conduit en prison au Châtelet. On n'eut pas le temps de planter le poteau du carcan que la populace s'en émut, balaya les rangs des archers du guet et brisa le poteau. Les archers durent tirer, faisant plusieurs morts. Le quartier est resté en ébullition jusqu'à la nuit malgré les renforts envoyés sur place.

Le lieutenant général de police leva les yeux vers le ciel troué d'étoiles où les dernières fusées laissaient une empreinte de fumée. Les spectateurs se dispersaient lentement ou se dirigeaient vers la Seine pour contempler les embarcations illuminées. Sartine considéra songeusement la noire fourmilière dans la rue.

— La foule commence à se disperser, mais elle reste nombreuse. Je vous conseille d'attendre avant d'emporter le corps discrètement. Les gens pourraient se méprendre et vous chercher noise. Vous savez que le peuple n'apprécie guère les forces de l'ordre !

Volnay ne dit rien. Il n'ignorait pas que Sartine redoutait la foule, cette grosse bête indocile, émotive, irraisonnée et dangereuse. Cette masse aux plaisirs grossiers et indisciplinés indisposait le pouvoir. Le lieutenant général de police fit quelques pas et se retourna brusquement.

— Quant à votre père, le moine, il devra se présenter devant moi au Châtelet, demain matin sans faute !

Volnay plaida la cause de son père. Il errait ces jours-ci avec une bande de jeunes gens afin d'infiltrer des fauteurs de troubles. Sartine n'en crut pas un mot. En désespoir de cause, le commissaire aux morts étranges dit :

— Je dois vous avouer que mon père est à la recherche des colleurs d'affiches de la fête aux Fous. Pour cela, il se mélange à des groupes de fêtards qui pourraient le mener à ceux-ci. Il a déjà une piste…

Méfiant, Sartine se rapprocha de lui.

— Est-ce vrai ?

— Je vous en donne ma parole. Mais pour mieux s'intégrer, il est parfois obligé d'adopter certains comportements scandaleux comme gage de sa loyauté au groupe.

Sartine hésita avant de maugréer :

— Quand même, avait-il besoin de me montrer son cul ?

Le commissaire aux morts étranges et l'Écureuil remontaient la rue Saint-Jacques, main dans la main. Le policier lui avait trouvé là un travail honnête chez un libraire, ainsi qu'une chambre non loin. L'Écureuil l'ignorait mais c'était Volnay qui payait en sous-main la moitié du salaire de la jeune fille au libraire ainsi que le loyer de la chambre.

Le jeune homme s'en voulait de la tournure prise par leur sortie. L'Écureuil avait patiemment attendu deux heures, sans se plaindre, le temps de l'enquête de voisinage, en pure perte d'ailleurs. C'était une bien piètre fin de soirée pour elle et la suite ne s'annonçait guère meilleure.

— Les archers du guet vont apporter le corps de la victime de ce soir chez le moine, fit-il prudemment, je dois être là pour leur ouvrir.

— C'est dommage.

— Je suis désolé pour cette mauvaise soirée, vous ne vous attendiez pas à cela.

— Oh, ce n'est rien, j'ai quand même vu le feu d'artifice dans le ciel.

— Mais pas les bateaux sur la Seine.

— Ce n'est rien, répéta-t-elle, j'étais avec vous...

Le commissaire aux morts étranges marmonna quelque chose avant de laisser ses pensées divaguer. L'Écureuil le sentit ainsi dériver et fronça les sourcils. Lorsque le commissaire aux morts étranges se plongeait dans une enquête, elle savait qu'il était extrêmement difficile de capter son attention. Le cheminement de ses pensées devait être copié sur son itinéraire puisque, arrivés au pied de l'immeuble où elle résidait, la jeune fille le sentit revenir vers elle et hésiter.

— Peut-être puis-je aller dormir chez vous? murmura l'Écureuil.

Elle sentit chez lui un léger mouvement de recul.

— Ce n'est pas le bon moment, fit-il.

— Ça ne l'est jamais, rétorqua-t-elle dépitée. Nous n'avons encore pas…

Elle s'interrompit, rougit et baissa la tête. Sa relation avec Volnay, née une dizaine de jours plus tôt lors d'une précédente enquête, se limitait pour l'instant à quelques sorties et embrassades. Mais lorsqu'il la tenait dans ses bras, elle avait envie d'autre chose, sentir ses mains courir sur son corps, s'abandonner à lui…

— Pas ce soir, dit-il lentement.

Ses mains avaient déserté sa taille et il se tenait droit et raide devant elle, le regard dans le vague.

— J'ai compris, chuchota-t-elle précipitamment, c'est parce que vous m'avez connue prostituée. Vous ne voulez pas d'une catin dans votre lit !

Elle balaya la rue de la main, englobant dans son esprit la librairie où elle travaillait et son nouveau logement.

— Je me suis méprise, vous m'avez offert tout ça non par amour mais par pitié. Vous êtes un homme bon et gentil mais pas amoureux ! Merci quand même…

Elle se haussa sur la pointe des pieds et l'embrassa. D'un bras, Volnay lui enlaça la taille et la retint contre lui.

— Je te défends de penser cela, dit-il.

Ses yeux plongèrent dans les siens. Elle ne les détourna pas. Lors de leur première rencontre, elle avait le regard fuyant et soumis des filles que l'on battait régulièrement. Son corps trop mince et son air épuisé trahissaient celles qui n'ont pas assez à manger. Le désir irrationnel de Volnay de la protéger envers et contre tous l'avait rapproché d'elle mais l'aimait-il vraiment ?

Les lèvres du jeune homme effleurèrent son oreille, jouant avec son lobe, s'éloignèrent et revinrent se poser dans son cou, éveillant en elle des désirs plus intenses. Après un instant d'hésitation, le corps de l'Écureuil se lova au plus près du sien malgré l'épaisseur de vêtements qui les séparait. Volnay l'embrassa longuement puis se détacha d'elle comme à regret. Sous les yeux étonnés de la jeune fille, il sortit de sa poche un tissu de velours cramoisi qu'il déplia avec précaution, découvrant une petite boîte en cuir rouge.

— Un cadeau, dit-il laconiquement en le lui tendant d'un geste maladroit.

— Oh, c'est pour moi ?

— Mon Dieu, oui !

L'Écureuil ouvrit la boîte et tout à coup un filet d'argent s'écoula entre ses doigts. Volnay s'en saisit doucement et se glissa derrière elle pour lui mettre le collier au cou.

— Joyeux Noël, murmura-t-il.

Volnay surprit son père en plein cœur d'une préparation des plus païennes. En bon tenant des traditions celtes, le moine avait choisi une bûche d'une bonne taille et l'arrosait d'eau-de-vie. Sous le regard réprobateur de son fils, il l'installa sur un échafaudage de petits bois et de brindilles bien sèches qu'il enflamma avec un tison conservé d'un feu de la Saint-Jean de l'été précédent.

Silencieusement, les deux hommes contemplèrent les flammes, se laissant gagner par la chaleur et le rappel du soleil en ce jour le plus court de l'année. Lorsque la bûche fut consumée, ils descendirent dans la cave du moine. Sous la voûte de pierre s'assemblait un matériel hétéroclite de cornues, d'alambics d'extraction ou de distillation ainsi que de multiples fioles. Là, à ses moments de loisir, le moine s'adonnait à d'étranges expériences en utilisant des substances volatiles dans des procédés de distillation et de sublimation permettant d'extraire l'esprit d'une plante et de l'y réintroduire.

Les deux hommes se penchèrent sur une table de pierre, au-dessus du cadavre de cette nuit. Le commissaire aux morts étranges fulmina.

— Ce n'est pas très malin d'avoir montré tes fesses à Sartine !

— Oh, c'était l'occasion ou jamais !

Volnay siffla entre ses dents.

— Tu n'arrêteras donc jamais de t'attirer des ennuis ?

— J'ai passé l'âge de m'en préoccuper, mon fils !

— C'est bien ça le problème…

Il se planta devant son père.

— Pour éviter ta destitution par Sartine, j'ai été obligé d'inventer que tu étais en mission pour infiltrer un groupe afin de découvrir qui se cache derrière la fête des Fous !

— Oh !

Les yeux du moine brillèrent dans la demi-pénombre.

— C'est une bonne idée et tu n'auras pas menti, mon fils : je vais chercher les mécréants qui se cachent derrière tout cela, les trouver et… les féliciter !

Le commissaire aux morts étranges étouffa un soupir. Le poids d'une enquête difficile lui pesait et il lui fallait de plus assumer les facéties de son père et le protéger de leurs conséquences. Sans compter sa jeune compagne, l'Écureuil, en butte au monde hostile qui l'entourait et qui n'avait cure d'une ancienne prostituée. Par moments, il lui semblait devoir porter seul un fardeau trop lourd pour ses jeunes épaules.

Comme s'il avait perçu la détresse de son fils, le moine s'agita, mal à l'aise, et fit mine de s'activer autour du cadavre.

— Revenons à notre meurtre. L'assassin a pratiqué la même méthode d'égorgement que pour les deux précédents crimes et tranché la langue avec son couteau. Au vu de la faible quantité de sang répandu que tu m'as décrite, cela a été fait après sa mort.

Il caressa sa barbe.

— Je me suis toujours demandé pourquoi des assassins se plaisent à mutiler le corps de leurs victimes. J'ai ma petite théorie. En mutilant le corps, on mutile aussi l'esprit et, si l'on arrache la langue, c'est qu'elle permet l'expression de la pensée. Cette mutilation symbolique permet au bourreau de dénier à sa victime sa personnalité humaine et de la ramener au niveau de l'objet à qui il peut donc tout faire subir.

— Ta réflexion serait plus appropriée si la mutilation s'effectuait alors que la victime est encore vivante, remarqua le commissaire aux morts étranges. Dans nos affaires, je crois plutôt à un avertissement : *Tenez votre langue ou bien...*

— Puis-je suggérer une variante ? demanda le moine.

Sans attendre de réponse, il leva le doigt et récita :

— *"Tu as trop parlé, donc je t'arrache la langue..."*

— Ma foi.

— Quoique si l'on se réfère au passé, continua le moine, tout tourne autour de la vérité. On tranche les oreilles à celui qui ne veut pas l'entendre, on crève les yeux à celui qui ne veut pas la voir et on coupe la langue à ceux qui ne la disent pas.

— Cela ferait trois hommes qui ont trop parlé ou menti. Toute interprétation est possible. Seule l'identification de points communs entre ces victimes pourra dégager un sens à tout cela.

— Et s'il n'existait aucun point commun ?

La mine du commissaire aux morts étranges s'assombrit.

— Alors, la situation serait grave car cela signifierait que nous sommes face à un fou meurtrier qui tue sans logique. Comment trouver un criminel sans raison alors même que la raison est notre seule arme pour résoudre nos enquêtes ?

— Tu oublies la science, ronchonna le moine.

Il examina les mains et les doigts de la victime.

— De belles mains blanches et soignées, des ongles bien coupés… Voilà une jeune personne de qualité pour un moine…

Le commissaire aux morts étranges sourit ironiquement :

— Je connais un autre moine qui prend soin de lui !

Son père se rembrunit.

— Oui, bon enfin… c'est surtout que je ne suis pas plus moine que lui !

Volnay fronça les sourcils.

— Que veux-tu dire ?

Un fin sourire illumina le visage du moine. Il pointa son doigt vers son œil.

— L'observation, fils ! L'observation ! Vois, dans ses cheveux un peu dégarnis, ces traces de poudre blanche.

Il en recueillit sur le bout de son index qu'il porta à sa langue.

— Hum, farine, poudre de riz parfumée, apprécia-t-il. Voilà tous les ingrédients d'une poudre qu'on répartit sur une perruque avec une houppe. As-tu déjà vu un moine se poudrer et porter une perruque blanchie ?

Il plissa le front.

— Se poudrer est tout un art. On dit que le comte de Cheverny a dédié exclusivement une pièce à cet usage. Quatre valets de chambre s'y tiennent avec des soufflets et emplissent la pièce de poudre des quatre coins juste avant que leur maître entre, le visage protégé par un masque. Et le voilà poudré uniformément.

— Toute cette poudre, collée à leur pommade, doit causer bien des maux de gorge et d'yeux à ces jolis messieurs, se moqua Volnay. En attendant, passons à la suite !

— La suite confirme mes soupçons, dit le moine en glissant son doigt sur le visage du mort. Des traces de pommade.

— Bravo !

— Voyons les poches, continua le moine très concentré. Un mouchoir en dentelle, une tabatière, quelques écus, une fiole…

Il la déboucha avec précaution et la porta à la hauteur de ses narines pour la humer avant de grimacer.

— L'odeur est détestable. Sans doute une préparation médicinale de quelque apothicaire. Il fait très froid cet hiver.

Il tourna les talons pour s'emparer d'un fin couteau.

— Maintenant, mon moment préféré : la doublure des habits. C'est fou le nombre de mauvaises gens qui dissimulent des papiers dans celle-ci. Grave erreur ! Il n'y a rien qui ne dissimule moins qu'un vêtement, à part la nudité bien entendu ! Un vêtement est coupé pour coller à la peau, toute tentative de dissimulation est vaine. Or, en déshabillant notre victime, j'ai justement senti quelque chose de suspect.

Il entreprit de découper habilement une poche cousue à l'intérieur du vêtement. Il en tira une feuille pliée en quatre qu'il déplia soigneusement avant de se saisir de ses bésicles pour lire.

— Voici un bien étrange courrier. Des caractères… hum, je dirais cyrilliques et, malgré toute ma science, je suis bien incapable d'en saisir le sens.

Le commissaire aux morts étranges se mordit songeusement les lèvres.

— Un faux moine, une lettre en russe… Tout cela sent l'espionnage ou quelque mission diplomatique secrète.

Il soupira, désabusé.

— Nous n'avons décidément pas de chance ! Dans quoi sommes-nous encore tombés ?

— Je l'ignore, répondit le moine. Au fait, quelle heure est-il ?

— Minuit largement passé !

— Sais-tu, remarqua le moine, que nous ne sommes plus le 24 décembre mais le 25 ?

Il prit soudain impulsivement son fils dans ses bras.

— Joyeux Noël !

I

NOËL

Aimer et demeurer sage, même un dieu le pourrait à peine !

I

L'homme a le sens de la fête parce qu'il a le sens de la vie.

L'aube se levait. Le sang coulait en ruisseau des boucheries. Les petits métiers envahissaient les rues dans un brouhaha de cris et d'insultes. Des échoppes ou des ateliers s'élevaient la voix forte des commerçants et les chansons des artisans. Le roulement sourd des carrosses et des charrettes, le fouet des conducteurs et le cri rauque des cochers emplissaient l'air. Des cohortes de paysans des alentours investissaient la ville, charriant tonneaux de vin, lait, beurre et œufs, cochons ou volailles jusqu'aux halles et aux marchés. De cette marée que rien ne semblait devoir arrêter montaient des chants et des rires mais aussi les braillements affolés des bêtes que l'on menait à l'abattoir.

Le moine se fraya un chemin à travers cette foule affairée jusqu'à la rue de la Porte-de-l'Arbalète et emprunta un passage pavé, bordé de bornes chasse-roues. À un moment, celui-ci s'ouvrait sur une cour de brique et de pierre avec un puits à margelle. De là, il passa à une seconde courette plus petite, puis à une troisième presque entièrement envahie par un acacia. Là se dressait la maison à un étage de Volnay, le commissaire aux morts étranges de Paris. Le moine frappa joyeusement à la porte de son fils qui vint lui ouvrir, l'œil terne et le teint brouillé par le manque de sommeil.

— Mal réveillé ? demanda gaiement son père. La journée est froide mais splendide. Comment va notre charmante amie ?

Un moment, Volnay crut que son père parlait de l'Écureuil mais le moine se dirigea droit vers la cage de la pie pour lui murmurer des mots doux en lui lissant le plumage. Le policier maugréa quelque chose d'indistinct et retourna dans sa chambre pour achever de s'habiller.

— Quel merveilleux feu d'artifice hier, poursuivit le moine lorsque son fils revint. Même s'il paraît que l'entente ne fut pas excellente chez les artificiers. Hostiles à la présence parmi eux d'un artificier saxon, les Français ont troublé ses tirs. On dit que le roi fut fort mécontent du manque de respect de ses gens. Ah, ce nationalisme !

— Le spectacle était de qualité malgré sa fin imprévue pour moi. De ton côté, il me semble que tu t'es bien amusé.

— Mmoui, mmoui…

Le moine balaya l'air de sa main d'un geste léger et l'interrogea de nouveau :

— Au fait, tu ne m'as pas répondu : comment va notre charmante amie ?

Ainsi son père parlait bien de l'Écureuil et non de la pie !

— Tu imagines comme elle a apprécié la fin de notre soirée…

— Hum, telle que je la connais, elle ne t'en a fait aucun reproche.

— C'est juste, reconnut Volnay, elle est avec moi d'une patience infinie.

— Il en faut avec toi, mon fils, lorsqu'on est une femme !

Le commissaire aux morts étranges haussa les épaules et s'empressa de changer de sujet.

— Nous devons nous concentrer sur notre affaire. Trois meurtres en trois jours que l'on ne peut relier l'un à l'autre que par la manière d'opérer.

Le moine s'assit dans le fauteuil préféré de son fils, face aux livres de sa bibliothèque, et allongea ses longues jambes.

— Tu oublies un autre point commun, nos victimes ont entre vingt et vingt-cinq ans.

Du regard, il caressa les reliures en veau, maroquin ou daim, et les tranches dorées des livres. Il trouvait les lectures de son fils très sages mais non dépourvues d'intérêt. Au rayon des essais figuraient les *Lettres anglaises* de Voltaire, *De l'esprit des lois* de Montesquieu. Sur un autre rayon, car tout était parfaitement classé, des romans réalistes comme *La Vie de Marianne* de Marivaux, picaresques et truculents comme l'*Histoire de Gil Blas de Santillane* de Lesage. La curiosité scientifique du moine laissait quelques empreintes chez son fils. Témoins les *Éléments de la géométrie de l'infini* de Fontenelle ou l'*Analyse des infiniment petits* du marquis de l'Hôpital. Enfin, les philosophes trônaient aussi à leur place bien déterminée comme ce *Système de la nature* du baron d'Holbach, système auquel le moine ne souscrivait pas, ne croyant pas plus que son fils au déterminisme mais, comme il disait souvent : "Ce n'est pas parce qu'on n'est pas d'accord avec quelqu'un qu'on ne doit pas le lire !"

— Il manque quelque chose pour Noël, finit-il par dire.

— Quoi donc ?

— Un sapin illuminé comme dans les pays du Nord.

— Quelle drôle d'idée !

— Pas tant que ça. Dans le calendrier celte, chaque mois lunaire de vingt-huit jours correspond à un arbre. Comme il y en a treize, il manque un jour et ce jour-là, 24 décembre, c'est celui du sapin.

Volnay haussa les épaules.

— Je trouve cette idée de sapin tout à fait stupide. Revenons à nos moutons. Sartine est à la cour de Versailles, j'irai le voir ce soir à son bureau du Châtelet. D'ici là, nous avons la journée pour agir.

— La piste de la Russie ? proposa paresseusement le moine.

— Je n'ai nulle envie de m'en approcher avant d'avoir pris l'avis de Sartine. Il n'est pas dans mes intentions d'interférer dans une affaire d'État.

Il fixa son père d'un air sévère.

— Cela vaut pour toi…

Le moine haussa nonchalamment les épaules.

— Je n'ai pas l'intention de nous attirer des ennuis.

— Parfait ! À la lueur de ce troisième crime, je souhaite reconsidérer les deux premiers meurtres. Notre première victime était un étudiant en médecine, Henri-Léonard Bertin. Nous avons interrogé sans succès ses camarades mais ces derniers nous ont appris qu'il fréquentait une jeune fille de bonne famille de la rue Saint-Honoré, Marie de Boissie. Nous nous y sommes rendus avant-hier pour interroger la mère mais la fille était absente. Nous y retournerons.

— Oui, d'habitude, ce sont les médecins qui s'en prennent à leurs clients. Où ira-t-on si on laisse faire l'inverse ?

Le commissaire aux morts étranges et le moine passèrent rapidement devant le Palais-Royal, haut lieu de prostitution pour une clientèle riche et aisée, et prirent la direction de la rue Saint-Honoré. Tout au long de celle-ci, les commerçes de luxe prospéraient. Ces dames se pressaient chez Dulac pour acheter des mouches et chez Crevon de piquants parfums d'Italie. Les parfumeurs vendaient même à ces dames une pâte pour empêcher les dents de se gâter, ce dont elles avaient bien besoin. Le moine semblait ravi de ce qu'il voyait.

— J'aime enquêter dans les beaux quartiers, soupira-t-il. On y trouve vraiment de tout !

Il montra du doigt, à l'enseigne de La Civette, un marchand de tabac.

— Je suis sûr que cette bête de Sartine se fournit ici !

Du menton, il désigna l'échoppe d'une modiste.

— À Lyon les plus belles étoffes, à Alençon les plus belles dentelles mais Paris est la ville des tailleurs et des modistes !

Des compagnies joyeuses s'agitaient dans la rue. Elles avaient en commun d'être jeunes et gaies. Le moine les suivit des yeux et remarqua avec un brin de nostalgie :

— Les jeunes aiment faire la fête. Je me demande si la fête des Fous n'est pas simplement la revanche des jeunes sur les plus vieux. Sartine ne doit pas apprécier. Le pouvoir craint toujours la jeunesse car elle se révolte plus facilement contre sa tyrannie.

— Père, fit doucement le commissaire aux morts étranges, nous avons une enquête à mener pour trouver un triple meurtrier. Ce n'est pas le moment de te dissiper.

— Mais tu t'es engagé auprès de Sartine à trouver qui se cache derrière les affiches de la fête des Fous !

— Ce n'est pas ma priorité à l'instant, répondit patiemment Volnay.

Comme s'il n'avait pas entendu, le moine s'entêta :

— Sais-tu, mon fils, que la fête des Fous provient d'une ancienne fête romaine dédiée au dieu des labours : Saturne ? Pendant les *Saturnalia*, les esclaves se retrouvaient pour trois jours les égaux de leurs maîtres.

Il suivit des yeux un groupe de jeunes gens débraillés. Les filles se pendaient au bras des garçons qui fanfaronnaient.

— La fête des Fous était un exutoire, reprit le moine d'un air attendri. Le peuple vivait dans un monde dur et régi par les contraintes sociales. Avec cette fête, le pouvoir et l'Église relâchaient la pression une fois l'an. Réintroduire la chair dans la maison de Dieu constituait un formidable moyen de transgresser l'ordre social. Une journée de folie et ensuite tout rentrait dans l'ordre jusqu'à l'année suivante. Seulement voilà, se sont mis à penser certains : et si, au lendemain, tout ne rentrait pas dans l'ordre ?

Il sembla méditer ses propres paroles.

— Cette question en a fait réfléchir plus d'un et, connaissant les origines païennes de cette fête, le haut clergé a décidé de la supprimer. Et pourtant…

D'un geste large, il désigna filles et garçons qui riaient et chantaient dans la rue.

— Et pourtant… Pourtant, ils sont là !

Il se tourna vers son fils et conclut avec un grand sourire :

— *Homo fantasia, homo festivus*. "L'homme a le sens de la fête parce qu'il a le sens de la vie."

Volnay fronça les sourcils. Ils étaient en route pour interroger des proches de la première victime et l'esprit du moine tournait autour de la fête des Fous comme une boussole devenue folle. Volnay avait du mal à suivre l'orientation des pensées de son père, parfois menées par sa seule fantaisie.

— Dans certaines églises, reprit ce dernier, on fêtait les trois jours de saint Étienne, de saint Jean puis des Saints-Innocents, les 26, 27 et 28 décembre. La fête des Saints-Innocents, le 28 décembre, étant celle de la fête des Fous. Elle marque l'épisode de la Bible où le roi Hérode fait tuer tous les nouveau-nés. Ce jour-là, les enfants et les fous sont rois dans l'église…

— Nous sommes le 25 décembre, il nous reste trop peu de temps…

Le moine réagit brusquement.

— Pas forcément ! La fête des Fous est au départ un événement ecclésiastique au cours duquel le bas clergé s'arrogeait les pouvoirs du haut clergé au sein de la très hiérarchisée Église catholique romaine. Or, dans les villes abritant une cathédrale, comme Paris, le bas clergé organisait le charivari général le 6 janvier.

— Le jour des Rois…

— Oui ! Fascinant, n'est-ce pas ? Faire tomber la royauté le jour des Rois !

Le commissaire aux morts étranges haussa les épaules.

— Tu divagues. Une simple fête ne peut pas remettre en cause l'ordre royal !

— Qui sait ? Ils en ont bien peur… La jeunesse est capable de tout car elle ne s'est pas encore usée comme nous à la réalité de la vie !

Comme pour confirmer ses paroles, un groupe d'étudiants passa en chantant des chansons paillardes. Ce devait être des étudiants en médecine car ils traînaient un cadavre de paille que l'un d'eux faisait semblant de disséquer. Deux filles au regard enamouré les suivaient en minaudant.

— Ils viennent rajeunir la vieillesse d'un monde devenu caduc, murmura le moine nostalgique.

Volnay le regarda en coin. Était-ce la fuite inexorable du temps, sa jeunesse perdue qui poussait son père à courir la nuit avec une bande de jeunes fous ? Il lui posa la question. Le moine baissa la tête mais sous sa capuche, on pouvait apercevoir ses yeux qui brillaient.

— Lorsqu'on est jeune, tout est encore possible. Plus le temps passe, plus le champ de nos possibilités se réduit.

— J'ai plutôt l'impression qu'avec toi, elles ne font que croître !

Son père rit puis redevint grave.

— C'est la fièvre qui me manque, fils, la fièvre de la jeunesse !

Rue Saint-Honoré, Volnay repéra le premier la boutique de modes à l'enseigne de La Sirène entre un gantier et un perruquier. Après l'échoppe de ce dernier, un passage en porte cochère menait à une grande cour avec des pavés de grès. Au fond de la cour se dressait une grande demeure constituée d'un corps de logis double en profondeur, surmonté de deux étages en carré et, sur la droite, de bâtiments simples. Ils gravirent un perron de pierre à double révolution et frappèrent à la porte cloutée de la demeure.

Un domestique au visage impassible apparut. Sous

une coiffe de cheveux gris soigneusement peignés, il avait des traits fins, nettement dessinés, et des yeux gris, tristes comme ceux des chiens. Toute sa personne dégageait une expression calme et austère. Il s'inclina légèrement devant eux comme pour prendre acte de leur présence.

— Messieurs, puis-je m'enquérir des raisons de votre visite ?

— Nous souhaitons rencontrer votre maîtresse.

Le domestique laissa transparaître une expression légèrement condescendante.

— Madame ne reçoit pas sans rendez-vous.

Volnay ne se laissa pas impressionner.

— Allez dire à votre maîtresse que le chevalier de Volnay, commissaire au Châtelet, ne partira pas sans une entrevue.

Le laquais demeura silencieux. Il eut simplement une brève inclinaison de la tête avant de se retirer sans bruit d'un pas raide. Les deux enquêteurs n'attendirent que quelques minutes. Le valet apparut de nouveau et, sans un mot, leur fit signe de l'accompagner. Ils le suivirent jusqu'à un salon de réception, une salle froide et solennelle. Aux murs étaient tendues de vieilles tapisseries défraîchies. Évitant les chaises, ils prirent place sur des fauteuils en velours galonné. Au-dessus de la cheminée en marbre vert, une tablette saillante accueillait une pendule que les deux enquêteurs fixèrent d'un air morose en laissant les minutes s'égrener.

Quelques instants plus tard, la porte s'ouvrit avec fracas et un joyeux tourbillon de soie et de plumes pénétra dans la pièce. L'inconfort et l'incommodité des robes portées par les femmes en société avaient amené l'apparition du négligé, permettant de porter chez soi une tenue plus confortable.

La maîtresse de maison qui entra devait friser la quarantaine. De son défunt mari, Mme de Boissie avait sans doute hérité un certain art de la guerre. En combattante expérimentée, elle livrait une bataille constante pour résister aux outrages du temps. À grand renfort de fards et de pommades, elle tentait des manœuvres de dissimulation et se risquait à quelques sorties ou contre-attaques hardies, sous le couvert d'une toilette pleine de fraîcheur et de rouge aux joues. D'un œil averti, elle jaugea les deux hommes et son regard s'attarda sur le plus jeune, qu'elle trouvait manifestement à son goût.

Volnay s'inclina sévèrement et la considéra d'un œil neutre. L'expression de la femme oscillait entre ce qu'elle croyait être l'indifférence polie liée à sa condition et l'amabilité, sans bien savoir où se situer. Sa toilette de jeune fille, ses joues largement fardées de rouge et les pommades qui recouvraient son visage confinaient au ridicule. On sentait là un effort terrible pour colmater les aspérités du temps. Les coquettes arboraient une mouche, un petit rond de taffetas noir. Mme de Boissie en portait une sur le front, "la majestueuse".

Le moine s'inclina comiquement, se cassant en deux pour baiser la main de la maîtresse de maison.

— Madame, nous sommes là pour des raisons de service, fâcheux prétexte pour vous envahir quoiqu'il nous offre l'occasion de déposer nos hommages à vos pieds.

Volnay resta impassible, cachant sa consternation devant la conduite de son père. Mme de Boissie retira vivement sa main comme si un serpent menaçait de la mordre.

— Mon frère !

Le moine venait tout simplement d'oublier la bure qu'il portait. Le commissaire aux morts étranges intervint à propos pour reprendre la conversation à sa charge.

— Madame, pardonnez-moi de vous déranger. Des éléments nouveaux dans l'enquête que je mène m'obligent à vous solliciter de nouveau.

Son ton sans réplique arrêta les protestations qui fleurissaient sur les lèvres de la dame. Elle se tourna vers lui, tout sourire. Comme son père, le commissaire aux morts étranges était en effet un fort bel homme. Mme de Boissie prit place dans un fauteuil. Tous les sièges étaient groupés autour d'une table dorée sur laquelle le valet revint déposer un bol de dragées. Leur hôtesse leur en proposa aimablement. Certaines étaient de pur sucre, d'autres avec des fruits à l'intérieur et recouvertes de ce sucre fin et blanc qui paraissait glacé.

— Il y a trois jours, commença Volnay, nous avons découvert le cadavre d'un jeune étudiant en médecine, égorgé et la langue arrachée.

La maîtresse de maison émit une discrète grimace de désapprobation devant ce tableau sanglant. Le monde dans lequel elle vivait restait aveugle à la misère et à la violence des rues.

— Ce jeune homme, dénommé Bertin, d'origine lorraine, n'a pas de famille à Paris, seulement quelques amis étudiants. Par ceux-ci, nous avons appris qu'il fréquentait votre fille.

— Il ne la fréquentait pas, le corrigea vertement la mère. Comme je vous l'ai déjà expliqué, je me trouvais seule avec ma fille dans la rue pour aller chez une modiste. Il nous y a suivies et a engagé la conversation avec ma fille alors que j'étais occupée avec une vendeuse. Ma fille ne lui a pas répondu. Ensuite, il s'est présenté à moi, je l'ai éconduit mais il a tenu à nous raccompagner jusqu'à l'entrée de la maison, sous prétexte que les rues n'étaient pas sûres ! Bien entendu, je ne l'ai pas invité à entrer. Voilà tout ce que vous appelez *fréquenter ma fille* !

— Elle a pu le revoir…

— Non, ma fille ne sort jamais seule.

— Est-il revenu vous rendre visite ?

Mme de Boissie s'agita, mal à l'aise.

— Il a frappé à notre porte mais nous l'avons fait éconduire par notre valet, Henri.

— Pourquoi donc ?

— Un inconnu malpoli, maugréa-t-elle, un étudiant en médecine comme il nous l'avait raconté !

— Madame, intervint le moine, la scolarité pour la médecine à Paris coûte environ six mille livres, une somme énorme. Soyez certain que sa famille est très aisée.

— Je n'envisage pas de donner ma fille en mariage à un médecin ! rétorqua la dame en pinçant les lèvres.

— Vous auriez tort, insista le moine, les médecins ne savent peut-être pas soigner mais ils parlent le latin et le grec. Certains sont même capables de philosopher en vous saignant !

Volnay lui jeta un regard froid qui le fit taire. Il se pencha vers la maîtresse de maison qui le considéra avec ravissement.

— Madame, un second jeune homme a été assassiné depuis notre première visite.

— Mon Dieu !

Son éventail s'agita frénétiquement devant elle comme pour chasser ces propos.

— Il s'appelait Scipion Le Franc, continua patiemment le policier. Ce nom vous dit-il quelque chose ?

Mme de Boissie secoua la tête.

— Ce nom ne me parle pas.
— En êtes-vous certaine ?
Un bref sourire illumina son visage et elle se hâta de piocher une dragée.
— Je me serais souvenue du prénom !
Le commissaire aux morts étranges hocha la tête, songeur.
— Sans doute, madame, sans doute…
Il tira de sa besace le portrait qu'il avait dessiné de cette victime.
— Le reconnaissez-vous ?
Mme de Boissie lui jeta un coup d'œil négligent et secoua catégoriquement la tête.
— Je ne l'ai jamais vu.
Volnay se pencha vers elle. Ses manières graves et polies semblaient plaire à la maîtresse de maison qui ne s'en offusqua pas. Son regard s'attachait maintenant à la cicatrice qui glissait de sa paupière droite pour barrer la tempe du jeune homme, la trouvant certainement fascinante.
— Madame, je souhaiterais rencontrer votre fille, chose que je n'ai pu faire lors de ma première visite.
Mme de Boissie recula vivement et son dos heurta le dossier de sa chaise. Le bois craqua. Clairs et froids, les yeux du commissaire aux morts étranges ne la quittaient plus.
— Cela n'est pas possible, murmura la maîtresse de maison. Ma fille est souffrante.
Le policier ne s'en laissa pas conter.
— Madame, je me permets d'insister. Vous ne pouvez pas faire obstacle à l'enquête d'un commissaire du Châtelet.
Mme de Boissie se mordilla pensivement les lèvres puis sembla se décider.

— Il y a un problème, monsieur le commissaire.

— Lequel ?

Elle joignit les mains et, un instant, parut perdre son assurance.

— Ma fille ne parle pas. Elle n'a jamais prononcé un mot depuis sa naissance. À part quelques sons, je n'ai jamais entendu sa voix. Vous comprenez donc pourquoi elle n'a pu parler avec ce garçon…

— Est-elle muette ? demanda le moine qui avait écouté tout l'échange dans un silence attentif.

La mère sembla se rappeler sa présence et lui jeta un bref coup d'œil.

— La lumière ne brille pas dans toutes les cases de son esprit.

Elle ajouta précipitamment :

— Mais c'est une gentille fille, docile et très serviable.

Elle aurait pu dire cela d'une domestique. Le moine se pencha, intrigué.

— Vous avez parlé de sons que votre fille émet, quels sont-ils ?

Leur hôtesse prit un air pincé avant de lâcher :

— Des cris d'oiseau. Elle adore les oiseaux.

Un instant, les souvenirs du moine le ramenèrent aux serins du quai de la Mégisserie et il sourit.

— Amenez-la-nous un instant, décida le commissaire aux morts étranges d'un ton sans appel.

Mme de Boissie froissa nerveusement les plis de sa robe puis releva la tête.

— Henri ?

Elle avait à peine élevé la voix et, comme s'il écoutait à la porte, le valet apparut, l'air imperturbable.

— Henri, veuillez amener ici Marie.

Une brève lueur de désapprobation perça derrière le masque impassible du zélé serviteur.

— Henri !

— Oui, madame.

Il s'inclina avec raideur et se retira. La porte se referma sans bruit derrière lui. Lorsqu'il revint, une jeune fille à l'air perdue le suivait. Les deux enquêteurs admirèrent son visage allongé, étroit et pâle, de grands yeux bleus légèrement en amande sous des sourcils peu fournis et délicieusement arqués, des pommettes hautes et saillantes et une arête de nez fine. Une tresse blonde nouée comme un serre-tête lui donnait un air de vestale. Mme de Boissie remercia le valet mais celui-ci ne bougea pas d'un pouce. Le moine se leva et s'approcha de la jeune fille pour se saisir délicatement d'une de ses mains.

— Vous êtes d'une grande beauté, dit-il.

Elle sourit faiblement. Le moine hocha la tête. Ainsi, les lumières n'étaient pas toutes éteintes à l'étage. La jeune fille entendait et comprenait. Volnay sortit le portrait de la première victime de sa besace.

— Mademoiselle, vous avez rencontré ce garçon avec votre mère. Vous en souvenez-vous ?

Elle ouvrit la bouche et le fixa avec de grands yeux arrondis. Le commissaire aux morts étranges reposa sa question. Il lui sembla que la jeune fille hochait la tête mais sans cesser de le fixer avec une attention déconcertante.

— Avez-vous revu ce jeune homme ? continua le policier encouragé par ce premier signe imperceptible.

La mère s'impatienta.

— Cessez donc d'importuner ma fille, elle ne comprend pas le sens de vos questions et vous l'effrayez.

Le commissaire aux morts étranges lui jeta un regard sévère.

— Madame, je vous prie de ne pas intervenir.

Il se tourna de nouveau vers la jeune fille qui désormais le contemplait avec adoration. Un sourire angélique éclairait tout son visage, mettant en valeur ses traits fins et délicats. Dans son regard se nichait une brillance lactée. Quel dieu égaré avait donc dissimulé en elle tant de lumière ?

— Regardez bien ces portraits, fit doucement Volnay touché par tant d'innocence. Faites-moi un signe de tête si vous avez déjà vu ce jeune homme.

Marie resta immobile, comme pétrifiée, tandis que le policier plaçait sous ses yeux le portrait puis elle se mit à pousser de petits cris de mouette. Surpris, Volnay recula d'un pas. Les cris gagnaient en stridence, évoquant parfois un rire humain trop haut perché.

— Cela suffit, décréta la mère en se levant. Commissaire au Châtelet ou pas, cet entretien est terminé.

La fille se tut brusquement. Le moine se figea, frappé par le regard amouraché qu'elle lançait à son fils. Celui-ci s'inclina sèchement devant Mme de Boissie.

— Madame, nous nous retirons.

Le valet se trouvait toujours là, l'air grave et poli. Il les reconduisit en silence à la porte d'entrée en bas. Son visage fermé trahissait la plus grande désapprobation quant au comportement et aux manières des deux visiteurs.

— Un instant, dit Volnay avant de sortir.

Il tira de sa besace le portrait du jeune étudiant en médecine.

— Avez-vous été amené à éconduire ce jeune homme ?

Le domestique inclina la tête d'un degré.

— Je lui ai effectivement refusé l'entrée. J'ai pour instruction d'éconduire les importuns.

Il leur jeta un coup d'œil sévère afin de leur faire comprendre qu'ils appartenaient à cette catégorie.

— Depuis combien de temps Mme de Boissie est-elle veuve ? demanda encore Volnay en sortant.

— Il ne m'appartient pas de vous répondre, fit le valet avant de refermer tranquillement la porte derrière eux.

Le père et le fils se regardèrent en silence.

— C'était pour tester sa fidélité envers ses maîtresses, expliqua Volnay. Nous n'en saurons jamais plus avec ces trois-là.

— C'est plus que probable mais bougeons ou nous allons attraper la mort, tudieu !

Des nuages épais et bas bouchaient le ciel, une brise hivernale soufflait. Le froid était sec mais saisissant.

— Cette jeune fille est un cas intéressant, murmura pensivement Volnay en marchant dans la rue.

Le moine approuva.

— Son cerveau lui fait des misères et elle se trouve dans un état qui fait compassion. Néanmoins, elle comprend les choses et je suis certain qu'elle exécute docilement les tâches confiées si on lui a montré comment faire.

— Ainsi doit-elle coudre, le coupa son fils. J'ai remarqué qu'elle s'était piquée au doigt.

Le moine lui jeta un regard rayonnant de fierté.

— Bien observé, mon fils, bien observé ! Et as-tu entendu les cris d'oiseau qu'elle pousse ?

— Des cris de mouette, précisa Volnay.

Il leva machinalement les yeux au ciel, cherchant en vain le vol de quelques corbeaux ou étourneaux mais le ciel n'arborait au veston que des nuages d'un gris désespérant.

— As-tu remarqué quelque chose chez la mère ? demanda le moine.

— Quoi ?

Son père rit.

— Il ne faudrait pas la laisser seule avec toi dans une pièce. Elle a le nez troussé à la friandise !

Volnay fit une petite moue.

— Je ne suis pas aveugle, c'est une coquette qui se maquille ridiculement.

— D'un rouge voyant, comme les courtisanes. Les bourgeoises, elles, usent d'un rouge plus discret et plus clair.

— Depuis combien de temps est-elle veuve ?

— Les Boissie sont une famille connue et les mouches du roi sont bien indiscrètes. J'ai appris par celles-ci que cette dame est veuve depuis trois ans et pas plus malheureuse pour autant. Elle a deux amants réguliers et pas très jeunes dont l'un est son bailleur de fonds.

— Comme c'est pratique ! se moqua Volnay.

Devant la vitrine du perruquier, le commissaire aux morts étranges ralentit le pas et jeta un coup d'œil intéressé à la devanture.

— Penses-tu à la même chose que moi ? demanda malicieusement le moine.

— La perruque blanchie de notre troisième victime ?

— Certes. Ce serait bien le diable qu'il se soit arrêté ici mais sait-on jamais !

Volnay hocha la tête et décida d'entrer. La boutique était petite mais propre et bien éclairée. M. Binet avait créé pour Louis XIV des perruques pour le grandir. Au début, en les voyant, les gens disaient : "Drôle de binette !" Désormais, la perruque révélait le rang d'un homme dans la société et son amplitude la marque d'une position sociale élevée.

On trouvait dans l'échoppe toutes sortes de perruques possibles : perruque à la grecque parée d'ailes avec toupet, catogan formant une queue à laquelle on adjoignait souvent une bourre de tissus, perruque à la financière, à la chancelière, à la moutonne, à l'abbé… Le perruquier pouvait fabriquer une perruque avec vos propres cheveux liés au filet par des fils de chanvre, des cheveux de morts ou de pauvres, voire des crins de cheval.

Le commissaire aux morts étranges avisa le maître perruquier, un petit homme maigre et nerveux qui semblait sautiller sur place. Le policier sortit de sa besace le portrait dessiné de la troisième victime.

— Cet homme est-il un jour entré dans votre boutique ?

Le perruquier fronça les sourcils.

— Étrange question, êtes-vous…

— Commissaire au Châtelet !

— Je vois.

Il examina attentivement le dessin.

— Imaginez-le également avec une perruque blanchie sur la tête, suggéra Volnay.

— Je m'y efforce, monsieur le commissaire, mais rien à faire.

— Et ceux-là ?

Le policier sortit les portraits des deux premières victimes. Le perruquier les considéra avec le plus grand sérieux.

— Je regrette mais aucun d'eux n'est entré dans ma boutique à mon souvenir.

— Connaissez-vous la jeune fille blonde aux yeux bleus qui habite la grande maison d'à côté ?

Les yeux du perruquier s'illuminèrent.

— Je la vois passer presque chaque matin dans la rue. Elle s'arrête toujours devant ma vitrine mais soit sa mère, soit leur valet, la presse ensuite de continuer.

Et, dans une licence poétique inattendue, il ajouta :

— Elle ressemble à un petit ange fauché en plein vol.

De nombreux cafés raffinés bordaient la rue Saint-Honoré, accueillant une clientèle élégante et bavarde. Les dédaignant, le moine et son fils entrèrent chez un pâtissier pour acheter des petits pâtés dont ils firent leur déjeuner avant d'arrêter un vendeur de café au lait, son ustensile sur le dos. Tout en mastiquant un dernier pâté, le moine se dirigea vers la porte d'une église pour y lire avec curiosité une affiche apposée :

C'est bientôt la fête des Fous. Dansez et embrassez qui vous voulez !

Le policier toucha du doigt l'affiche.

— La colle est sèche. Je suis surpris de voir placarder ce genre de choses aux portes des églises. Il est défendu d'y apposer toutes affiches de comédies, romans ou livres profanes…

— Ce type d'information n'est pas à strictement parler interdit, protesta le moine.

— Hum…

Volnay s'interrompit pour jeter un coup d'œil de l'autre côté de la rue, son attention attirée par l'arrivée d'un homme singulier. Il portait en bandoulière une sacoche en laine brute contenant ses affiches du jour, sur l'épaule son échelle à quatre marches et, à la main, un pot de colle de farine. Difficile d'être moins discret qu'un afficheur. Sa seule silhouette avec ses outils de travail était reconnaissable entre toutes. D'ailleurs, il portait à sa boutonnière la plaque de cuivre officialisant son statut d'afficheur, comme le voulait le règlement de la Chambre royale et syndicale des libraires et imprimeurs.

Silencieusement, les deux enquêteurs le regardèrent poser son échelle contre le mur en la calant de manière qu'elle ne puisse glisser, avant d'accrocher le pot de colle à un crochet de métal sur l'avant-dernier barreau. Il gravit ensuite deux échelons et posa le papier d'un geste sûr après l'avoir encollé avec sa brosse. Apparemment, comme ses confrères, il ignorait joyeusement l'ordonnance de police interdisant à toute personne posant une échelle contre un mur dans une rue d'y monter sans personne pour en tenir les pieds.

Lorsqu'il fut parti, ils s'approchèrent de l'affiche qui se révéla être un acte officiel des plus ennuyeux à lire.

— Je comprends le problème de Sartine : difficile de les surveiller tous ! dit le commissaire aux morts étranges. D'ailleurs, ce n'est probablement pas un des leurs qui se livre à ce genre de jeux !

Immobiles, les deux hommes furent rapidement bousculés par le flot des passants. Dès l'aube, commissionnaires et gagne-deniers couraient les rues à la recherche d'une embauche ou d'une tâche. Toujours à la limite de la mendicité, ils constituaient des proies sans défense, prêtes à accepter n'importe quel travail à bas prix. Les vendeurs à l'étal se trouvaient dans une situation guère plus reluisante et la police s'en prenait souvent à eux lorsqu'ils essayaient de se fixer à un endroit et gênaient la circulation.

Volnay eut tout à coup une vision aiguë de la société et de son ordonnancement. Paris était une ruche géante et bourdonnante. La coordination et la complémentarité de tous les métiers et tâches exécutés menaient à une œuvre unique, cohérente et logique. Chaque acte isolé reprenait sens dans la collectivité. Le poids social pesait sur chaque abeille comme sur chaque homme. Quiconque s'en trouvait déchargé en mourait. Ainsi, comme une abeille isolée est destinée à mourir, l'homme sans travail et sans lien social se retrouvait au-dehors de l'ensemble, incapable de survivre longtemps.

L'idée foudroya alors son esprit. Il venait de trouver le moyen de ramener l'attention de son père à son enquête !

— Père, j'ai une idée !

Ils se dirigèrent place de Grève où l'on recrutait tous les corps de métier. Se mettre en Grève signifiait chercher du travail. L'hiver, commissionnaires et gagne-deniers, lorsqu'ils possédaient quelques sols, se réfugiaient dans les cabarets alentour pour échapper au froid.

— Les gagne-deniers connaissent Paris comme leur poche et comptent parmi eux les personnes les mieux informées de Paris, expliqua Volnay. Nous allons en choisir un qui ne soit point trop sot et le charger de laisser traîner l'oreille…

— Quitte à donner de l'argent à quelqu'un, je préfère choisir ce pauvre gosse, maugréa le moine en désignant du menton un garçon efflanqué d'une douzaine d'années à la tignasse hirsute et aux yeux aux aguets.

Son fils acquiesça et les deux hommes se dirigèrent vers l'enfant, un sourire aimable aux lèvres.

— Quel est ton nom ?

Le garçon se détacha du mur contre lequel il était adossé.

— Séverin, pour vous servir. Je suis dur à la tâche !

— Quel âge as-tu ? demanda le moine.

— Onze ans mais je suis fort, répondit le garçon en se redressant de toute sa taille et en bombant le torse. Je fais des commissions à l'heure ou à la journée.

— Et quand tu n'as pas de travail ?

Séverin baissa les yeux.

— Je mendie. Mes parents sont morts l'an dernier et nous sommes à la rue.

— Nous ?

— J'ai un petit frère de sept ans. Je lui ai trouvé une place d'apprenti mais le maître ne le nourrissait pas. Il le battait et le forçait à coucher dans l'escalier. Alors, je l'ai enlevé de là.

Le même éclair de pitié et de colère traversa le regard des deux hommes. Le garçon se méprit.

— Pourquoi me posez-vous toutes ces questions ?

Les muscles bandés, il semblait prêt à s'enfuir.

— Ne crains rien, fit doucement le moine, nous sommes gens de bien. Nous avons besoin de quelqu'un qui n'ait pas les yeux dans sa poche.

— Pour quoi faire ?

Volnay intervient.

— Je suis le commissaire aux morts étranges de Paris, j'ai besoin de quelqu'un pour observer dans les rues.

Séverin ouvrit une bouche toute grande.

— C'est vous le commissaire aux morts étranges ?

— Tu me connais ? demanda Volnay amusé.

— On parle beaucoup de vous dans Paris, monsieur le commissaire…

Le moine donna un grand coup de coude dans les côtes de son fils.

— Tu vois, tu es célèbre !

Il se pencha vers le garçon.

— Est-ce que l'on parle de moi aussi ?

— Vous, vous êtes le moine ! On dit que vous êtes un peu magicien.

Le visage du moine rayonna de fierté.

— Eh oui, eh oui…

Il se rengorgea.

— C'est vrai que je suis inimitable dans mon domaine !

Une lueur de méfiance traversa le regard de Séverin.

— Mais vous êtes des policiers, aussi !

— Oui mais nous n'aimons pas trop la police, répondit gaiement le moine.

— Où est ton frère ? demanda doucement Volnay.

— Baptiste mendie près de Saint-Eustache. Il nous faut trouver quatre sols pour notre chambre la nuit, rue des Porcherons, et autant pour manger.

Volnay porta la main à sa bourse.

— Voici déjà quarante sols et il y en aura autant pour ton frère. Allons le chercher. Mendier n'est pas une bonne idée. M. le lieutenant général de police a demandé à ses commissaires de quartier de procéder à l'arrestation en masse des mendiants avant la fête des Fous.

Ils fendirent la foule qui se pressait dans les rues mais on sentait celle-ci de plus en plus agitée. Près de l'église Saint-Eustache, vibrait encore dans l'air une sourde tension.

— Que s'est-il passé ? demanda le moine.

— La garde de Paris a sans doute emmené des mendiants, répondit son fils.

Le garçon se précipita jusqu'aux marches de l'église et courut ensuite de droite à gauche, explorant tous les alentours d'un air de plus en plus paniqué. Finalement, il revint vers eux les larmes aux yeux.

— Mon frère a disparu !

Il répéta ces mots à haute voix d'un ton si pitoyable qu'un passant s'arrêta pour les renseigner.

— Ce sont les archers du guet. Ils ont emmené un petit qui mendiait sur les marches de l'église, il y a moins d'une heure.

— Merci, monsieur, fit le moine. Nous allons réparer cette injustice.

Ils se mirent en route sans tarder. La foudre semblait s'être abattue sur le garçon qui ne cessait de répéter :

— Ils l'ont emmené ! Ils l'ont emmené !

— Du calme, dit Volnay. Il sera conduit au dépôt de Saint-Denis sous deux jours s'il n'est pas réclamé par une personne de bonnes mœurs qui s'en porte garant.

Il adressa un clin d'œil à son père.

— Je suppose que nous serons considérés comme des personnes de bonnes mœurs !

Le moine fit la moue.

— Toi, mon fils, sans aucun doute. Pour moi, la chose est nettement moins sûre !

Le commissaire de quartier auquel ils se présentèrent semblait débordé par les événements. C'était un petit homme replet qui transpirait beaucoup et portait souvent son mouchoir à son front. Volnay se présenta en prenant soin de citer tous ses titres.

— Je suis le chevalier de Volnay, commissaire aux morts étranges.

— Je sais qui vous êtes, chevalier.

— Je suis venu me porter garant de la moralité d'un des mendiants que la garde a arrêté. Un enfant de sept ans…

Il eut un sourire faussement complice à l'intention de son collègue.

— Il s'agit d'une de mes mouches. Les enfants sont bien pratiques pour observer sans être vu…

— Oh, je vois !

S'il n'était pas convaincu, le commissaire de quartier le cachait bien. Manifestement, il ne souhaitait pas se mettre en travers de la route d'un homme qui bénéficiait de la faveur du roi. Ou du moins le croyait-il.

Bientôt un exempt ramena un enfant apeuré et manifestement sous-alimenté, en le tirant par le bras. Celui-ci avait abondamment pleuré car son visage semblait tout barbouillé. Son aîné, brun comme son cadet était blond, se précipita sur lui et le serra dans ses bras. Le plus petit se laissa aller à chaudes larmes. Le moine se tamponna discrètement le coin de l'œil avec son mouchoir et Volnay, embarrassé, se racla la gorge avant de remercier le commissaire de quartier et de se hâter de sortir.

Dans la rue, l'aîné, Séverin, tenait la main du petit Baptiste en lui expliquant avec force détails l'identité de leurs deux sauveurs. Le petit écoutait, la bouche entrouverte. Dans ce monde cruel, c'était une chance inouïe pour eux de trouver des protecteurs. Les deux adultes décidèrent de s'arrêter un instant au chaud afin de faire le point avec les enfants. Si la façade de l'établissement qu'ils choisirent était plutôt accueillante, l'intérieur révéla un cabaret sordide à l'ambiance lourde. Le bouge était rempli de la fumée des pipes et des vapeurs de vin. Quelques buveurs occupaient les tables en compagnie de deux prostituées qui tentaient de faire commerce de leurs charmes auprès du feu. Il régnait une odeur âcre de pauvreté. En sortant, un homme les bouscula.

— C'est un mauvais cabaret, leur grogna-t-il en guise d'avertissement. On y est traité à la fourche !

Ils prirent néanmoins place à une table. La pièce exhalait des odeurs de graisse et de poisson pourri. À une table près d'eux, un homme aux épaules hautes comme une montagne avalait sa soupe en claquant de la langue. Une femme aux hanches lourdes et à l'air revêche, aussi gracieuse qu'un fagot d'épines, vint s'enquérir de leurs besoins. On ne servait que du hareng salé arrosé de bière et de la soupe. Ils commandèrent de la soupe et du pain pour les enfants, de la bière pour eux. Au comptoir, des ouvriers fumaient de longues pipes de terre et le parfum du tabac venait chatouiller les narines et couvrir les odeurs rances de la cuisine. La femme servit une soupe de fèves et un pain de seigle mal cuit. L'amertume de la bière n'était pas déplaisante et Volnay la dégusta lentement en suivant d'un œil inexpressif les manœuvres d'approche des prostituées auprès des clients.

Les deux enfants avalèrent leur soupe comme si leur vie en dépendait et ne laissèrent pas une miette de pain. Le moine jaugea leurs flancs maigres et soupira à l'intention de son fils :

— Dire qu'à la cour de Versailles, les bonnes âmes se permettent de dire que les enfants pauvres n'ont besoin que de chou pour se nourrir !

Il reporta son attention sur le plus petit. Baptiste était un enfant manifestement intelligent mais timide et rêveur. Il se tenait toujours les épaules rentrées comme si une gouttière venait de se déverser sur ses épaules. À un moment, il posa un peu trop brusquement son avant-bras sur la table et eut une grimace de douleur. Le moine fronça les sourcils et attrapa le poignet du petit. Il remonta la chemise sur le bras de Baptiste, celui-ci par endroits virait au noir ou au violet.

— Où travailles-tu ?

— Je suis apprenti chez M. Augy.

— C'est lui qui te pince ainsi ?

— Non, c'est sa femme.

Il baissa la tête et ajouta précipitamment.

— Lui me donne des coups de nerf de bœuf quand je ne travaille pas assez vite.

Les yeux du moine débordaient de compassion.
— Où dors-tu ?
— Dans leur escalier.
Il jeta un coup d'œil à son aîné.
— Mais mon frère ne veut plus que j'y retourne. Maintenant, je mendie près de l'église.
— Non, Baptiste, intervint Séverin, tu ne dois plus mendier. C'est trop dangereux !
— D'accord, dit docilement le petit.
— Comment traite-t-on les enfants de nos jours, se plaignit le moine en se retournant vers son fils.
— Les enfants et leurs pères, remarqua Volnay. Et quand l'ouvrier se plaint, une lettre de cachet résout tout !
— Saleté de monde ! commenta le moine dégoûté.
Ils finirent leur bière en silence puis Volnay se pencha sur Séverin.
— Allez rue Saint-Honoré et surveillez les habitants d'une maison dont je vais vous faire la description. Son entrée se trouve à côté de la boutique d'un modiste avec une enseigne de sirène. Tu sais ce que c'est qu'une sirène ?
Le petit ne savait pas, Volnay le lui expliqua sous l'œil attendri du moine qui ne put s'empêcher de montrer son art de la synthèse en résumant les explications de son fils en une seule phrase :
— Elles sont femmes de la tête aux cuisses et poisson de là jusqu'en bas !
Séverin et Baptiste s'exclamèrent avec excitation. Leur imaginaire jusque-là limité aux fantômes qui murmurent dans l'obscurité, lorsqu'on s'éveille dans la nuit, s'enrichit d'un coup de visions colorées et exotiques. Le moine leur raconta la légende d'Ulysse, échappant aux sirènes en bouchant les oreilles de ses compagnons

navigateurs avec de la cire avant de se faire attacher au mât pour écouter leurs chants merveilleux sans céder à la tentation de se précipiter dans la mer.

— Ce soir, dit Volnay l'histoire terminée, vous me rejoindrez chez moi vers six heures. Je vais vous dire où nous trouver, le moine ou moi. Ah, oui…

Il jeta un coup d'œil perçant à son père.

— Gardez un œil sur tous les afficheurs, nous sommes très intrigués à l'idée de savoir qui veut nous faire danser dans deux jours…

II

Si j'étais toi, je ne marcherais que sur un pas de gigue et je ne pisserais que sur un pas de cinq.

SHAKESPEARE

Volnay et son père connaissaient bien la rue. Le commissaire aux morts étranges la scrutait et la disséquait, déchiffrant son humeur, analysant ses tensions, ses joies, ses colères. Son père, quant à lui, s'y fondait avec une incroyable aisance. L'un et l'autre savaient que nul ne contrôlait la rue. Le peuple seul en était maître. Il l'arpentait sans répit, du matin au soir, multitude bruyante et grouillante dont les agents de l'ordre se méfiaient.

Cette foule dissimulait en son sein violence, larcin et misère. La fête des Fous approchant, une étrange exaltation semblait courir les rues comme si le lendemain tout serait possible. La tension s'exacerbait dans les quartiers populaires. Les premiers signes de cette agitation se manifestèrent près de Saint-Jean-en-Grève. Une brigade des archers de l'hôpital filait ventre à terre, assaillie de toute part par une horde de garçons rôtisseurs, de compagnons tailleurs de pierre, de gagne-deniers et de femmes en colère. Les archers s'en étaient pris à une revendeuse dont ils avaient renversé l'étal qui gênait le passage des voitures avant de l'arrêter.

— Tuez-moi ces bougres, criait une revendeuse déchaînée. Ils nous considèrent moins que des mulets !

Des pierres volaient dans l'air. Des fenêtres, on renversait des seaux d'urine et d'excréments sur les archers qui se débandaient. Le moine battit des mains en riant.

— Bravo peuple de Paris ! C'est comme ça que je t'aime !

Volnay lui saisit le bras.

— Veux-tu te taire ! Sais-tu qui nous sommes ?

Son père le regarda d'un air goguenard et croisa les doigts dans sa direction en imitant le geste de l'exorcisme.

— Sartine, sors de ce corps ! se moqua-t-il.

Le commissaire aux morts étranges eut un grognement exaspéré et l'entraîna sans ménagement.

— Tout ce bruit pour une revendeuse ! Est-ce pour cela que les gens sont si énervés ?

— Non, dit le moine. Vois plutôt l'attroupement autour de cette église.

Ils s'approchèrent prudemment. À l'intérieur de l'église Saint-Jean-en-Grève, une foule tendue entourait deux femmes allongées à terre. Le moine et Volnay se frayèrent un chemin au premier rang. Les yeux révulsés et les muscles tétanisés, deux femmes se roulaient à terre, le corps saisi de convulsions violentes. De la bave coulait de leurs lèvres. Volnay voulut leur porter secours mais deux hommes au faciès brutal le retinrent fermement. Le moine lui toucha le bras.

— Laisse, allons-nous-en.

Ils sortirent en silence et fendirent la foule attroupée au-dehors.

— Ce sont des convulsionnaires, expliqua doucement le moine.

Ils continuèrent à marcher en prenant la direction de la porte Saint-Antoine.

— Les convulsions des jansénistes sont toujours spectaculaires, expliqua le moine. Par les convulsions, sont ressuscitées les souffrances et les extases des saints suppliciés.

Volnay hocha la tête d'un air pénétré. Le sévère jansénisme était né au siècle dernier d'une réflexion théologique sur la grâce divine. En réaction à une morale trop matérialiste, Jansénius, évêque d'Ypres, avait écrit le traité *Augustinus, de gratia*, préconisant une observance quotidienne, stricte et dépouillée, des préceptes de saint Augustin. Cependant, les enjeux politiques devinrent vite prépondérants car il touchait autant à l'organisation de l'Église catholique qu'à ses relations avec les autres corps politiques. L'opposition des jansénistes au pape et à l'autorité romaine de l'Église n'était pas du goût de la monarchie, d'autant plus qu'elle était soutenue par les Parlements. S'opposer au pape, c'était à terme s'opposer au roi. Dès lors, le pouvoir royal n'avait eu de cesse de ruiner le mouvement janséniste.

Le moine s'arrêta pour contempler une gracieuse étalante qui vendait des bottes d'épingles sur le trottoir.

— Vois ceci, dit-il en désignant les épingles. Voilà ce que représentait ce mouvement dans le cul de Louis XIV !

— Père !

Ils reprirent leur chemin.

— Louis XIV comprit vite le danger et décida de fermer l'abbaye de Port-Royal, haut lieu du mouvement janséniste, ajouta le moine. Il se permit même de faire exhumer les corps dans son cimetière pour ordonner de les jeter à la fosse commune ! Mais l'humilité et la dévotion des jansénistes les avaient rendus très populaires. Et tu sais que, dès lors que le peuple et les laïques se mêlent au religieux, le merveilleux ne tarde pas à apparaître !

Un éclair de malice traversa son regard.

— Très souvent, lorsqu'un mouvement est en danger, les miracles divins viennent le conforter. Ainsi, très opportunément, la Sainte-Épine guérit une certaine Marguerite Périer au siècle dernier. Les jansénistes finissent par avoir une réputation de thaumaturges et leurs reliques deviennent très recherchées. C'est pourquoi on force le cercueil de l'abbé de Pontchâteau de Port-Royal-des-Champs après la guérison d'une jeune fille lors de ses obsèques. Il y a là une espèce de volonté désespérée à vouloir prouver le soutien de Dieu à la cause…

Volnay eut un sourire sarcastique.

— C'est toujours dommage d'avoir un saint qui ne guérit de rien !

— Tu as tout compris !

Intarissable, le moine reprit le cours de son exposé.

— Il y a trente ans, une série de miracles de guérison auraient eu lieu sur la tombe d'un diacre janséniste très aimé, François de Pâris, au cimetière Saint-Médard, faubourg Saint-Marcel. Un homme étonnant que ce diacre. Fils de conseiller au Parlement, il décline une carrière toute tracée pour entrer dans l'Église. Mais même l'habit ecclésiastique endossé, il refuse le sacerdoce pour rester tout en bas de l'échelle. Il soutient les appelants et se retire dans une grossière cabane en bois au milieu des pauvres de son quartier, se faisant tisseur de bas, jeûnant et priant, portant un cilice pour mortifier son corps, marchant pieds nus été comme hiver. Épuisé par cette vie austère, il meurt à trente-sept ans.

Comme encouragés par l'appel à la fête aux Fous, saltimbanques et bateleurs envahissaient les rues. Pieds nus, une jeune fille à l'opulente chevelure blonde marchait sur une corde tendue par deux jeunes gens. La corde était si mince qu'elle semblait flotter entre terre et ciel et les badauds attroupés paraissaient attendre son envol. Le moine s'arrêta pour l'observer avant de reprendre son récit.

— Le jour même des obsèques du diacre Pâris, une vieille dame se déclare guérie d'une paralysie du bras après avoir touché le cercueil avec son membre malade. Malgré le refus de l'Église de reconnaître ces miracles, le peuple se presse sur la tombe de François de Pâris. On appelle l'esprit du défunt, on se couche sur sa tombe, la tête sur un coussin pour les plus fortunés. Des femmes viennent en béquilles et repartent toutes gaillardes sur leurs deux jambes. On se rend désormais au cimetière Saint-Médard autant pour être guéri que pour assister au spectacle car des convulsionnaires se lacèrent le corps et de jolies filles restent allongées sur la tombe, les jambes en l'air, dans une position qui ne dissimule rien de leur anatomie ! On vend des sachets de terre du cimetière ou des fioles de l'eau du puits et des cabarets s'ouvrent aux alentours pour désaltérer curieux et pèlerins. Le pouvoir royal en prend ombrage et ordonne de fermer le cimetière en janvier 1732, décrétant que les prétendus miracles n'étaient qu'impostures.

Il agita un doigt en l'air.

— Note toutefois que des témoins de bonne moralité, et non suspects de sympathies pour les jansénistes, ont déclaré que les guérisons, bien qu'inexplicables, ne leur semblaient en aucun cas suspectes ! Seulement, le pouvoir royal ne pouvait laisser se développer de telles pratiques.

Son front se plissa de rides.

— Il est curieux d'assister à un tel spectacle aujourd'hui en public. La revanche des laïcs sur les clercs, celle des clercs sur les évêques. Serait-ce l'approche de la fête des Fous ?

La silhouette lugubre et imposante de la Bastille se profilait. Tout en marchant, Volnay interpella son père.

— Toutes ces histoires de fête des Fous et de convulsionnaires sont passionnantes mais je crois que nous nous égarons.

Le moine lui jeta un regard énigmatique.

— Pas tant que cela, mon fils, pas tant que cela ! Les valeurs se contestent et l'ordre social s'inverse.

Le commissaire aux morts étranges s'agaça.

— Père, tiens-t'en aux faits ! Il serait bon de récapituler tout ce que nous savons sur nos meurtres. As-tu tes notes ?

— Non, mais…

Le moine pointa un doigt sur sa tempe.

— Tout est là-dedans et dans un ordre parfait !

— Je t'écoute.

— Le 22 décembre, un jeune étudiant en médecine, Henri-Léonard Bertin, est retrouvé assassiné rue du Bout-du-Monde, égorgé et la langue arrachée. Sa famille habite loin de Paris et ses seules fréquentations sont ses camarades étudiants. Ceux qu'ils fréquentent se trouvaient le soir de sa mort à l'autre bout de la ville pour fêter l'anniversaire de l'un d'entre eux. Pourquoi leur camarade n'était-il pas avec eux ce soir-là ? Une femme ? Tout ce qu'on a pu tirer de ces potaches, c'est qu'Henri-Léonard leur avait parlé d'une jeune fille rencontrée rue Saint-Honoré et logeant à côté de la boutique d'un modiste dont l'enseigne était une sirène.

Le moine s'interrompit et, comme son fils, se mit le dos au mur pour éviter les essieux graisseux d'une charrette.

— Ceci nous a permis de trouver la jeune fille en question, reprit le moine, mais voilà, nous ne sommes pas plus avancés de ce côté-là puisqu'elle n'articule pas plus qu'une carpe. Henri-Léonard Bertin s'est peut-être amouraché de cette jeune fille et en a parlé à ses camarades avant de passer à autre chose. L'abord de cette jeune fille un peu simplette devait être délicat, escortée qu'elle était à chaque sortie par sa mère ou son ténébreux valet.

Il fit un saut de côté pour éviter le contenu d'un pot de chambre qu'on déversait d'une fenêtre.

— Voyons, continua-t-il imperturbable. Un second jeune homme est assassiné, le 23 décembre, et mutilé de la même manière. Scipion Le Franc est un bon à rien qui vit d'expédients. Les rapports de police sur lui sont exécrables. Il travaille comme apprenti dans l'atelier de son père mais s'en lasse vite. Son père l'en chasse car il donne le mauvais exemple. Néanmoins, le fils continue à habiter chez ses parents qui n'ont pas le cœur à le jeter à la rue car c'est leur seul enfant. Au début de l'année, il passe un mois en prison pour avoir voulu abuser d'une jeune ouvrière de linge.

Le moine plissa les yeux pour tenter de se souvenir. Son fils vint à son secours.

— Le rapport de police dit : "l'a couchée sur le carreau pour tenter de s'introduire dans ses orifices naturels".

— Oh, tu as hérité de la mémoire de ton père, toi !

— Entre autres ! Les parents le recueillent à sa sortie de prison, non chez eux mais dans un petit appartement qu'ils possèdent près de la barrière de la Croix-Faubin. Là, sans doute à leur grand désespoir, il amène des filles… Des filles de rien.

Le moine lui jeta un doux regard de reproche.

— C'est un terme que je ne prononce jamais et tu ne devrais pas plus t'y employer. On n'est pas rien parce que l'on est obligé de vendre son corps pour vivre !

Volnay pensa à l'Écureuil et s'empourpra. Il leva la tête vers le ciel. Celui-ci semblait s'être vêtu d'un couvre-chef noir. La pluie menaçait. Il se hâta de changer de sujet.

— Les parents de Scipion Le Franc sont peu bavards. Nous n'en avons pas pu en tirer grand-chose. Visiblement, ce sont des gens austères et peu enclins à supporter les gaudrioles de leur fils. De surcroît, la mère m'a paru bien dévote…

— Mme Le Franc ne s'assoit que d'une fesse, confirma le moine.

À son tour, il jeta un regard inquiet au ciel.

— Quant à retrouver quelques compagnons de beuverie ou maîtresses du défunt, cela demandera du temps et des efforts.

— Nous en trouverons bien à son enterrement. C'est le meilleur lieu pour juger de la qualité des connaissances de quelqu'un !

L'averse survint brutalement au passage de la porte Saint-Antoine. Des gouttes d'eau glaciales s'abattirent sur les deux hommes qui rentrèrent la tête dans les épaules. Devant eux, un grand carrefour offrait le choix entre quatre voies : rue des Fossés-Saint-Antoine, rue de Charenton, rue du Faubourg-Saint-Antoine et rue de la Roquette.

Ils s'engagèrent rue du Faubourg-Saint-Antoine, au milieu d'une nombreuse populace sillonnée par tous les corps de métiers ambulants. Ils regardaient à droite comme à gauche pour se garder d'être bousculés car le quartier était percé de cours, passages et impasses et les passants s'en écoulaient comme d'une gigantesque termitière. Malgré la foule populaire, les mansardes et les immeubles en torchis, beaucoup de communautés religieuses s'étaient installées dans ce quartier autrefois plus calme et où l'on trouvait quelques beaux hôtels.

Le cœur du faubourg Saint-Antoine se trouvait être l'abbaye Saint-Antoine-des-Champs mais l'extension aux villages alentour avait été rapide, happant la Croix-Faubin, le Petit-Bercy, Picpus, la Rapée, la Roquette et Reuilly. Dès Louis XI, on avait fait bénéficier de franchises les personnes travaillant sous le patronage de l'abbaye. Un siècle plus tôt, sur les recommandations de l'abbesse, Colbert veilla à renouveler ces franchises en exemptant les artisans des réglementations corporatives et en favorisant l'installation et le développement de grandes manufactures de glaces, de faïence, de porcelaine, de velours frappé, de cuir et d'étain.

Depuis, menuisiers, façonniers, ébénistes, vernisseurs, doreurs, tapisseurs et marquetiers s'étaient progressivement installés dans le quartier Saint-Antoine. De nombreux artisans de France et d'ailleurs les avaient rejoints avant que la verrerie ne s'installe à son tour. La manufacture de verre vénitien, devenue Compagnie de Saint-Gobain, s'était développée depuis son installation à la fin du siècle dernier grâce aux subventions royales. Le quartier avait attiré au fil du temps de nombreux ouvriers mais aussi des indigents. Une foule considérable grouillait maintenant dans ses rues, laborieuse mais turbulente. Artisans et ouvriers aux mœurs simples travaillaient directement pour une clientèle riche et aristocratique. Ils en mesuraient toute la morgue et l'inutilité, prenant conscience des différences de richesses, jalousant les clients pour lesquels ils travaillaient exclusivement. Aussi, le quartier avait gagné la réputation d'une humeur chatouilleuse, volatile et prompte à la révolte.

Ils prirent à leur gauche la rue de Charonne, ancienne chaussée menant au village du même nom. Après la pluie, la boue envahissait les rues de Paris, maculant les roues des voitures et les habits des honnêtes gens. Les décrotteurs plaçaient des planches de bois au-dessus des petits ruisseaux pour permettre aux gens de traverser sans se salir, moyennant quelque menue monnaie. Volnay sortit la main de sa poche pour éviter de se crotter davantage. Une forte bise leur fouettait désormais le visage. Le moine releva sa capuche pour se protéger.

— Jour de vent, jour de tourment !

Ils découvrirent le cabaret peu après. L'enseigne grinçait au vent, les tables étaient chargées de brocs d'étain emplis de bière, de pichets de vin et de gobelets. Du regard, Volnay parcourut l'assemblée où se côtoyaient palefreniers, garçons d'office, postillons, ouvriers, apprentis ainsi que quelques sergents aux chapeaux galonnés venant racoler là les buveurs pour les enrôler à l'armée.

Il régnait ici l'ambiance lourde des cabarets. Volnay sursauta. Une jeune fille aux cheveux roux s'était glissée entre deux joueurs à une table et se faisait caresser outrageusement par le vainqueur de la partie. Le jeune homme détourna la tête sous le regard attentif de son père. Un instant, le policier avait cru reconnaître l'Écureuil. Son père devina ses pensées et secoua doucement la tête.

— Asseyons-nous, proposa le moine, il nous trouvera bien.

Ils prirent place à une table à côté de joueurs de dés. Le verbe haut, on jouait de l'argent, hurlant lorsqu'on perdait et riant lorsqu'on gagnait. Le moine regarda les dés rouler avec indulgence.

— Ils flattent les dés mais ne savent pas les faire rouler !

La porte du cabaret s'ouvrit de nouveau, levant un torrent d'imprécations dans la salle tant le vent entrant était chargé d'humidité.

— Voilà notre homme, constata Volnay. Il est à l'heure.

— Il a mordu à la grappe ! Prépare ta bourse !

D'un geste, le moine l'invita à s'approcher. L'autre prit un tabouret et se glissa près d'eux, le regard fuyant. Il sentait la sueur et la paille mouillée. Ses manières furtives et sournoises inspiraient instinctivement la méfiance. Il posa ses deux mains sur la table et les entrelaça car elles tremblaient un peu.

— Tu es domestique chez les Le Franc et tu as accepté de répondre à quelques-unes de nos questions, résuma le policier.

— Certes, fit l'autre.

— Dis-nous tout ce que tu sais sur eux, continua Volnay en lui glissant quelques pièces dans la main.

Et, comme l'autre hésitait, pensant négocier plus cher son indiscrétion, il ajouta :

— Ou peut-être préfères-tu nous parler après une bonne nuit passée aux geôles du Châtelet ? Elles sont connues pour leur confort, surtout avec de l'eau jusqu'aux genoux !

Le laquais se décida aussitôt.

— Madame est du parti des *appelants*...

— Les *appelants* ? fit Volnay.

Son père sourit.

— Les jansénistes. Tu te rappelles ce que je t'ai raconté sur les convulsionnaires.

— Ah oui. Ainsi, cette dame en serait ?

— Diable, je l'avais sentie un peu raide du cul mais de là à l'imaginer de ce parti…

Le moine se tourna vers le domestique.

— Et qu'en dit son mari ?

— Monsieur en est également. Il porte régulièrement ses secours à sa femme à coups de bûche.

— Ses secours ?

— C'est ainsi qu'ils en parlent, expliqua le moine. Afin d'atténuer les crispations des corps révulsés, ils les foulent aux pieds ou les cognent. Et plus la convulsion est sévère, plus le traitement se fait violent. Les secours, c'est donc l'aide qu'ils s'apportent mutuellement. On distingue les simples secours, qui sont des coups de poing, des grands secours, coups de bûche, de pierre, de marteau voire d'épée pour larder le corps.

— Nul doute que l'intention soit charitable, ironisa Volnay. Mais peut-être la cogne-t-il juste pour son seul plaisir ?

Le moine ne jugea pas drôle la remarque de son fils. Aussi, les plis du rire autour de ses lèvres ne s'accentuèrent-ils que faiblement. Volnay reporta toute son attention sur le valet.

— Ta maîtresse doit bien se rendre dans quelque endroit pour y exprimer sa foi et y rencontrer ses coreligionnaires. Je te donnerai la même chose si tu nous y amènes.

L'autre vida son gobelet d'un coup et le reposa brutalement.

— Alors en route, je n'ai pas que ça à faire, moi !

— Passe devant, mon ami, ronchonna le moine. Nous n'avons pas plus de temps de reste que toi !

Le valet les conduisit rue de la Roquette, ils contournèrent un couvent avant de se retrouver devant un immeuble à la façade banale. Au second étage, des rideaux épais masquaient toutes les fenêtres.

— C'est ici qu'elle vient ?

— Oui, maintenant donnez-moi l'argent, je ne tiens pas à ce qu'on m'aperçoive. Le mot de passe est *Jardin des Oliviers*.

Volnay lui compta rapidement les sous promis et le congédia d'un geste dédaigneux.

— Tous les mêmes, ces domestiques de famille, prêts à vendre leurs maîtres pour quelques pièces !

— Ne nous plaignons pas de la nature humaine. En l'occurrence, cette propension à trahir nous sert à longueur de temps, remarqua le moine pragmatique.

Il s'apprêtait à traverser la rue lorsque son fils le retint.

— Dis-m'en un peu plus sur ces fameux appelants.

Son père hocha la tête et revint sur ses pas.

— Sous Louis XIV, un oratorien, le père Pasquier Quesnel, en exil en Hollande, écrit un commentaire du Nouveau Testament intitulé *Réflexions morales*. Influencé par les idées jansénistes, voire même calvinistes, il y remet en question l'autorité pontificale et celle de l'Église au profit du corps entier des fidèles, les laïcs. Ce livre est bien accueilli par les fidèles ainsi que par un certain nombre de prélats dont l'archevêque de Paris, Mgr de Noailles, mais cent une propositions extraites de ce livre font bondir les jésuites et le pape. Sollicité par Louis XIV, le pape, par sa bulle *Unigenitus*, dénonce alors Quesnel comme un faux prophète et corrupteur de l'Évangile.

Il s'interrompit pour faire un pas en arrière, laissant le passage à une cohorte de voitures transportant des sacs de charbon. Le visage des conducteurs était plus sombre que celui du diable et seules leurs prunelles apportaient une touche de clarté à toute cette noirceur. Le moine éleva la voix au passage des véhicules dont les roues rebondissaient sur le pavé.

— Après la mort de Louis XIV, sous la Régence, le débat rebondit avec la sortie d'autres livres et les jansénistes intensifient la résistance contre la bulle papale *Unigenitus*. De tous les diocèses de France partent des lettres de curés, chanoines et autres ecclésiastiques rétractant leur acceptation de la constitution *Unigenitus*. On les nomme les *appelants*.

Le moine reprit son souffle avant de continuer.

— Soutenus par Mgr de Noailles, les trois quarts des curés parisiens se déclarent *appelants*, ils écrivent pour se prononcer contre la bulle. Ces curés sont très proches et très aimés de leurs paroissiens pour lesquels ils se dévouent dans des œuvres de charité. C'est dire que le peuple les soutient. Quatre évêques se déclarent avec eux et font acte d'appel contre la constitution *Unigenitus*, déposant à la Sorbonne un acte notarié réclamant un concile général, concile placé au-dessus du pape. Nous sommes alors en 1717.

Le moine fit une pause tout en examinant la façade de l'immeuble en face d'eux comme s'il s'attendait à y voir gravée quelque diablerie.

— La réaction est terrible. Le pape excommunie les évêques et les appelants par la lettre *Pastoralis officii*. Les concernés renouvellent toutefois leur appel en 1719 avec l'archevêque de Paris, Louis Antoine de Noailles. Remettre en cause la bulle, c'est remettre en cause l'autorité du pape. Le Régent qui dirige le royaume pendant la minorité de Louis XV décide de réagir avec la plus grande fermeté et ordonne de faire signer le formulaire, un document adhérent à la constitution *Unigenitus*, afin de pouvoir bénéficier des grades universitaires. Des lettres de cachet viennent mettre au pas les appelants. L'une d'elles exile Jean Soanen, le chef des appelants depuis la mort de Quesnel. Le successeur de Louis Antoine de Noailles, Mgr de Vintimille, en profite pour faire interdire des centaines de prêtres jansénistes et fermer des séminaires ou collèges jansénistes.

Ils traversèrent la rue et entrèrent sous le porche de l'immeuble. Le moine baissa soudain le ton.

— Et c'est alors que le mouvement s'essouffle et que l'on croit que tout est perdu que les miracles interviennent. En 1725, la femme d'un ébéniste est guérie lors de la procession du Saint-Sacrement. Et tu sais qu'autant les reconnaissances de miracles sont soumises à des procédures longues et complexes d'éventuelle canonisation lorsqu'il s'agit d'un bienheureux, autant elles sont tout de suite acceptées lorsqu'il s'agit du Saint-Sacrement ! L'événement a lieu à Sainte-Marguerite, paroisse dont le curé est un appelant notoire. Ce qui n'est pas sans conséquence ! Enfin, je t'ai parlé il y a peu du diacre François de Pâris, des convulsionnaires de Saint-Médard et de prétendus miracles sur sa tombe.

— Tu n'y crois pas ?

— Comme je te l'ai dit, des témoins de bonne moralité ont été fort troublés par ceux-ci mais toi et moi savons qu'il est facile de feindre la paralysie pour se relever et sauter en l'air comme un cabri !

Le moine prit un air songeur.

— C'est étrange. Avant sa mort, dans ses prêches, le diacre Pâris disait que nous sommes tous des malades, nos passions étant nos maladies. Et il ajoutait : “Que de miracles ne voyons-nous pas Dieu opérer sur nos corps ou nos âmes ?” C’est un peu comme s’il prédisait les miracles qui auraient lieu sur sa tombe après sa mort.

Les deux enquêteurs montèrent au second étage. Ils frappèrent et un visage méfiant apparut dans l’entrebâillement de la porte.

— *Jardin des Oliviers*, dit le moine.

L’appartement semblait rempli de monde mais on se mouvait en silence et tout semblait chuchoté pour faire le moins de bruit possible. Aux murs, des estampes sous verre montraient le supplice de saints. Un diacre leur barra le chemin dans le hall. Vêtu de noir, il avait les jambes hautes et maigres comme un héron, des gestes brusques, un crâne chauve et un regard perçant.

— Messieurs, je n’ai pas l’honneur de vous connaître.

— Nous sommes des amis de Mme Le Franc, lança le moine avec ferveur. Elle nous a chaudement recommandé votre adresse…

Le diacre hésita. Son regard effleura pensivement la bure du moine qui s’empressa d’ajouter d’un ton doucereux :

— Les saintes Écritures sont le lait de tout bon chrétien, il ne faut pas l’en sevrer.

L’autre hocha la tête. Son attention fut dissipée par l’apparition d’une femme bien vêtue qui venait d’entrer derrière eux. Le diacre les délaissa aussitôt pour courir jusqu’à elle.

— Vous ne pouvez entrer ici avec des cheveux frisés ou des parures !

Le commissaire aux morts étranges en profita pour entraîner son père dans le grand salon où se pressaient des gens au regard exalté.

— Je croyais que tout ceci n'existait plus, murmura Volnay atterré.

— Détrompe-toi mon fils, devant la répression du pouvoir royal, ils se sont simplement repliés dans des endroits plus discrets. Et plus on se détourne d'eux et de leurs pratiques, plus ils redoublent de violence et d'excès.

Il s'interrompit. Des coups de fouet éclataient, zébrant de rouge les épaules d'une femme agenouillée, les pupilles révulsées. Chaque fois que la lanière en cuir la touchait, elle poussait un grognement rauque et bestial. Le moine la contourna pour la contempler de face. Ses yeux étaient hagards et un mince filet de bave filtrait de ses lèvres.

Volnay rejoignit son père et lui fit signe de le suivre. Dans une autre pièce, une femme au visage exalté était liée à une croix. On lui appliquait par petites touches délicates un tison chauffé à blanc sur la peau. Une épouvantable odeur de viande grillée régnait ici. La victime hurlait *Amen* chaque fois qu'on la brûlait.

— Ces gens-là sont fous, grogna le moine. Il faut les enfermer !

Une forme féminine se glissa entre eux, les yeux étincelants. Âgée d'une trentaine d'années, la femme portait une coiffe noire, un manteau et une jupe à plis attachée aux hanches. La vue du spectacle semblait l'avoir fort émue. Son menton commença à tressauter, l'iris de ses prunelles se révulsa. Un long frisson parcourut tout son corps qui commença à se contracter. Dans un spasme, sa poitrine se projeta en avant. Elle haleta à la recherche de son souffle. Soudain, les pupilles dilatées, elle s'affaissa grotesquement puis se tordit en d'affreuses secousses tout en se labourant le corps de ses ongles avant d'être prise de convulsions.

Le moine se pencha vers elle pour la secourir lorsqu'une voix claqua, sèche comme un fouet derrière lui.

— Laissez-la, Dieu est en elle !

Le diacre bouscula Volnay et agrippa le bras du moine avec rage.

— Je me souviens de toi ! Je sais qui tu es, moine hérétique instruit à l'école du diable et voué à l'infernale entreprise de détourner les esprits des saintes Écritures ! Empoisonneur des âmes ! Un jour, on te brûlera !

Il avait craché sa haine d'une traite mais le moine ne semblait pas troublé par le venin de ses paroles.

— Le Christ te pardonne d'aussi sots propos, mon frère, même si tu possèdes toutes les vertus de l'âne qui l'a transporté !

— Sortez ! cria le diacre furieux.

Le commissaire aux morts étranges se raidit mais ne bougea pas d'un pouce. Son regard avait pris la teinte de l'acier en fusion. Instinctivement, sa main s'était portée à son côté pour y chercher la garde de son épée. Son père connaissait trop ce genre de réaction pour la laisser se développer.

— Viens, chuchota-t-il en lui prenant le bras et en l'entraînant.

Dehors, jongleurs, acrobates et voyous avaient pris possession de la rue. Malgré le temps gris et froid, la liesse n'en restait pas moins générale. Les deux hommes respirèrent à pleins poumons l'air frais, heureux d'abandonner derrière eux les images révoltantes des convulsionnaires.

Ils s'arrêtèrent dans un cabaret renommé pour déguster un bouillon et un chapon au gros sel.

— Tout ceci relève de la démence, grommela Volnay en repensant à la scène dont ils avaient été témoins.

— Tu exprimes là une opinion commune, remarqua malicieusement le moine, mais les choses sont plus complexes que cela.

— Heureusement qu'ils sont peu nombreux, poursuivit le policier perdu dans ses pensées.

— Leur faible nombre ne les inquiète pas car ils se considèrent comme des élus.

— C'est curieux, remarqua le commissaire aux morts étranges, que seules des femmes convulsionnent ainsi.

— Mes collègues philosophes écrivaient que justement les convulsionnaires étaient des femmes parce que seules les femmes étaient hystériques.

— La nature de la crise n'est-elle pas d'ordre… euh… enfin, j'ai entendu parler d'une théorie de la vapeur…

— Cette théorie du siècle dernier n'est que balivernes, le coupa son père. En 1682, Sydenham a publié un *Dissertatio epistolaris* traitant entre autres de l'hystérie. Pour lui, le siège de l'hystérie n'est pas l'utérus mais le cerveau. Arrêtons de prendre les femmes pour des folles à cause de leur sexe !

Il repoussa son bol de bouillon et entreprit de découper le chapon.

— Ah, la belle bête que voilà !

— Qui est ce Sydenham ?

— Un médecin anglais pragmatique. Un jour, appelé au chevet d'un malade très affaibli par les purges et la diète qu'on lui impose et au bord de la crise d'hystérie, il lui prescrivit un poulet rôti et une bonne pinte de bière !

Volnay se servit d'un beau morceau de blanc tandis que son père s'attaquait à un pilon.

— Pour toi, père, les convulsionnaires seraient donc des gens à l'esprit dérangé, des malades…

— Disons, des personnes proches d'un état hystérique. La convulsion est un symptôme morbide. Or ici, elle signifie la guérison du corps malade. Mais parle-t-on du corps ou de l'âme ? Je pense que l'esprit a sur le corps beaucoup plus d'influence qu'on ne lui en prête…

Il se pencha vers son fils.

— Lorsque ton corps est malade, tu l'es réellement. Lorsque ton esprit croit que ton corps est malade, eh bien c'est la même chose !

Il toucha sa tempe du doigt d'un air de connivence.

— Tout est dans la tête mon fils, tout est dans la tête…

Un tintamarre de casseroles, tambours et tambourins, trompettes, cris et chansons l'interrompit. Les convives se précipitèrent à la fenêtre ou à la porte pour mieux voir. Le commissaire aux morts étranges et le moine se frayèrent un passage jusqu'au premier rang.

Un cortège joyeux s'était formé et suivait le prince des sots, la tête coiffée d'un bonnet à grelots, chevauchant un âne à l'envers. Dans un tombereau plein d'ordures, ses suivants prenaient des poses lascives et esquissaient des gestes impudiques. À pied derrière eux, des membres de la cohorte distribuaient aux passants des épluchures de légumes qu'ils puisaient dans de grandes bassines.

— Ils préparent la fête des Fous, constata le moine avec un sourire attendri. Le peuple prend la place du roi et les fous celle des sages !

Ils terminèrent leur repas en silence et regagnèrent la rue du Faubourg-Saint-Antoine, marchant rapidement pour se réchauffer car le temps était froid et presque à la neige. À plusieurs reprises, le commissaire aux morts étranges se retourna et, de ses yeux pâles et glacés, explora la rue.

Une lueur grisâtre entrait par les fenêtres du fond de l'atelier où ils pénétrèrent. Le moine eut un soupir ravi. Les meubles aux formes sévères et monumentales laissaient place désormais aux lignes courbes et à la fantaisie. Le bois était en demi-teinte avec de délicates nuances. Des festons drapés, des rilsans et des nœuds d'amour le paraient. Coquilles et fleurs formaient des bouquets marquetés somptueux. Des compagnons fabriquaient des meubles en acajou aux moulures renforcées de baguettes d'encadrement en cuivre. D'autres s'occupaient à faire des placages de noyer, de cèdre ou d'ébène. Le moine examina de près les meubles marquetés, ornés d'appliques de bronze, hochant la tête d'un air appréciateur devant les colonnes et pilastres cannelés.

— Voilà du bel ouvrage.

Le maître les reconnut et vint à eux. C'était un homme sombre, aux manières rudes. Il portait une belle tête recouverte d'une chevelure blanche rebelle et des sourcils gris broussailleux, la moustache en bataille.

— Messieurs, que puis-je pour vous ? Avez-vous arrêté les assassins de mon fils ?

Il parlait d'une voix basse et dénuée de passion.

— Il est trop tôt, déclara Volnay. Nous avons encore des questions à vous poser.

— Posez-les donc en une fois, cela vous évitera de revenir !

— Connaissez-vous les fréquentations de votre fils ?

— J'ai déjà répondu à cette question et je n'ai pas retrouvé la mémoire depuis !

— Votre fils fréquentait-il une jeune femme rue Saint-Honoré ou un étudiant en médecine ?

— Aucune idée.

— Pour la jeune fille ?

Le maître fronça les sourcils.

— À mon avis, il se contentait des filles de mauvaise vie du quartier sans avoir à aller plus loin.

— Je me suis laissé dire que votre femme et vous étiez croyants et très pratiquants.

— C'est possible.

L'homme manifestait peu d'intérêt pour la conversation. Le commissaire aux morts étranges s'impatienta.

— Vous joignez-vous à votre femme lorsqu'elle se rend dans des cérémonies privées ?

— Ce que ma femme fait ne me regarde pas tant que cela reste chrétien.

— Battez-vous votre femme ?

— Seulement lorsqu'elle me le demande !

Le commissaire aux morts étranges croisa les bras sur sa poitrine.

— Racontez-moi cela.

Le maître menuisier regarda autour de lui d'un air gêné puis les entraîna à l'écart, loin des oreilles indiscrètes.

— Ma femme, expliqua-t-il, a toujours été très pieuse. Elle assiste aux offices de jour comme de nuit et consacre beaucoup de temps à la prière. Je n'y voyais pas d'objection car je suis moi-même un homme pieux. Mais elle se mit à fréquenter après la messe un petit groupe de personnes aux idées exaltées. C'est ainsi que cela lui prit un soir. Cela commença par des élancements, de l'agitation puis des mouvements furieux jusqu'à ce qu'elle me demandât de la frapper avec le tison. De peur de lui faire mal, je pris une bûche.

— Vous avez bien fait ! s'exclama le moine.

— Bref, conclut le menuisier, ma femme me demande parfois les petits ou les grands secours et je juge plus normal que ce soit moi, son mari, qui les lui donne, que des inconnus !

— C'est faire là preuve d'une grande sagesse, approuva une fois encore le moine.

M. Le Franc acquiesça mais une grosse quinte de toux le saisit et il porta un mouchoir à sa bouche. Volnay entraperçut un filet de bave rosée.

— Avez-vous déjà accompagné votre femme dans une de ces réunions ?

— Dieu m'en garde, monsieur !

— Avez-vous accueilli chez vous ces gens ?

— Dieu m'en garde une fois de plus !

— Les connaissez-vous ?

— Dieu m'est témoin que non !

Et il ne fut pas possible de lui tirer grand-chose de plus. Volnay et son père se retiraient lorsqu'un apprenti se coupa et jura d'une voix forte. Aussitôt la voix du maître artisan retentit dans l'atelier !

— Dix sols d'amende ! On ne blasphème pas dans mon atelier !

Il se retourna vers les deux enquêteurs, l'air navré.

— Mes apprentis deviennent fous à l'approche de la fête des Saints-Innocents ! L'autre jour, en mon absence, l'un avait pris ma place et me singeait à diriger l'atelier. Et hier soir, j'en ai surpris un à montrer ses fesses à la porte.

Le regard de Volnay glissa vers son père.

— Il faut effectivement être fou, ou avoir l'âme d'un enfant de sept ans, pour jouer à de telles choses !

Le maître approuva et le moine se rembrunit.

La pluie avait cessé mais le froid semblait s'exhaler des rues imprégnées d'humidité. Néanmoins, le temps n'avait pas découragé les passants et ceux qui s'amusaient comme purent le constater les deux enquêteurs en passant devant des danseurs de corde et des joueurs de gobelet.

— Regarde, s'exclama le moine ravi. On boit, on danse et l'on fait des farces ! Les jongleurs, les mimes et les montreurs d'ours sont dans la rue. Bientôt on installera sur les places des fontaines de vin, de liqueur et de lait !

Volnay eut un sourire en coin.

— Sartine va adorer cela !

Non loin de là se dressait l'hospice des Enfants-Trouvés qui avait vu le jour en 1674 grâce à la générosité du chancelier d'Aligre et de sa femme. On y déposait les enfants trouvés exposés sur les parvis des églises. Ils passèrent devant un hôtel dont le portail exhibait une clé sculptée en tête de femme que le moine apprécia fort. De nouveau, le policier se retourna pour scruter la rue.

— Je trouve ce maître menuisier des plus épais, soupira le moine.

— Il est surtout malade, remarqua son fils.

— S'il crache vraiment du sang, je ne lui donne pas six mois !

Peu à peu, ils approchaient de la barrière de la Croix-Faubin, du nom d'un hameau voisin, établie pour permettre la perception des droits d'octroi. Les cabarets se faisaient plus nombreux. Volnay jeta un coup d'œil aux jeunes femmes fardées arpentant le pavé puis aux hommes qui passaient furtivement devant elles. Leurs regards souillaient les épaules nues de caresses lourdes de sens. Un instant, il pensa à l'Écureuil et comment il l'avait rencontrée deux semaines plus tôt, se frottant aux joueurs d'un cabaret et passant une heure avec eux pour quelques sols.

D'un coup, la fureur l'enflamma et il dut lutter pour calmer sa colère. Son père qui le connaissait bien, et le comprenait plus qu'il ne le pensait, lui jeta un regard furtif mais ne dit rien. La tension qui habitait en cet instant son fils était presque palpable et le moine savait que le calme commissaire aux morts étranges pouvait en une minute laisser place à un homme empli d'une détermination impitoyable.

— C'est ici qu'il a été tué, dit le moine alors qu'ils tournaient à un coin de rue. Il a poussé la porte de son immeuble et son assassin est entré derrière lui, l'empoignant par-derrière.

Il conclut par un geste rapide mais significatif du pouce en travers de la gorge.

— Vite fait, bien fait.

— Du travail de professionnel, apprécia Volnay.

— Mais quel professionnel ? Un bandit, un garçon boucher, un soldat, un commis des abattoirs…

— Un moine…

Le moine hocha la tête et un frisson gris troubla ses prunelles.

— C'est vrai que, durant mes campagnes, j'ai dû faire taire quelques sentinelles et je ne m'y prenais pas autrement. Je n'éprouve que des regrets d'avoir assassiné mes frères, les hommes, pour le seul contentement d'un roi inepte qui ne pensait qu'à agrandir son domaine !

Volnay posa une main compatissante sur son épaule. La colère l'avait abandonné et il contemplait maintenant son père avec affection.

— N'y pense plus, nous donnons le nom d'expérience à toutes nos erreurs.

— C'est chose bien aisée, rétorqua lugubrement le moine. Retournons voir l'appartement de notre victime.

Nous l'avons déjà fouillé hier de fond en comble mais il faisait bien sombre.

— Oui et examinons-le à l'aune de nos dernières connaissances car celles-ci changeront peut-être le regard que nous portons sur les choses du quotidien.

— Tu parles comme un livre, mon fils !

L'appartement de Scipion Le Franc consistait en une seule et grande pièce. Il était sale et mal tenu. Des bouteilles vides et des vêtements froissés jonchaient le sol. Partout la poussière s'amoncelait. Le moine ouvrit la seule armoire qui se trouvait là.

— Vestes, justaucorps, culotte, frac, casaques, chapeaux, gilets. Ici, des souliers, un chapeau… Tiens…

Sous des mouchoirs, il venait de découvrir une petite fiole.

— Une potion médicinale, sans doute. Je ne l'ai pas remarquée hier.

Le commissaire aux morts étranges fronça les sourcils. Sans s'en soucier, le moine la déboucha et fit une grimace en la portant à ses narines.

— Le contenu sent plus mauvais que des pieds en fin de journée !

Il renifla encore.

— Voire après un pèlerinage ! Ne compte pas sur moi pour la boire. Enfin…

Il ouvrit la besace de son fils et la glissa à l'intérieur.

— Je verrai cela à la maison…

Trois coups discrets retentirent contre la porte, suivis de deux. Les enquêteurs échangèrent un regard surpris. L'instant d'après, la porte s'ouvrait et une frêle jeune fille se tenait devant eux, les côtes saillantes et la mine effarouchée. Ses cheveux d'un blond doré venaient égayer un visage long et maigre au teint pâle et anémié. Il se dégageait d'elle une élégante vulgarité.

— Scipion n'est pas là ? demanda-t-elle d'une voix un peu geignarde.

Manifestement, pensa le moine, Scipion Le Franc avait pris d'avance avec elle un pain sur la fournée.

— Entrez, fit-il, nous nous ferons une joie de le remplacer.

— Oh !

— Ne vous méprenez pas, la rassura Volnay, nous ne souhaitons que vous poser quelques questions et nous vous dédommagerons du temps passé à y répondre.

— Il n'est donc pas là ? insista-t-elle en minaudant.

Elle prenait des poses nonchalantes et langoureuses. À quoi était-elle bonne sinon à mener au lit, devait penser d'elle les Scipions et compagnie. Le commissaire aux morts étranges lui jeta un regard acéré.

— Il est mort, mademoiselle, et nous recherchons son assassin.

La jeune fille vacilla. Le moine la fit asseoir. Les yeux baissés, l'air emprunté, elle tira son manchon de laine sur son nez comme pour se protéger.

— Nous sommes policiers, précisa Volnay s'il en était besoin.

— Oh…

Sa voix sembla mourir sur cette syllabe laconique. Le moine lui tapota la main.

— Remettez-vous, mon enfant. Comment vous appelez-vous ?

— Ameline.

— Voulez-vous boire quelque chose, Ameline ?

Sans attendre de réponse, il alla dénicher un verre poussiéreux et une carafe dont il huma le contenu.

— Eau-de-vie. Cela vous fera du bien mais buvez doucement.

Avec un regard reconnaissant, elle accepta le verre et le porta à ses lèvres. D'un trait elle le vida et en demanda un autre.

— Eh bien ! fit le moine impressionné.

Il la resservit sous le regard désapprobateur de son fils.

— Qui aurait pu en vouloir à Scipion au point d'avoir envie de le tuer ?

La jeune fille plissa les yeux comme pour réfléchir. Malgré l'alcool, son visage avait pris une pâleur presque translucide.

— Il joue beaucoup aux cartes et gagne souvent. Cela contrarie parfois ceux qui perdent…

— Des gens sont-ils en dette envers lui ? s'enquit Volnay.

— Pas que je sache. Au jeu, chacun a son argent devant soi. Cela évite les mésententes !

Le moine haussa les épaules.

— Il n'y a que les courtisans pour jouer sur parole.

— Pouvez-vous nous parler des gens qui ont perdu de l'argent face à lui ? insista le policier.

Un vague sourire se forma au coin des lèvres de la jeune fille sans atteindre ses yeux.

— Il y en a tant et je ne connais pas leur nom, simplement leur surnom et encore, pas toujours… Latriche, Roi de Cœur, Lapoisse…

— Très intéressant ! Connaissez-vous l'endroit où il jouait ?

— Non, il ne m'amenait jamais avec lui pour ne pas le distraire. Il avait tort, bien entendu. Les autres joueurs se seraient intéressés à moi…

Elle leur jeta un regard entendu puis vida son verre d'une traite et le tendit de nouveau. Cette fois, le moine secoua doucement la tête.

— Et ses parents ? demanda Volnay.

— Oh, cela ne se passait pas bien avec eux. Je l'ai même vu se battre avec son père mais c'est Scipion qui a pris une bonne rouste. Son père l'a cogné à coups de bûche !

— Décidément, c'est un homme d'un grand secours envers son prochain ! Et quand cette bagarre a-t-elle eu lieu ?

Ameline regarda son verre vide d'un air morose.

— Il y a huit jours, peut-être moins. Il est entré sans frapper et nous a surpris au lit... Scipion a voulu le mettre dehors et son père a saisi une bûche près de la cheminée. En partant, il a dit qu'il le tuerait s'il le trouvait encore avec une putain.

Ses épaules se raidirent et son visage se figea. Elle les regarda bien en face et cracha d'un ton aigre :

— Je suis une femme d'honneur, pas une putain !

— Personne ne pense le contraire, mon enfant, répondit gravement le moine.

Ameline fixa à son tour Volnay comme si elle attendait une réponse de lui.

— Personne, répéta le jeune homme.

Elle sembla se détendre. Le policier en profita pour tirer de sa besace les portraits des deux autres victimes.

— Avez-vous déjà vu ces personnes ?

La mine butée, Ameline tendit son verre et l'agita sous leur nez. Le moine regarda son fils qui hocha brièvement la tête. Sans alcool, elle ne desserrerait pas ses lèvres de la largeur d'un cheveu. Une fois son verre rempli, Ameline regarda les portraits avec détachement.

— Pas à mon souvenir, dit-elle enfin.

Le commissaire aux morts étranges qui l'observait ne perçut aucun changement d'expression chez elle. La jeune femme disait la vérité. Elle vida son verre d'un geste moins précis que les autres fois et se leva en titubant.

— Il faut que je parte, bredouilla-t-elle. J'ai des ménages à faire.

— Prenez garde dans l'escalier, la prévint charitablement Volnay.

— Au fait, lança le moine. Scipion était-il malade du nez ou de la gorge ces derniers jours ?

Ameline s'immobilisa puis se retourna lentement.

— Il chantait comme un pinson et se trouvait en parfaite santé.

Elle ricana.

— En très bonne santé même, si vous voyez ce que je veux dire…

Le moine et son fils échangèrent le même regard. Quelques secondes plus tard, à l'étage en dessous, ils entendirent la jeune femme pousser un rot fort peu mondain.

— Il n'y a point de si belle rose qui ne devienne gratte-cul, soupira le moine. Je rentre car j'ai hâte d'apprendre ce que contient cette fiole si ce jeune homme n'était pas malade. Et toi ?

— Moi, j'ai un rendez-vous.

— Avec qui ?

— Un inconnu.

— Tu m'en diras tant ! fit le moine.

Louis XIII avait donné des armoiries aux marchands de vin de Paris, portant désormais fièrement azur au navire d'argent surmonté de la bannière de France et décoré de six petites nefs avec une grappe de raisin. Son successeur, Louis XIV, avait ordonné de construire en 1656, sur des terrains du couvent de Saint-Victor, une halle aux vins près de la porte Saint-Bernard. M. Fagon, médecin du roi, prescrivit à ce dernier de boire du vin de Beaune, celui-ci s'attachant plus étroitement aux aliments dans l'estomac avant de se convertir en sang *louable et bien conditionné.*

Mieux placée que l'ancienne halle sur la Seine, quai Saint-Bernard, la nouvelle halle aux vins remplaça le port de la Tournelle où jusqu'alors on faisait décharger les muids de vin. La halle était ouverte à tous les marchands de vin, forains compris, contre une redevance. Près d'elle, de nombreux cabarets ou tavernes s'étaient implantés pour arroser les gosiers des Parisiens.

Volnay avait pris place sur un banc grossier. Accoudé à une table de bois brut gravée d'inscriptions variées mais peu recommandables, il commanda un verre de vin d'Orléans puis attendit afin de repérer qui le suivait depuis leur passage à l'appartement du diacre. Quelqu'un se présenta bientôt à sa table.

— Puis-je, monseigneur ?

— Gaston, arrête de m'appeler monseigneur et, oui, tu peux t'asseoir à ma table.

La mouche eut un sourire hilare et s'assit. Malgré sa rondeur et son œil bienveillant, Volnay connaissait les talents d'une de ces mouches que Sartine employait à observer et espionner la société. Celle-ci semblait manifester un intérêt placide au monde qui l'entourait mais derrière ce masque aimable et légèrement distrait se dissimulait un esprit d'observation acéré.

— C'est moi que tu espionnes ? demanda Volnay.

— Non, pas cette fois, répondit Gaston avec une franchise désarmante.

Il regarda avec envie la pinte du commissaire aux morts étranges.

— Cinq sols la pinte de vin blanc, ce n'est pas excessif…

— Certes…

— Puis-je avoir un verre de vin d'Arbois ? demanda la mouche pleine d'espoir car, même s'il appréciait les bonnes choses, il était très économe.

Le policier désigna son compagnon à une serveuse qui vint prendre la commande.

— Après qui en as-tu cette fois ?

La mouche se pencha vers lui avec excitation.

— Je surveille toutes ces bondieuseries !

Il se rejeta en arrière et se signa rapidement.

— Pardon, c'est pécher ! Ce n'est pas ce que je voulais dire !

Baissant de nouveaux la voix, il chuchota :

— Les anciens appelants, les convulsionnaires, les séances dans les appartements, tout cela… J'étais en observation avec un collègue quand vous êtes allé chez le diacre. Je vous ai emboîté le pas par curiosité.

— C'est curieux, observa pensivement Volnay. Je suis venu ici boire un verre car j'avais la sensation d'être suivi mais je n'ai vu personne.

La mouche se rengorgea.

— C'est normal, Gaston la mouche est partout et nulle part à la fois.

Il leva ses petits bras grassouillets en un semblant d'ailes et imita le son de la mouche.

— Bzzzzzz !

On déposa le vin d'Arbois sur la table. Du coin de l'œil, le regard de Gaston épousa les formes de la jeune servante.

— Des contours agréables, apprécia-t-il, mais qui touche s'en prend une ! À votre bonne santé.

Les yeux mi-clos, Volnay le regarda boire à longs traits avant de s'essuyer les lèvres d'un revers de manche.

— Plus on le boit, plus on le trouve bon ! déclara Gaston.

Son teint virait au vermillon, ce qui signifiait qu'il chopinait depuis le lever. D'un air pensif, il se gratta le nez.

— Dans les cabarets et les tavernes, il est moins risqué de boire une saine piquette que l'eau noirâtre qu'ils servent.

Le policier réprima un sourire devant la justesse du propos.

— Dis-m'en un peu plus sur ce diacre et toute sa clique.

— Oh, cela fait des années que cela dure. Cette clique de sectaires change d'appartement chaque année pour rester discrets mais nous les retrouvons toujours.

— Vous ne les arrêtez pas ?

— De temps à autre une petite lettre de cachet et l'un disparaît. Vous savez ce que c'est…

— Au bon plaisir du roi !

— À sa bonne santé ! Mais en règle générale, on les inquiète peu du moment où ça ne prend pas de proportions extravagantes…

En vieil écumeur des marmites, il s'interrompit en découvrant qu'on servait des bols bien remplis à un quarteron de clients.

— Puis-je avoir un bouillon ?

Gaston était un puits sans fond, néanmoins Volnay accéda à sa demande. L'hiver, dans les quartiers pauvres de Paris, la soupe ressemblait plus à une eau bouillie dans laquelle on plongeait chou, lentilles, fèves ou pois, la rehaussant d'un bout de lard les jours de fête. La mouche vit bientôt arriver un bol dans lequel surnageaient de petits morceaux roses et filandreux. Les muscles puissants de son cou se tendirent tandis qu'il mâchait les bouts de viande coriaces égarés dans le bouillon.

— Surveillez-vous de nouveau la tombe du diacre Pâris ? demanda Volnay sans crier gare.

— Certes oui car on y voit des choses fort extravagantes !

— Raconte-moi et tu pourras boire jusqu'à plus soif !

Gaston grimaça comiquement.

— Je suis tenu au devoir de réserve mais l'offre est tentante car j'ai le gosier sec ! La tombe du diacre François de Pâris se trouve au pied d'un marronnier. À l'époque, celui-ci a tellement souffert des gens qui en arrachaient des morceaux pour s'en faire des reliques qu'il en est mort. On en a replanté un autre, eh bien, figurez-vous qu'à nouveau les gens s'en arrachent l'écorce et les branches. Ils appliquent les morceaux sur la partie malade de leur corps ou font tremper l'écorce dans une carafe dont ils boivent le contenu ! Bien évidemment, tout ce monde attire les voleurs à la tire et les spectateurs. Leur nombre a augmenté depuis que l'on placarde dans toute la ville les affiches de la fête des Fous. Vous connaissez les *Nouvelles ecclésiastiques* ?

Volnay acquiesça.

— Elles consacrent des pages à de prétendues guérisons, continua Gaston. Cela pousse les gens vers le cimetière Saint-Médard, soit pour se faire guérir, soit pour aller au spectacle ! On y loue même des sièges ! Certains exaltés récoltent de la terre près de la tombe pour s'en servir comme emplâtre sur un membre malade ou l'ingurgitent en la mêlant à la soupe.

Il eut un rictus.

— Chose que je ne ferai jamais. Manger de la terre n'a jamais arrangé les affaires de quiconque !

— Les gens ont perdu le sens commun, commenta Volnay.

— Dame, commissaire ! Cela va bientôt être leur fête ! Notre bon et prévenant lieutenant général de police nous a demandé de renforcer la surveillance. Il souffle comme un vent de folie sur toute la ville.

Le commissaire aux morts étranges hocha la tête, songeur.

— C'est tout à fait cela, un drôle de vent de folie...

En début d'après-midi, le commissaire aux morts étranges poussa la porte de la librairie. En l'apercevant, l'Écureuil eut un petit frisson de joie. Elle lui lança un sourire radieux puis se consacra de nouveau à son client, écoutant attentivement puis hochant la tête d'un air entendu.

Dans le monde, l'Écureuil arborait une simplicité modeste et quelque peu craintive même si Volnay l'avait connue moins effarouchée dans son rôle de prostituée. Ce ne fut toutefois pas le comportement de la jeune fille mais celui du client qui attira l'attention du policier. D'une taille élevée et le visage grêlé, l'homme transpirait et jetait à Volnay des regards nerveux. Le commissaire aux morts étranges se détourna à demi et fit mine d'examiner quelques couvertures de livres. Du coin de l'œil, il surveillait le curieux client. Il remarqua vite le manège furtif de l'Écureuil qui entrait dans l'arrière-boutique et en ressortait avec un livre empaqueté. Le client s'en saisit avec un mélange de crainte et d'enthousiasme, régla rapidement à l'Écureuil en évitant de la regarder dans les yeux et s'en fut, après avoir caché le paquet sous son manteau. Le commissaire aux morts étranges se dirigea alors d'un pas décidé vers l'arrière-boutique.

— Non, n'entrez pas !

L'Écureuil s'était interposée, il la repoussa doucement mais fermement.

— Je ne vous ai pas fait engager ici pour vendre sous le manteau de mauvais livres, gronda-t-il.

Il entra dans un petit cabinet au mur parsemé de livres. La mine de Volnay s'allongea.

— Qu'est-ce donc ? demanda-t-il en percevant la forme menue de sa compagne derrière lui.

— Des œuvres des encyclopédistes.

Un sourire furtif éclaira le visage de Volnay. La police de la librairie de Sartine se montrait active dans le contrôle de l'imprimé ou la traque des libellistes et des mauvais livres. Les libraires se devaient de garder secrète toute une part de leur activité.

— Pardon, j'avais cru qu'il s'agissait d'autre chose, murmura-t-il contrit.

— Des ouvrages de mauvaise vie, par exemple ?

— Je vous demande mille pardons. La mine confuse de votre client m'a fait penser à cela.

— Vous voyez le mal partout.

— Mais il l'est, croyez-moi !

L'Écureuil lui tourna le dos.

— Votre métier déteint trop sur vous et cela me déplaît.

Il posa ses mains sur ses épaules et celles-ci lui semblèrent incroyablement frêles. Debout près d'elle, il la dominait d'une bonne tête et cela renforçait cette impression de fragilité qui l'émouvait depuis le premier jour. Elle avait décidé de bouder parce qu'il l'avait crue disposée à vendre des livres de mauvaises mœurs. Sa fâcherie se voyait à la tension de son corps et de ses épaules. Réprimant un sourire, le jeune homme se pencha et, sous la masse des cheveux qu'il tenait dans sa main, découvrit une nuque délicate qu'il parsema de baisers. Légère comme un oiseau brusqué, la jeune fille lui échappa et se réfugia en riant derrière une table chargée de livres. Les yeux brillants, Volnay se prêta au jeu et la poursuivit jusqu'à la faire prisonnière. Haletant, le corps tiède et souple de l'Écureuil contre le sien, il se figea soudain.

— Tiens, fit-il d'un ton neutre et très professionnel, voici de la littérature que je ne m'attendais pas à trouver ici.

Il relâcha sa prisonnière qui s'en trouva fort contrariée. Ses mains fouillèrent dans les étagères et retirèrent des livres aux couvertures usagées.

— Qu'est-ce que ceci ? *Réflexions morales* de Quesnel. Duguet, *Conférences au séminaire de Saint-Magloire* et *Règles pour l'intelligence des saintes Écritures*.

— On en vend beaucoup ces derniers temps ainsi que des ouvrages sur la vie du diacre Pâris. Mon maître m'a conseillé de ne pas m'occuper de leur contenu car cela est réservé à des clients très particuliers. Je ne comprends d'ailleurs pas très bien toute cette religion…

— Des jansénistes, des appelants... Je vous expliquerai cela un jour.

— Est-ce mal ? demanda-t-elle ingénument.

Il haussa les épaules.

— Cela dépend du moment mais, de manière générale, cela n'est pas bien vu du pouvoir en place.

— Et de vous ?

— Cela ne me gêne pas le moins du monde. Pour moi, chacun a le droit d'avoir une opinion et de l'exprimer.

Ceci dit, peu de gens pensent comme moi dans la police de M. de Sartine. En fait, personne…

Volnay s'interrompit pour réfléchir un instant.

— Lorsque le maître libraire reviendra, ne lui dites pas que je suis entré ici et que j'ai vu son fonds de commerce clandestin. Cela pourrait le contrarier.

Il se dirigea vers la porte.

— Où allez-vous maintenant ? demanda sa compagne d'un air boudeur.

— Tout ceci m'a donné des idées, répondit Volnay d'un ton enjoué. Je vais me rendre dans un cimetière !

— J'avais mieux à te proposer, chuchota l'Écureuil pour elle-même.

Le moine plissa les yeux à la vue du charnier de Saint-Médard dans lequel se pressaient des gens de différents états, la boue aux talons. Certains psalmodiaient avec dévotion, d'autres attendaient comme au spectacle qu'on annonce le prochain numéro.

— Tu as bien fait de venir me chercher, mon fils, j'adore visiter les cimetières !

— Surtout lorsque c'est aussi vivant ! Gaston a raison. Tu as remarqué toutes les mouches au-dehors comme au-dedans ? On doit tenir un registre de tous les gens qui entrent et sortent d'ici. Et voilà un sergent du guet qui patrouille aux abords avec deux archers. L'endroit est vraiment sous surveillance.

Ils entrèrent par une porte latérale. Les parois du cimetière comportaient chacune trois larges baies reliées par une galerie intérieure. Le menu peuple s'y entassait par ferveur autant que par curiosité. Le suisse de la paroisse tenta de faire bouger une femme assise qui obstruait le passage.

— J'ai loué cinq sols cette chaise, dit-elle, et je n'ai pas l'intention de me lever…

— Madame, dit le suisse, nous ne sommes pas à l'opéra !

— Va savoir, murmura le moine.

Il toucha discrètement la manche de son fils et lui désigna du menton une frêle jeune fille aux lèvres boudeuses et à la mine languissante qui se tenait un peu à l'écart pour observer.

— Ameline ! fit Volnay. Je croyais qu'elle devait ménager !

Apercevant les deux enquêteurs, Ameline eut un léger sursaut et se détourna. Volnay allait s'approcher d'elle lorsque des vociférations éclatèrent derrière lui.

— Laissez passer ! cria une voix sèche et autoritaire.

Le moine et son fils se retournèrent d'un seul mouvement. Vêtu d'un simple habit de drap noir, le diacre déjà rencontré dans l'appartement des convulsionnaires s'approchait. À son bras, se trouvait une pauvre chose qui boitillait, un bras en écharpe. Ce qui ressemblait à un médecin, habit noir et grandes manchettes, les suivait. Une sueur abominable dégoulinait du visage de la femme tant l'effort de marcher lui semblait rude.

— Il y a du miracle dans l'air, murmura le moine.

La tombe du diacre Pâris se trouvait contre le mur ouest, dans l'axe de l'église, côté maître-autel. Portée par quatre supports de marbre d'un pied de haut, une simple dalle rectangulaire de marbre noir offrait refuge à un malheureux qui frottait son membre malade dessus en récitant le *Miserere*. On fit une petite place à la brave femme pour qu'elle s'y étende à son tour. Une fois allongée, le souffle haletant, un grand tremblement parcourut tout son corps. Les spectateurs retinrent leur souffle. La femme gémit et ses muscles se contractèrent.

Volnay fasciné observa ses traits se déformer. Sa bouche se coinça aux commissures et sa lèvre inférieure sembla se retourner. Toute la partie inférieure de son visage se contracta en une grimace hideuse. Son cou se tordit lentement jusqu'à ce que la tête rejoigne l'épaule. Soudain elle convulsa, la bave aux lèvres, et hurla. Comme animés d'une vie propre, ses membres se tortillèrent comme si une force invisible les secouait violemment dans tous les sens. Les spasmes se multiplièrent et un long râle inarticulé jaillit de sa gorge.

— Arrêtons cette folie ! gronda Volnay.

Son père le retint fermement.

— Attends !

Tout à coup, comme si ses douleurs venaient de cesser, la femme devint inerte. Chacun dans l'assistance se signa religieusement. On releva la malade et voilà qu'elle semblait tout alerte. Une expression de sérénité détendait ses traits. Le diacre la lâcha. Elle marchait désormais sans peine. On enleva son bras de l'écharpe et voilà qu'il remuait lui aussi ! La femme se mit à pleurer et se jeta à genoux pour réciter les psaumes de la Pénitence.

— Édifiant ! dit le moine.

Comme encouragée par le miracle, une jeune femme courut comme une folle autour de la tombe avant de tomber à terre et d'y rouler.

— Je brûle ! Je brûle ! hurlait-elle.

Elle devait se mordre la langue car du sang jaillit de sa bouche. Les femmes les plus proches se mirent à sauter en l'air et aboyer. L'une d'elles fut prise de transes. Un climat de folie planait sur le cimetière Saint-Médard et dans la rue d'où l'on entendait monter cris et hurlements.

Sans se laisser déconcentrer par ce spectacle, le moine scrutait et observait la miraculée. Celle-ci se releva enfin, une fois ses dévotions passées. Les deux enquêteurs s'écartèrent pour laisser passer le diacre et sa protégée.

— Quelle est la vérité dans tout cela ? lui demanda au passage le moine à voix basse.

L'autre le reconnut et lui jeta un regard furibond.

— La Vérité, mon frère, la seule qui vaille est la Vérité divine !

Silencieusement, le moine leur emboîta le pas et Volnay suivit, presque malgré lui. Au-dehors, la confusion fut grande. On baisa la bure du moine car l'on pensait qu'il avait accompagné la malade de ses prières.

— Mon frère, dit un manœuvre, tu es un bienheureux. Dieu a voulu que tu participasses à un miracle !

— Merci mon frère, répondit le moine. Mieux vaut voir cela qu'être aveugle !

Il rattrapa le médecin et le tira par la manche.

— Pardonnez-moi, fit-il, vous qui êtes sans aucun doute un grand savant de la Faculté. Pourriez-vous me dire quel était l'état de cette pauvre femme avant sa guérison ?

— Diable, répondit l'autre troublé. Je lui tire le sang depuis des mois sans succès. Elle était tellement faible avant de venir que je ne lui donnais pas quatre heures à vivre !

— Comment son mal s'est-il déclaré ?

— Vous êtes bien curieux mon frère, nous autres médecins sommes tenus à la discrétion vis-à-vis de nos malades.

— Mais elle ne l'est plus, rétorqua le moine.

L'autre sembla touché par la justesse de l'argument.

— Mon Dieu, mon frère, vous semblez intéressé par notre science et je n'ai rien contre enseigner aux ignorants ! Sachez que cette dame s'est plainte de tiraillements des nerfs de son bras jusqu'à la paralysie de celui-ci. Elle se soignait en absorbant des boissons rouillées. Vous savez, on trempe un clou de fer à cheval dans une carafe…

Le médecin se méprit sur l'expression du moine.

— La rouille est protectrice, mon frère, et l'alliance de l'eau et du fer peut être bénéfique. Néanmoins, pour elle, ce ne fut pas le cas. J'ai tiré sur ce bras tant et plus sans parvenir à le déplier. Je m'y suis ensuite assis dessus et ai pesé de tout mon poids pour comprimer le mal. Sans succès. Je l'ai badigeonné, oint et saigné jusqu'à quatre fois par jour sans résultat. Certains jours, la douleur était si grande qu'elle lui laissait la bouche toute de travers.

Il jeta un regard apeuré autour de lui, prenant conscience de l'exaltation de la foule.

— Je n'approuve pas ce genre d'expérience mais Dieu est miséricordieux et je ne pouvais abandonner ma malade.

— Cessez de perdre votre temps avec ce moine hérétique, nous avons besoin de votre témoignage !

Le diacre était revenu sur ses pas en laissant sa protégée sous la garde de deux sbires.

— Va manger des chardons avec les ânes ! répliqua le moine.

Le diacre haussa violemment les épaules et le bouscula pour entraîner sans ménagement le docteur avec lui. Le moine se tourna vers son fils.

— Si ce coquin lui a vraiment soutiré tout ce sang, je m'étonne qu'elle ne soit déjà sous terre.

Et il ajouta entre ses dents :

— Le vrai miracle, c'est qu'elle ait échappé à la mort des mains de son médecin !

À six heures, comme des enfants de conte de fées rentrant chez eux après avoir erré toute la journée dans la forêt, les deux enfants frappèrent à la porte du moine. L'un après l'autre, ils entrèrent timidement, regardant avec crainte de tous côtés. Le plus petit surtout, Baptiste, semblait effarouché. Pour les réconforter et les mettre en confiance, le moine sortit une miche de pain et leur coupa de grosses tranches qu'il garnit de confiture sèche et de miel. Les enfants regardèrent la nourriture avec de grands yeux fiévreux. Ils n'avaient pas l'habitude que l'on se montre gentil avec eux et suspectaient toujours quelque terrible dessein de la part de la main nourricière. Ainsi, si on leur avait mis toute cette belle nourriture sous les yeux, c'était pour ne pas la toucher !

— Servez-vous, les encouragea le moine en allant faire bouillir du lait.

À cet instant, Volnay entra. Les enfants sursautèrent mais le commissaire aux morts étranges les rassura d'un large sourire. Alors, le plus grand, Séverin, se saisit d'une tartine qu'il posa devant son frère et l'encouragea à mordre dedans, après quoi il se servit.

— Nous avons surveillé la maison de la rue Saint-Honoré, entreprit-il de dire une fois la bouche pleine.

Il mâcha rapidement et déglutit.

— Une femme est allée faire les courses au marché le matin. Nous avons mangé dans un bouillon avant de reprendre la surveillance. Au début de l'après-midi, un domestique est sorti. Il accompagnait une belle jeune fille.

Il plongea le nez dans son bol et en ressortit avec une moustache blanche et mousseuse.

— Ils se sont rendus ensemble jusqu'à un immeuble de la rue. Nous les avons suivis et nous les avons dépassés car ils s'étaient arrêtés à un palier. Nous avons donc continué à monter comme si de rien n'était et ils ne se sont doutés de rien.

Les yeux du moine brillèrent et un franc sourire s'épanouit sur le visage du commissaire aux morts étranges.

— C'est exactement ce qu'il fallait faire, les félicita ce dernier. Vous êtes d'excellentes mouches, ou plutôt d'excellents moucherons ! Et ensuite ?

— Nous nous sommes assis à l'étage au-dessus quelques instants. Comme personne ne redescendait, nous sommes allés voir la porte. Il était écrit dessus quelque chose mais je ne sais pas lire. J'ai demandé à quelqu'un qui descendait l'escalier. Il m'a dit *cours de musique*. On entendait chanter. C'était très joli. Après, nous sommes allés attendre dans la rue. Nous les avons suivis quand ils sont sortis. Ils sont revenus chez eux.

Volnay se tourna vers son père.

— Le valet l'escorte semble-t-il à des cours de chant. Peut-être pourrions-nous aller discuter avec le professeur de chant ?

— Quel intérêt ? demanda le moine.

— Si le jeune homme voulait rencontrer la fille, il aurait pu le faire là-bas.

— Tu oublies le sinistre laquais ! Il ne laisserait personne l'approcher à moins d'un mètre.

— Tu as sans doute raison.

Volnay se leva.

— Je dois me rendre au Châtelet.

— Va, dit le moine. Je raccompagnerai ces enfants à leur chambre après qu'ils auront fini de se restaurer.

Son fils regarda les deux garçons perdus, occupés à dévorer leurs tartines et une lueur de compassion passa dans ses yeux.

— Trouve-leur, par la même occasion, une chambre plus près de chez nous. Je paierai. Il y en a à louer rue Saint-Jacques, près du chapelier.

— Nous irons après avoir récupéré leurs hardes. Tu pars tout de suite chez Sartine ?

— Non, je passerai d'abord au sixième bureau.

Douze ans plus tôt, le lieutenant général de police avait créé un *sixième bureau*, chargé de contrôler hôtels, auberges et chambres d'hôte afin de surveiller plus particulièrement les étrangers, c'est-à-dire tous ceux qui n'étaient pas de Paris. Directement placé sous les ordres du lieutenant général de police et conjointement sous celui du secrétaire d'État des Affaires étrangères, ce bureau de sûreté publique constituait une mine d'informations précieuses.

Volnay s'y rendit avant sa visite à Sartine. Il fut accueilli par l'inspecteur Buhot. Le visage de celui-ci accusait les excès d'une vie dissipée ainsi que d'une trop grande passion pour le vin de Pommard et les saucisses de Morteau. Très fier de l'organisation du sixième bureau, Buhot lui expliqua ses affaires.

— Depuis des années, la tenue régulière des registres de logeurs nous a permis la mise en place d'un réel dispositif de surveillance des étrangers. Les logeurs sont très coopératifs. Depuis 1708, ils ont obligation de tenir leurs registres en double et sans aucun blanc. Les commissaires de quartier contrôlent les registres une fois par mois et signent le premier et le dernier feuillet pour éviter tout ajout. Mais nous, les inspecteurs, nous contrôlons ceci quotidiennement.

D'un air satisfait, il alla chercher un registre.

— Voyez, fit-il avec fierté, un registre indique la

rue, la paroisse et le quartier en en-tête, afin d'identifier chaque hôtel, auberge ou maison garnie. Chaque feuille comporte des rubriques identiques et la même marge où l'on doit noter la date d'arrivée et de départ du client. Et ici, son nom. Si votre Russe avait l'accent de son pays, même s'il lui venait à l'idée de mettre un faux nom, il serait obligé de donner un nom aux sonorités de son pays sous peine d'attirer l'attention sur lui.

Il se gratta le nez d'un air pensif.

— Il y a toutefois beaucoup de logeurs clandestins dépourvus d'enseignes et de livres, notamment à Saint-Denis, Saint-Germain ou Saint-Benoît. Ce sont souvent des petites gens qui cherchent à améliorer un peu leur ordinaire mais ces gîtes sont peu confortables et peu sûrs. Ils accueillent surtout des gagne-deniers, des commissionnaires, des frotteurs et des porteurs d'eau. Si votre Russe a voulu rester discret, il a pu s'y loger et nous ne retrouverons pas sa trace.

Il se redressa avec fierté.

— Heureusement pour vous, j'ai déjà repéré votre suspect !

— Comment cela ?

— Diable, nous ne recevons pas des Russes tous les jours dans nos auberges ! Voici ! Un dénommé Podovski se déclarant marchand de peaux ! Il a pris une chambre avant-hier à midi dans une auberge près de Saint-Jacques-de-la-Boucherie. J'ai lu ce renseignement ce matin et tout de suite établi une note à ce sujet pour demander un complément d'enquête si besoin. J'ai un autre nom de cette consonance mais arrivé à Paris il y a une quinzaine.

— Cette note dont vous me parlez, à qui l'avez-vous adressée ?

— Comme vous le savez, le sixième bureau se trouve placé tout à la fois sous les ordres du lieutenant général de police et du secrétariat des Affaires étrangères. Elle leur était donc à tous deux destinée.

Le commissaire aux morts étranges médita un instant l'information avant de noter tous ces renseignements et remercia l'inspecteur Buhot qui se pavanait comme un paon devant l'étalage de l'efficacité de son service. Il gagna ensuite le bureau de Sartine. Celui-ci faisait les cent pas en l'attendant. À son entrée, il l'apostropha sèchement.

— Vous auriez dû vous rendre à Versailles pour m'en parler plus tôt. Lorsque j'ai reçu votre message, je suis rentré immédiatement. Imaginez l'état dans lequel je me trouve : en plus de la fête des Fous, j'ai désormais sur les épaules une affaire d'État !

Il le considéra d'un œil mauvais.

— Un faux moine et une lettre en russe avec un code en exergue ! Est-ce bien tout ?

Volnay ne put résister à la tentation de l'inquiéter davantage.

— En fait, non. Il y a aussi les convulsionnaires.

Sartine s'étrangla.

— Quoi ?

Volnay lui conta l'aventure de l'église et leur visite à l'appartement où se rendait Mme Le Franc.

— Ainsi, conclut-il sobrement, les parents du second jeune homme assassiné sont des jansénistes du type des appelants, des convulsionnaires de Saint-Médard…

La mine du lieutenant général de police s'allongea. Un agent russe assassiné, des convulsionnaires… Tout ceci n'avait rien d'une enquête ordinaire. Si l'on y ajoutait la menace de la fête des Fous, cela commençait à faire beaucoup pour ce grand commis de l'État qui n'aspirait qu'à l'ordre et à la tranquillité.

— Nous sommes passés également au cimetière Saint-Médard, dit Volnay, sachant que sa venue serait mentionnée dans un rapport.

Il évita de parler des indiscrétions de Gaston, qui l'avait incité à s'y rendre.

— Nous avons été témoins d'un prétendu miracle et de scènes de convulsion, ajouta-t-il d'un ton neutre.

Un grognement de mécontentement monta de la gorge de Sartine.

— Un miracle ? C'est intolérable, je n'en ai pas encore été avisé !

— Cela s'est déroulé il y a à peine trois heures…

— Qu'importe ! Et qu'avons-nous donc guéri cette fois ? Un aveugle ? Un paralytique ? Des filles qui n'ont plus leurs règles ?

— Une fille majeure souffrant d'une paralysie partielle. Mon père l'estime sincère mais il a une explication. Pour lui, ce sont ses nerfs qui ont transformé progressivement ses convulsions en paralysie mais celle-ci était provoquée par l'esprit et non le corps lui-même. D'avoir cru à sa guérison a rendu celle-ci possible…

Il remarqua le regard abasourdi de Sartine et ajouta :

— Toujours d'après mon père…

Sartine ferma brièvement les yeux.

— Je préfère ne pas connaître les étranges théories de votre père qui vont à l'encontre de toute la science d'aujourd'hui. Quant aux convulsionnaires…

Il ouvrit une petite boîte et versa entre le pouce et l'index un peu de tabac en fine poudre qu'il porta à ses narines pour inhaler. Il éternua aussitôt et se moucha soigneusement.

— Jusqu'à aujourd'hui, ils ne se roulaient plus par

terre en public mais se cachaient pour rejouer les supplices des martyrs !

D'un pas nerveux, il alla jusqu'à son bureau, fourragea un instant dans ses papiers et prit une feuille qu'il éleva à hauteur de ses yeux, près de la flamme de son chandelier.

— J'ai des informateurs à moi, des mouches, dans leurs séances. Voici un de leurs rapports.

Il se racla la gorge.

— Vu ladite sœur Berthe, séance du 14 décembre 1759, lut-il d'une voix de stentor. Crâne rasé au grattoir affilé et grande couronne gravée dans la tête ainsi que deux plus petites. 5 clous à chaque oreille, 100 épingles tout autour du crâne, 40 en forme de croix au-dessus du crâne, 40 dans chaque petite croix et 6 en rayon sur 12 lignes, soit un total de 252 épingles piquées au marteau dans le crâne et s'y tenant droites pour figurer la couronne du Christ.

Sartine eut un geste de dégoût.

— Voilà où nous en sommes avec ces fanatiques. Ils se fabriquent la couronne du Christ à coups d'épingles dans la tête !

Il fulminait.

— Je leur en planterai, moi, des clous dans la tête !

D'un geste brutal, il reposa le rapport sur son bureau. Ses yeux lançaient des éclairs glacés.

— Ces gens-là sont fous ! Ils se font brûler, cogner à coups de bûche, presser, tirailler, écarteler ou larder de coups d'épée. Et les femmes ne sont pas les moins fanatiques. Certaines vont même jusqu'à se faire crucifier sur une croix !

Volnay laissa passer l'orage.

— Ces farces répugnantes n'ont aucun sens, reprit Sartine. Décidément, le monde est devenu bien fou !

Ils se regardèrent au même moment, l'esprit traversé par une pensée identique : la fête des Fous. Le premier, le lieutenant général de police haussa les épaules.

— Tout ceci n'est qu'une coïncidence.

Son ton se raffermit.

— Oui, tout cela ne peut être que le produit du hasard !

Volnay se redressa.

— Hasard ou pas, je souhaite pouvoir accéder aux informations en votre possession sur un certain diacre qui officie dans un appartement surveillé par vos mouches.

Il lui indiqua l'emplacement de l'appartement et Sartine accéda sans broncher à sa demande.

— Revenez demain au Châtelet, je laisserai à mon secrétaire les rapports existants sur cet homme.

Comme s'il se souvenait de quelque chose d'important, il se gratta le front.

— Il est sept heures du soir. Revenez ici même dans trois heures très exactement. J'ai quelqu'un à vous présenter.

Il s'assit à sa table de travail et fit un geste pour signifier que l'entrevue était terminée. Volnay ne bougea pas.

— Monsieur, si je puis me permettre, j'ai une requête à vous formuler.

L'autre fronça les sourcils.

— Avez-vous besoin d'argent ?

— Non, monsieur, c'est à propos des mendiants. Vous avez écrit récemment aux commissaires de quartier pour leur demander de veiller à en débarrasser les rues en les envoyant en prison.

Sartine reposa doucement sa plume dans l'encrier et leva un visage attentif.

— C'est exact. Nous avons trop d'indigents en ville, sans travail ni toit. Cela n'est pas bon pour la sécurité de tous.

— Être miséreux n'est pas un crime.

Volnay affrontait calmement Sartine, sûr de son bon droit. Partisan de l'ordre mais au fond pas mauvais homme, le lieutenant général de police comprenait mais appliquait. Pour lui, sa tâche relevait du sacré.

— Vous savez, dit-il lentement, que beaucoup de choses sont du ressort de la police. Les mœurs, la religion, les livres, le ravitaillement et l'hygiène de la ville, la sûreté, la voirie et j'en passe. Nous avons également en charge la police des pauvres.

— Pas moi, répliqua vertement le commissaire aux morts étranges.

Sartine le considéra d'un œil neutre.

— Pas vous en effet ! Adversaire officieux de l'ordre royal mais officiellement serviteur de celui-ci ! Contrairement à vos collègues commissaires de quartier, vous vous êtes arrangé pour limiter votre intervention à la recherche des criminels les plus dangereux et pervers. Nul ne peut vous blâmer, juste vous admirer. Oui, vous avez le beau rôle mais il est possible uniquement parce que d'autres accomplissent les tâches que vous refusez : la surveillance, le contrôle, la conciliation, la répression…

— L'espionnage, la délation…

— Ma police doit être présente partout, en habit pour être vue, comme pour ne pas être vue avec mes mouches. Les premiers imposent le respect et l'ordre, les secondes s'assurent qu'une fois les premiers hors de vue, rien ne dégénère pour autant. Mes mouches prennent le pouls de ma ville chaque jour.

Il avait dit *ma ville* avec une agressivité de propriétaire menacé. Volnay cilla brièvement et, le remarquant, Sartine reprit d'un ton plus doux :

— Ma tâche est immense et je la prends à cœur. Je dois autant maintenir l'ordre royal qu'une certaine cohésion sociale.

— Afin que les gens d'en bas restent à leur place !

Le lieutenant général de police avait usé jusque-là d'un ton mesuré qui ne lui était pas coutumier. La remarque intempestive de son collaborateur sembla l'irriter et son ton se fit plus coupant.

— Chacun doit vivre selon sa condition et son état. Dieu en a décidé ainsi ! Notre société repose sur l'ordre qui procure à tous la tranquillité. Ceci nécessite que chacun accepte de s'en tenir strictement aux droits qui lui sont accordés.

Le commissaire aux morts étranges cacha sa désapprobation derrière son masque impassible. Le fossé entre lui et Sartine était bien trop grand pour être franchi d'un bond.

— Monsieur, reprit Volnay, je vous demande juste un peu de compassion. Ces gens-là n'ont pas choisi d'être mendiants. La plupart du temps, ce sont des gens qui ont perdu leur travail puis leur logement. Ils tentent juste de survivre !

— Vous oubliez tous ces mécréants qui refusent le travail et quittent leur province pour gagner Paris et y prospérer dans l'impunité et la clandestinité. Gens sans ouvrage et paresseux sans métier. Tous ces mauvais sujets sans attaches ni domicile et sur qui on ne peut avoir prise. Ils représentent un risque pour l'ordre royal.

— Ils mendient pour survivre.

— Les gens sans ouvrage constituent un groupe à fort risque, dit Sartine d'un ton affirmé. Notre politique est de contrôler tout groupe à risque et, lorsqu'il devient trop grand, de fortement le comprimer. Après avoir usé de pédagogie, nous employons la force.

— Révoquez votre ordre, s'il vous plaît.

— Je ne puis le faire.

— Pourquoi ?

Le lieutenant général de police le contempla d'un air préoccupé.

— Vous ne comprenez pas, Volnay. Ils sont si nombreux. La masse des pauvres nous engloutirait tout entiers !

La nuit était noire sur le quai de la Mégisserie. Le vent s'y précipitait en hurlant, faisant voler capes et chapeaux. Le moine frissonna et ramena autour de lui les pans de son manteau. Avec soulagement, il pénétra dans le cabaret, assailli par les cris des buveurs et le bourdonnement animé des conversations. Sa petite bande se trouvait bien dans la chaude atmosphère de L'Oignon, sous le plafond haut et les poutres noircies par la fumée de l'âtre. Margot n'avait d'yeux que pour le moine alors qu'il s'entretenait spirituellement avec Maguelone, leur hôtesse. Tout la ravissait en lui : son esprit, son profil d'empereur romain, les traits fins mais virils de son visage, sa tenue élégante…

— Comme vous êtes très bien mis, commenta Margot lorsqu'il la rejoignit car elle lui avait réservé une chaise à côté d'elle.

Une fois qu'il fut installé, la jeune fille se leva et vint s'asseoir légèrement sur son genou droit.

— Votre bure est un déguisement amusant mais la matière est un peu rêche et ne vous met pas assez en valeur. Tandis que cette belle veste et ces bas blancs révèlent tout de votre prestance.

— Vous êtes très aimable.

Il prit sa main dans la sienne et fronça délicatement les sourcils en contemplant les longs doigts de la jeune fille dont il se saisit avec délicatesse.

— Savez-vous que chacun de nos doigts est consacré à un dieu ? À Mercure l'auriculaire, Apollon l'annulaire, Saturne le médius, Jupiter l'index, Vénus le pouce…

— Vous êtes si savant, s'extasia Margot. Êtes-vous aussi érudit dans les sciences de l'amour ?

— Oui, car j'ai lu tout Juvénal !

Il fut interrompu par Lafantaisie, monté sur la table pour mieux commander à boire. Le moine s'écria à l'attention de Maguelone :

— Servez Lafantaisie, sa femme est en couches !

Tout le monde rit.

— Et qu'on nous amène du vin de Champagne, s'écria-t-il. Ce soir, c'est moi qui régale, qui abreuve et étanche toutes les soifs !

On l'applaudit à cette bonne nouvelle. Encouragé, le moine se leva et récita :

— *"Comme un éclair fait voler son bouchon*
Il part, on rit, il frappe le plafond
De ce vin frais, l'écume pétillante
De nos Français est l'image brillante."

Les applaudissements crépitèrent de nouveau. La main sur le cœur, le moine salua et se rassit.

— Vous récitez fort juste, remarqua Margot, j'aime à vous entendre…

Elle s'interrompit, estomaquée. Effrontée, Bastienne venait de s'asseoir sur l'autre genou du moine. Margot sentit poindre un brin de jalousie. La jeune fille était très jolie avec une personnalité chaleureuse et animée mais Bastienne possédait une beauté un peu glaciale qui piquait généralement la curiosité des hommes.

— Le chanteur a besoin d'une récompense, décréta Bastienne avant de plaquer un baiser sur la bouche du moine.

Voyant ce dernier en si bonne compagnie, Lafantaisie s'écria :

— Mignonne, je veux fourniller en ton joli fourreau…

Sue la Mort tapa sur la table et hurla :

— Sors-nous donc ton pousse-bourre, ton guille-la, ton calemard, ton factoton, ton braquemart !

— Ton petit bâton de jeunesse !

Les cris fusaient tout autour de la table.

— Ton courtault !

— Ton sceptre royal, ton nerf loyal !

— Ton pistolet aimé des dames…

— Ton bâton de lit, ta joye du monde !

— Ton vit, ton exécuteur !

— Ton gentil bâton pastoral ! glissa Bastienne dans l'oreille du moine.

On se tourna vers ce dernier en attente d'un bon mot. Ainsi centre de l'attention générale, celui-ci ne voulut pas décevoir son monde et se leva pour réciter :

— *"Je suis un luron de l'espèce la plus fantasque du monde, et tout à fait fou, à mes heures, de mascarade et de danses !"*

Il allait bondir sur la table afin de poursuivre avec un plus vaste public lorsqu'il la vit, échevelée et joyeuse au milieu d'un groupe de jeunes et solides gaillards aux yeux brillants. Et les mains se tendaient vers sa croupe et les corps se frottaient au sien sans déclencher en elle de répulsion particulière. Hélène…

Il émit un soupir incrédule en voyant ses lèvres trouver celles d'un jeune homme à la stature imposante. Son estomac se noua.

Hélène… L'ombre glacée de son absence s'était abattue lorsqu'elle avait disparu comme elle était venue au terme de leur dernière enquête. Le destin l'avait ramenée à lui. Une vague de sentiments inattendue le traversa tandis qu'une souffrance terrible enserrait son cœur.

— Vous allez bien ?

Margot s'était penchée sur lui avec sollicitude.

— "*De mes feux mal éteints j'ai reconnu la trace*", chuchota le moine.

Et comme elle n'avait pas reconnu les vers de Racine, il ajouta :

— Ce n'est rien ma mie, un chagrin d'un autre âge…

III

> Agnosco veteris vestigia flammæ
> *Je reconnais la trace de mes premiers feux.*

Volnay se promenait rue Saint-Jacques, main dans la main avec l'Écureuil. De temps en temps, il lui jetait un regard inquiet. Il la trouvait trop maigre, trop pâle, l'air anémié.

— Avez-vous assez chaud dans votre chambre ? s'enquit-il, soucieux.

— Oui, vous y avez mis un bon poêle et les fenêtres ferment bien.

— Mangez-vous à votre faim ?

— Plus qu'avant, assurément. Je ne me prive de rien mais je n'ai pas grand appétit.

— Il faut vous forcer !

— Je m'y emploierai, répondit-elle amusée.

En une semaine, ses joues avaient repris un peu de couleur. Elle faisait ses deux repas par jour, ne travaillait plus dans la rue ou les cabarets et dormait dans un logis bien chauffé avec, désormais, un vrai lit et un matelas. Néanmoins, elle pesait encore moins qu'une plume et Volnay savait qu'il la soulèverait sans effort si l'envie l'en prenait. Quelque part, cela l'affolait. Sa fragilité, c'était comme si elle pouvait mourir demain. Sans raison, une peur nouvelle alimentait son esprit.

De son côté, l'air captivée, l'Écureuil observait le policier. Sa présence était discrète mais imposante. Il émanait de lui une telle force, une telle détermination que rien ne semblait pouvoir le faire plier. Les passants le remarquaient et baissaient les yeux lorsqu'ils croisaient son regard.

— Il fait bien froid, dit l'Écureuil comme le silence s'éternisait.

Et de fait, la conversation semblait gelée. Volnay n'était pas un homme bavard mais un homme concis. Parfois, il semblait à la jeune fille que son compagnon devait se montrer plus disert avec sa pie qu'avec elle. C'était lui pourtant qui, après l'enquête dans laquelle elle avait eu l'occasion de jouer un rôle mineur, était venu la chercher. En deux jours, il avait trouvé pour elle un travail et un logis. Puis, il l'avait invitée à plusieurs reprises, à dîner et enfin au feu d'artifice. Après leur premier baiser échangé au jardin des Tuileries, elle avait patiemment attendu une suite qui tardait même s'il l'entourait de ses prévenances. Elle n'avait pas besoin de quelqu'un pour la protéger mais pour l'aimer.

— Vous semblez préoccupé, remarqua-t-elle.

— Je mène une enquête difficile dans un contexte très particulier.

Il lui parla de la fête des Fous car celle-ci était dans le domaine public plutôt que des trois meurtres et du mystère d'Éon.

— Ce devait être bien amusant de voir tous ces prêtres et ces diacres masqués et travestis, remarqua l'Écureuil.

— Et mangeant du boudin noir et des saucisses sur l'autel…

— Oh !

Elle avait gardé de son enfance un fond de bonne éducation et de réserve que ses malheurs n'avaient pas altéré. Volnay rit et d'un coup toute sa jeunesse frémit en lui.

— Le moine vous raconterait aussi qu'ils chantaient des chansons à faire frémir les oreilles chastes. Enfin vos…

Il se tut brusquement. Elle comprit qu'il avait pensé que ses oreilles ne l'étaient pas et elle rougit. De son côté, Volnay se mordit sombrement les lèvres.

— Ce n'est rien, dit-elle stoïquement même si elle pensait le contraire.

Elle chercha ses lèvres mais il détourna la tête. Il n'aimait pas trop qu'elle l'embrasse dans la rue. Peut-être pensait-il, se dit-elle, qu'il s'agissait d'habitudes de putain. Elle détourna la tête à son tour. La main du jeune homme serra alors plus fort la sienne comme s'il avait senti sa gêne. Il se racla la gorge et sa voix était un peu rauque lorsqu'il annonça :

— Je dois aller voir Sartine, je vous raccompagne.

— Vous ne l'aimez pas, constata-t-elle.

— La mission de Sartine est de conserver le plus longtemps possible en l'état un monde qui se meurt. Je n'aime pas les gens qui ne souhaitent pas que le monde change.

— Est-il si terrible que cela ?

— Oui.

Elle sentit en lui une sombre vague de violence, la rage contre ce monde qui prostituait ses enfants, ce monde qui l'avait poussée à la rue.

— Un jour, gronda-t-il, je mettrai le feu à tout cela !

Bien poudré et pommadé, Sartine se tenait près du feu qu'il contemplait d'un air sombre.

— Alors, qu'avez-vous découvert au sixième bureau ? demanda-t-il d'un ton lugubre.

Volnay cilla brièvement. L'inspecteur Buhot était un agent zélé.

— La victime pourrait être un dénommé Podovski, arrivé à Paris hier et se déclarant marchand de peaux. Il logeait dans une auberge près de Saint-Jacques-de-la-Boucherie.

— Pourquoi ne m'en avez-vous pas parlé tout à l'heure ?

— J'aime vérifier mes informations.

Sartine soupira.

— Je ne peux vous en faire le reproche…

Il se leva.

— Lors de votre venue, il y a quelques heures, reprit-il, vous avez attiré mon attention sur la seconde victime et ses parents fanatiques. Cela m'a remis en mémoire quelque chose. Vous savez que chaque particulier a la possibilité de pratiquer *l'adresse au roi*. En tant que lieutenant général de police, je reçois directement ces suppliques de personnes de toutes classes demandant l'enfermement, par lettre de cachet royal, d'un membre de leur famille, voire d'une personne tierce. Les femmes demandent l'enfermement de la maîtresse de leurs maris à Bicêtre, les hommes adultères réclament celui de leurs femmes à la Salpêtrière, le frère demande celui de sa sœur qui fréquente un homme marié, les parents demandent le départ de leur misérable fille pour les îles… Toutes ces demandes font l'objet d'une enquête de mes commissaires de quartier ou des inspecteurs pour m'éclairer sur la décision à prendre.

Volnay hocha la tête. Il connaissait bien les décisions arbitraires du pouvoir royal qui pouvaient frapper à la demande de proches tous ceux qui vivaient *dans le péché*, c'est-à-dire hors mariage, ou faisaient preuve de comportements contraires au goût commun. Les nobles libertins n'étaient quant à eux jamais inquiétés. C'était le peuple qu'il fallait maintenir dans le droit chemin. La police s'y employait avec zèle. Parfois même les curés de paroisse dénonçaient les mauvaises mœurs de gens du quartier à la police et réclamaient le placement en prison de l'un d'eux pour plusieurs années.

— Voyez !

Sartine agita un courrier sous son nez.

— J'ai reçu une demande de M. et de Mme Le Franc pour placer leur fils en prison afin de le protéger de lui-même !

Il déplia le papier, plissa les yeux et lut avec le plus grand sérieux :

Monsieur le lieutenant général de police,

Pour notre plus grand malheur, notre fils vit dans le libertinage le plus effronté. Sa demeure est devenue le bureau d'adresses pour toutes les filles du monde du quartier et un objet de honte constant pour nous. Nous avons l'honneur de demander à sa Lieutenance de police générale de faire cesser ce commerce infâme et d'avoir la grande bonté d'ordonner de placer notre fils, Scipion Le Franc, en la prison du Châtelet afin que, par un juste châtiment, le repentir s'ensuive. J'adresse au ciel toutes mes prières pour la santé et la prospérité de vous-même et de Sa Majesté.

Il releva la tête et toisa Volnay.

— J'ai beaucoup de ce type de demandes en attente.

Le commissaire aux morts étranges ne parut pas surpris.

— Seulement voilà, reprit Sartine, je n'ai pas eu le temps de prendre une décision. Les parents se sont peut-être lassés…

— De là à tuer leur enfant…

— J'ai vu bien pire, rétorqua le lieutenant général de police.

Volnay comprit qu'il parlait de sa précédente enquête.

— Néanmoins, reprit Sartine d'un ton satisfait, un de mes inspecteurs chargé d'instruire m'a justement apporté ce soir son rapport après enquête. J'ai immédiatement fait le lien avec votre affaire.

Il se saisit sans hésitation du rapport parmi les dizaines de feuilles qui encombraient son bureau et le tendit à son commissaire.

— Je l'ai lu, vous aurez confirmation de la vie dissolue de ce malheureux jeune homme. Dieu ait pitié de lui ! Il aurait été emprisonné s'il n'avait pas été tué !

Un coup discret fut alors frappé à la porte. On introduisit un homme élégamment vêtu.

— Ah, chevalier d'Éon ! s'écria Sartine. Venez que je vous présente à mon commissaire aux morts étranges, le chevalier de Volnay.

De taille moyenne, le corps maigre mais musclé, le chevalier d'Éon devait avoir une trentaine d'années. Sa physionomie agréable dégageait une douceur presque féminine mais son regard était ferme et droit. Il arborait un air concentré et appliqué tout en maintenant une certaine distance. Il les salua fort civilement.

— J'ai beaucoup entendu parler de vous, dit-il à Volnay, c'est un honneur de vous rencontrer.

Le commissaire aux morts étranges s'inclina brièvement. Sartine s'éclaircit la voix.

— Chevalier, la présence du chevalier d'Éon dans cette affaire doit rester secrète. Il revient de Russie où il occupe le poste de secrétaire d'ambassade. Il en est revenu récemment et repartira dans quelques semaines. Ce n'est pas la bonne saison pour voyager…

Il fit une pause et reprit.

— Je connais le chevalier d'Éon de bonne volonté et tant sa probité que sa religion témoignent pour lui.

Volnay haussa un sourcil, se demandant bien pourquoi Sartine prononçait devant l'intéressé tous ces compliments. Puis il comprit. C'était une manière subtile pour le lieutenant général de police de lui rappeler que d'Éon n'était pas un de ses hommes. Il appartenait au ministre des Affaires étrangères, Choiseul, voire même peut-être simplement au roi. Sartine poursuivit du même ton guindé :

— Il y a trois ans, le chevalier d'Éon a rejoint à la cour de Russie le chevalier Douglas, envoyé comme émissaire auprès de l'impératrice Élisabeth pour nouer une alliance entre la France et la Russie. Il sert maintenant le marquis de l'Hôpital, ambassadeur de la France pour le roi. Sa présence à Paris peut nous aider à comprendre pourquoi on a tué un…

Il se retourna vers le chevalier d'Éon qui n'avait pour l'instant manifesté aucun sentiment particulier.

— Un quoi, au fait ?

Le chevalier d'Éon fit un pas en avant, son chapeau sous le bras, entrant dans le cercle de lumière formée par le chandelier sur le bureau de Sartine. Son expression semblait aimable et prévenante mais il conservait un air juvénile et sérieux comme un enfant studieux.

— À cette question, je ne peux répondre. Je suis arrivé à Paris il y a trois jours après un voyage éprouvant depuis Saint-Pétersbourg.

Il vrilla son regard dans celui du commissaire aux morts étranges.

— M. le lieutenant général de police, que j'ai croisé à Versailles, m'a fait l'honneur de me consulter au sujet de votre affaire.

Les yeux de Volnay s'étrécirent. Le chevalier d'Éon venait de lui fournir des informations importantes mais était-ce involontairement ou à dessein ? Pour être reçu à Versailles, d'Éon, malgré sa position peu importante, devait avoir plus de valeur ou d'intérêt qu'il n'y paraissait. Et il semblait assez orgueilleux pour qu'il voulût qu'on le sache.

— M. de Sartine, continua le chevalier d'Éon, a eu l'obligeance de me montrer la lettre que vous avez trouvée sur la victime. Il s'agit d'une simple lettre de recommandation d'un homme qui signe *Loin d'ici*. Voici une bien plaisante énigme ! Le destinataire n'est pas nommé et l'on recommande seulement le porteur de la lettre sans en préciser le nom.

— *Loin d'ici*, murmura Volnay. Ceci peut tout signifier.

— D'un Russe à un Français, cela peut se comprendre aisément, remarqua d'Éon.

Volnay fronça les sourcils.

— J'y vois pour ma part un sens caché.

— Nous finirons bien par découvrir la vérité, décréta le lieutenant général de police.

D'Éon haussa négligemment les épaules.

— La vérité… Prenez garde ! Elle voyage dans des forêts épaisses et profondes, remplies de pièges et d'étranges détours…

Il fit un pas en avant et s'adressa au commissaire aux morts étranges.

— Demain, à l'aube, je me rendrai chez votre collaborateur afin de reconnaître éventuellement le cadavre. Je serai heureux de vous apporter toute l'aide nécessaire même si je crains de ne pas vous être d'un grand secours.

De belles paroles mais son discours n'est que crème fouettée ! songea Volnay.

— Somme toute, suggéra-t-il, il vous suffirait de vous présenter au destinataire de la lettre pour qu'il croie que vous êtes l'envoyé attendu.

Le chevalier d'Éon hocha la tête.

— Si je connaissais l'homme à qui montrer cette lettre de recommandation, oui.

Il se tourna vers Sartine et tendit la main, les doigts ouverts.

— Monsieur le lieutenant général de police, puis-je ?

Sartine hésita à lui remettre la lettre.

— Je vais vous en faire copier un double, dit-il précipitamment.

Volnay réprima un sourire. Son supérieur ne semblait éprouver qu'une confiance limitée en son invité.

— Monsieur le lieutenant général de police, dit le chevalier d'Éon d'un ton plus décidé, je vous ai écrit la traduction en bon français de cette lettre. Puis-je avoir l'original ?

Sartine secoua la tête en signe de refus.

— Je ne peux m'en départir qu'entre les mains du roi, dit-il d'un ton poli mais ferme. Elle contient peut-être des secrets d'État.

— M. de Choiseul apprécierait certainement que je la lui remette.

Sartine blêmit. Il lui était cruel de courir le risque de voir le principal ministre du roi prendre ombrage de son refus. Lentement, comme à regret, il tendit la lettre au chevalier d'Éon.

— Merci, dit ce dernier, je vais la lire et la relire. Peut-être y trouverai-je un autre sens. En attendant, je vous souhaite la bonne nuit.

Volnay inclina la tête.

— À demain, monsieur le chevalier d'Éon. Nul doute que votre aide me sera précieuse.

— S'il plaît à Dieu, chevalier. S'il plaît à Dieu…

Comme le commissaire aux morts étranges allait se retirer de son côté, Sartine intervint.

— Restez, Volnay, j'ai encore quelques détails de l'enquête à régler avec vous.

Le chevalier d'Éon salua et sortit. Le lieutenant général de police resta quelques secondes silencieux avant de grogner à l'intention de son commissaire aux morts étranges :

— Eh bien, qu'attendez-vous ? Il a la lettre maintenant ! Collez-lui au cul !

Volnay sortit en trombe. Il courut dans les couloirs et vit la silhouette du chevalier d'Éon dévaler l'escalier. Il lui emboîta le pas à bonne distance et se fondit dans l'ombre à la sortie du Châtelet. Le chevalier d'Éon regarda tout autour de lui avant de plonger dans la nuit noire.

Tiens, tiens, monsieur le chevalier d'Éon, pensa Volnay, *sauriez-vous finalement qui est le destinataire de la lettre ?*

Il le suivit le long de la rue Pierre-à-Poisson puis de la rue Saint-Denis avant de remonter la rue de la Heaumerie. Le chevalier d'Éon se retourna plusieurs fois mais le commissaire aux morts étranges savait devenir une ombre dans la nuit, anticipant les alertes du poursuivi pour se jeter à temps à l'abri des portes cochères. Rue Vieille-Monnaie, d'Éon s'immobilisa devant un entresol où une porte était entrouverte. Il jeta un long regard aux alentours puis entra. Le commissaire aux morts étranges sortit de sa cachette et s'approcha à pas prudents.

Des effluves divins s'échappaient de la porte entrouverte. Le parfum des truffes mêlé au fumet des alouettes, grives et becfigues lui chatouilla douloureusement les narines. Le policier hocha la tête et regagna l'obscurité. Quelques minutes plus tard, le chevalier d'Éon sortit enfin des cuisines, l'air satisfait. Lorsqu'il reprit son chemin, il ne se retournait plus et marchait d'un pas indolent. Le commissaire aux morts étranges comprit qu'il rentrait désormais chez lui l'esprit apaisé car il venait de trouver ce qu'il cherchait.

Volnay considéra un instant les cuisines d'un air songeur puis un sourire éclaira son visage. Il fit quelques pas sous la lumière pâle de la lune, fouetté par un vent froid qui lui rabattait désormais la senteur des épices orientales, ainsi que des parfums d'origan, de basilic, de pignons grillés avec quelques envolées de chèvrefeuille et de menthe.

Hélène traversa le faubourg Saint-Jacques où résidaient les maîtres carriers, qui exploitaient désormais la plaine de Châtillon tout en continuant à résider rue d'Enfer ou le long de la rue du Faubourg-Saint-Jacques, berceau de la pierre à bâtir. La piété de cette population de carriers et de plâtriers, ainsi que le calme des lieux, avait contribué à attirer et établir nombre de couvents ou communautés religieuses.

Ainsi, on y trouvait le couvent de la Visitation-Sainte-Marie, où s'était réfugiée Mlle Lafayette, objet des trop tendres attentions de Louis XIII ou l'abbaye royale du Val-de-Grâce de Notre-Dame-de-la-Crèche qui conservait, dans l'écrin de la chapelle Sainte-Anne, le cœur d'Anne d'Autriche, la mère de Louis XIV.

Malgré la différence de classe sociale, le ciment religieux et une certaine sollicitude unissaient les pauvres travailleurs et les riches pénitents. L'église Saint-Jacques-du-Haut-Pas y avait été élevée grâce au zèle pieux et touchant de son humble population, les ouvriers travaillant à l'élever sans salaire, les maîtres donnant pierre et plâtre tandis qu'une riche pénitente, la duchesse de Longueville, offrait l'or et le marbre. L'austérité de la règle des carmélites attirait dans son couvent du faubourg Saint-Jacques tout ce que le grand monde comptait de riches dames soucieuses de racheter une jeunesse de péchés et de passions par une vieillesse occupée à les expier et à les oublier. Bref, on y venait pour bien y mourir.

Loin de ces préoccupations, puisqu'il ne croyait ni en Dieu ni au diable, le moine longea la communauté des ursulines, vouées à l'instruction des jeunes filles, le couvent des bénédictins anglais, celui des capucins, des feuillantines et des carmélites.

Rue des Marionnettes où elle résidait, Hélène aperçut sa silhouette bien mise à l'angle de la rue qu'elle empruntait pour revenir chez elle. Elle ralentit l'allure, se donnant le temps de reconnaître son visage.

— Vous ici ? s'étonna-t-elle.

— Puis-je monter ? demanda le moine dont les yeux brillaient d'amusement. À moins que vous ne cachiez chez vous quelques coqs noirs égorgés et un chat pendu à un crochet ?

— Pas aujourd'hui !

Le moine la suivit en souriant jusqu'à son appartement. Il nota avec soulagement que, depuis sa dernière visite, Hélène avait procédé à quelques acquisitions. Un bureau en marqueterie et tiroir avait ainsi pris place dans un coin de la pièce et, sur les murs, une glace encadrée à moulure de bois sculptée et dorée ainsi qu'un paysage en pastel. Autant de signes de stabilité pour quelqu'un d'aussi furtif et insaisissable qu'Hélène. Sans plus se soucier de son invité, la jeune femme se mit en devoir d'allumer autant de chandelles que pour célébrer une cérémonie. Leur lueur réchauffait son visage d'une belle couleur or. Le moine lui tendit un petit paquet.

— Je vous ai acheté du chocolat.

Hélène s'assit et déballa le présent sans se presser à la lumière d'une lampe à huile.

— Est-ce aphrodisiaque ?

Il rit.

— J'espère bien !

D'un geste sec, la jeune femme brisa un morceau de chocolat et le laissa fondre sur sa langue. Son palais fut aussitôt envahi d'une combinaison subtile de notes amères et sucrées.

— Au fait, fit négligemment le moine, je vous ai aperçue ce soir à L'Oignon.

— Je sais. Je vous ai vu également.

Le moine joignit les mains, une douce lueur de désapprobation dans le regard.

— Qu'allez-vous fréquenter de tels mécréants ?

Elle le dévisagea avec sévérité.

— Croyez-vous que cela m'amuse de traîner avec ces jeunes fous ? De sentir leurs mains sur mon corps et de m'enivrer avec eux ?

— Mais... euh... vous vous laissiez embrasser également...

Hélène haussa les épaules.

— Rien de bien méchant pour l'instant mais peut-être serai-je obligée d'aller plus loin.

Elle lui jeta un regard inquisiteur.

— Vous n'êtes pas jaloux au moins ?
— Mais pas du tout !
S'il était tourmenté à l'idée de voir Hélène offrir son corps pour mener à bien sa mission, le moine n'en laissait rien paraître. La jeune femme soupira.
— Guillaume, le passé est le passé. Ce fut une nuit merveilleuse mais seulement une nuit. Toutes ces petites choses-là n'ont pas beaucoup d'importance au fond.
Le moine se raidit.
— Parlez pour vous !
Sans rien dire, Hélène mit du bois dans la cheminée. Sous l'œil ironique du moine, elle y jeta sept grains de gros sel pour purifier l'âtre. La cheminée tirait mal, elle lui demanda de cracher sur la bûche qui fumait, comme le voulait la tradition, afin que la fumée monte par le conduit. Le moine leva les yeux au ciel mais obtempéra. Cela fait, il lui jeta un regard soupçonneux.
— Que fabrique votre petite bande ?
— Elle s'amuse, elle paillarde, parfois même elle vole et revend les objets pour le dépenser en vin et en bière.
Il tira un siège près du sien. La chaleur de la lampe à huile qui les éclairait le saisit soudain.
— Hélène, pourquoi perdre votre temps avec eux ?
— Parce que leur chef connaît une autre bande conduite par un jeune illuminé qui parle beaucoup de cette fête des Fous, expliqua-t-elle patiemment. Le moment venu, lorsqu'on se portera garant pour moi, je pourrai m'y introduire. Je suis en mission, Guillaume. Et vous, pourquoi traînez-vous avec votre bande ?
Le moine se gratta la barbe.
— Oh, moi, je m'y amuse.

Il ajouta avec rancune :

— Sartine est un bien méchant homme de vous demander de vous abaisser ainsi.

Hélène secoua la tête.

— Il ne me dit pas comment je dois mener mon enquête, c'est à moi qu'il appartient de juger ce qu'il est bon ou non de faire. Quant à m'abaisser…

Elle eut un sourire triste.

— On n'est vraiment humiliée que lorsqu'on veut bien l'être.

Le moine approuva doucement.

— Mais dites-moi, ironisa Hélène, vous me faites remarquer mes mauvaises fréquentations, pourtant je vous ai vu en galante compagnie, une fille sur chaque genou.

À la lueur de la lampe à huile, un éclair malicieux traversa le regard du moine.

— Je ne les ai pas appelées. Elles sont venues y poser leur derrière comme si j'étais un siège.

— Pourquoi cela ?

— Avec l'âge, je deviens confortable !

Elle lui lança un regard moqueur.

— Vous êtes sec comme une trique.

Il rit puis se tut. Hélène ne parla pas. Le silence entre eux était chargé d'attente. Hélène savait que l'insouciance et la frivolité du moine n'étaient qu'apparence, un passe-temps et un genre qu'il se donnait. Le moine, lui, ne savait pas grand-chose d'Hélène sinon qu'elle était quelque part son double féminin. La flamme de la lampe à huile vacilla, modifiant subtilement les ombres projetées.

— Voulez-vous boire quelque chose, proposa soudain la jeune femme.

— Pourquoi pas ?

Hélène se leva dans un froufrou de velours et, d'un pas fluide, se dirigea vers la cuisine. Elle en revint avec des gobelets à café sur des soucoupes en porcelaine.

— Oh, du café ! s'exclama le moine. Quelle bonne idée ! Cela m'évitera de dormir…

— Vous ne devez pas souvent dormir en traînant dans les cabarets avec votre petite bande ! se moqua-t-elle.

— Pourquoi *petite* bande ? Dans la mienne, il y a des gens recherchés par la police !

— Dans la mienne aussi, que pensez-vous ?

— Moi, dans ma bande, se rengorgea le moine, j'en ai un *condamné pour indécences et gestes lestes dans le foin.*

— Ce n'est que du foin, les bêtes s'y amusent bien ! Moi, j'ai un dénommé Belle Gueule, *déserteur et recherché pour avoir prostitué deux filles de quinze ans.*

— Et moi, j'ai une certaine Bastienne, *trouvée au lit en mauvaise compagnie et condamnée pour relations incestueuses avec son beau-père* !

Les lèvres d'Hélène se retroussèrent sur un large sourire.

— Que dites-vous de ceci : Grand Blond, *condamné pour manque de respect à la statue de la Vierge Marie de l'église Saint-Roch.*

— Oh, moi, triompha le moine, j'ai beaucoup mieux. Sue la Mort, il transpire tellement qu'on dit que la raie du cul lui sert de gouttière !

— Et ?

— Mendiant, *condamné pour feindre d'avoir la lèpre.*

Hélène haussa nonchalamment les épaules.

— Sans Regret, *a colporté des livres défendus contre la religion et les bonnes mœurs* !

Le moine cligna des yeux.

— Petite maligne, vous avez fiché toute la bande !

— Vous aussi, n'est-ce pas ?

— Diable, j'ai beau paraître un peu fou par moments, je reste un homme méthodique et organisé. J'aime savoir avec qui je sors !

Le regard d'Hélène s'écarquilla.

— J'ai fait cela parce que je suis en mission mais vous, Guillaume...

Elle éclata de rire.

— Vous aussi, Guillaume, vous êtes en mission !

Le moine haussa modestement les épaules.

— Mon fils l'ignore mais pendant notre enquête précédente, je voyais dans tout Paris la marque d'événements extraordinaires qui se préparaient. Des gens se grimaient comme pour Carnaval bien avant l'heure, des affiches appelaient à la fête des Fous. Cela a excité ma curiosité.

— Alors, nous sommes concurrents ?

Le moine soupira.

— Pas vraiment, j'avoue qu'en chemin j'ai quelque peu oublié la mission que je me suis attribuée et j'aide mon fils pour une autre enquête !

— Je vois.

Elle redevint sérieuse.

— Au fait, à toute votre brochette de condamnés, vous avez oublié d'en citer un...

— Lequel ?

— Le moine, bientôt *condamné pour avoir montré ses fesses au lieutenant général de police* !

Le moine se rembrunit.

— Oh, vous savez...

— Tout Paris sait et Sartine est fou de rage !

— J'ignorais que la vue de mes fesses allait tant faire jaser, d'autant plus que je portais une culotte sous ma bure et que je ne l'ai pas ôtée...

— J'espère bien !

— Vous-même portez le triple de vêtements que les hommes, ce doit être une charge bien lourde…

— Voulez-vous que je les ôte ?

Son regard s'était chargé de défi. Prudemment, le moine esquiva.

— Nous pouvons parler tout habillés, cela ne me dérange pas !

Il s'était approché de la table de cuisine pendant qu'elle préparait le café et lorgnait sur une fiole remplie d'un liquide laiteux.

— Qu'est-ce que ceci ?

— Une préparation d'apothicaire. J'ai mal à la gorge.

Le moine blêmit puis claqua des doigts, l'air illuminé.

— Voilà ! Il est là le point commun !

— Pardon ?

Il se tourna vers elle, l'air ravi.

— Au domicile de la première victime, j'ai trouvé une préparation d'apothicaire. Sur le corps de la troisième victime, de même. Sur l'instant, ni moi, ni mon fils n'y avons prêté attention car, en hiver, la moitié de la population de Paris est malade. Mais cet après-midi, j'ai également trouvé une fiole au domicile de la seconde victime.

— Le hasard. Vous l'avez dit vous-même : tout le monde est malade.

Le moine prit un petit air de triomphe modeste.

— Ma chère, j'ai débouché cette dernière fiole et trouvé que son contenu sentait fort mauvais. Or, j'avais déjà senti les deux autres et remarqué leur odeur détestable. La même odeur ! Voilà le lien entre les trois meurtres ! Trois clients d'un même apothicaire qui distille des potions à l'odeur détestable !

— Oh, ravie de vous avoir inspiré !

Les rides du visage du moine se creusèrent.

— Vous faites plus que m'inspirer, vous remplissez mes pensées…

Hélène recula d'un pas.

— Nous y voilà…

— Je dis tout haut ce que mon cœur pense tout bas.

— Vous pensez trop.

— Je pense tout le temps, tout le temps…

Elle l'arrêta d'un geste tranquille.

— Je vais vous servir votre café et ensuite vous partirez.

Le moine soupira d'un air affligé et s'assit lourdement. Lorsqu'elle le servit, son parfum l'enveloppa délicieusement.

— Je ne veux rien vous imposer, dit-il, et surtout pas ma présence si elle ne vous convient plus. Ma seule préoccupation est de vous savoir heureuse et ma seule inquiétude le chemin que vous avez pris pour y parvenir. J'ai emprunté, moi aussi, dans ma jeunesse, des voies diverses et marginales. J'ai connu beaucoup de déboires et gagné bien des souffrances et des séjours en prison mais à l'époque seule comptait ma liberté de penser. J'espère simplement que le destin vous pourvoira mieux que moi.

Dans la voix du moine s'entremêlaient des nuances mêlées de douceur et de compréhension. Hélène perçut son désir sincère de la comprendre et en fut touchée. Impulsivement, elle noua ses bras autour de son cou.

Volnay gravit à pas lents l'escalier de l'immeuble où logeait l'Écureuil. Contrairement à sa précédente habitation, l'odeur y était supportable même si des relents de cuisine grasse flottaient encore dans l'air. Arrivé au troisième étage, il frappa doucement à la porte. Celle-ci s'ouvrit bientôt lentement sur le regard ensommeillé de la jeune fille.

— Que faites-vous là ? Il est bientôt…

— Une heure avant minuit. Vous dormiez ?

— Diable, oui.

— Puis-je entrer ?

— Si vous pouvez entrer ? demanda-t-elle interloquée.

Elle était maintenant parfaitement réveillée. Sa main s'empara du revers de son frac et, avec une force insoupçonnée, elle l'attira à lui. Ses lèvres s'écrasèrent contre les siennes avec une impatience énervée. Après un moment de flottement, il lui rendit son baiser avec fougue. Les mains de l'Écureuil s'accrochèrent à sa nuque. En haletant, elle murmura :

— Que me vaut cet honneur, commissaire ?

Elle avait collé son corps contre le sien pour éveiller son désir. Une vieille habitude. Dans le temps, elle savait que plus les hommes étaient excités et plus cela se passait vite après mais ce n'était pas vraiment son but aujourd'hui.

— Je ne suis pas venu pour cela, murmura Volnay d'une voix rauque.

Il tentait de garder l'équilibre d'une manière si comique que l'Écureuil éclata de rire. Le commissaire aux morts étranges se renfrogna.

— Je préfère rester debout, dit-il sans réfléchir.

La jeune fille recula comme si on venait de la gifler.

— Bien sûr, persifla-t-elle. La position couchée n'est pas digne d'un commissaire du Châtelet même si quelques-uns de vos collègues ne crachent pas sur les charmes des prostituées.

— Je n'ai jamais dit cela, se défendit-il.

Elle avança d'un pas, tête baissée, le faisant reculer.

— Vous le pensez tellement fort chaque fois que c'est comme si vous me le hurliez à la face. Que voulez-vous que je fasse ? Que j'enterre mon passé avec les saints sacrements ?

— Mais non…

— J'ai été prostituée pour survivre, pas pour le plaisir. Je ne vais pas finir ma vie en me retirant aux Filles-Repenties…

— Non, bien sûr…

— Tu ne veux pas de moi ? Tu ne veux pas coucher avec une prostituée !

Elle haletait. Son visage étonnamment dur pour une fille de seize ans était celui des années de misère et d'humiliation. Volnay fut frappé par ce brutal changement. Les souvenirs de leur première rencontre remontèrent alors à sa mémoire.

Dans ce cabaret, elle portait un casaquin de toile violette, des jupons à raies rouges. Mais de quelle couleur étaient ses bas de laine ? Elle se frottait aux joueurs dans l'espoir d'une pièce en échange de quelques caresses. Et puis, elle s'était tournée vers lui avec un sourire engageant mais seule l'inquiétude qu'il lisait dans son regard l'avait touché. D'un coup, il avait désiré la protéger.

La rage l'envahit de nouveau. S'il avait pu, il aurait tué tous ceux qui avaient souillé son corps.

Comme si elle lisait dans ses pensées, le regard de l'Écureuil avait pris la dureté du diamant. Elle le repoussa avec une force qu'il ne lui soupçonnait pas et claqua la porte derrière lui. Le commissaire aux morts étranges resta un instant sur le palier, le cœur battant, puis il descendit lourdement l'escalier.

Le moine ne dormait pas. Il profitait de chaque minute de son corps tiède contre le sien et de ce parfum de fleurs sauvages cueillies en bord de chemin. Les cheveux d'Hélène étaient éparpillés sur l'oreiller, les draps laissaient échapper une épaule et un bras nu. À un moment, dans la nuit, sa tête avait roulé sur son épaule et il avait alors retenu son souffle, craignant de la voir se détourner de lui.

Enfin, il la repoussa doucement. Hélène marmonna dans son sommeil. Sans bruit, il se leva et s'habilla. Il aurait voulu lui faire goûter à l'abandon total que permet la confiance en l'autre mais il doutait de pouvoir le partager avec elle. Hélène ne possédait qu'une certitude, celle de sa liberté.

Il raviva les braises dans la cheminée et ajouta une bûche puis une autre. Le feu jeta de grandes lueurs sur les tentures pourpres. Le moine imagina un instant l'ombre de leurs corps entremêlés dessiner des arabesques passionnées.

— Où allez-vous ? Vous ne dormez donc jamais ?

Dans la pénombre, des yeux de chat, verts avec des lueurs d'ambre, étincelaient.

— Et moi qui vous croyais endormie, je vous retourne le compliment ! rétorqua le moine.

Il redevint sérieux.

— Je rentre à la maison. Il est deux heures avant l'aube et mon fils risque de me chercher.

Hélène se pelotonna sous ses couvertures, les mains autour de son oreiller et le regard dans le vague.

— Je ne sais pas si nous avons bien fait, Guillaume…

— Oh, moi je n'ai aucun regret, dit gaiement le moine.

— Je m'en suis aperçue !

Elle fit une pause et reprit :

— Tout ceci ne nous mènera nulle part…

— *Amare et sapere vix deo conceditur*, dit sentencieusement le moine. “Aimer et demeurer sage, même un dieu le pourrait à peine !”

Il lorgna sur ses orteils qui dépassaient des draps. Elle le remarqua, tira la couverture sur ses pieds nus et récita :

— *“Il n'y avait religieuse*
Qui ne se sentit bienheureuse
D'avoir du moine connaissance
Pour avec lui prendre alliance.”

Le moine sourit avant de répondra tranquillement :

— *“Sachant le bien et le bonheur*
Que donnait ce membre d'honneur.”

— Saurai-je un jour vous surprendre ? demanda Hélène d'un ton faussement affligé.

Le moine revint lentement vers le lit.

— Vous êtes une surprise de chaque instant, ma chère, répondit-il amusé.

Il s'assit près d'elle. Sa main se porta à son cou. Il avait remarqué pendant leurs étreintes cet objet qu'elle portait sans oser la questionner. Maintenant que la magie de la nuit se dissipait, sa curiosité devenait plus forte.

— Qu'est-ce que ceci ? s'enquit-il en portant délicatement la main à sa poitrine.

L'objet gardait la tiédeur de son corps. Comme la jeune femme ne disait rien mais ne cessait de le fixer, il se pencha et lut :

— *Ananisapta*… Est-ce une amulette ?

— Non.

Elle parlait d'une voix légèrement voilée.

— Un talisman contre les maladies contagieuses. C'est l'hiver…

— Ah, je comprends, s'exclama le moine. A pour *antidotum*, N pour *nazareni*…

Sans répondre, Hélène récupéra son bien qu'elle dissimula sous la couverture, entre ses seins tièdes. Elle lui adressa alors une moue charmante.

— Guillaume, je vous ai aidé pour votre affaire, m'aiderez-vous pour la mienne ?

Le moine se passa la main sur le visage. Son expression était devenue grave.

— La fête des Fous ?

— Oui.

Il réfléchit.

— Au départ, la fête des Fous a pour objet d'honorer l'âne qui porta Jésus lors de son entrée à Jérusalem, d'où son premier nom de fête de l'Âne. Cherchez donc le coupable parmi les ânes !

— Ah, ah, fit Hélène en fermant les yeux.

Le moine promena une main caressante dans ses longs cheveux bruns aux reflets roux.

— Pendant vingt-quatre heures, le bas clergé s'arrogeait tous les privilèges réservés à leurs supérieurs. On commençait par une procession solennelle suivie de toutes sortes d'extravagances. Au Moyen Âge, on élisait le pape des fous parmi les diacres mais cela pouvait également être un profane qui passait. On le promenait ensuite à travers les rues et les bagarres et les débordements n'étaient pas rares à cette occasion. L'office des fous poursuivait ces rituels d'inversion. Les places sont strictement réglementées dans le chœur mais, à cette occasion, on les échangeait toutes dans les stalles. Le rôle de chacun était inversé et même les gestes liturgiques se trouvaient parodiés.

Il fit une pause pour s'assurer de l'attention de la jeune femme. Celle-ci, toujours voluptueusement allongée, l'écoutait attentivement derrière ses paupières mi-closes et ses longs cils.

— Cette fête, reprit le moine, a porté nombre de noms comme fête des Sous-Diacres, des Diacres-Saouls, des Cornards ou encore des Libertés de décembre. Liberté, c'est bien le surnom du chef de la bande que vous souhaitez rallier ?

— Oui, fit soudain Hélène, parfaitement réveillée.

— Voilà ! C'est ça la clé !

Satisfait, le moine se leva et se rajusta. Son regard parcourut la pièce, s'attardant sur la coiffeuse munie de tirettes et de cases pour les produits de beauté avant de musarder sur les formes souples épousées par le drap comme s'il n'était pas sûr de les retrouver un jour. Doucement, il expira puis se dirigea d'un pas décidé vers la porte avant de marquer un temps d'arrêt.

— Au fait, dit-il en se retournant négligemment. Sur les affiches, on situe la fête des Fous le 28 décembre, le jour des Saints-Innocents.

— C'est exact, et alors ?

Le moine fronça les sourcils.

— Justement, Hélène. Carnaval se termine la veille du mercredi des Cendres. La fête des Fous se déroulait sur plusieurs dates. À Paris, le bas clergé menait le charivari général le 6 janvier, appelé jour des Rois, parce qu'à cette date les Rois mages arrivèrent à Bethléem. Alors pourquoi ressusciter la fête des Fous à une mauvaise date ? Voilà, ça c'est la question !

II

LE JOUR DE LA SAINT-ÉTIENNE

C'est lorsqu'on les lui touche qu'on sait si c'est un mâle !

I

Si j'étais homme, c'est à vous que je donnerais la pomme.

IMPÉRATRICE ÉLISABETH

Le moine avait ramené sa cape autour de lui, autant pour se protéger du froid que pour masquer ses beaux habits. Il ne tenait pas à ce que des malandrins s'en prennent à lui. Le menton fièrement relevé et la main sur la poignée de son épée, il avançait avec une allure de condottiere mais ses yeux luisaient d'une lueur lasse et le vent se faisait froid sur ses joues mouillées.

— Tiens, tu es là, toi ! dit-il en refermant la porte de sa demeure.

Assis ensommeillé sur un fauteuil, Volnay se redressa en sursaut.

— Hein ?

Le teint brouillé, il regarda autour de lui.

— Quelle heure est-il ?

— Un peu plus d'une heure avant l'aube, répondit le moine. Nous sommes le jour de la Saint-Étienne. C'est amusant car Étienne accomplissait des miracles de guérison comme le diacre Pâris.

Il fit une pause en fourrageant dans sa barbe.

— En y réfléchissant, sa fin ne fut guère plus réjouissante. On l'a lapidé pour avoir traité une assemblée de spécialistes de la loi juive de cous raides et d'incirconcis !

Son fils s'étira. Éconduit par l'Écureuil, sa nuit avait été courte. Et lorsqu'il s'était endormi, un rêve l'avait entraîné dans un escalier en spirale sans fin dont il ne trouvait pas l'issue. Il l'avait monté et descendu tant de fois au cours de ces dernières heures que tout son corps semblait moulu et brisé de fatigue.

— Intéressant, dit-il d'un ton revêche. Inutile de te demander, j'imagine, où tu perdais ton temps si bien habillé. Le vin était bon ?

Le moine hocha la tête dans le vague d'un air qui voulait tout dire.

— Le vin n'est appréciable qu'en bonne compagnie… Qu'as-tu fait hier de ton côté, mon fils ?

Volnay lui raconta son entrevue avec Sartine et le chevalier d'Éon puis sa discrète filature jusqu'à une cuisine.

— Hum, commenta son père, cela sent le *Secret* à plein nez.

Le moine soupçonnait Louis XV d'avoir développé une diplomatie parallèle à celle officielle. Pour cela, il aurait mis en place un réseau d'agents secrets qui lui reportaient directement, sans rien révéler de leurs activités et de leurs informations aux ministres ou ambassadeurs de France. Par l'indiscrétion d'un philosophe fréquentant la maison d'un comte, le moine avait compris qu'on appelait ce réseau le *Secret du roi* et nul ne savait qui en faisait partie.

— Se peut-il que le chevalier d'Éon appartienne au *Secret du roi* au su et à la barbe de l'ambassadeur de France à Saint-Pétersbourg et du ministre Choiseul ? s'interrogea Volnay à haute voix.

Son père arqua délicatement un sourcil.

— Des jeux diplomatiques importants sont en place pour préparer l'adhésion de la Russie à l'alliance franco-autrichienne et contrer le rapprochement de la cour de Saint-Pétersbourg avec l'Angleterre. Si le chevalier d'Éon a passé plusieurs années en Russie, il doit être au fait de tous ces secrets et bien plus encore…

Il lissa songeusement sa barbe qu'il portait courte et bien taillée. Les poils gris étaient peu abondants car il les arrachait soigneusement.

— Il court de curieuses rumeurs sur ce chevalier d'Éon. On dit qu'à la cour de Russie, il lui arrivait de se travestir en femme lors de bals.

— Je ne crois guère à tous ces ragots, maugréa Volnay.

— Un de mes correspondants russes, philosophe à ses heures, m'a raconté une étrange aventure. Des dames de la cour auraient rencontré une femme ressemblant comme deux gouttes d'eau au chevalier d'Éon, les oreilles percées comme les siennes avec la même tache près de l'oreille gauche.

Le commissaire aux morts étranges prit un air intéressé.

— Insinues-tu que ce puisse être une femme ?

Le moine haussa nonchalamment les épaules.

— Tu sais ce que l'on dit ? "C'est lorsqu'on les lui touche qu'on sait si c'est un mâle !"

Un long rire silencieux secoua Volnay. Son père s'immobilisa, surpris, puis se joignit à lui dans une manifestation d'hilarité un peu plus bruyante. Lorsque les deux hommes se furent calmés, le moine leva le doigt pour attirer l'attention.

— J'oublie de te dire que mon intelligence exceptionnelle a trouvé le lien entre les trois meurtres !

Volnay lui jeta un regard méfiant.

— La nuit t'a réussi, on dirait…

— Euh, oui…

Il fila sans plus attendre et revint bientôt, les bras chargés de trois fioles. Il les posa sur une table et les huma tour à tour avec, chaque fois, une grimace dégoûtée.

— Et voilà le lien, chacune de ces médecines a exactement la même odeur et se trouve en possession de nos trois victimes. Je m'en veux de cette découverte tardive !

— Je ne crois pas au hasard, dit sèchement Volnay.

— Tu ne crois en rien, digne fils de ton père ! Nous pouvons donc en tirer la conclusion qu'un seul et même apothicaire a fourni les trois victimes peu de temps avant leur mort.

— Et comment retrouver cet apothicaire ? Je me souviens qu'il n'y a pas de nom sur ces fioles.

— Certes, fit gaiement le moine, mais il y a un apothicaire juste à côté de chez Mme de Boissie. Notre horreur des coïncidences pourrait nous pousser à commencer par lui.

Volnay fronça les sourcils. Habituellement, il n'était pas du genre à laisser passer de tels détails.

— Rue Saint-Honoré, c'est ma foi vrai. Pourquoi me suis-je arrêté devant le perruquier et non devant l'apothicaire ?

— Ça, mon fils, c'est une question que je n'ai pas fini de me poser !

Hélène étendit la main pour sentir la tiédeur des draps à côté d'elle. En s'éveillant, elle avait souhaité être seule et maintenant le regrettait. La présence du moine emplissait tous les recoins de l'appartement lorsqu'il s'y trouvait. Au lieu de libérer de l'espace, son absence semblait racornir la pièce. Il était le seul à réellement la comprendre et le seul à toucher ce qui lui restait d'humanité. Elle devait se défaire de ce dernier lien.

S'entourant le corps d'une couverture, elle se leva pour allumer une bougie et approcha de la flamme une feuille séchée. Elle la regarda brûler et n'ouvrit les doigts que lorsque la flamme lui lécha les doigts. Elle fit couler ensuite la cire dans un petit bol et commença son incantation :

— Extator, Nestator, Sytacibor, Adonaï... venez et soyez présents, je vous invoque dans ma besogne afin qu'elle s'achève bien.

Un coup de vent terrible vint ébranler les vitres et la fit sursauter.

À l'aube, on frappa deux coups discrets. Le moine qui sommeillait au coin du feu sursauta. Tel que l'avait décrit Volnay, le chevalier d'Éon se tenait sur le pas de la porte. Il salua le moine fort civilement en ôtant son chapeau aux bords galonnés.

— Pardonnez-moi mais je me suis peut-être trompé d'adresse. Je cherchais la demeure du collaborateur du commissaire aux morts étranges, un moine...

— C'est bien moi !

La bouche du chevalier d'Éon s'arrondit de surprise. Le moine comprit la méprise en considérant ses beaux vêtements.

— Ah oui, ma bure est à la lessive !

Son visiteur s'inclina courtoisement.

— Je suis le chevalier d'Éon.

— Oh, vous venez pour le corps, fit le moine.

— Oui, je m'y étais engagé. Je ne vous dérange pas, j'espère ?

— Pensez-vous, c'est Noël. Pour le visiteur, une table ornée de fleurs est dressée près du brasier et ornée du pain et du sel de l'hospitalité !

Comme le regard du chevalier d'Éon passait pardessus son épaule pour chercher la table en question, il ajouta :

— Symboliquement parlant !

— Pardonnez-moi de me présenter au chant du coq, s'excusa le visiteur avec une exquise politesse.

— Ce n'est rien, j'adore cet animal, le rassura le moine. Finalement, sans lui, nous n'aurions pas d'œufs. Indirectement s'entend ! Et puis, je dors peu, savez-vous… Mais je parle, je parle. Pardon, je vous fais mourir de froid !

Le moine le fit entrer.

— Vous dormez peu ? reprit d'Éon, ne sachant comment engager la conversation avec ce curieux homme.

— Le sommeil n'est pas de mes amis quoique parfois un rêve me transperce.

— Et à quoi rêvez-vous ? demanda poliment d'Éon.

— Oh, lorsque je suis content de moi, je rêve que je traverse un champ de blé et que les gerbes s'inclinent à mon passage en guise d'hommage. Un rêve biblique !

Le moine se tut. Il se souvenait de rêves pénibles dont il se réveillait en hurlant, pensant avoir pris feu. Échapper au bûcher était une épreuve marquante. Parfois, lors d'enquêtes difficiles, il se réveillait en disant : “J'ai fait des rêves rouges.”

Se secouant, il invita le chevalier à le suivre à la cave.

— Voilà notre homme, fit le moine en soulevant le drap. Avec ce froid, je le conserve encore en bon état.

Tranquillement, d'Éon s'approcha et se tint penché au-dessus du corps, son chapeau à la main.

— Non, fit-il calmement, je ne le connais pas.

Le moine désigna le cou de la victime.

— La blessure indique deux bords tranchants. On a donc utilisé pour l'égorger un couteau à double tranchant pour provoquer ces plaies symétriques. J'ai effectué un moulage de la blessure pour avoir la forme de la lame. Il nous suffira de récupérer l'arme du crime pour comparer…

Le chevalier d'Éon hocha la tête, impressionné.

— Monsieur, ou plutôt devrai-je dire mon frère, vous êtes très savant.

— Ce n'est rien, se rengorgea le moine, j'ai l'habitude des cadavres. Même s'ils gardent le silence, ils parlent beaucoup !

Il se pinça délicatement l'arête du nez, geste familier lorsqu'il était sur le point d'émettre une théorie.

— Je développe toutefois certaines idées pour améliorer la recherche des crimes.

— Lesquelles ?

— Oh, la première n'est pas de moi, je l'avoue, répondit le moine avec emphase. Dans son *Mémoire sur la réformation de la police envoyé au roi*, Guillauté exprime l'avis de mettre sur un seul fichier tous les habitants de Paris !

— Fantastique mais cela demanderait bien du temps…

— Oui, nous aurions seulement les escrocs arrêtés que cela ne serait pas si mal ! Venez, l'air est glacial ici. Nous allons attraper la mort si nous restons plus longtemps !

Les deux hommes remontèrent pour prendre place près du feu.

— Oh, qu'est-ce que ceci ? demanda le chevalier d'Éon en examinant un livre volumineux posé à même le sol.

Il le ramassa délicatement et le feuilleta avec curiosité. Les gravures représentaient des fronts de différents aspects.

— Métoposcopie ou science des lignes du front, expliqua aimablement le moine. Jérôme Cardan est un médecin et mathématicien de la Renaissance. Un personnage qui m'est sympathique. Il fit de la prison pour avoir osé dresser l'horoscope du Christ. On dit même qu'il s'est laissé mourir de faim pour ne pas contredire la date de sa mort qu'il avait prédite dans son propre horoscope. Que serions-nous, nous autres savants, sans notre conscience professionnelle ?

S'apercevant de l'attente du chevalier d'Éon, le moine se recentra sur le sujet.

— Cet art divinatoire existait déjà dans la Grèce antique mais Jérôme Cardan a tiré plus de huit cents gravures afin d'analyser les rides du front. Pour lui, c'est la partie la plus parlante d'un visage et un habile physionomiste est capable de deviner les nuances d'un caractère par leur simple observation. Jérôme Cardan divise les rides du front en sept rides principales. Celle de la Lune, juste au-dessus du sourcil puis, en remontant jusqu'à la racine des cheveux, celles de Mercure, Vénus, du Soleil, de Mars et Jupiter, et enfin celle de Saturne.

— Et que voyez-vous en moi ? demanda d'Éon amusé.

Le moine le contempla l'espace d'une minute.

— Ligne de Mars fortement marquée. Caractère inégal, audace, colère et emportement !

D'Éon referma le livre d'un geste sec et le reposa à ses pieds.

— Cardan a également inventé un joint fort ingénieux, ajouta promptement le moine. Dans son traité de physique *De subtilitate rerum*, il s'inspire d'un compas de marine fixé sur deux cercles articulés pour élaborer un dispositif mécanique permettant la transmission d'une rotation angulaire entre deux tubes dont les axes géométriques concourent en un même point. Vous intéressez-vous aux mathématiques ?

— Plutôt aux finances. J'ai achevé d'écrire l'an dernier un ouvrage qui a suscité quelque intérêt : *Considérations historiques et politiques sur les impôts des Égyptiens, des Babyloniens, des Perses, des Grecs, des Romains, et sur les différentes situations de la France par rapport aux finances depuis l'établissement des Francs dans les Gaules jusqu'à présent.*

— Rien que le titre me fait grande impression, répondit très sérieusement le moine.

Le chevalier d'Éon approuva d'un hochement de tête satisfait.

— J'aime faire part de mes réflexions sur le monde. Il y a six ans, j'en avais vingt-cinq, j'ai publié mon premier ouvrage : *Essai historique sur les différentes situations financières de la France sous le règne de Louis XIV et la régence du duc d'Orléans*. À l'époque, j'en ai reçu des louanges fort gratifiantes de la part du président Hénault, de M. le garde des Sceaux et de bien d'autres encore…

— Je vous en fais compliment. Vous aimez étudier…

— L'étude est pour moi un plaisir dans les moments heureux et un refuge dans l'adversité.

— Vous avez sans doute été un écolier fort studieux.

Un instant, le visage du chevalier sembla s'assombrir.

— Avant ma naissance, dit-il sur le ton de la confidence, mes parents avaient perdu un fils en bas âge.

Jusqu'à l'âge de sept ans, je restai incontinent et de santé fort fragile. Ma mère s'en inquiétait jour et nuit, me surveillant à chaque instant et m'interdisant de jouer avec les autres enfants. Le brave curé de la paroisse de Saint-Pierre de Tonnerre me donna pourtant quelque culture et autres civilités. À l'âge de treize ans, on m'envoya achever mes études à Paris, au collège Mazarin sous la tutelle du vicaire de Saint-Sulpice. La lecture a alors dévoré mon âme et j'aurais pu choisir de passer ma vie dans une thébaïde au milieu des livres si une seconde personnalité n'avait grandi en moi.

Le chevalier d'Éon s'exprimait avec aisance et non sans un certain charme, cherchant de toute évidence à séduire son auditoire. Il redressa la tête avec fierté.

— Ce second moi a apporté avec lui le goût de l'aventure et le désir de connaître le bruit des armes et le fracas des batailles.

Le moine affichait un intérêt extrême et, manifestement, le chevalier d'Éon aimait parler de lui à l'occasion, aussi continua-t-il.

— J'appris ainsi à tirer l'épée et à monter à cheval. En tout, je devins extrêmement redoutable !

La nostalgie sembla altérer le son de sa voix.

— À cette époque, je rêvais de rejoindre l'armée, ce qui ne m'empêchait pas de passer des nuits plongé dans la lecture.

— D'où venez-vous ? demanda le moine dévoré par la curiosité.

— Je suis originaire de Tonnerre, au bord de l'Armençon, en Bourgogne. On y fait un fort bon vin que je fais venir en Russie pour régaler nos hôtes à l'ambassade.

Le chevalier sembla soudain s'apercevoir que le moine écoutait beaucoup mais parlait peu.

— Et vous-même ?

Le moine ouvrit les bras, tendant les mains paumes en l'air en un geste universel exprimant la désolation feinte.

— Mon seul lieu d'origine est le ventre de ma mère. Citoyen du monde entier, je n'ai nulle patrie hormis celle des livres.

Désorienté, le chevalier d'Éon fronça les sourcils.

— On est toujours de quelque part...

La porte s'ouvrit à cet instant-là, dispensant le moine de répondre. Pensant aux enfants, Volnay avait acheté du lait écrémé et un bon pain bis de froment. Un peu embarrassé, les bras encombrés, il salua d'Éon. Le chevalier lui rendit son salut avec grâce.

— Alors, ce cadavre vous parle-t-il ? s'enquit le policier avec quelque brusquerie.

— Pas le moins du monde, répondit tranquillement d'Éon.

Le commissaire aux morts étranges le scruta de ses yeux bleu pâle.

— Vous m'en direz tant ! Et quelque idée vous est-elle venue à propos du signataire ou du destinataire de la lettre qu'il portait ?

— Hélas, non. Vous m'en voyez navré, répondit d'Éon avec le plus grand aplomb.

Le policier le considéra un instant, hésitant encore à le confronter à son mensonge. Il n'était peut-être pas sans avantage que Volnay ne révèle pas tout de suite avoir découvert sa visite de la veille.

— Avez-vous été reçu par M. de Choiseul ? s'enquit-il.

Un pli dédaigneux orna un instant le coin des lèvres du chevalier d'Éon.

— Je n'ai à rendre compte qu'à mon roi !

Volnay le contempla songeusement.

— J'aurais bien des choses à vous dire encore, fit-il simplement.

— J'ai à faire mais retrouvons-nous pour midi au Procope, proposa aimablement le chevalier d'Éon.

— Excellente idée, approuva le commissaire aux morts étranges.

Après que leur invité se fut retiré, Volnay se tourna vers son père.

— Eh bien, que penses-tu de lui ?

Le moine prit son inspiration.

— Il est assez charmeur et feint l'innocence mais, sous cet agréable caractère, se dissimule un esprit subtil et incisif.

— Je partage entièrement ton opinion !

— Il est également joueur, comme le prouve sa conduite en cette affaire, et très imbu de lui-même. En effet, voici un homme qui aime parler de lui et se raconter au premier venu. De plus, il écrit des livres qu'il estime d'une portée philosophique, économique et sociale et refuse toute allégeance à des ministres, n'estimant n'avoir à rendre compte qu'à son roi !

Volnay jeta un regard admiratif à son père. Lorsqu'il restait objectif et que la personne n'était pas de sexe féminin, il était tout à fait capable de décortiquer comme une écrevisse la personnalité de quelqu'un qu'il connaissait à peine.

— As-tu pris des renseignements sur lui ?

Le moine réprima un sourire.

— Certes. D'Éon est un petit poisson mais il a suffisamment navigué dans les cercles du pouvoir parisien pour donner lieu à quelques notes.

Il alla à son cabinet de travail et en tira une fiche qu'il éleva à hauteur de ses yeux avant de chausser ses bésicles afin de lire plus commodément.

— Charles, Geneviève, Louis, Auguste, André, Thimothée d'Éon de Beaumont, communément appelé Louis d'Éon. Né en 1728 à Tonnerre, dans le Nord de la Bourgogne, d'un père avocat au Parlement et subdélégué de l'intendant de la généralité de Paris.

— Petite noblesse de robe de province…

— Mais dont les membres appartiennent à la clientèle de gens puissants qui les protègent…

Il raconta brièvement l'enfance telle que dépeinte par d'Éon, ajoutant que pour celle-ci il devrait se fier à sa parole car il n'en savait pas plus.

— Après le collège Mazarin, il est licencié en droit civil et droit canon à vingt et un ans. Son père et son oncle meurent, le privant de leur soutien. Le voilà bien malgré lui chef de famille. Il s'inscrit comme avocat au Parlement de Paris. Il obtient un poste de secrétaire de la généralité de Paris, sans doute par l'entremise de M. Bertier de Sauvigny, son intendant. J'imagine que le poste lui laisse quelques loisirs puisque, à vingt-cinq ans, il publie un essai sur les finances publiques sous Louis XIV et la régence du prince Philippe d'Orléans. Il se fait remarquer, persévère en publiant quelques éloges bien sentis des grands de ce monde.

Le moine émit un sourire dédaigneux.

— Tu vois que pour arriver là où il en est, d'Éon a fait comme tout un chacun en ce bas monde : flatté les uns, caressé les autres dans le sens du poil, poussé ses pions ici et là jusqu'à se tisser habilement un réseau de protecteurs…

Il se racla la gorge et reprit sa lecture.

— Fréquente les salons de la comtesse de Rochefort, une jeune veuve coquette avec laquelle on ne lui prête aucune aventure. Dieu sait que le jeune chevalier d'Éon a dû décevoir le second bureau dont la mission est de récolter des histoires croustillantes et d'élucider des affaires de mœurs ! Enfin, le voilà protégé par le duc de Nivernais, amant de la comtesse de Rochefort, et par le prince de Conti par l'intermédiaire de Bertier de Sauvigny qui avait été son intendant à l'armée. Tu vois que d'Éon est un petit poisson sachant nager avec assez d'aisance et d'assurance.

Il cligna des yeux, soudain sérieux.

— Le reste est des plus instructifs ! Le prince de Conti recueillit, il y a quelques années dans son château, un noble écossais, partisan du Stuart prétendant à la couronne d'Angleterre. Il s'agit du chevalier Douglas. Celui-ci s'ennuyant dans sa cage dorée, le prince de Conti demanda à Bertier de Sauvigny de prendre Douglas comme précepteur de son fils. C'est certainement chez Bertier de Sauvigny que d'Éon lie amitié avec Douglas.

Le moine rangea sa fiche et se tourna théâtralement vers son fils.

— Le reste de l'aventure de d'Éon est inscrit là…

Il désigna de son doigt l'emplacement de son cerveau.

— Là, dans cette merveilleuse mécanique qu'est la mémoire. Nous avons en effet suffisamment parlé de la chose dans nos correspondances, nous autres gens de lettres et de science. Et comme je sais lire entre les lignes…

Il alla s'asseoir près du feu, obligeant son fils à prendre un fauteuil pour mieux l'écouter.

— Tout le monde sait que le prince de Conti lorgnait sur la couronne de Pologne, ceci avec l'assentiment de notre bon roi qu'il rencontrait deux fois par semaine, au grand dam de la cour de Versailles. Avec Louis XV, ils développent sans doute une diplomatie secrète et parallèle pour tenter de nouer des alliances discrètes. Reste que la Russie n'a pratiquement aucune relation diplomatique avec la France et que l'impératrice Élisabeth, fille de Pierre le Grand, se trouve soumise aux pressions en faveur de l'Angleterre de son Premier ministre, le chancelier Bestoutchev alors que son vice-chancelier, le comte Vorontsov, penche pour la France.

Le moine prit un ton de conspirateur.

— Or, voici que ce chevalier Douglas est envoyé par deux fois à Saint-Pétersbourg. La seconde, il est accompagné de Louis d'Éon ! Celui-ci est donc forcément initié au *Secret du roi*.

— S'il existe !

— Fils de peu de foi !

Le moine sortit de nouveau la fiche pour y jeter un rapide coup d'œil.

— Pas de trou de mémoire, je voulais juste vérifier la date !... Bref, deux ans plus tard, le chevalier Douglas rappelé en France, le marquis de l'Hôpital est nommé ambassadeur officiel du roi de France à la cour de Saint-Pétersbourg. D'Éon reste et lui devient sans doute indispensable. Deux ans ont passé depuis et Dieu seul sait ce qui s'est tramé entre-temps...

On frappa timidement à la porte. Étonné, le moine alla ouvrir. Deux enfants transis de froid se tenaient sur le seuil, timides et embarrassés. Il s'empressa de les faire entrer.

— Que faites-vous donc ici à cette heure ?

— Nous venons pour travailler ! s'exclama Séverin étonné.

— Oh...

Le moine jeta un regard complice à son fils.

— Voilà de précieux auxiliaires mais autant commencer la journée avec quelque chose de bon et de chaud dans le ventre !

Il s'aperçut alors que les deux enfants le regardaient fixement.

— Qu'y a-t-il donc ?

— Euh, murmura l'aîné gêné, c'est vos habits…

— Oh, oui ! Bien que l'habit ne fasse pas le moine, il faut néanmoins que j'enfile ma bure. Je suis en service ce matin, moi !

Il disparut dans la chambre. On entendit quelques clapotis, des exclamations au contact de l'eau froide, le bruit d'une serviette frottant vigoureusement un corps. Bientôt, le moine reparut, *en tenue de service* comme il lui plaisait de le souligner.

Le temps était gris et seule une tache orangée dans le lointain laissait à penser que l'aurore se levait. Un froid aigre se glissait sous les vêtements, pinçait les chairs, glaçait les os. Rue Saint-Jacques, le moine s'arrêta devant un marchand qui vendait des hardes usées, des toilettes défraîchies rachetées à des gens plus aisés. Cela donnait de curieux mélanges de vestes sans boutons, aux poches déchirées et ayant perdu leur dentelle. Les deux hommes y dénichèrent des vêtements pittoresques mais chauds pour les enfants ainsi que des gants et des souliers peu usés. Les gamins équipés, ils sortirent affronter le froid et prirent la direction du Palais-Royal.

Ils entrèrent au Procope. Le café avait été fondé par Francesco Procopio dei Coltelli qui avait francisé son nom en François Procope-Couteaux. Il était devenu le lieu de rendez-vous incontournable de ceux qui pensaient mais, à cette heure-ci, ceux-ci pensaient encore dans leur chambre. Ici, on proposait café, thé et chocolat accompagnés de confitures ou de pâtisseries ainsi que des boissons glacées et des sorbets, moins prisés à cette époque de l'année. Les yeux écarquillés, les enfants admirèrent les lieux magnifiquement parés de tables de marbre, de miroirs aux cadres dorés et de lustres de cristal.

— C'est trop beau pour nous, dit l'aîné. Ça doit être cher…

Volnay réprima un sourire attendri. De son côté, le moine émerveilla les enfants en leur offrant pâtisseries et chocolat. Aucun d'eux n'en avait déjà goûté et ils contemplèrent avec curiosité les tasses emplies de la boisson onctueuse, couleur acajou foncé, surmontée d'une légère mousse.

— Nous allons ajouter un peu de lait afin de l'adoucir, proposa le moine, car vous n'êtes pas habitué à son goût.

Le breuvage prit une teinte ocre blond avec des touches brunes. Son parfum chatouilla délicieusement les narines des convives. Baptiste, le plus petit, échangea un regard excité avec son frère. Encouragé par le moine, il porta la tasse à ses lèvres avec une délicatesse extrême.

— Nous partons en mission, annonça Volnay. Le moine et moi allons entrer dans la boutique d'un apothicaire. Vous nous verrez parler avec lui à travers la vitrine. Vous resterez dans les environs jusqu'à midi ou au moment où nous venons vous relever. Si l'apothicaire sort, vous le suivrez à distance et noterez l'endroit où il se rend. Vous passerez l'après-midi devant la maison de la rue Saint-Honoré que vous connaissez. Vous n'oublierez pas toutefois de manger à la mi-journée et de rester un peu au chaud. À la nuit tombée, vous reviendrez chez nous.

Il tendit au plus grand quelques pièces.

— Si nous ne sommes pas rentrés, vous nous attendrez dans un café non loin de là, Le Chapeau Rouge. Vous viendrez de ma part, j'ai laissé des instructions au cafetier qui vous servira à manger et à boire sans rien vous faire payer. Maintenant, je suggère que vous repreniez un gâteau !

À l'angle de la maison, la statue en bois décolorée d'un pileur avec son mortier servait d'enseigne à l'apothicairerie. De chaque côté de la pièce, deux grands comptoirs en bois de chêne se faisaient face. Des lézards et des serpents empaillés pendaient des poutres du plafond et nul n'y prêtait attention.

Deux clients se trouvaient près du comptoir, l'un en grande discussion avec l'apothicaire, l'autre avec le commis. Le regard du moine erra au hasard des rayonnages sur lesquels s'alignaient méthodiquement bocaux colorés, burettes à anche et chevrettes pour les sirops.

Un tablier vert noué autour de la taille, une paire de ciseaux pendue au côté, l'apothicaire vint enfin à eux. Il était grand et décharné avec un crâne surmonté d'un toupet de cheveux grisonnants. Sous le front, s'étalaient des sourcils noirs proéminents, un gros nez bourgeonné et une mâchoire inférieure très avancée. Le moine l'étudia brièvement, s'amusant à appliquer ses nouvelles connaissances.

Front arrondi et saillant en haut, qui descend perpendiculairement ensuite. Mémoire et vivacité mais cœur sec. Ligne de Lune marquée, caractère froid.

— Messieurs, que puis-je pour votre service ?

Le commissaire aux morts étranges se pencha vers lui pour lui glisser quelques mots à l'oreille. L'apothicaire blêmit.

— Veuillez me suivre.

Le moine et Volnay le suivirent dans la salle de préparation. L'apothicaire y utilisait une balance avec scrupule et une balance à trébuchet car chaque préparation exigeait une extrême précision. Le moine ouvrit un placard et découvrit avec un sourire la présence de gigantesques seringues pour l'administration des lavements ou clystères.

— Dieu merci, dit-il, je ne suis pas constipé !

Dans un autre placard, il trouva des pots en verre pour les sangsues, des lancettes pour tirer le sang ainsi que des ventouses. Il ne nota rien d'intrigant pour un tel commerce : des spatules, des canules, des pistons de rechange, des moules à pilules et des mortiers et des pilons pour broyer. Mortiers et pilons étaient de tailles diverses, à employer selon la dureté des matières premières. Un commis s'employait à écraser quelque préparation sur une table de marbre avec un pistil en ivoire massif. Au nord de la pièce, se préparaient les eaux distillées dans des bassines, chaudrons et alambics.

— Monsieur…

— Dieulefit, apothicaire, pour vous servir. Vous m'avez dit être commissaire au Châtelet…

Il avait un accent provençal très prononcé et, de fait, sa peau semblait tannée comme du vieux cuir. Volnay sortit de sa besace les trois fioles sur lesquelles il avait soigneusement noté le nom de chaque victime.

— Connaissez-vous Léonard Bertin et Scipion Le Franc ?

— Ces noms ne me disent rien.

— Je vais vous montrer à quoi ressemblent ces jeunes gens.

À nouveau, sa main plongea dans la besace, en retirant cette fois trois dessins. Il montra le premier.

— Léonard Bertin…

L'apothicaire pâlit légèrement et son regard devint fuyant.

— Non, je ne crois pas…

— On l'a pourtant vu entrer dans votre boutique ! mentit Volnay.

— Vraiment ? Montrez-moi encore le portrait. Ah, mille excuses. J'ai parlé trop vite. Il est venu il y a quatre ou cinq jours.

— Et celui-ci ? Scipion Le Franc…

L'homme hésita, regarda autour de lui et chuchota à contrecœur.

— Oui, également.

— Quand ?

— Oh, je dirais trois jours.

Le commissaire aux morts étranges montra le troisième dessin, celui du mystérieux messager de Russie. L'apothicaire se troubla.

— Ah, celui-ci, oui aussi… il y a deux jours, un peu avant que je ne ferme boutique pour aller voir le feu d'artifice.

Le père et le fils échangèrent un regard entendu. Podovski était venu ici deux heures avant sa mort !

— Que pouvez-vous me dire de lui ? demanda Volnay d'un ton inquisiteur.

— Mais, rien… ce n'était qu'un client de passage… je ne l'ai jamais revu depuis.

— Réfléchissez ! L'affaire est plus importante qu'elle n'y paraît et je pourrais bien me fâcher si la réponse ne me satisfaisait pas !

Volnay venait de suggérer tout le pouvoir discrétionnaire d'un commissaire du Châtelet et l'autre ne s'y méprit pas, finissant son entretien trois teintes plus blêmes que l'ordinaire.

— Monsieur le commissaire, dit-il d'un ton proche du désespoir, je ne vous cache rien. J'ai vu cet homme une seule fois, pour un mal de gorge. Tout ce que je peux vous dire, c'est qu'il se montrait fort impatient et arrogant. Il parlait également avec un drôle d'accent.

— N'a-t-il rien dit ou fait de particulier pendant qu'il patientait dans votre boutique ?

— Je ne peux rien vous apprendre de plus, je vous le jure.

Le moine intervint.

— Quelle médecine vous ont demandée les deux autres jeunes gens ?

L'apothicaire se tourna vers lui comme s'il venait d'apercevoir son salut.

— Les affections habituelles de l'hiver, la gorge irritée ou la toux, le nez empli de mauvaises humeurs…

— Vraiment ? Combien de fois sont-ils venus ?

— Une seule fois.

Le moine hocha la tête et, les mains dans le dos, entreprit d'inspecter les lieux, semblant admirer les instruments mais s'intéressant de plus près aux fioles étiquetées.

— Vous êtes bien pourvu, constata-t-il d'un ton neutre.

Les paupières lourdes de l'apothicaire se soulevèrent pour dévoiler un regard gris attentif.

— Que se passe-t-il ? demanda-t-il. Qu'ont fait ces hommes ?

— Oh, rien de mal à notre connaissance mais ils ont eu le tort de passer assez brutalement de vie à trépas dans la journée après une visite à votre boutique.

— Mon Dieu !

Il dit "mon Dieu" mais ne se signa point. Le moine nota le fait avant de se diriger d'un pas tranquille vers un coin de la pièce.

— *Emplastrum*, murmura l'apothicaire.

L'emplâtrier contenait du matériel pour réaliser cataplasmes, compresses et, plus généralement, toutes les préparations médicinales à appliquer sur la peau ou sur des bandes de tissu. Le moine s'arrêta devant un bocal rempli de vers grouillants.

— Des vers ?

— On en fait une excellente huile contre les foulures, mon frère.

Le moine hocha la tête d'un air dubitatif et poursuivit son exploration.

— *Sparadrapum*, commenta l'apothicaire qui ne quittait plus le moine des yeux. On étend la préparation sur le tissu ou le drap… Je crois beaucoup au développement de cette pratique !

— Moi aussi !

Le moine se déplaça jusqu'à un merveilleux alambic en verre, à tête de Maure. La matière à distiller se trouvait dans un vase nommé cucurbite qu'on chauffait sur un fourneau. Un chapiteau en forme de cloche coiffait celui-ci et la vapeur venait s'y condenser avant de s'écouler le long des parois et d'être retenue par une gouttière qui la conduisait dans un bec qui donnait sur un récipient à l'extérieur.

— Distillation *per ascensum*, murmura le moine en regardant la vapeur s'élever.

— Je vois que monsieur est un homme de l'art.

— Certes, se moqua le moine, un homme de l'art qui ne confond pas le contenu de trois fioles absolument identiques !

L'apothicaire se ferma aussitôt comme une huître. Il fit un pas en arrière mais buta contre le commissaire aux morts étranges.

— Que distillez-vous ? s'enquit ce dernier.

— Je cherche à obtenir une huile à base de lavande, de cannelle, de camphre et de girofle. Je laisserai ensuite décanter le distillat en le laissant reposer pour séparer l'eau distillée de l'huile essentielle, plus légère, qui va remonter à la surface.

Le moine approuva. Il avisa plusieurs fioles remplies d'un liquide d'un vert couleur de sous-bois qu'il déboucha pour en humer le contenu.

— Oh, cela débouche bien les narines ! s'exclama-t-il.

L'apothicaire haussa les épaules d'un air bougon.

— Vos frères font aussi cela en monastère : des médicaments à forte teneur en alcool.

— Moui, il paraît. Si ça ne soigne pas vraiment, cela plonge dans une douce euphorie !

Volnay tapa du pied sur le sol et le moine qui comprit le message hocha imperceptiblement la tête à son intention.

— Monsieur l'apothicaire, dit-il, je suis surpris par l'extrême mortalité de votre clientèle ces derniers jours. Surtout lorsqu'ils achètent le même produit dont nous vous avons apporté un échantillon.

Le policier rappela au boutiquier son existence en lui présentant l'une des trois fioles qu'il tira de sa besace avant de la déboucher. L'apothicaire se pencha avec réticence pour renifler.

— Oui, je vois, dit-il. Mal de gorge extrême, nez pris, toux grasse et fièvres.

— Vous reconnaissez avoir vendu une potion identique à ces trois personnes ?

— Je n'ai pas un souvenir des plus précis, se défendit-il sur un ton plaintif, j'ai beaucoup de clients ces temps-ci. Mais si vous me dites que les trois fioles ont cette même odeur…

Il se frappa le front.

— Il n'y a d'ailleurs qu'à consulter mon registre !

— J'allais vous le suggérer, sourit le moine. Mais cette proposition montre votre bonne volonté !

Il savait qu'on défendait aux apothicaires de posséder plus de substances dangereuses qu'il n'était indispensable pour le bon fonctionnement de leur commerce. Ainsi, tous les apothicaires, mais aussi médecins, chirurgiens, voire orfèvres ou teinturiers, se conformaient à cette prescription en inscrivant sur leur registre tous les produits vendus, la quantité et les acheteurs.

Toujours encadré des deux enquêteurs, l'apothicaire revint dans la boutique, écarta un de ses commis du registre et se mit à feuilleter celui-ci.

— Voici, dit-il.

— Comment appelez-vous votre potion ? demanda le policier.

— L'hivernale.

Le commissaire aux morts étranges écarta sans ménagement l'apothicaire pour s'emparer du registre. L'écriture de l'apothicaire était digne d'un moine copiste. Volnay lut à haute voix, au fil des pages :

— Scipion Le Franc, H.-L. Bertin et Podovski. Diable, au moins ils ne cherchent pas à se cacher !

Il tourna machinalement une page et se figea.

— Mme de Boissie, lut-il avec un étonnement croissant. Elle a également acheté l'hivernale.

— Cette dame habite tout à côté, intervint l'apothicaire.

— Je sais cela, nous l'avons rencontrée. Elle ne me paraissait pas malade.

L'autre pointa du doigt le registre.

— Regardez, cela remonte à cinq jours, ma potion est efficace !

Volnay continua à feuilleter le registre et s'immobilisa.

— Et là, le diacre François de Pâris ! Je le croyais mort ! Mais de quoi s'agit-il ?

L'apothicaire s'approcha et lut par-dessus son épaule.

— Une potion contre la douleur. Je n'ai pas l'honneur de connaître cet homme mais il m'en a déjà acheté plusieurs fioles ainsi qu'une mixture contre les écoulements de sang.

Volnay et son père prirent un air intéressé. Tout ceci devait être bien pratique lors des séances de crucifixion en appartement.

— Décrivez-moi l'homme ! ordonna le policier.

Lui et son père écoutèrent attentivement et se jetèrent un regard entendu en reconnaissant le diacre qui les avait accueillis puis chassés de l'appartement des convulsionnaires.

— Belle clientèle, conclut le moine admiratif. Tout Paris se bouscule dans votre boutique !

Le moine entra dans la cuisine à la suite du commis à qui il venait de donner une pièce. Pour sa visite, il avait revêtu un habit civil d'honnête tournure et arborait un air professionnel. Il contempla avec admiration les casseroles de cuivre rutilantes et le grand fourneau, dit *potager*, muni de vingt foyers. Celui-ci permettait une intensité de feu différente pour mitonner un plat, réchauffer à feu doux un autre tout en grillant une viande ou liant une sauce.

— Vous cherchez, monsieur ?

Le moine se racla la gorge.

— Monsieur Morin, archange des sauces, dieu des entremets et diable des grillades ?

Comme la bouche de l'autre béait de surprise, il tendit au cuisinier une lettre de recommandation. Il en possédait toute une collection selon les situations.

— Je suis l'intendant de M. Margon, traiteur rue de la Coutellerie. Nous avons entendu parler de la très haute qualité de votre cuisine et souhaiterions conclure un accord pour racheter vos restes. Notre clientèle est plutôt bourgeoise et raffinée.

— C'est que j'ai déjà deux traiteurs avec qui je suis en affaire, ronchonna Morin.

— Tout dépend du prix…

Une lueur intéressée brilla dans l'œil du cuisinier.

— S'il est à discuter, pourquoi pas ?

— Vous êtes un homme d'affaires avisé !

— Je suis à bonne école. Mon maître est marchand en fourrures. Il a fait fortune dans le commerce de la martre et du renard noir, animaux fort peu comestibles à mon goût.

— Certes, dit le moine avec emphase, mais qu'importe puisque "la science du cuisinier consiste à décomposer, à faire digérer et à quintessencier les viandes ; à tirer des sucs nourrissants et pourtant légers, à les mêler et à les confondre ensemble, de façon que rien ne domine et que tout se fasse sentir".

— On dit que ce sont deux frères jésuites qui ont écrit le livre auquel vous faites référence. Les jésuites sont partout, c'est bien connu !

— Ne m'en parlez pas ! J'en trouve dans tous mes placards et même sous mon lit ! Que faites-vous ?

Morin préparait des jus avec toute la précision d'un alchimiste. Le moine l'observa en silence, s'émerveillant de ses efforts pour tirer des sucs légers, les marier et les équilibrer, de manière qu'aucun ne l'emporte sur les autres. Adepte d'une nouvelle cuisine, Morin délaissait les câpres, les anchois, les aromates et les épices au profit de fumets d'écrevisses, de truffes ou de champignons des bois ainsi que d'essences de jambon, d'ail ou d'oignon.

— Le roi lui-même aime à cuisiner, pérora gaiement le cuisinier. Il prépare, dit-on, des œufs en chemise à la fanatique et des pâtés aux mauviettes. Mme de Pompadour, quant à elle, s'est spécialisée dans les filets de volaille à la Bellevue.

— Tous ces gens-là sont bien aimables de vous décharger de vos tâches, remarqua gaiement le moine. Que réduisez-vous là ?

— Un blond pour saisir toute la quintessence du veau.

Le moine le regarda extraire le suc de la viande en le rissolant dans du beurre et en déglaçant le fond de la casserole où il cuisait avec un bouillon corsé.

— Le bouillon reste l'âme des sauces, soupira le cuisinier.

— Oui mais le roux, à base de farine et de beurre, permet la synthèse de tous les fonds.

— Monsieur est connaisseur, apprécia Morin, mais si je puis me permettre, vous semblez ignorer quelque peu les principes de la nouvelle cuisine.

— Enseignez-moi ! Qu'est-ce là ? Que de bœuf !

— Mon maître, M. Soubarov, dîne à quinze heures et soupe à vingt-deux. Aujourd'hui, le dîner est spécial car mon maître reçoit un officier qui a servi à la guerre du Hanovre. Il a souhaité, pour le satisfaire, composer en son honneur le même menu que le maréchal de Richelieu donna un soir à son camp, lors de cette guerre, alors que le pays dévasté n'offrait plus guère de ressources.

Il s'interrompit le temps de relever une cuillère et de goûter une sauce.

— Comme à l'époque il restait à l'armée quelques bœufs châtrés de la plus belle espèce, il imagina une symphonie de plats dédiée à ce noble animal, force motrice mais aussi mets de choix ! Un premier service avec croûte rôtie à la moelle de bœuf, rissoles de bœuf à la purée de noisettes, noix de bœuf braisée au céleri, petits pâtés de hachis de filet de bœuf à la ciboulette et des rognons de bœuf à l'oignon frit. En relevé de potages, une culotte de bœuf garnie de racines au jus. En second service…

Il désigna avec fierté une série de compositions appétissantes.

— Une salade de chicorée à la langue de bœuf, du bœuf à la gelée blonde et aux pistaches, de la paupiette de bœuf à l'estouffade et aux capucines confites. En entremets, des navets glacés au suc de bœuf rôti, une tourte de moelle de bœuf à la mie de pain et au sucre candi, de la gelée de bœuf au vin d'Alicante et aux mirabelles. En dessert, je commence par un gâteau froid de bœuf au sang et au vin de Jurançon…

Le moine croisa les mains avec une ferveur quasi religieuse.

— Quelle merveille d'ingéniosité ! C'est vrai que tout est bon dans le bœuf !

Rayonnant, Morin approuva.

— Et demain, mon maître reçoit d'importants commerçants pour leur montrer des collections de fourrures. J'ai un souper de vingt couverts à préparer.

— Un petit souper intime… Les personnes qui sont invitées ne connaissent pas leur chance d'en être ! J'ai des amis qui mourraient d'envie de recevoir une invitation. Hélas, ils ne savent pas se tenir à table ! Oh, à propos, dites-moi. Vous avez reçu la visite dans votre cuisine d'un homme d'une trentaine d'années hier soir aux alentours de dix heures ?

— Diable oui. Il a rendu visite à mon maître

l'avant-veille de Noël et celui-ci lui a fait visiter les cuisines dont il s'enorgueillit à raison. Hier soir, il est passé me saluer et s'enquérir de la date d'une prochaine réception. À mon avis, pour s'y faire inviter…

Il lui jeta un regard soupçonneux.

— Mais d'abord, comment êtes-vous au courant ?

Le moine leva les bras en l'air d'un geste ample.

— Ce jeune homme me fait bien des confidences !

Volnay se trouvait rue du Faubourg-Saint-Antoine. Une foule d'ouvriers et d'indigents battait le pavé, le regard mauvais. De nouveau, il sentait toute la fièvre de ce jeune quartier, tenaillé par ses tensions sociales et travaillé de forces contraires. Neuf ans plus tôt, un officier de police avait conduit au commissariat un enfant qui traînait dans la rue des Nonnains-d'Hyères. La mère affolée ameuta le quartier. Comme une traînée de poudre, la rumeur se répandit que Louis XV ordonnait à sa police d'enlever de très jeunes enfants pour utiliser leur sang dans des bains. L'émeute prit une ampleur inouïe au faubourg Saint-Antoine où les forces de l'ordre furent violemment prises à partie. Le mouvement se propagea à d'autres quartiers jusqu'à la porte Saint-Denis et deux mille émeutiers se portèrent sur la route de Versailles où l'armée les dispersa. Le roi en conçut une forte amertume envers Paris et décida en représailles de faire construire une route évitant Paris pour se rendre de Versailles à Saint-Denis.

Le couple Le Franc logeait près de l'église Sainte-Marguerite, construite en forme de croix latine. Le cimetière paroissial couvrait le côté nord de l'église et contenait des fosses communes. La croissance de la population avait rendu nécessaire la construction d'un charnier supplémentaire le long du mur nord et du mur oriental du cimetière.

Lorsque le commissaire aux morts étranges se présenta, on l'introduisit dans un salon aux allures austères. Les fenêtres donnaient sur les piliers des travées qui soutenaient les galetas du charnier du cimetière Sainte-Marguerite. Le vaste manteau de la cheminée était recouvert d'objets de piété. Volnay songea que l'ambiance devait être plus gaie dans le cimetière.

La maîtresse de maison le rejoignit bientôt. Il remarqua qu'un gigantesque bleu ornait sa tempe.

— Madame, pardonnez-moi mais je vois que vous vous êtes fait bien mal…

L'autre resta imperturbable.

— Je suis tombée et ma tête a porté contre le coin de la table.

Le commissaire aux morts étranges arqua un sourcil incrédule mais s'abstint de tout commentaire.

— Madame, vous ne nous avez pas tout révélé à propos de votre fils. J'en suis contrarié.

— Je vous écoute, monsieur le commissaire.

Au mépris des bonnes manières, Volnay délaissa le regard froid de son hôtesse, parcourant lentement la pièce des yeux. Son instinct de chasseur lui soufflait qu'une troisième personne assistait à leur entretien et pourtant ils étaient seuls dans la pièce. Sans pouvoir éloigner de lui ce curieux sentiment, il recentra toute son attention sur Mme Le Franc.

— M. de Sartine m'a informé de la lettre que vous avez écrite, votre mari et vous, afin de demander la mise en détention de votre fils au Châtelet.

De nouveau, il prêta l'oreille. Il y avait quelqu'un dans la pièce à côté, l'œil sans doute collé à la serrure.

— On nous a donné ce conseil et nous l'avons suivi, répondit Mme Le Franc comme s'il s'agissait de la chose la plus naturelle au monde.

On sembla s'agiter de l'autre côté de la porte, comme pour manifester sa désapprobation.

— Qui vous l'a conseillé ? demanda Volnay d'un ton moelleux.

— Cela ne vous regarde pas.

— Mais si, je suis en charge d'une enquête de police et j'ai pleins pouvoirs pour cela.

Il avait à peine élevé la voix mais celle-ci avait perdu toute trace de douceur. La femme se mordit les lèvres.

— Un saint homme.

— Je n'en doute pas, fit Volnay impassible. Il faut l'être pour faire jeter en prison un jeune homme.

Il se leva brusquement et cria d'une voix forte :

— Montrez-vous donc, monsieur qui vous cachez derrière la porte !

Une seconde plus tard, celle-ci s'ouvrit avec fracas et, dangereux comme un aspic, un curieux personnage fit son apparition dans la pièce. C'était le diacre au crâne chauve et aux membres d'échassier rencontré dans l'appartement des convulsionnaires.

— Est-ce le saint homme en question ? demanda Volnay goguenard.

— En aucune façon, répondit catégoriquement Mme Le Franc.

Le diacre se tourna vers elle avec une rapidité stupéfiante.

— Madame, permettez-moi de vous dire que vous parlez trop.

Il avait refermé soigneusement la porte derrière lui. Le commissaire aux morts étranges s'en approcha et, comme par hasard, le diacre vint s'interposer.

— Monsieur, laissez-moi passer, dit calmement Volnay.

L'autre ne bougea pas. Le commissaire aux morts étranges répéta son injonction et sa main alla s'égarer dans son habit à la recherche de la crosse de son pistolet. Le diacre blêmit et fit un pas de côté. Le policier poussa la porte du pied. Ce qu'il vit le rassura. L'homme n'était pas très grand et plutôt bedonnant mais sa physionomie avait quelque chose de décidé et son allure restait assez martiale.

— Je suis le père Cottu, dit l'homme d'un ton conciliant. Et je sais qui vous êtes, monsieur le commissaire aux morts étranges.

Le père Cottu avait une voix caressante et une physionomie grave et sombre. Il arborait un air d'humilité bienséante, comme un parfum de dignité sereine à peine entamée par quelques taches de ragoût sur son habit.

— Il me semblait bien qu'un chien se trouvait dans cette niche, lâcha le commissaire aux morts étranges d'un air dédaigneux.

— Les chiens, ce sont ceux qui n'écoutent pas la voix de Dieu ! gronda le diacre.

Le père Cottu le calma d'un simple regard.

— Ne répondez pas, je vous prie.

Il se tourna vers Volnay.

— Savez-vous qui je suis ?

Le policier revint lentement dans le salon. Il préférait avoir ses interlocuteurs devant lui qu'autour de lui ou dans son dos.

— J'ai entendu parler de vous. Pas toujours en bien…

L'ecclésiastique haussa un sourcil.

— Tout ceci parce que j'ai osé clamer que la constitution *Unigenitus* est la Bête de l'Apocalypse ? Dieu m'a fait connaître qu'il n'y a plus aujourd'hui d'Église véritable. Nous ne voulons pas fonder une autre Église, nous sommes la véritable Église, loin des richesses du pouvoir et des contingences de ce bas monde.

— On dit aussi que vous crucifiez des femmes.

Le père Cottu redoubla de réserve et de gravité.

— Seulement lorsqu'elles nous le demandent.

— Et que vous entretenez des âmes naïves dans la peur et l'angoisse du Jugement dernier en vous prétendant l'annonciateur d'Élie.

— Ce genre de calomnies nous accable mais nous n'en avons cure. La méchanceté des autres ne nous atteint pas. Dieu est souverain sur le cœur des hommes et nul ne peut lui disputer ce titre.

Voilà une phrase qui ne plaira pas au serviteur du pouvoir royal qu'est Sartine, pensa Volnay.

— Pour revenir à vos propos, reprit Cottu d'un ton calme et posé, certaines de nos fidèles désirent seulement revivre le mystère de la Passion.

Il se pencha vers Volnay qui recula malgré lui devant le brasier qui s'était allumé dans les yeux de son interlocuteur.

— On ne plaît à Dieu qu'en l'adorant. Nos jours, nos heures et toutes nos actions de chrétien ont pour seul objet de lui plaire.

— Croyez-vous vraiment que la fête des Fous puisse être celle de Dieu ? demanda sèchement le commissaire aux morts étranges.

Le père Cottu cligna brièvement des paupières. Un instant, le policier sentit le doute l'envahir et puis le masque impassible et doucereux de l'oratorien se superposa à tout sentiment ou expression.

— Je ne vois pas bien la relation.

— Pas plus qu'avec la mort de Scipion Le Franc ? Lorsqu'on conseille aux parents la Bastille pour lui et que la lettre de cachet ne vient pas, on peut penser à d'autres secours ! Car c'est votre spécialité les secours, n'est-ce pas ?

Mme Le Franc et le diacre émirent de concert une exclamation indignée. Le regard du père Cottu s'assombrit et sa voix se fit plus rauque.

— Commissaire, nous comptons de nombreux fidèles, nous, les amis de la vérité. Et ceux-ci nous rapportent beaucoup de choses sur ce qui se passe à Paris. Des choses affreuses parfois. J'ai entendu parler des abominables crimes et de la mutilation de ces trois jeunes gens, dont le malheureux fils de notre vénérable hôtesse. Que pensez-vous donc que des gens comme nous puissent avoir à faire avec de tels actes ?

La colère froide de l'oratorien semblait sincère mais elle n'impressionna pas le moins du monde le policier.

— Je vais vous demander un petit service afin de prouver votre bonne volonté.

Il se tourna vers Mme Le Franc dont le visage ne laissait paraître aucune émotion particulière.

— Madame, si vous voulez bien nous faire apporter du papier et de l'encre, je souhaiterais que chacun d'entre vous me donne un échantillon de sa signature.

— Notre signature ?

L'incrédulité s'ajoutait au mécontentement. Le commissaire aux morts étranges eut un froid sourire.

— Oui, ensuite je vous laisserai tranquilles.

Il les observa attentivement, s'assurant qu'ils signaient avec naturel et sans dissimulation ni application particulière. Le diacre était gaucher, comme le meurtrier. Pour bien faire, il prit la feuille où chacun avait apposé sa signature. Par acquit de conscience, il comparerait les caractères à ceux de la lettre que portait Podovski. Lorsqu'il se leva, chacun le regarda avec appréhension. Le policier cacha sa satisfaction. Il avait donné un coup de pied à la fourmilière, peut-être en sortirait-il quelque chose, peut-être pas.

— Vous trois, dit-il d'une voix autoritaire, ne quittez pas Paris jusqu'à la fin de cette enquête.

Mme Le Franc et le diacre s'offensèrent de plus belle mais la voix calme du père Cottu cueillit Volnay au moment où il s'apprêtait à quitter la pièce.

— Commissaire, je ne peux que vous exhorter à lire et relire les très saintes Écritures pour y trouver la lumière et la voie du salut. Fuyez le péché, il vous ferait perdre la Grâce de Dieu.

Volnay s'immobilisa et se retourna lentement.

— J'y veillerai, répondit-il d'un ton grave, car moi aussi je recherche la lumière.

Le regard du père Cottu se voila d'ombres et sa voix se fit menaçante.

— Vous ferez bien car tout nous annonce que l'univers est prêt à enfanter quelque chose d'extraordinaire. Nous sommes à la veille des plus grands événements. Le mystère d'iniquité s'avance horriblement. Bientôt, tout sera consommé !

Le moine rejoignit Volnay dans un cabaret proche du Palais-Royal. Il commanda une bière, lui raconta l'entrevue avec le cuisinier Morin et le renseigna sur son maître, le marchand de fourrures Soubarov. Il lui fit part également de la première visite du chevalier d'Éon chez ce dernier, le 23 décembre, la veille du meurtre de Podovski.

— Enfant du diable et maître en mensonges ! gronda le commissaire aux morts étranges. D'Éon nous mène à sa guise. Un mot de moi et Sartine l'embastille et lui chausse les brodequins pour le faire parler !

— Ne nous hâtons pas de conclure, le tempéra son père. Le chevalier d'Éon est un menteur et un manipulateur mais cela ne fait pas nécessairement de lui un assassin. Sa personnalité est plus complexe qu'il n'y paraît. Gardons secrète notre découverte. Cela nous laissera un coup d'avance sur lui pour la prochaine fois.

— Pendant ce temps, il nous amuse et nous tient au filet.

— C'est vrai mais nous allons sonder son jeu. Tu as fait d'ailleurs de même pour le diacre ?

— Oui, il ignore que je sais qu'il est client de l'apothicaire. Nous allons enquêter sur lui et le confondre à son tour.

Le commissaire aux morts étranges conta alors à son père sa visite à Mme Le Franc, sa rencontre avec le diacre puis le père Cottu. Le moine plissa les yeux.

— Oui, j'ai entendu parler de cet homme inquiétant depuis quelque temps.

— Que dit-on ?

— On raconte qu'il suce les plaies des pauvres.

— Se prend-il pour le Christ ? s'étonna Volnay.

— Le Christ n'en a pas fait autant pour ce que je sais. À peine a-t-il ressuscité Lazare !

— Ne blasphème pas !

Et le commissaire aux morts étranges ajouta d'une voix basse :

— Cela est puni de mort.

Le moine se récria.

— On a le droit de blasphémer comme on a le droit de croire !

Son fils posa un doigt sur sa bouche.

— Tu finiras au bûcher ! Une fois ne t'a donc pas suffi ?

— Mon fils, j'en pisse de peur dans ma bure !

Découragé, Volnay déposa des feuillets sur la table.

— J'ai acheté cette brochure sous le manteau en revenant du quartier Saint-Antoine : les *Nouvelles ecclésiastiques*. Cela m'a coûté quatre sols pour quatre pages. Nous savons dans la police que cette feuille paraît chaque semaine clandestinement.

Le moine s'en empara et la parcourut d'un air dubitatif.

— Moui. Ces petites brochures bon marché étaient déjà vendues à l'époque, des feuillets jansénistes. J'ai lu des choses de ce genre après avoir ingurgité dans la plus grande douleur le *Recueil de discours de plusieurs convulsionnaires*, imprimé en 1734. C'est lénifiant au possible.

Il feuilleta rapidement la brochure.

— On raconte encore du mal des jésuites, on parle du dépérissement des facultés de théologie, des excès des prélats constitutionnaires. Quelques mots sur le diacre François de Pâris pour rappeler qu'il a vécu une existence exemplaire dans une misérable cabane de la rue de Bourgogne alors qu'il était le fils d'un conseiller au Parlement de Paris. Et voilà ! Pour terminer, on annonce la future conversion des juifs et la venue prochaine du prophète Élie.

Volnay eut une grimace sarcastique.

— Cela sent son père Cottu à deux lieues. Que m'a-t-il déjà récité de cet acabit ?

Il ferma les yeux pour mieux se souvenir et claqua dans ses doigts.

— "Dieu est souverain sur le cœur des hommes et nul ne peut lui disputer ce titre."

— C'est ce qu'il a dit?

— Oui.

Le moine siffla doucement entre ses dents.

— Tu vois toute la portée de cette simple phrase?

— Certes!

— Nous avons déjà parlé des convulsionnaires ou miraculés du cimetière Saint-Médard mais il est important de se rappeler quelque chose.

Le moine fit une pause théâtrale.

— Ce mouvement des appelants s'inscrit dans le contexte d'une querelle religieuse et politique. Les convulsionnaires réunissent tant le bas clergé que le petit peuple, soutenus par le Parlement qui y voit l'occasion de contrer le pouvoir royal. En face, nous avons la monarchie et le haut clergé, tous les privilégiés de notre temps.

— L'élite contre le peuple, constata Volnay, et, comme toujours, ce n'est pas le peuple qui gagne.

— Oui mais attention : le pouvoir du roi n'est pas aussi absolu qu'on veut bien le croire. Le roi se doit de consulter le Parlement et aucun édit royal n'a force de loi s'il n'est pas enregistré par celui-ci. Or, depuis deux ans, le roi fait casser des arrêts du Parlement pris en faveur de prêtres jansénistes à qui l'Église refuse les derniers sacrements. Les arrêts cassés sont de nouveau confirmés par le Parlement et cassés par le roi. Nul ne sait où tout cela finira mais un bras de fer est engagé.

— En quoi vois-tu un lien entre les convulsionnaires et la fête des Fous?

— Eh bien, mon fils, cette fête avait pour théâtre les églises et, pour acteurs, le clergé. On y élisait, selon les endroits, soit le pape des fous, soit l'évêque des fous, *episcopus stultorum*. L'élu était revêtu des ornements dus à son nouveau rang et recevait les mêmes honneurs qu'un véritable pape ou évêque.

Il s'interrompit pour se mordiller songeusement la lèvre inférieure.

— N'est-ce pas l'occasion idéale pour le père Cottu et toute sa clique de profiter de cet extraordinaire moment où l'ordre social est remis en question pour se faire à nouveau entendre, ne serait-ce que l'espace d'une journée ?

L'haleine est primordiale lors de toute rencontre entre un homme et une femme. Les nobles cachaient l'haleine fétide de leurs dents pourries en mâchant des clous de girofle. Le moine conservait une dentition irréprochable. Toutefois, avant de retrouver Hélène, il but une tisane de verveine mêlée de miel pour parfumer agréablement sa bouche. Après cela, il peigna soigneusement sa barbe puis se hâta, jetant au passage un regard nostalgique sur les compagnies joyeuses qui flânaient dans les rues. Il ne trouva pas Hélène chez elle, alors il glissa un mot sous la porte.

De retour chez lui, le moine descendit dans sa cave. Il alluma les bougies d'un lustre dont il tira ensuite la corde pour le hisser au-dessus de sa table de travail. Trempant son doigt dans un récipient, il le porta à ses lèvres. Avec une grimace de dégoût, il recracha immédiatement la potion.

— Mal de gorge ? Nez qui coule ? Que je sois pendu si ces fioles sont destinées à adoucir la gorge ou assécher les narines, fulmina-t-il. Leur contenu vous arrache le gosier. À appliquer alors dans le cou ou sur le nez ? Imbécillités ! J'en ai bu mais j'espère que ce médicament n'était pas à appliquer en lotion pour enlever des boutons aux fesses !

Il alla à sa table d'expérience où trônait un magnifique alambic en cuivre. Pour les huiles essentielles, le moine utilisait un vase florentin afin de séparer l'huile qui, moins dense, flottait à la surface. Pour l'instant, il dédaigna son instrument pour s'appliquer à travailler sur le contenu des trois fioles.

— Les mêmes réactions, grogna-t-il enfin, les mêmes éléments… Il s'agit bien d'un seul et unique médicament. Encore que parler d'un médicament pour ça…

Un sourire hilare réjouit son visage.

— Que n'ai-je personne pour me féliciter de ma trouvaille ? J'avais raison, comme d'habitude. La potion, c'est la clé !

Il lissa sa barbe d'un air réfléchi.

— Oui mais pourquoi tuer en trois jours les trois personnes qui l'ont achetée ? Ça, c'est la question !

Le chevalier d'Éon avait donné rendez-vous au commissaire aux morts étranges à midi, dans le café Procope. À cette heure de la journée, les oisifs et les beaux parleurs (l'un n'empêchant pas l'autre) s'y pressaient pour distiller commérages et ragots. On y dévoilait également les secrets d'alcôve d'une cour aux mœurs dissolues. Versailles devenait à la longue un lieu ennuyeux, la capitale déliait les langues et l'esprit. L'art consommé de la conversation s'y développait comme nulle part en Europe. Mme du Maine disait : "J'aime beaucoup la société, tout le monde m'écoute et je n'écoute personne."

Ainsi, au Procope, on faisait assaut d'esprit et nombre de convives faisaient les frais de quelque bon mot ou rosserie à leur encontre. Des conversations plus sérieuses se nouaient aussi mais à voix plus basse car il était question de la circulation des richesses, des finances publiques, de la liberté de ne pas croire, des méfaits des guerres et du pouvoir de faire des lois. Et plus ces gens-là parlaient bas, plus on les entendait.

En entrant, le commissaire aux morts étranges inspecta posément les lieux. Au Procope, la liberté de ton était d'usage, aussi les mouches pullulaient. Ses yeux bleu glacé balayèrent lentement la salle et les conversations baissèrent d'un ton. Volnay nota les regards qui glissaient vers lui et surtout ceux qui s'en détournaient, celui des mouches qui le connaissaient. Il remarqua un personnage de haute taille à la mine ténébreuse et au visage pâle, maigre et mélancolique, habité par des pensées mystérieuses. L'homme s'appliquait à ne pas le regarder alors qu'il se trouvait à l'instant le centre d'attraction de tous.

Volnay repéra rapidement le chevalier d'Éon. Celui-ci possédait une grâce caressante et douce rehaussée d'une fermeté tranquille qui tranchait en ces lieux. Le policier le rejoignit et le salua puis, tout comme son compagnon, commanda un café. Il le goûta et lui trouva un parfum exotique et fleuri comme dans les îles telles qu'il les imaginait sans jamais s'y être rendu. Enfant, il pensait qu'il suffisait de se diriger vers le sud pour y trouver le bonheur.

— Le café avive, paraît-il, nos facultés intellectuelles, remarqua le chevalier d'Éon d'un ton indolent.

— C'est vrai, dit Volnay en observant de quelle main son interlocuteur se saisissait de sa tasse. On dit que l'on repose sa tasse avec quatre fois plus d'esprit que lorsqu'on l'a portée à nos lèvres. En buviez-vous à Saint-Pétersbourg ?

D'Éon remua sa cuillère d'un air concentré avant de répondre.

— Ce type d'établissements n'existe pas là-bas. Si vous allez un jour à Saint-Pétersbourg, vous risquez d'être déçu. J'y ai regretté chaque jour la France. Comme un sot, je m'imaginais que la Russie serait pour moi un Pérou rempli d'or. Je me trouvais dans le bel âge de l'innocence, la réalité m'a vite rattrapé ! Là-bas, il n'y a pas de cafés mais de grandes avenues vides avec des églises multicolores et quelques beaux hôtels particuliers. Chaque jour, l'aube éclaire d'un soleil pâle de gigantesques flaques d'eau laissées dans la nuit tandis que tournoient les corbeaux et les mouettes. La seule vie se concentre sur les canaux où passent et repassent des barques chargées de marchandises.

— Mais les gens…

— L'âme slave, un peuple mélancolique…

— Les soirées…

— J'ai apprécié la musique que l'on jouait parfois au palais d'Hiver mais, pour la conversation, rien ne vaut les salons parisiens.

— Et l'impératrice ? s'enquit Volnay avec curiosité.

Le chevalier d'Éon marqua un temps d'hésitation avant de répondre.

— L'impératrice Élisabeth est une femme vieillissante qui refuse son âge et se plaît à l'oublier en se couvrant de fards et d'amants. Comme les hiboux, elle dort le jour et veille la nuit. Elle aime les fêtes et les bals costumés. Certains soirs, elle demande aux hommes de se déguiser en femmes et les femmes en hommes. Et tout cela sans porter de masques !

Il rit et cela le fit paraître très jeune.

— À la vérité, reprit-il, les courtisans détestent se grimer en femme et porter des jupes à baleines et des coiffures à boucles…

— Je peux le comprendre !

Le chevalier d'Éon lui jeta un regard vif.

— Je me suis pourtant laissé dire que votre collaborateur, le moine, ne dédaigne pas à l'occasion endosser d'autres vêtements que les siens…

— C'est pour le bien de nos enquêtes mais, à ma connaissance, il n'a jamais porté de costume de femme !

— Et si cela était, l'en blâmeriez-vous ?

Surpris de la tournure de la conversation, Volnay hésita.

— Ma foi, je n'ai pas d'idée arrêtée sur ce sujet.

Le chevalier d'Éon prit un air songeur.

— Un soir, dit-il sur le ton de la confidence, j'ai dansé avec l'impératrice Élisabeth. Je lui fis compliment de son allure tant en homme qu'en femme. Comme j'étais grimé en femme, elle me répondit que si elle était homme, c'est à moi qu'elle donnerait la pomme.

— Diable, cela ressemble à une avance !

D'Éon eut un sourire évasif.

— Croyez-vous ?

Le commissaire aux morts étranges ne répondit pas. Quelque chose chez son compagnon l'étonnait mais il n'aurait pas su dire quoi. Toutefois, s'il parlait beaucoup, il ne révélait jamais rien d'important. Le chevalier d'Éon sortit une tabatière et la lui tendit.

— Une prise ?

Volnay déclina poliment. Il vit que la tabatière était en or, garnie du portrait du roi entouré de fines perles.

— Un bien bel objet, apprécia-t-il.

— C'est le roi qui me l'a offerte au retour d'une mission, répondit d'Éon avec fierté. Je lui apportais de Russie une bonne nouvelle. En chemin, ma voiture tomba dans un fossé. J'en ressortis avec la jambe cassée mais je me procurai un cheval pour galoper à bride abattue jusqu'à Versailles. Ceci me permit d'arriver avec trois jours d'avance sur le messager de l'impératrice. Sans cela, le roi ne m'aurait pas récompensé.

Volnay haussa discrètement un sourcil. Si les d'Éon étaient des notables à Tonnerre, ils ne représentaient rien à Paris. Les faveurs royales n'en avaient que plus de prix, surtout pour un chevalier d'Éon manifestement à la recherche de reconnaissance.

— Rares sont les personnes qui reçoivent du roi de tels hommages, le flatta Volnay dans l'idée de le faire parler.

— Certes !

Le regard de d'Éon devint flou.

— Mon mérite est d'autant plus grand que je ne dois à personne mon élévation.

Tout à coup, ses yeux étincelèrent et il se pencha vers le policier dans un état proche de l'exaltation.

— Mais savez-vous ce qui m'a aidé ?

Volnay secoua la tête.

— Mon obstination ! À Paris, au collège, j'étais seul. Un petit provincial faible et sans défense. Je décidai donc d'être le meilleur dans toutes les matières mais ce n'était encore pas suffisant.

Il releva la tête et planta son regard dans celui du commissaire aux morts étranges.

— J'habituai mon corps au froid comme à l'inconfort, dormant à même le sol et jeûnant. Je portais même le cilice pour apprendre à supporter la souffrance physique.

Tout à coup, la farouche détermination du chevalier d'Éon semblait jaillir de tous les pores de sa peau. Il se saisit de la main de Volnay et la porta à hauteur de ses biceps.

— Tâtez-moi de ces muscles-là.

Le policier retira sa main en silence. Du coin de l'œil, il vit le mystérieux inconnu qui les surveillait se pencher lentement pour suivre la scène.

— Plus tard, reprit d'Éon comme si de rien n'était, j'appris à tirer l'épée. J'y suis de première force, savez-vous ?

Volnay le jaugea du regard, sentant confusément que tout ceci était vrai et que le petit provincial dissimulait une force d'âme peu commune sous sa mine avenante et ses bonnes manières.

— Avez-vous idée de qui a pu tuer cet agent russe ? demanda-t-il abruptement.

— Diable ! Je vous ai déjà répondu chez Sartine, fit remarquer le chevalier d'Éon.

— Certes ! Mais c'était chez Sartine…

D'Éon l'observa d'un air neutre.

— Pensez-vous donc que, si j'avais su quelque chose, je l'aurais caché au lieutenant général de police ?

— Mais ma foi, pourquoi pas ? Vous ne dépendez pas de lui et vous appartenez, si je ne m'abuse, au *Secret du roi*.

L'autre se pencha vivement vers lui.

— Qu'est-ce que ceci et d'où tenez-vous cela ?

— De mes déductions, répondit froidement le commissaire aux morts étranges.

— C'est ridicule, décréta d'Éon.

Il y eut un long silence. Une serveuse vint s'enquérir de leurs besoins. Le chevalier d'Éon commanda une pâtisserie. Une grâce innée semblait inspirer tous ses mouvements. Désirant retrouver le goût des îles, Volnay demanda un autre café. La jeune femme revint rapidement avec le breuvage noir, accompagné de macarons et de la pâtisserie. C'était un gâteau d'amandes en bonnet de Turquie.

— Les peuples pacifiés consacrent désormais leur énergie à la pâtisserie ! constata avec satisfaction le chevalier d'Éon.

Volnay observa en silence la serveuse. Manifestement, d'Éon lui plaisait et elle prenait son temps à décrire la composition de la pâtisserie, penchée en avant, sa poitrine plantée sous ses yeux. Le chevalier ne cilla pas une fois et jamais son attention ne se détourna du policier. Lorsqu'elle fut partie, dépitée, Volnay recommença à questionner son compagnon de table.

— Connaissez-vous l'hôtel particulier d'un dénommé Soubarov, marchand de fourrures d'origine russe ?

D'Éon soupira.

— Vous savez cela aussi ?

— Diable, je suis un enquêteur.

Le chevalier lui jeta un regard admiratif.

— Des plus brillants.

— Un marchand de fourrures qui parle russe et qui fournit la cour de Versailles, remarqua Volnay sans relever le compliment, voilà qui peut devenir utile lorsqu'on désire rencontrer certaines personnes haut placées tout en restant discret.

— Vous allez vite en besogne ! s'écria d'Éon en mordant dans sa pâtisserie.

— On gagne du temps ainsi plutôt que de musarder en chemin ! À la cour de Saint-Pétersbourg, je sais que plusieurs partis autour de l'impératrice complotent, soit en faveur de la France, soit en faveur de l'Angleterre, soit encore en faveur d'autres pays.

— Ils sont si oisifs qu'ils n'ont rien d'autre à faire que comploter ! soupira le chevalier d'Éon en poussant vers Volnay les macarons.

Le commissaire aux morts étranges ignora les friandises même si son ventre criait famine.

— Qui est Soubarov ?

— Je n'ai pas l'honneur de le connaître.

— Pourtant, vous vous êtes rendu chez lui, il y a peu.

Une lueur de compréhension traversa le regard de d'Éon.

— Oh, vous m'avez suivi en sortant de chez Sartine, c'est cela ? J'ai été prudent mais je ne vous ai pas remarqué. Une ombre parmi les ombres…

Il secoua la tête, mécontent.

— J'aurais dû me méfier. Enfin, à vous je n'ai rien à cacher. J'ai entendu parler de Soubarov par un de ses cousins installé à Saint-Pétersbourg avec qui il commerce les fourrures. Son cuisinier, Morin, est paraît-il fort célèbre. J'avais prévu de me rendre chez lui lors de mon séjour à Paris.

— Et vous le faites en sortant de chez Sartine ?

— Oui.

— Avez-vous décidé de me prendre jusqu'au bout pour un imbécile ?

Le chevalier d'Éon se figea.

— Que voulez-vous dire ?

— Que vous êtes un bien charmant menteur. Je ne lis pas le russe mais je suis prêt à parier que si je donne la lettre à un traducteur, on y lira autre chose que *Loin d'ici* en termes de signature. Muni de l'original de cette lettre, vous allez vous présenter à Soubarov.

D'Éon cligna brièvement des paupières.

— C'était en effet mon plan. Lorsque j'ai rencontré Morin, le cuisinier, je lui ai à tout hasard posé la question sur la venue d'un jeune Russe. Après tout, il n'y a pas tant de Russes qui résident à Paris. Comme disent les joueurs, la banque a sauté. Morin se souvenait bien de sa venue puisque son hôte lui a fait visiter ses cuisines, qui sont sa fierté, et rencontré son célèbre cuisinier.

— Pourquoi ne pas m'en avoir parlé plus tôt ?

Le regard de d'Éon se voila légèrement.

— J'ignorais qui vous étiez. Si je l'eusse su plus tôt, j'aurais davantage partagé avec vous.

— Il n'est jamais trop tard pour être honnête !

Le commissaire aux morts étranges s'adossa à son dossier. Honnête ? D'Éon mentait comme un arracheur de dents puisqu'il s'était déjà rendu chez Soubarov pour le rencontrer avant le meurtre du jeune Russe. Décidément, il prenait le policier pour un avaleur de charrettes ferrées !

— Chevalier, dit Volnay, vous restez une énigme pour moi.

Il reposa sa tasse, déçu. Le café n'avait plus le même goût que la première fois. Le chevalier d'Éon prit un air vaguement ennuyé.

— J'ai changé mon plan, dit-il nonchalamment, nous nous y rendrons à deux. J'ai appris une seconde chose du cuisinier Morin. Soubarov donne une réception demain soir pour de riches commerçants à qui il veut vendre des fourrures hors de prix.

— Je sais cela mais nous ne sommes pas invités…

— La lettre à Soubarov nous tiendra lieu d'invitation. Une fois à l'intérieur, nous pourrons faire parler notre hôte lorsqu'il aura dépassé un certain stade de gaieté.

— Je préfère penser les choses plutôt que les improviser.

D'Éon prit un air suffisant.

— Vous ne connaissez pas les Russes. Moi, si. Songez que l'impératrice en personne m'a proposé d'entrer à son service.

— Et vous avez refusé ?

Le chevalier d'Éon haussa légèrement les épaules.

— J'en ai assez des viandes séchées, des anguilles fumées et du caviar ! Je ne supporte plus le climat et les faveurs vont et viennent trop rapidement à Saint-Pétersbourg. Là-bas, je m'efforce de garder le plus de distance possible entre moi et la Sibérie !

— L'exil…

Le chevalier d'Éon frémit.

— Certes…

Il changea vivement de sujet de conversation.

— Et toujours rien sur l'identité de notre victime ?

— Podovski ?

Le chevalier d'Éon se rejeta en arrière sur son siège.

— Tiens, c'est donc son nom ?

— Oui, il ne vous dit rien ?

— Pas plus que cela…

Il se saisit de sa tasse et la porta à ses lèvres sans cesser de le fixer.

— Et que fait donc ce Podovski ?

— Il s'est signalé comme marchand de peaux.

D'Éon sembla se détendre légèrement. Cela n'échappa pas au policier.

— Tout ceci vous parle-t-il ?

— Pas le moins du monde.

Le commissaire aux morts étranges n'en crut pas un mot.

— Qu'allez-vous faire, une fois cette affaire terminée ? demanda-t-il sans se départir de son calme.

— Je regagnerai mon ambassade, bien naturellement. Toutefois, j'espère bien obtenir mon rappel en France.

— Vous souhaitez donc revenir dans votre pays natal ?

Le regard du chevalier d'Éon se fit nostalgique.

— C'est mon vœu le plus cher mais je veux en négocier les conditions. J'espère que mes années de bon dévouement à Saint-Pétersbourg seront récompensées comme il se doit. Je ne tiens pas à gratter des registres dans les combles d'un ministère !

Le policier se leva et jeta un regard nonchalant autour de lui. L'homme mystérieux n'avait pas bougé, les yeux perdus dans le vide, indéchiffrables.

— Et ensuite ? reprit Volnay d'un ton léger. Songez-vous à vous établir et prendre femme ?

— Ma foi, pas trop.

— Vous ne pensez donc pas à vous marier ?

— S'il plaît à Dieu et si je ne puis faire autrement, soupira le chevalier d'Éon.

La mouche s'approcha du carrosse.

— Alors ? fit une voix impérieuse.

— Ils sont toujours là-dedans à boire du café. Le chevalier d'Éon mange également des macarons et un gâteau en pâte d'amandes avec un drôle de chapeau…

— Je me fiche bien de connaître ce qu'ils ingurgitent ! Et ne me parlez plus de nourriture, j'ai les entrailles en lambeaux.

— Oh pardon, monseigneur.

La mouche plissa les narines.

— Si je puis me permettre, monseigneur, le fenouil évite les flatulences, vous devriez essayer…

— Hors de ma vue ! gronda l'autre. Et ramenez-le-moi au plus vite dès qu'ils se seront séparés.

— Bien, monseigneur !

La mouche courut jusqu'au café dont la porte s'ouvrait justement.

— Oh là ! J'ai bien failli les perdre, moi !

Il fit signe à son congénère de suivre le chevalier d'Éon puis s'approcha du commissaire aux morts étranges.

— Chevalier de Volnay, murmura-t-il en le dépassant. C'est moi, Gaston. Suivez-moi sans mot dire, il veut vous voir.

Le policier reconnut le visage rond et hilare et la bouche pleine de dents gâtées de la mouche. Masquant sa surprise, il lui emboîta le pas tandis que l'inconnu sortait à son tour. Gaston désigna du menton le carrosse à Volnay.

— Je vous préviens, il est souffrant et d'une humeur massacrante.

— Cela ne me changera pas !

Le policier se détourna afin de jeter un rapide coup d'œil par-dessus son épaule. L'inconnu à la mine ténébreuse semblait hésiter sur la conduite à tenir en de telles circonstances. Finalement, il planta sa canne dans le sol et s'éloigna à grands pas. Se souvenant des désobligeantes flatulences émises par le lieutenant général de police dans le carrosse, Gaston se pencha pour prévenir Volnay en lui glissant à l'oreille :

— Méfiez-vous, Sartine est chargé à cul !

Imperturbable, Volnay monta dans la voiture et salua son supérieur. Sous son chapeau garni de plumets blancs, celui-ci avait le front trempé de sueur et se tenait le ventre.

— Êtes-vous malade ? s'enquit poliment le commissaire aux morts étranges en évitant de plisser les narines.

— Oui, mes entrailles me brûlent mais ce n'est pas le propos. Quelqu'un veut vous voir.

Il tapa contre la paroi de la voiture et le cocher fit claquer son fouet.

— Où allons-nous ? demanda calmement Volnay.

— Faire une rencontre. Il nous attend dans un hôtel particulier discret non loin de là.

— De qui s'agit-il ?

Le lieutenant général de police darda sur lui des yeux féroces.

— Qui donc, pensez-vous, peut s'intéresser à vos activités actuelles et au sort des relations entre la France et la Russie ? Le ministre Choiseul !

Volnay déglutit en silence. Choiseul ! L'homme avait succédé cette année au cardinal de Bernis comme ministre des Affaires étrangères. Ses partisans mettaient en avant sa noblesse, sa générosité et son esprit, lui reconnaissant une grande habileté diplomatique et un certain sens de l'État. Ses adversaires le disaient bouillant et emporté, fier et présomptueux, cynique et pragmatique, très lié à la bourgeoisie d'affaires. Tous s'accordaient pour affirmer qu'il était dangereux de ne pas être de ses amis.

Le commissaire aux morts étranges jeta un bref coup d'œil à son supérieur. Si celui-ci appréhendait l'entretien, il n'en laissait rien paraître.

— Où en êtes-vous de votre enquête ? demanda le lieutenant général de police.

Connaissant la brutale impatience de Sartine, Volnay n'avait pas l'intention d'abattre toutes ses cartes en une fois et se réservait le droit de parler plus tard de l'apothicaire. Aussi, répondit-il :

— Je soupçonne les appelants d'être en lien avec cette affaire. J'ai découvert chez Mme Le Franc, la mère de la seconde victime, le père Cottu, toujours accompagné de ce curieux diacre dont je vous ai déjà entretenu. C'est sans doute sur leurs conseils que les époux Le Franc vous ont écrit cette demande d'enfermement. Je passerai bientôt prendre les rapports sur eux à votre secrétariat.

— C'est inutile, les voici.

Sartine désigna du menton deux rouleaux de papier à côté de lui.

— C'est parfait, je vous remercie…

Il fit une pause et reprit.

— Et puis, il y a ces *Nouvelles ecclésiastiques* qui paraissent sous le manteau. Serait-il possible à vos policiers de faire une descente chez leur imprimeur ? Si jamais on y trouvait certaines affiches de la fête des Fous… Celle-ci a bien pour but de remettre en cause l'ordre social et l'ordre religieux, tout comme nos appelants, non ?

La mine de Sartine s'allongea.

— Cela fait des années que nous courons après leur imprimeur, abandonnez donc cette idée. Qu'avez-vous fait d'autre ?

— Nous avons interrogé tous les proches des deux premières victimes et…

— À vrai dire, seule la troisième victime m'intéresse, le coupa Sartine.

— C'est bien ce que j'avais compris, dit froidement Volnay.

II

Il n'est point d'autre honneur que
de foutre très bien,
Car sans ce doux plaisir la vertu ne
vaut rien.

Hélène lut le mot du moine. Elle réfléchit un instant puis se dirigea vers un de ses coffres à vêtements. Elle savait que le regard du moine n'en serait que plus appréciateur si elle portait une robe à son avantage. Il aimait l'élégance des femmes et leur raffinement. Pour lui, la femme était l'espèce la plus achevée de l'humanité. Hélène appréciait aussi bien cette idée ancrée en lui que sa gaieté, sa bonté, son intelligence et son immense culture. Si elle ne s'était sentie un pantin sans âme, elle aurait pu l'aimer. Ou plutôt, elle l'aimait. Autant que pouvait le faire une femme brisée, dotée d'un cœur mort à l'humanité. Enfouie au fond d'elle-même, elle charriait depuis des siècles une tristesse pesante et infinie, l'idée qu'on avait volé son enfance, sa vie et que le monde se résumait en un immense champ de désolation où prospéraient temporairement quelques-uns et où la plupart souffraient indéfiniment.

D'une agrafe, elle ferma la robe taffetas d'un orange délicat brodée de fleurs. Son choix lui plairait. Elle se rappela ses yeux mi-clos, brillant d'une lueur patiente et attentive pendant qu'elle se déshabillait. Jamais un homme ne l'avait autant respectée que désirée.

La ville dévorait la campagne avoisinante. Depuis la Régence, l'extension de la ville vers l'ouest avait permis la percée de nouvelles rues larges et rectilignes où s'alignaient de beaux hôtels particuliers et des demeures somptueuses bordées de grands jardins. Ainsi paré, le faubourg Saint-Germain rivalisait avec le quartier du Marais, hâtant le déclin de celui-ci.

Le carrosse s'arrêta devant un hôtel particulier discret de la rue de Bourbon. On fit patienter Sartine et son collaborateur dans un petit salon somptueusement décoré de meubles de Vénétie laqués. Volnay s'amusa à suivre du regard l'entremêlement raffiné de lignes courbes, de motifs fantaisie, d'ornements floraux jusqu'aux poignées de tiroir en forme de dragon. Avec l'air légèrement condescendant que portent sur leurs visages tous les petits laquais des pouvoirs en place, un valet de chambre en livrée de satin écarlate et aux galons chamarrés les introduisit ensuite dans un bureau confortable et luxueux.

La pièce était meublée d'une commode à panneaux de laque orientale et d'un bureau plat à cartonnier, marqueté de cubes et de bronzes dorés. Aux murs, des paysages avec de jeunes bergères au regard surpris apportaient une touche légère et sensuelle.

Près de la cheminée, se tenait un petit homme robuste contemplant songeusement les flammes ou, tout au moins, donnant cette impression dans une attitude étudiée. Il portait un habit et un gilet richement brodés de fils d'or et d'argent, de sequins et de bijoux. Sartine ne dit pas un mot. Leur hôte ne se retourna pas mais se pencha pour ajouter une bûche bien sèche dans le feu. Le bois crépita. En silence, l'homme gagna un fauteuil en bois doré et satiné, s'y assit et croisa les jambes. Après quoi, il les observa à travers ses paupières mi-closes.

— Ainsi, voilà votre jeune protégé… dit-il enfin d'un ton neutre à l'attention de Sartine.

Volnay réprima un sourire amer. Il ne lui avait jamais semblé être le protégé de Sartine ou de qui que ce soit en ce bas monde.

— Le fameux commissaire aux morts étranges, termina Choiseul en redressant la tête.

Ses yeux brillants d'esprit accrochèrent ceux du jeune policier comme pour lire en lui. Il en fut pour ses frais. Rarement regard avait été aussi insondable que celui du commissaire aux morts étranges. Celui-ci soutint tranquillement cet examen, contemplant sans crainte le ministre si puissant et si redouté. Celui-ci ne payait pas de mine, petit et courtaud, d'une laideur pas déplaisante mais sans attrait réel sinon un nez au vent et de grosses lèvres rieuses. Volnay lui trouva un air arrogant et prétentieux.

— Si jeune, murmura Choiseul, et déjà au cœur de tant d'intrigues et de secrets car…

Son regard lourd se porta sur Sartine qui demeura impassible.

— … ce n'est pas votre première enquête sur un terrain dangereux.

Choiseul semblait s'amuser à torturer le lieutenant général de police mais celui-ci conservait un masque de pierre derrière un aimable sourire de façade. Sartine ne souriait jamais à ses subalternes, seulement à ses supérieurs. Mais c'était finalement une habitude commune à tous ceux ayant accédé à un poste important.

— Chevalier, reprit Choiseul, rien ne doit sortir de notre conversation et, bien entendu, au terme de celle-ci, vous ne m'aurez pas rencontré.

Le commissaire aux morts étranges inclina brièvement la tête.

— Il en sera comme vous l'ordonnez, dit-il laconiquement.

Choiseul lui jeta un bref coup d'œil. Le commissaire aux morts étranges ne semblait en aucune manière impressionné par la qualité de son interlocuteur et c'était une chose nouvelle pour le ministre. Une imperceptible lueur de satisfaction gagna les prunelles de Sartine avant de disparaître. Lui aussi avait remarqué le désappointement de Choiseul et s'en réjouissait discrètement.

— Bien, fit sèchement le ministre. Venons-en directement aux faits. Savez-vous qui est cet étranger égorgé ?

— Il s'appelle Podovski, répondit immédiatement Volnay, et résidait boulevard des Capucins. Il a été assassiné par surprise lors du feu d'artifice, déguisé en moine. Il portait sur lui une lettre de recommandation auprès d'un marchand de fourrures résidant rue Vieille-Monnaie et nommé Soubarov. Celui-ci semble avoir ses entrées à la cour de Versailles.

Choiseul dissimula difficilement sa surprise.

— Et vous avez appris tout cela en quelques heures et sans que Soubarov soit mentionné dans la lettre ?

Sartine, à qui son commissaire avait tout raconté dans la voiture, fit un pas en avant.

— Le chevalier de Volnay est un de mes meilleurs enquêteurs.

Le jeune homme réprima un sourire en entendant ce rare compliment et reprit ses explications.

— Lors de notre rencontre chez M. le lieutenant général de police avec le chevalier d'Éon, celui-ci a réclamé la lettre de recommandation en russe. M. de Sartine la lui a remise en restant simplement en possession de la traduction française fournie par le chevalier d'Éon. Enfin, c'est ce que croit ce dernier.

Sartine intervint.

— J'ai en effet ordonné en secret d'effectuer une copie fidèle de la lettre en caractères russes par un de mes secrétaires. Nous avons trouvé un professeur de russe et sa traduction est pour le moins différente de celle de d'Éon quant à la signature.

Choiseul approuva et Volnay hocha la tête d'un air satisfait. Une fois de plus, son intuition s'avérait exacte.

— M. de Sartine a eu la prévoyance de m'en informer, dit lentement Choiseul. La traduction du chevalier d'Éon est une interprétation inexacte de la signature.

— Et quelle est la bonne traduction? s'enquit le commissaire aux morts étranges.

Le ministre balaya l'air de la main.

— C'est sans importance, elle ne nous éclaire pas davantage sur son identité. Toutefois…

Il leva en l'air un doigt menaçant.

— Cette inexactitude révèle au mieux soit la limite des compétences dont le chevalier d'Éon aime tant se vanter, soit au pire une tournure d'esprit insupportable…

Son regard transperça Volnay.

— Je n'aime pas les esprits désobéissants, comprenez-vous?

Il se radoucit.

— Mais vous, chevalier, vous avez découvert et localisé Soubarov seul.

— Il m'a suffi de suivre le chevalier d'Éon.

Il jeta un regard oblique à Sartine soudain tendu.

— Sur les bons conseils de M. le lieutenant général de police, compléta Volnay.

Satisfait, Sartine se détendit. Sans prendre goût à la flatterie, le commissaire aux morts étranges s'essayait et s'amusait quelquefois à l'art du compromis. Il raconta les raisons ayant conduit le chevalier d'Éon chez Soubarov mais ne fit pas part de la première visite de d'Éon avant le meurtre du jeune Russe.

— Je suis ennuyé, dit alors Choiseul et le lieutenant général de police se pétrifia.

Le ministre tambourina des doigts sur son bureau.

— D'Éon est intelligent et dévoué mais orgueilleux et fort extraordinaire. Il est inégal dans son humeur, il va du grenier à la cave sans plus de raison et de façon. La particularité de sa situation à Saint-Pétersbourg et la distance des lieux lui ont donné trop d'importance et d'autonomie. J'aurais préféré que cette affaire ne tombe pas entre ses mains. Il est capable de vouloir la mener seul par caprice ou intérêt afin de s'en attribuer le mérite.

Volnay intervint.

— Comme je l'ai expliqué à M. de Sartine, il y a quelques instants, j'ai confondu M. le chevalier d'Éon pour ses cachotteries. Je lui ai chanté sa gamme et dis bien des vérités. Depuis, il a pris la résolution sage et constante de collaborer pleinement avec moi.

— C'est très bien. Toutefois…

Choiseul claqua des doigts d'un air contrarié.

— À Saint-Pétersbourg, d'Éon manipule les ambassadeurs mieux que personne. Ce pauvre marquis de l'Hôpital est tombé sous son charme et se fait mener par le bout du nez. D'Éon sait être séduisant mais derrière sa candeur se dissimule une âme plus retorse et complexe qu'elle ne paraît de prime abord. Enfin, le temps nous éclaircira peut-être sur sa conduite et ses motivations…

De nombreuses pensées s'agitaient dans la tête de Volnay. La méfiance exprimée par Choiseul à l'encontre du chevalier d'Éon ne semblait pas seulement s'appuyer sur le problème de la traduction de la lettre et de la visite à Soubarov mais sur des faits antérieurs. Manifestement, le chevalier d'Éon n'était pas un homme de Choiseul tout en bénéficiant des faveurs du roi. Ceci renforçait l'hypothèse du moine selon laquelle d'Éon appartenait au *Secret du roi* dont était exclu comme tant d'autres le ministre Choiseul. Dieu seul savait de quel secret était dépositaire le chevalier d'Éon ! Et ceci expliquait peut-être sa conduite. Pour un Choiseul ignorant l'existence du *Secret du roi*, la conduite du chevalier d'Éon était inexplicable. S'il s'en doutait, cela nourrissait ses soupçons et sa rancœur.

Le commissaire aux morts étranges comprit alors qu'il n'était pas seulement au cœur d'une enquête policière mais au sein d'une lutte de pouvoir à la cour de Versailles.

— Pourquoi le chevalier d'Éon se trouve-t-il à Paris ? demanda Volnay d'un ton tranquille.

Sartine sursauta. Choiseul prit un air ennuyé.

— Pour des raisons de santé. Le climat est rude en Russie.

Nul ne fut dupe dans la pièce. Le commissaire aux morts étranges réfléchit rapidement. D'Éon était venu à Versailles pour le roi et non pour le ministre.

Il est bien du Secret *et Choiseul et Sartine n'en sont pas !*

Comme s'il avait compris la tournure que prenaient les pensées de Volnay, Choiseul se leva brusquement.

Debout, il était moins imposant qu'assis mais le commissaire aux morts étranges n'en laissa rien paraître.

— Chevalier, dit le ministre, vous rapporterez à M. de Sartine et moi-même tout ce que vous entendrez et verrez lorsque vous serez avec le chevalier d'Éon. De même, vous devrez régulièrement nous tenir au courant de l'avancement de cette enquête dans le moindre de ses détails. Enfin, vous devrez découvrir l'objectif de la mission à Paris du dénommé Podovski et le rôle joué par le marchand de fourrures Soubarov dans toute cette histoire.

Volnay sourit et dit sans ironie :

— C'est beaucoup pour un seul homme.

Choiseul resta coi. Il n'avait pas l'habitude de trouver devant lui des subalternes aussi peu impressionnables que le commissaire aux morts étranges. Pour la première fois de l'entretien, il le dévisagea avec curiosité. Volnay ne baissa pas les yeux et se prêta à l'examen sans ciller.

Diable d'homme, pensa Choiseul. *Après d'Éon, voici un autre effronté. Enfin, celui-ci est loyal, à ce que l'on dit.*

— Nous allons vous libérer, chevalier. Allez et ne me décevez pas. Vous pouvez prendre la voiture de M. de Sartine pour vous ramener.

Le lieutenant général de police eut un imperceptible tressaillement.

— Bien sûr, continua Choiseul d'un ton imperturbable, je ferai raccompagner M. de Sartine par mon propre cocher.

Le commissaire aux morts étranges remercia et salua brièvement les deux hommes. Après son départ, Choiseul se tourna vers Sartine qui, mine de rien, se tenait l'estomac. Tout air enjoué avait disparu du visage du ministre et ses yeux étaient froids.

— Il semble raisonnablement intelligent et prudent mais est-il dévoué ?

— C'est le meilleur policier du royaume.

— Ce n'est pas ce que je vous demande, remarqua Choiseul.

Sartine hocha la tête.

— Le chevalier de Volnay est fiable.

Le ministre soupira.

— Tant mieux alors, j'en ai assez des gens comme d'Éon qui n'en font qu'à leur tête et n'éprouvent aucun respect pour la hiérarchie. Au moins, le vôtre n'est pas de ce genre.

La mine de Sartine s'allongea mais il s'abstint de tout commentaire.

— Faites fouiller la maison de ce Soubarov, dit brutalement Choiseul.

— Pour y trouver quoi ? objecta le lieutenant général de police. Nous ignorons ce que nous cherchons. Il serait plus utile de la cerner et d'observer tout en laissant mon commissaire aux morts étranges avancer. Il ne tardera pas à nous porter son éclairage sur cette affaire.

— Peut-être mais je suis très ennuyé par l'attitude de d'Éon.

— Mettons-le aux fers, proposa Sartine. Il nous a menti et connaît manifestement Soubarov. Une fois en prison, il parlera rapidement.

Un pli soucieux barra le front de Choiseul.

— Diable mon ami, comme vous y allez ! Emprisonner un secrétaire d'ambassade à qui le roi lui-même accorde audience…

Le regard du ministre devint flou.

— Mais patience, il nous paiera un jour cette effronterie. Le gibet ne perd point ses droits !

Sartine s'essuya le front d'un revers de manche.

— Notre traducteur à nous a traduit la signature de *Loin d'ici* par *l'Exilé*. Pensez-vous à la même chose que moi ?

Choiseul rougit fortement.

— Bien entendu, mon ami, bien entendu !

Éclairé par un pétillant feu de bois, le moine avait fait de la lumière avant d'étaler ses petites fiches sur son bureau. Il buvait une décoction à base de fleurs de bourrache dont les feuilles possédaient la particularité d'être si velues qu'elles semblaient poilues. Leur nom provenait de l'arabe *abu* et *rach*, signifiant “père de la sueur”.

— Les appelants, murmura le moine en soufflant sur le breuvage pour le refroidir. Voici des années et j'étais bien jeune à l'époque. Voyons mes notes…

Ses réflexions furent troublées par des coups secs contre la porte.

— Qui frappe ainsi comme un sergent de guet ? marmonna le moine en allant ouvrir. Oh ! Sartine ! Quelle divine surprise !

Dans le système de valeurs du lieutenant général de police, le moine savait pertinemment qu'il se trouvait relégué tout en bas de l'échelle. Cette place n'était évidemment pas méritée mais due en grande partie à une ironie et une insolence peu prisées par son supérieur. Malgré son orgueil intellectuel, le moine s'accommodait de cette injustice. Aussi avait-il pris pour habitude d'apporter son concours à son fils au cours de ses enquêtes sans tenir compte de l'existence et de l'avis de Sartine. La visite de ce dernier le plongeait donc dans un abîme de perplexité.

Le lieutenant général de police entra sans un mot et se précipita vers le feu au-dessus duquel il se frotta les mains avec délectation.

— Quel froid !

— Année de gelée, année de blé, remarqua son hôte en refermant la porte. Comment allez-vous ?

— Ne vous moquez pas !

Un éclair de compréhension traversa le regard du moine.

— Vous êtes mal à ce que je vois.

Sartine grimaça un sourire tout en se tenant le ventre.

— Ne vous inquiétez pas pour moi, je vous survivrai ! Je n'ai pas eu le temps de terminer ma conversation avec votre fils au sujet des convulsionnaires. J'ai donc pensé à vous visiter.

— Quelle bonne idée !

Il le fit asseoir près de lui.

— Que buvez-vous ? s'étonna Sartine en se pinçant délicatement les narines.

— De la bourrache, une plante de grande vertu et qui fait suer. M. de Villeneuve, qui enseigne à l'École de médecine de Montpellier, affirme qu'elle est de *gaye humeur* et réjouit le cœur.

— Vous m'en direz tant ! Alors, qu'en est-il des convulsionnaires ?

Le moine lui narra en détail l'entrevue de son fils avec le père Cottu, le diacre et Mme Le Franc.

— Que pensez-vous de tout cela ? demanda Sartine.

— Mon bon monsieur de Sartine, vous me demandez mon avis ? s'étonna le moine. Mais d'habitude, vous lui accordez autant d'importance qu'au braiment d'un âne !

L'autre ne releva pas.

— Quelle fin d'année ! soupira le lieutenant général de police. Paris s'emballe pour la fête des Fous, on égorge et on arrache la langue à des jeunes gens, on tue un émissaire secret de la Russie et voilà que ces damnés convulsionnaires remettent ça !

Le front suant, un rictus aux lèvres, il tenait sa gravité comme un âne qu'on étrille. Le moine l'observa attentivement, plissa les yeux puis dit :

— Vous souffrez des intestins.

— Croyez-vous !

— Sans doute n'avez-vous pas mangé frais ! Vous ne passerez pas la journée ainsi. Néanmoins, mon bon monsieur, vous tombez bien. Je suis un spécialiste de la correction des déséquilibres et ma science s'épanouit à élaborer des potions de complexion opposées aux désordres.

Il réfléchit.

— Comme vous finalement, mais, d'une autre manière !

Sartine poursuivit ses plaintes en forçant la voix pour que le moine l'entende de sa cuisine.

— Je n'ai aucune envie de voir les convulsionnaires recommencer leurs sauts et cabrioles autour de la tombe du diacre Pâris à Saint-Médard ! J'ai relu les notes de mon prédécesseur de l'époque. Le cimetière était devenu un théâtre où s'agitait en tous sens une foule de furieux. L'avocat Pinault se mettait à quatre pattes et aboyait comme un chien pendant des heures ! Quant aux femmes, assises sur les genoux des hommes, elles éprouvaient les secousses les plus violentes ! Vous voyez ce que je veux dire ?

Le moine sourit poliment mais seulement des lèvres.

— Non, décidément, gronda Sartine. Je n'ai nul désir de les voir se rouler sur les tombes, crier et hurler comme des possédées ! Savez-vous que des femmes s'allongeaient par terre jusqu'à ce que leurs talons touchent leurs épaules ? Comprenez-vous ce qui attirait les curieux ?

— Moui, fit le moine, on en revient toujours là ! Mais quand même, je me pose bien des questions sur ces présences féminines si importantes dans ce type d'événements…

— C'est que les femmes sont plus souples que les hommes, expliqua Sartine qui n'avait pas compris le sens de la remarque du moine. Elles excellent aux jeux de souplesse, vous n'entendez pas ?

— Si, je vous entends mais je vous écoute le moins possible ! dit le moine en lui tournant le dos. Vous ignorez tout des raisons du comportement des femmes et je doute fortement qu'elles soient émotionnellement si différentes de nous les hommes.

Il revint bientôt avec une carafe au contenu un peu trouble.

— Par précaution, pour les fêtes, j'avais préparé et laissé macérer une potion resserrante qui va corriger votre débâcle interne ! Je viens de la filtrer pour vous à travers un linge et de la carafer. Je n'en ai pas eu le besoin jusqu'à présent et je juge que votre état la rend indispensable. Je sacrifie donc mon bien-être éventuel pour le vôtre, mon cher supérieur ! Il n'existe pas de douleur d'entrailles si fortes qui ne disparaissent à l'absorption. Voilà qui va faciliter et réorganiser votre transit. Notre corps n'est qu'un gigantesque canal, semé d'écluses, savez-vous ? Tout notre art, à nous guérisseurs, est d'en soulever quelques-unes et d'en fermer d'autres.

Sartine eut un haussement d'épaules résigné.

— Par Dieu, si vous arrivez à me faire passer ce mal

qui me dévore, j'oublierai les fesses que vous m'avez montrées !

— Euh, mais ce n'est pas à vous que…

— Il suffit, donnez-moi de votre maudite potion mais…

Il se redressa à demi de son fauteuil, l'air menaçant.

— N'essayez pas de m'empoisonner !

— Oh, non, fit gaiement le moine, ce sera pour une autre fois. Un bon médecin n'empoisonne pas des clients de votre qualité !

— Savez-vous, reprit Sartine d'un air tourmenté, que des gens sont morts car on leur prescrit des médicaments à base de terre de la tombe du diacre Pâris ? Lorsqu'on leur ouvre ensuite le ventre, on le trouve rempli de terre.

— Rassurez-vous, dit le moine, mon remède s'absorbe sous forme liquide. J'ai infusé également du millepertuis, l'herbe de Saint-Jean car la légende raconte qu'elle est née du sang de saint Jean-Baptiste. Il faut la cueillir au matin de la Saint-Jean, au plus fort des influences solaires, pour bénéficier au mieux de ses vertus.

— Tout ceci est idiotie ! grogna Sartine.

— Ne croyez pas cela. La connaissance du pouvoir des plantes remonte à l'aube de l'humanité et leurs effets guérissants sont prouvés. Dioscoride, Pline l'Ancien, Hippocrate et Paracelse mentionnaient déjà le millepertuis dans leurs écrits. Malheureusement, nous avons perdu une partie de ce savoir de l'Antiquité lorsque l'Empire romain s'est écroulé sous les coups de butoir des barbares.

Il alla prendre deux verres.

— Je vais en boire une gorgée devant vous pour vous rassurer. Sirop de myrte, de coing pour le tanin, galle de chêne, graines de grenade et rhubarbe, le tout pesé avec une toile d'araignée !

— L'araignée est dans votre tête ! répliqua méchamment Sartine.

— Tsss ! Tsss ! le gronda le moine. Qu'il est vilain le méchant lieutenant général de police ! On ne parle pas comme cela à son médecin !

Il leva le coude et envoya d'un geste précis le liquide au fond de sa gorge.

— Regardez-moi, j'ai tout avalé sans cligner des yeux et je suis encore vivant ! À vous, maintenant. Cela va soulager vos embarras digestifs.

Le lieutenant général de police se saisit du verre avec méfiance puis le vida en dissimulant une grimace. Il attendit quelques secondes, la main sur le ventre, avant de déclarer :

— Je ne ressens pas de mieux !

Le moine leva les yeux au ciel.

— Soyez patient, la douleur va s'apaiser. Causons un peu pour faire passer le temps. Pour en revenir à nos convulsionnaires, qu'allez-vous faire ? Il ne faudrait pas qu'ils gâchent la fête ! Je doute d'ailleurs que vos services ignorent tout de leurs agissements.

Une lueur de fierté traversa le regard de Sartine. Il était fier de sa police dont il avait fait un instrument froid et efficace sinon en termes d'efficacité à faire régner l'ordre, tout au moins en championne de la quête d'informations.

— Effectivement ! Deux hommes identifiés par mes services dirigent ces mouvements : l'avocat au Parlement de La Barre et ce fameux père Cottu de l'Oratoire. Je sais par mes informateurs que le père Cottu a présidé par deux fois, l'an dernier, à la crucifixion d'une certaine sœur Françoise. Au Vendredi saint de cette année 1759, il a renouvelé l'opération toujours avec la même sœur Françoise. Il lui cloua lui-même mains et pieds et elle resta ainsi crucifiée pendant près de quatre heures. Une jeune femme nommée Marie, bien qu'y répugnant, fut ensuite crucifiée mais au bout de trois quarts d'heure on la retira expirante. À la Saint-Jean, Cottu voulut brûler sur elle la robe de sœur Françoise sans que son corps en souffrît. Fort heureusement, soudain prise de panique, la sœur Françoise refusa au dernier moment, malgré l'insistance de Cottu et de ses coreligionnaires.

— Qu'attendez-vous pour agir ? s'étonna le moine.

— Que croyez-vous ? Ces trente dernières années, on a emprisonné quelque deux cents convulsionnaires dont une grande majorité de femmes. J'ai fait arrêter cette année des gens dans un appartement. Il y avait une femme attachée les pieds au plafond et l'autre en train de se faire tordre les mamelles à la pince. Et ces deux femmes en demandaient encore ! J'ai été contraint de les faire interner à l'hôpital !

— Cela ne risque pas de les guérir, marmonna le moine qui connaissait la sinistre réputation de ces endroits. Si on ne meurt pas de vos aimables invitations en ces lieux, on en ressort l'esprit dérangé à jamais. Mieux vaudrait les mettre au couvent. J'en suis bien ressorti, moi !

— Soyez plus respectueux, marmonna Sartine, et cessez de faire à Dieu barbe de paille !

Le moine ne releva pas.

— N'allez-vous pas vous en prendre aux têtes pensantes du mouvement ?

— Diable, si, mais avec prudence !

Le lieutenant général de police se pencha vers le moine avec un air de conspirateur.

— Parmi eux, on trouve des dominicains, des oratoriens, un conseiller au Châtelet, quelques évêques, un ancien premier aumônier du roi et même l'archevêque de Lyon, primat des Gaules. Je m'occuperai de l'avocat de La Barre, par le bannissement ou la Bastille, puis du père Cottu.

— Très bien ! Au fait, comment allez-vous ?

Sartine fronça les sourcils et se toucha l'estomac avec surprise.

— Mais mieux on dirait.

— Je vais vous verser le reste de la carafe dans une fiole bouchée. Vous en boirez quelques gorgées en fin d'après-midi puis avant de vous coucher. Surtout ne dînez pas, ne soupez pas. Tenez-vous au lit avec volets et rideaux tirés. Et demain, ne mangez que des tranches de pain grillé. Après-demain, vous pourrez ajouter du miel.

— Pourquoi du miel ?

— Cela rend aimable. Vous devriez en consommer régulièrement !

Volnay profita de la voiture de Sartine mise à sa disposition pour se faire déposer boulevard des Capucins. De là, il gagna l'auberge où le dénommé Podovski avait pris une chambre. Il examina lentement les gens attablés dans la salle commune au rez-de-chaussée.

Dans certains endroits, les regards prolongés se soldaient par de sérieux ennuis, mais les yeux bleu pâle et glacés du commissaire aux morts étranges dissuadaient quiconque de lui chercher noise. Sa tranquille assurance et son froid détachement révélaient assez clairement ce qu'il était ou pouvait être.

L'aubergiste s'affairait dans la salle commune. C'était un personnage étonnant, les joues creuses, bas du buffet mais le corps tout en longueur comme dans certains miroirs déformants que l'on voyait parfois dans des foires. Le policier se fit connaître et l'homme l'accompagna jusqu'à la porte de la chambre de Podovski.

— Une question, dit le commissaire aux morts étranges sur le pas de la porte. Pouvez-vous me dire où s'est rendu votre client pendant son séjour ?

L'autre baissa la tête.

— Ma foi, il voulait se divertir avec une ou deux gueuses. Je lui ai donné l'adresse de quelques maisons du côté du Palais-Royal.

Volnay nota les adresses puis remercia froidement l'aubergiste qui tourna les talons sans demander son reste. Le policier entra donc seul et se figea aussitôt. Tout était sens dessus dessous. Les vêtements étaient dispersés à travers toute la pièce, le matelas retourné et éventré ainsi que l'oreiller. Il fouilla néanmoins dans les affaires en désordre mais en pure perte.

Au bout de quelques minutes, le commissaire aux morts étranges revint dans la salle commune, provoquant un long murmure parmi les clients curieux. Volnay demeura là, silencieux et pensif puis du regard il balaya la pièce. Le silence se fit aussitôt. L'aubergiste vint, s'essuyant nerveusement les mains à son tablier

— Venez avec moi, dit Volnay d'un ton sans réplique.

Il le fit passer devant lui et entra à sa suite dans la chambre en désordre.

— Comme vous pouvez le constater, cette pièce a été fouillée de fond en comble. Ne me dites pas que vous n'avez rien vu, rien entendu.

L'aubergiste se tordit les mains de désespoir.

— Monsieur le commissaire, croyez-vous que je laisserais une chambre dans un tel état ?

— Seuls vos clients montent à l'étage, qu'avez-vous remarqué ?

L'aubergiste ne réfléchit pas longtemps.

— Un jeune seigneur d'une trentaine d'années, à la mine bien polie, s'est enquis de la présence de mon client. En son absence, il m'a demandé de pouvoir monter pour lui laisser un mot. Je lui ai proposé de le lui remettre moi-même quand il rentrerait mais il a insisté pour le monter à sa chambre, le lui écrire et le laisser sur sa table. Devant son insistance et un demi-écu, je le lui ai permis.

— Quand est-il venu ? Attention ! Ma question est très importante et vous devez répondre précisément.

L'aubergiste respira bruyamment et se gratta la tête.

— Quand ? répéta-t-il d'un ton soucieux. Laissez-moi réfléchir. Ma foi, c'était le jour de la lessive et la veille de Noël, donc le 24 décembre au matin. Le lendemain de l'arrivée de mon client.

— Avez-vous remarqué quelque chose de singulier lorsqu'il est redescendu ?

— Ma foi, oui. Il portait une paire de pistolets et un livre qu'il n'avait pas en entrant.

— Des pistolets ?

— Oui, de beaux pistolets en vérité.

— Et un livre… En avez-vous vu la couverture ?

— Mon Dieu, non.

Volnay haussa un sourcil incrédule.

Que venaient donc faire une paire de pistolets et un livre dans cette affaire ?

Il posa une main lourde sur l'épaule de l'aubergiste.

— Très bien. Maintenant prenez le temps de vous souvenir et décrivez-moi très exactement l'homme qui s'est introduit dans cette chambre.

L'aubergiste s'exécuta et Volnay l'écouta très attentivement, l'interrompant juste pour lui faire préciser quelques détails. Enfin, le commissaire aux morts étranges hocha la tête et resta silencieux un long moment. D'un signe de tête, il congédia l'aubergiste et alla s'asseoir lourdement sur le lit défait. Là, il se prit la tête entre les mains et soupira. L'homme qu'on lui avait décrit était le chevalier d'Éon.

Enfant du diable et du mensonge !

Sans ordre de son maître, le cocher de Sartine l'avait patiemment attendu. Volnay s'en réjouit et se fit transporter non loin de là, à l'adresse indiquée par l'aimable inspecteur Buhot. La chambre meublée louée par d'Éon se situait sous des combles et l'air y était glacé. En l'absence de cheminée, seul un brasero, éteint à l'instant, pouvait réchauffer les lieux.

La visite fut rapide car, pour tout meuble, Volnay ne trouva qu'un lit, une chaise, une table et un coffre en bois de chêne. Vraisemblablement, le chevalier d'Éon avait voyagé léger car il ne possédait pas de coffre de voyage et peu de vêtements. Il découvrit néanmoins un livre sur la table mais celui-ci semblait neuf. Le chevalier l'avait certainement acheté à Paris. Il lut le titre avec surprise : *L'Héroïne mousquetaire ou l'Histoire de la dragonne.* L'aventure de plusieurs femmes qui s'étaient travesties en hommes pour guerroyer dans les armées de Louis XIV inspirait ce type d'ouvrage. Deux ans plus tôt, une certaine Marie Bertrand, servant dans les armées, avait fait parler d'elle tandis que son capitaine vantait son courage et son ardeur au combat.

Le policier trouva étonnant que le chevalier d'Éon s'intéressât à ce type de littérature exaltant les vertus guerrières de femmes se travestissant en hommes pour combattre dans ses armées. Mais il eut un haut-le-corps en reconnaissant l'estampille de la librairie où travaillait l'Écureuil. Rapidement, il fouilla la chambre, en replaçant méthodiquement les objets et vêtements examinés. Sous l'un d'eux, il eut la surprise de découvrir une fiole. Après un instant d'hésitation, il s'en empara. Il ne trouva point de pistolets ni d'autre livre.

Au milieu de la liesse générale, Hélène fendit en souriant la foule à l'humeur égrillarde de la rue Saint-Jacques, échappant aux mains lestes qui se tendaient vers elle. Sur une place, le vin coulait à flots et des jeunes femmes s'assemblaient pour danser des rondes tandis que les hommes, regroupés autour d'elles, chantaient des couplets obscènes. Plus loin, une farandole s'était formée et, chaque fois que les extrémités de la chaîne se rencontraient, les deux danseurs placés au bout élevaient les bras et la personne à la queue de la chaîne passait sous cet arc en se trémoussant et en hurlant, suivie de toutes les autres. Les danseurs avaient bien essayé d'entraîner Hélène au passage mais elle s'était prudemment esquivée sans se départir de son masque aimable.

Le sourire sur son visage se figea toutefois à la vue d'une voiture aux armes qu'elle connaissait bien. Elle recula vivement pour se mettre à l'abri d'une porte cochère et ne sortit la tête que lorsque le carrosse fut passé. Une main brutale et rugueuse la tira alors en arrière et elle sentit dans son cou une haleine fétide.

— Alors, ma belle, tu t'es mise à l'abri pour me faire quelques gâteries ?

L'homme s'était glissé derrière elle et posait ses mains sur ses seins qu'il pétrissait comme des miches de pain. Il sentait le tabac et le vin aigre. Avec lui, les femmes ne devaient guère peser plus qu'une tournée dans un cabaret. Elles étaient là, baisables, et se prenaient dans la rue ou sur un établi, sans préliminaire ni mots doux. Hélène tressaillit au contact des doigts maladroits qui pressaient sa poitrine. Un instant, une panique enfantine la saisit et puis, d'un coup, une vague de colère brûlante la submergea. Tout son corps tendu, elle le repoussa brutalement. L'autre ne voulut pas comprendre et s'emporta.

— Ne fais pas la difficile, foutue gueuse ! Mon argent vaut bien celui des autres et je sais que tu n'attends que cela...

Les traits déformés par le désir, il porta sa main à l'aiguillette.

— Je m'en vais te baratter ma garce !

Il lui empoigna le bras mais, avant même qu'il comprenne quoi que ce soit, une lame tranchante s'était posée sur sa gorge.

— Ai-je l'air d'une putain qu'on prend contre un mur ? siffla Hélène entre ses dents.

Ses pupilles étaient largement dilatées et elle respirait par saccades.

— Chien de latrines ! Tu veux vraiment une gâterie ? Tu as la langue bien grasse, veux-tu que je te la coupe pour commencer ?

— Euh, non, pardonnez-moi madame, balbutia l'autre. Il y a méprise.

Elle le poussa d'un air dégoûté.

— File, cloporte ! Va tremper ailleurs ton petit anchois !

L'autre ne demanda pas son reste et disparut dans la rue. Haletante, Hélène laissa sa respiration reprendre un rythme régulier, se réajusta puis quitta son abri. Quelques instants plus tard, elle entrait chez le moine.

— Alors, cher, vous désiriez me voir ?

Le visage du moine rayonna.

— Je le désirais et je l'espérais !

— J'ai cru voir le carrosse de Sartine, énonça Hélène avec méfiance. Vous a-t-il rendu visite ?

— Ma chère, si étonnant que cela puisse paraître, le lieutenant général de police est venu recourir à ma science.

Hélène haussa les sourcils d'un air moqueur.

— Si même Sartine reconnaît vos talents, il va neiger demain !

— Ne riez pas, ce pauvre homme est pratiquement entré dans ma demeure à quatre pattes et en est ressorti les épaules bien droites !

— Vous m'en direz tant !

Son regard balaya la pièce et revint à lui.

— Vous m'avez demandée sans plus d'explication…

Elle secoua légèrement sa chevelure aux reflets roux et dorés qui ruisselait sur ses épaules.

— Je suis venue.

Le moine joignit les mains en un geste d'adoration.

— Je souhaitais vous faire part du plan magnifique que j'ai conçu. Asseyez-vous et écoutez-moi. Si vous en êtes d'accord, vous irez ensuite chez mon fils.

La main de Volnay se fit légère et caressante même si ses pensées étaient lourdes après son entrevue avec Choiseul.

— Le chevalier d'Éon ment, murmura-t-il, mais ce n'est pas une surprise. Personne ne dit la vérité en ce bas monde, à part moi ! Et toi, ma chère amie, que penses-tu de toute cette affaire ?

La pie ne répondit pas mais leva vers lui un bec pointu avec lequel elle entreprit de lui piquer les doigts. On frappa à la porte. Le policier glissa sa main hors des barreaux et alla ouvrir.

— Hélène ! Vous ici !

Le commissaire aux morts étranges porta la main à son front. Cette fois c'en était trop.

— C'est Sartine qui vous envoie ?

— Non, votre père.

— Mon père ?

La jeune femme se mordit pensivement les lèvres.

— Dans un sens, oui. Mais je serais peut-être venue de toute manière.

Elle se tut pour prendre une inspiration.

— Je me fais du souci pour lui.

— Vous n'êtes pas la seule !

Le ton du commissaire aux morts étranges avoisinait dix degrés en dessous de zéro.

— Puis-je entrer ? demanda Hélène. Il fait assez froid dehors…

— Je vous demande pardon.

Le policier s'effaça devant elle. Au passage, il fut frappé par son parfum, un mélange de fleurs et d'herbes sauvages. Il la dépouilla de son manteau puis elle lui tendit son étole. Volnay la prit. Un instant, son regard s'attarda sur les épaules nues d'Hélène. Celle-ci dit :

— Votre père trouve que votre enquête piétine et comme notre collaboration passée est parvenue à résoudre un mystère, il pense que je vous serai utile.

— C'est un moyen de se tenir auprès de vous.

— Sans doute. Mais si cela lui fait du bien ?

Volnay se planta devant elle.

— Mon père a passé cinquante ans, il n'a pas besoin de s'amouracher d'une jeune femme à la moralité douteuse qui a la moitié de son âge !

Les yeux d'Hélène étincelèrent comme ceux des chats dans la nuit.

— Moralité douteuse ? cracha-t-elle dédaigneusement. Voilà que vous parlez comme Sartine et toute sa clique ! Et puis vous vous trompez, je ne suis pas là pour jouer avec votre père.

— S'il a des sentiments pour vous, c'est néanmoins ce qui arrivera. Aimer quelqu'un qui ne vous aime pas est la plus ancienne et cruelle histoire de l'humanité.

Hélène recula comme si on venait de la gifler. Elle darda sur lui ses immenses yeux verts sous ses longs cils noirs. Des lueurs dorées tourbillonnaient dans son regard comme les feux follets au-dessus des marais.

— Êtes-vous le mieux placé pour parler de sentiments ? Vous ne connaissez rien aux femmes et votre comportement avec elles frise le ridicule !

Volnay encaissa en silence cette remarque. Il savait bien au fond de lui qu'il ne déployait pas la même aisance dans le domaine amoureux que dans son métier d'enquêteur. Hélène tapa légèrement du pied par terre et reprit :

— Vous vous obstinez à considérer votre père comme un enfant alors que c'est un homme bon, sage et intelligent. Il met dans ses relations au monde, je vous l'accorde, quelques facéties de potache mais il est gai, c'est dans sa nature.

— Contrairement à moi ! Je sais qu'on me juge trop sérieux, voire ennuyeux…

— Parfois, murmura-t-elle d'une petite voix, pas toujours.

— Trop rigide…

— Ça oui !

Hélène fit un pas en avant et, de nouveau, Volnay fut envahi par les fragrances sauvages de son parfum.

— On dit que je prends mon travail trop à cœur.

— Ce n'est pas un défaut, rétorqua vivement la jeune femme, je me rapproche de vous sur ce point-là. Nous nous ressemblons plus que vous ne le pensez.

Il s'arrêta pour la dévisager.

— J'ai rarement eu l'occasion de contempler quelqu'un menant aussi mal ses affaires personnelles que moi. Je suis affligeant de maladresse. Quel spectacle ridicule dois-je donner à ceux qui m'observent du dehors !

— Mais vous êtes un homme sincère et certainement passionné. D'ailleurs, je suis certaine que vous vous emportez trop vite lorsque votre cœur fait vaciller votre admirable raison.

Il rougit imperceptiblement, troublé par sa remarque et sa présence trop proche.

— Vous êtes bien aimable ce soir, marmonna-t-il gêné. Et il est plaisant que cet entretien se poursuive mieux qu'il n'ait commencé !

Elle eut un grand sourire et s'approcha encore, posant une main sur son épaule.

— Vous voyez que nous nous comprenons.

— Pas si vite ! dit-il en luttant pour ne pas poser une main sur sa taille si fine. Je ne pense pas que votre compagnie soit exactement ce qu'il faut pour mon père.

Hélène le considéra un instant.

— Savez-vous ce que votre père boit tous les jours ?

— Non. Du vin de Bourgogne ?

— Des décoctions de bourrache.

— Et alors ?

— La bourrache est propre à toutes sortes de maladies et aux humeurs mélancoliques, selon M. de La Haye au siècle dernier. Il n'avait pas tort car déjà les médecins arabes lui prêtaient la propriété de tempérer la mélancolie.

Volnay resta un instant interdit.

— Je n'ai rien remarqué sinon, parfois, un entrain un peu forcé.

Il réfléchit et ajouta avec déplaisir :

— Une tendance aussi à trop sortir le soir…

— Et traîner avec une bande de jeunes gens dans un certain cabaret…

Volnay la considéra un instant, songeur.

— C'est à cause de vous ?

La main d'Hélène déserta son épaule.

— Peut-être en partie, mais en partie seulement. Sous sa façade de gaieté, votre père est empreint d'une profonde tristesse…

À cet instant, la porte s'ouvrit et une bourrasque de vent glacé balaya la pièce. Le moine entra en trombe.

— Oh, Hélène ! s'exclama-t-il. Quel bon vent vous amène ? Depuis tout ce temps…

La surprise feinte du moine était des plus pathétiques, jugea son fils. Quant à Hélène, elle eut une moue indulgente et s'avança vers lui pour recueillir un baiser sur la joue. Le moine s'appliqua à ne pas poser les mains sur elle trop familièrement.

— Hélène nous offre son aide pour notre enquête, résuma le commissaire aux morts étranges.

— Vraiment ? Quelle charmante idée !

Volnay lança un regard glacial à son père qui sautait littéralement de joie. Le jeune homme allait devoir gérer les relations ambiguës entre ce dernier et la jeune femme.

— Oh oui, ma chère, s'exclama le moine, vous tombez bien ! La courbe d'activité criminelle à Paris a crû en votre absence !

— Le moine aime les comptes, railla Volnay, c'est son esprit scientifique.

— Arrête d'imiter les frelons, mon fils ! le gronda le moine.

Il tendit galamment le bras à Hélène pour la conduire jusqu'à un bon fauteuil au coin du feu.

— Quand même, ma chère, trois meurtres en trois jours et la même manière d'opérer, ce n'est pas courant. En avez-vous entendu parler ? Qu'en dit-on en ville ?

— On n'en parle guère, d'abord parce que peu de gens sont au courant, le secret est relativement bien gardé. Ensuite, les gens ont autre chose en tête à l'approche des Saints-Innocents : la fête des Fous. Un monde inversé l'espace d'une journée ! Le dernier devient le premier… Tout le monde retient son souffle dans son attente.

— J'imagine, admit le moine, mais sachez que mon sens de l'observation et mon intuition m'ont permis de trouver le lien entre les trois victimes. Chacune a été cliente du même apothicaire, le jour ou la veille de leur mort, en acquérant la même détestable potion.

— Une potion pour guérir la gorge, précisa Volnay.

— Non pas, mon fils, non pas !

— Comment cela ?

— Parce qu'on ne saurait les boire sans les recracher. Et puis, je me suis livré à quelques expériences avec mon alambic…

Le moine se tourna vers Hélène et s'inclina comiquement devant elle.

— Puis-je vous faire humer cette potion, ma chère ?

— Faites.

Il revint bientôt avec les trois fioles et les déboucha. Hélène les porta tour à tour à son nez et, chaque fois, ses narines frémirent légèrement.

— Effectivement, ce sont les mêmes. Je sens le parfum de la violette.

— Leurs propriétés thérapeutiques ne sont plus à démontrer, approuva le moine. Les Anciens en tressaient des couronnes afin de dissiper l'ivresse.

— Oui, enfin, tempéra Hélène, la violette est aussi efficace contre la toux et les maux de gorge.

— Pour Dioscoride, la violette de Mars lâche bien le ventre, tempère l'ardeur de la colère et désopile le foie.

— Ou en lotion sur le visage après une trop longue exposition au soleil…

Volnay leva les yeux au ciel et retourna attiser le feu.

— De la myrrhe et de l'encens ? lança Hélène au moine.

— Vous avez un nez des plus fins.

— Safran ?

— Oui, oui…

— Laissez-moi goûter. Oh, mais bien sûr !

Elle toussa.

— De l'opium !

Le moine rosit de plaisir.

— Étonnant, non ? Je l'ai trouvé au goût car son arôme est recouvert par les autres ingrédients. Mais pour le reste, je suis bien en peine…

Hélène goûta encore et tout son corps frissonna.

— Jusquiame !

— La sœur de la mandragore, murmura le moine. Celle qui pousse au pied des pendus. La jusquiame ! Le médecin perse Avicenne affirmait que ceux qui en prennent sortent hors des sens, pensent qu'on les fouette par tout le corps, brament comme des cerfs et hennissent ainsi que des chevaux !

— Elle entrerait aussi dans la recette du breuvage que boivent les sorcières pour les amener au sabbat, murmura Hélène d'un ton rauque.

Au son altéré de sa voix, Volnay se retourna et la considéra avec suspicion, son expression passant du détachement à l'attention concentrée. Les secondes s'écoulèrent douloureusement dans un silence tendu. Le moine cligna brièvement des paupières puis, comme pour dissiper la tension, dit avec une légèreté voulue :

— Les chirurgiens sont plus pragmatiques et utilisent ses graines pour calmer les rages de dents.

Hélène hocha la tête avec un sourire distant.

— Nous avons encore un ingrédient à trouver.

— Certes oui. En distillant, j'ai retrouvé une autre plante mais sans pouvoir la reconnaître.

La jeune femme huma la fiole, but une petite gorgée et prit un air absorbé.

— Du datura, dit-elle avec ravissement. Ses fleurs ont une forme de trompette. Le datura entre dans la composition de nombre d'onguents provoquant des hallucinations.

Hélène ferma les yeux et, lorsqu'elle les rouvrit, une lueur d'ambre couvait sous ses cils.

— On a l'impression de voler, chuchota-t-elle.

— C'est une plante toxique, s'emporta le moine. Elle fait perdre la volonté comme la mémoire. Il est criminel d'en mettre dans une potion tout comme de la consommer volontairement !

Il considéra la jeune femme avec mécontentement. Volnay s'approcha d'eux comme pour s'interposer.

— Allez-vous me dire quel diable de médicament est-ce là ?

Un rire silencieux secoua Hélène. Les deux hommes la contemplèrent avec étonnement.

— C'est l'opium, murmura le moine.

La jeune femme secoua la tête et toute sa chevelure ondula sous le regard fasciné du moine.

— Ce n'est pas l'effet de l'opium mais de notre bêtise. Le datura est également un puissant aphrodisiaque. Je pense que l'action de votre potion pour la gorge ne fait aucun bien à celle-ci. Sa vocation est plutôt de lutter contre la courte haleine…

— La courte haleine ? répéta Volnay sans comprendre.

Hélène lui adressa le type de sourire condescendant qu'elle réservait parfois à la gent masculine.

— Ceux qui manquent de souffle en amour ou lâchent trop vite, se moqua-t-elle. En bref, sa vocation est de faire dresser raide le membre viril afin de mieux et plus paillarder !

Volnay et son père se regardèrent un moment, l'air stupéfait et puis le moine se laissa gagner par le rire.

— On en revient toujours là, mon fils. Toujours là !

Il baissa furtivement les yeux.

— J'ai bien fait de ne pas trop la goûter !

Volnay tapa dans ses mains.

— Tout se tient. Podovski a demandé à son aubergiste l'adresse de certaines petites maisons pour voir des filles.

Le moine se tourna vers Hélène.

— Mais pourquoi l'opium ? C'est ce qui m'a dirigé sur une fausse piste…

— Il existe dans les grimoires des pharmacopées beaucoup de recettes contenant de l'opium pour dénouer l'aiguillette…

— Et réactiver le feu qui couve sous la cendre !

— Cosme Ruggieri, le parfumeur de la grande Catherine de Médicis, l'employait déjà à cet effet.

— C'est vrai. Et à Sumer, on désignait la plante de pavot sous le nom de *hül-gil* qui signifie "jouir".

Une fois lancé, le moine était intarissable.

— Dans la Rome antique, un breuvage appelé le *cocetum*, à base de pavot, détendait les jeunes femmes avant la nuit de noces. J'ai également lu des traités médicaux arabes parlant de pilules de la joie, à base d'opium. Leur absorption aidait sans doute les propriétaires des harems à satisfaire leurs innombrables concubines.

— Un instant, dit Volnay qui observait Hélène avec une inquiétude croissante. Tirez-moi la langue !

— Pardon ? fit la jeune femme interloquée.

— Tirez la langue !

Hélène s'exécuta.

— Mon Dieu, elle est bleue ! s'exclama le policier.

— Attends, fils ! s'écria le moine.

Il but une gorgée puis tira la langue.

— Alors ?

— Elle est bleue ! dit Volnay.

Le moine et Hélène se tournèrent l'un vers l'autre et, dans le même mouvement, se tirèrent la langue avant d'éclater de rire comme des enfants. Volnay les regarda d'un air atterré.

— Un peu de sérieux, nous sommes sur une enquête criminelle. Et vous devriez arrêter avec l'opium !

— Certes ! fit le moine.

— Vous avez la langue bleue, n'est-ce pas dangereux ?

Le moine rit encore.

— Je n'en sais absolument rien, mon fils !

Le fou rire le gagna tant et si bien que même Hélène le considéra avec étonnement.

— Quoi encore ? grogna son fils.

— J'espère que cet apothicaire est sérieux car, dans nombre de recettes de ce type, on mélange rognures d'ongles, poils de couille, morve voire excréments !

Volnay le considéra froidement.

— Cela ne m'amuse pas le moins du monde. Reviens sur terre et réfléchis un instant ! Les trois hommes qui ont bu cette potion devaient également avoir la langue bleue et nous ne l'avons pas su pour la bonne raison qu'on l'a leur a arrachée !

— C'est juste, c'est juste… murmura le moine. Tu penses donc que nos trois jeunes gens ont été victimes de cette potion ? Une erreur de dosage dont on s'aperçoit trop tard et, comme la preuve est trop évidente avec la langue bleue, on ôte celle-ci de notre vue !

— C'est une hypothèse, tempéra Volnay, juste une hypothèse. Pour l'instant, ne plions pas les faits à notre idée mais adaptons celle-ci à nos indices !

Il se tourna vers Hélène.

— Une chose m'intrigue, est-ce vraiment le rôle d'un apothicaire que de concevoir de tels… euh… remèdes ?

Hélène eut un sourire indulgent.

— Nous sommes dans un système de relations très complexes entre guérison et superstition. Depuis le Moyen Âge, on mélange allègrement médicaments avec onguents, potions et philtres même si, aujourd'hui, la police du roi commence à s'en mêler ! Comment s'appelle votre apothicaire ?

— Dieulefit, il tient boutique rue du Faubourg-Saint-Honoré.

La jeune femme hocha la tête.

— Il a une certaine réputation en effet au niveau de l'aiguillette. On dit qu'il a développé tout un fonds de commerce à ce sujet même s'il ne l'affiche pas ouvertement. De nos jours, tout le monde craint ce sortilège qui rend l'homme ou la femme impuissant à répondre au désir de l'autre.

— Ma chère, intervint le moine, depuis l'Antiquité on craint les noueurs d'aiguillette et même Platon conseillait aux époux de prendre garde à eux ! En France, des noueurs d'aiguillette ont été condamnés à être pendus, étranglés et brûlés. Il existe même une formule d'excommunication à leur encontre.

— C'est si commode ! se moqua Hélène. Enfin, lorsqu'on ne tient pas le noueur d'aiguillette sous la main pour lui faire rendre gorge, il reste les potions !

— C'est juste, remarqua le moine en se lissant la barbe. Les plantes sont au cœur de la vie des hommes tant pour leur alimentation que pour leur vie spirituelle comme la divination ou la protection contre le mal. Certains d'entre nous sont ainsi dépositaires d'un savoir ancestral mêlant inextricablement pharmacopée et magie.

— Oui, dit Hélène, et ma mère en est morte.

Le moine lut clairement la douleur muette dans le regard d'Hélène et n'ajouta rien. Il savait que ses parents décédés avaient exercé le métier d'apothicaire et que sa mère était morte en prison après avoir été accusée d'un exercice illégal de sa profession.

Le visage désormais fermé, Hélène se leva.

— Ravie de vous avoir aidés dans votre enquête. Je vais vous laisser. Comme vous le savez, pour l'instant mon attention est accaparée par la fête des Fous.

Volnay intervint.

— La fête des Fous toujours ? Sartine fait espionner tous les colleurs d'affiches pour découvrir qui se cache derrière tout cela.

Hélène eut un sourire condescendant.

— Effectivement, et les colleurs d'affiche ont, comme vous le savez, un costume et des instruments bien particuliers. Ils arborent à la boutonnière de leur veste leur enseigne de cuivre et portent sacoche, seau et échelle. Personne n'est moins discret qu'eux ! Dès lors, si l'on veut passer inaperçu, pourquoi endosser un tel costume ?

— C'est vrai, murmura Volnay, votre colleur d'affiches va donc endosser une autre tenue à la nuit tombée ?

La jeune femme acquiesça.

— À mon sens, il réapparaît au coucher du soleil dans la tenue d'un colporteur mais, bien entendu, il ne transporte pas exactement des marchandises à vendre.

— Une fois leur travail terminé, murmura Volnay, certains afficheurs améliorent leurs revenus en vendant des gazettes ou des périodiques…

Il se figea soudain.

— Des gazettes, des revues ou… les *Nouvelles ecclésiastiques* !

— On en revient aux convulsionnaires, constata le moine.

— Oui, et ils disposent d'une bonne imprimerie clandestine !

— M'expliquerez-vous enfin ? s'impatienta Hélène.

Volnay se vêtit de son frac et haussa les épaules.

— Mon père vous racontera tout cela si vous êtes intéressée.

— Où pars-tu donc ? s'étonna le moine.

— Je vais voir qui tu sais, dit Volnay car il ne souhaitait pas parler de l'Écureuil devant Hélène.

Alors qu'il sortait, le moine adressa un grand clin d'œil à la jeune femme qui sourit d'un air entendu.

Dans la rue, les passants se retournaient en gloussant car, spectacle inattendu, un laquais courait après son maître, une canne à la main, pour le rosser. Le commissaire aux morts étranges s'immobilisa, tous ses sens en éveil. Le laquais glissa sur une plaque de gel et s'étendit de tout son long. La foule poussa un soupir dépité et le maître s'empressa de prendre la poudre d'escampette. Le monde devenait fou.

"Les valeurs se contestent et l'ordre social s'inverse", dirait son père.

Volnay haussa les épaules et se remit en marche. Sur une petite place, il s'arrêta pour assister au spectacle de funambules et d'acrobates. La foule semblait joyeuse et insouciante. Il reprit son chemin.

Bientôt, il poussa la porte d'une certaine librairie de la rue Saint-Jacques. Pour la première fois, il remarqua qu'elle sentait bon le bois ciré et le cuir des livres. Dans l'air flottait également, léger et impalpable, le parfum de l'Écureuil.

La jeune fille vint vers lui d'un pas hésitant, son visage affichant son appréhension. Le cœur de Volnay se mit à battre sourdement. Il trouvait son visage fascinant avec ses cheveux roux, ses yeux noisette, sa peau parsemée de taches de rousseur jusqu'à l'arête de son petit nez retroussé, ses jolies fossettes et son petit menton en pointe. Sa mobilité d'expression l'enchantait même si aujourd'hui elle se composait un air neutre.

— Nous nous sommes quittés hier en mauvais termes, commença-t-il.

Il paraissait marcher sur des épines.

— À qui la faute ?

— Elle m'en revient, assurément.

L'Écureuil baissa la tête.

— Pas entièrement. En fait, vous n'avez pas dit grand-chose et chaque fois que vous avez voulu parler, je ne vous ai pas laissé faire !

Un vague sourire passa sur le visage de Volnay.

— C'est vrai, en fait je ne me souviens qu'avoir pu dire *oui* ou *mais non*…

La jeune fille se détendit à son tour.

— Et cela suffisait à me mettre hors de moi !

Elle s'approcha timidement et ses mains effleurèrent les siennes.

— Je ne suis pas encline à vous manquer.

Le sourire s'accentua sur le visage de Volnay et elle le regarda émerveillée car il était beau et ce sourire le rajeunissait, lui ôtant le fardeau des soucis pour lui restituer pleinement l'allégresse de ses vingt-cinq printemps.

— Sommes-nous réconciliés ? demanda le jeune homme.

— Je ne sais pas. Il existe bien un problème entre nous et je crois le comprendre. Votre collaborateur, le moine, dit que dans un couple, le problème, c'est l'autre !

Elle passa subitement au tutoiement.

— Tu ne me fais pas confiance. Tu crois que je pourrais bien retourner voir des hommes ou céder à leurs avances. Prostituée un jour, prostituée toujours…

— Jamais cela ne m'a effleuré l'esprit !

Et il disait vrai. Elle se fit plus triste encore.

— Alors, c'est que tu penses au passé, ce que j'ai vécu et cela rien ne peut l'effacer si tu n'arrives pas à l'accepter.

Le commissaire aux morts étranges devint blême, frappé par la justesse de ses propos. Sans vouloir se l'avouer, tous ces corps connus avant lui étaient autant d'obstacles à la pureté de ses sentiments.

— Notre passé est aussi ce que nous sommes, chuchota-t-il, je l'accepte.

Ses doigts crochetèrent les siens et il les porta à sa bouche pour les baiser. L'Écureuil ferma doucement les yeux. Dans sa courte vie, personne n'avait été aussi prévenant et délicat avec elle. La tiédeur de ses lèvres la fit frissonner et elle savoura profondément son baiser.

— Au fait, dit-il en s'arrachant avec regret à son étreinte, un homme d'une trentaine d'années n'est-il pas passé ici pour acheter quelques livres dernièrement ?

— Est-ce pour une enquête, commissaire ? se moqua-t-elle.

— Oui !

Il décrivit le chevalier d'Éon et ajouta.

— Il se croit fort savant et aime à disserter sur les sujets du passé comme du temps présent.

L'Écureuil éclata de rire.

— Je vois très bien ! Il m'a dit étudier l'économie et les systèmes marchands de différents États d'Europe. Il prétend qu'il publiera un livre intitulé *Mes loisirs sur divers sujets importants d'administration*...

— C'est lui, assurément !

Volnay bouillait maintenant d'en savoir plus.

— Quand est-il passé ?

— Ce matin de très bonne heure.

Volnay réfléchit rapidement. D'Éon était passé chez lui à l'aube pour reconnaître le corps du Russe assassiné. Ensuite, il avait dû remonter la rue Saint-Jacques et tomber sur cette première librairie…

— Lorsqu'il est entré, portait-il une paire de pistolets ou un livre que je n'aurais pas remarqués pour ma part ?

Elle secoua la tête.

— Je n'ai rien remarqué mais il portait un ample manteau.

— Savez-vous ce qu'il a choisi ?

— Bien entendu, tous les livres vendus sont notés. À mon souvenir, il en a acheté quatre.

Il la suivit jusqu'au registre. Elle tourna la dernière page et lut :

— *L'Héroïne mousquetaire ou l'Histoire de la dragonne*.

Le commissaire aux morts étranges se rembrunit.

— J'ai découvert ce livre, et lui seul, en fouillant sa chambre. Il est donc rentré chez lui mais pourquoi se promènerait-il avec les trois autres livres à la main ?

Il claqua des doigts, soudain excité.

— Il a pris un second logement, plus secret que l'autre ! L'animal n'est pas fou. Il se sait probablement surveillé par Sartine et Choiseul. Quels sont les autres titres ?

— *Le Nouvel Ami des femmes ou la Philosophie du sexe*.

L'Écureuil releva vivement la tête, son petit menton pointu en avant, pour demander sur un ton de défi :

— Les traités sur la supériorité de l'un ou l'autre sexe sont très à la mode. Que pensez-vous de ce sujet ?

— Rien, à vrai dire, répondit prudemment Volnay.

— Vraiment ? insista-t-elle.

— Je pense simplement qu'hommes et femmes sont égaux en droits et obligations. D'ailleurs Montesquieu a écrit que les forces seraient égales si l'éducation l'était aussi.

— Vous voyez que vous avez une idée sur la question !

— Euh… Quoi d'autre ?

— *L'Histoire des Amazones anciennes et modernes* par l'abbé Guyon.

— Curieux…

— Le dernier a le titre le plus long, dit sa compagne.

Elle prit son souffle et lut d'une traite :

— *Recherches sur les habillements des femmes et des enfants ou Examen de la manière dont il faut vêtir l'un et l'autre sexe* de M. Le Roi.

— Diable !

Volnay semblait perplexe.

— M'expliquerez-vous enfin ? s'exclama l'Écureuil.

Perdu dans des réflexions sans fin, le commissaire aux morts étranges ne répondit pas directement.

— Cet homme est une énigme à lui seul. Il nous fait croire qu'il ne connaît ni Podovski, ni Soubarov, pourtant il se rend chez l'un et l'autre avant le meurtre. Et, plus tard, il s'arrête dans la librairie de mon amie pour acheter des livres typiquement féminins…

— Je ne comprends rien à cette histoire, se plaignit l'Écureuil. C'est donc seulement pour votre enquête que vous êtes venu me voir ?

Comme hébété, Volnay releva la tête et balbutia :

— Non, en fait, je voulais vous inviter à souper chez moi ce soir.

Volnay prit ses dispositions avec le traiteur avant de se diriger vers la rue Saint-Honoré. C'était le milieu de l'après-midi mais déjà la lumière faiblissait et les couleurs s'effaçaient les unes après les autres. Le froid n'était toutefois pas aussi mordant qu'il aurait dû et la foule se pressait encore nombreuse dans les rues. Le policier remarqua bientôt les deux garçons chargés de surveiller la boutique de l'apothicaire et ralentit le pas, hésitant sur la conduite à tenir.

Les enfants ne regardaient pas dans sa direction, captivés par le passage d'un montreur d'animaux savants. C'est alors qu'il vit la jeune fille à l'esprit simple, Marie. Elle était escortée par le valet qui marchait à côté d'elle d'un pas raide. D'un œil exercé, Volnay les suivit du regard. Quelque chose le dérangeait mais il n'aurait su dire quoi. En tout cas, le valet ne se retournait pas, l'esprit tranquille, s'appliquant seulement à bien caler son pas sur celui de la jeune fille. Machinalement, le commissaire aux morts étranges se mit à les suivre. Les garçons l'avaient aperçu et l'observaient d'un air décontenancé. Il leur adressa au passage un discret clin d'œil et continua son chemin. Le valet marchait la tête haute, tenant fermement le bras de la jeune fille, comme pour l'empêcher de s'écarter du bon chemin. Au contraire de son compagnon, l'attention de Marie semblait distraite par les mouvements et les bruits de la foule. Son regard furetait de gauche à droite et, de temps à autre, elle semblait vouloir s'élancer à la poursuite de quelqu'un.

Volnay les suivit quelques centaines de mètres et les vit s'arrêter chez un boucher. Au milieu des carcasses sanguinolentes, le valet commanda un morceau de viande. Il le rangea dans son panier, régla le commerçant et ressortit, côte à côte avec la jeune fille. Le policier revint alors sur ses pas. Une boutique vendait des confitures sèches, des fruits confits, des dragées et des amandes séchées. Volnay y entraîna les deux garçons pour leur acheter quelques friandises et laisser passer Marie et le domestique. Comme les enfants se trouvaient tétanisés par l'enjeu du choix, le policier acheta pour eux des dragées. Ce n'étaient que de la confiture sèche, des graines ou des morceaux de fruits recouverts d'un sirop de sucre séché mais Séverin passa une langue pointue sur la première dragée comme pour l'économiser. Le jeune homme leur donna ensuite de l'argent pour manger et les laissa pour retourner dans la rue.

Le bruit d'une voiture sur les pavés l'alerta. La foule se fendit devant lui dans un grand frisson. Il se jeta en arrière, frôlé au passage par les essieux graisseux. Sous les imprécations des passants, le cocher fouetta ses chevaux et la voiture dépassa le commissaire aux morts étranges. Celui-ci entendit en passant un long et aigu rire de femme. Il vit la voiture s'arrêter cent mètres plus loin et Mme de Boissie descendre vivement pour s'engouffrer sous le porche qui menait à sa demeure.

Volnay attendit quelques minutes puis alla frapper à la porte de la maison. En l'absence du valet au maintien grave, un serviteur au vaste torse mais aux jambes grêles vint lui ouvrir. On reçut cette fois le policier dans un petit salon très chaleureux où flambait un joli feu. Une grande tapisserie représentant un port de mer couvrait tout un mur. De chaque côté de la cheminée se trouvaient des panneaux de boiseries surmontés de motifs sculptés. Un magnifique tapis aux chaudes couleurs recouvrait le parquet de chêne. Volnay prit place sur un fauteuil canné et doré puis attendit. Le serviteur revint bientôt et posa près de lui une carafe de vin et des biscuits auxquels il ne toucha pas.

La taille amincie par le corset, Mme de Boissie fit une entrée chatoyante et bigarrée, vêtue d'un pet-en-l'air en satin de soie jaune avec des manches pagodes à double volant, entrouvert sur un corset en soie damassé de même couleur et décoré de torsades en fils de soie. Cette fois, elle portait une mouche sur le nez, "l'effrontée". Volnay se leva aussitôt.

— Pardonnez-moi de vous importuner, fit-il en s'inclinant gracieusement.

— Vous êtes le bienvenu, commissaire, répondit aimablement son hôtesse.

Elle ôta ses mitaines en brocart de soie et prit place sur une bergère confortable. Chacun de ses mouvements tendait à l'exagération, comme s'il devait se terminer de manière langoureuse. Une fois installée, elle l'observa silencieusement derrière ses paupières mi-closes.

— Madame, vous êtes fort bien logée, dit Volnay pour engager la conversation.

Le valet aux jambes grêles revint et déposa une soucoupe remplie de friandises sucrées sur un guéridon, à portée de main de sa maîtresse. Le commissaire aux morts étranges laissa passer quelques secondes avant de reprendre la parole. En examinant Mme de Boissie, il s'aperçut que ses dents étaient abîmées, sans doute par l'abus de sucreries. Elle évitait le rouge sur les lèvres, de manière à ne pas mettre le fait en évidence. Le rouge couvrait en revanche ses joues, suffisamment pour détourner le regard de cette bouche gâtée.

Le policier l'écouta avec une aimable patience débiter les potins de Paris et disserter sur les derniers ouvrages de mode. Comme la plupart de ses congénères, Mme de Boissie savait admirablement parler à tort et à travers, toujours pour ne rien dire.

Hélène dirait qu'on leur apprend à s'habiller, à se farder, à se coiffer mais pas à penser, songea-t-il. *Elles savent coudre et broder, s'asseoir avec leur robe à panier mais c'est bien tout !*

Le policier attendit l'occasion pour ramener habilement la conversation sur son enquête. Mme de Boissie haussa un sourcil dédaigneux.

— C'est chez les plus pauvres que pullulent les criminels, les gens plus aisés ont un comportement sain puisqu'ils ont déjà pourvu leurs besoins !

— Il reste la jalousie de ceux qui possèdent plus et des femmes qu'ils n'ont pas, objecta le policier.

— Mais leur éducation leur permet de maîtriser ces vaines passions !

Volnay soupira intérieurement.

— J'ai appris que votre défunt mari avait choisi le métier des armes ?

— Mon mari était colonel d'un régiment de Sa Majesté, répondit-elle sur un ton d'un incommensurable ennui. Je ne me souviens pas duquel car ces choses-là ne m'ont jamais intéressée !

— Est-il resté en service jusqu'à sa mort ?

— Oh non. Il a été terriblement blessé il y a…

Volnay nota son hésitation.

— Voyons, fit-elle en cillant fugitivement, cela fait une quinzaine d'années et il en est demeuré presque impotent.

— Blessé lors d'une bataille ?

Elle esquissa un bref sourire.

— Mon mari était colonel d'un régiment, cela ne signifiait pas qu'il se battait ! Non, il a fait une terrible chute de cheval. On a dit qu'il était ivre en le montant.

— Quand avez-vous eu la douleur de le perdre ?

Elle adopta une mine adaptée pour répondre.

— Il y a deux ans.

Avec un soupir contrit, elle reprit :

— Peut-être cela valait-il mieux pour lui. Il menait une vie des plus inutiles et futiles. Il avait même commencé à lire des livres !

Elle vient en quelques phrases de lui tracer une bien belle épitaphe, songea Volnay.

— Madame, dit-il avec courtoisie, je compatis.

— Oh, minauda-t-elle, la vie a été plus clémente pour moi. Monsieur…

— Chevalier de Volnay.

— Oh, chevalier ? Bien… Que voulais-je donc dire ? Ah, ma foi, ma mémoire me joue des tours à sa façon.

Le policier eut l'impression de se trouver face à un poisson de bocal. Une expérience récente lui ayant toutefois confirmé que la méchanceté pouvait fort bien s'ajouter à la bêtise, il décida de poursuivre ses questions tout en se jouant d'elle par ses points faibles.

— Bref, reprit-elle, je disais que la vie a été plus clémente pour moi que pour mon pauvre mari et ma chère fille.

— Ah oui, votre fille qui ne parle pas…

— Elle ne pousse que des cris d'oiseau, la conversation avec elle est d'un ennui !

Volnay garda un silence accablé.

— Heureusement, reprit-elle, j'ai quelques amis et je sors un peu en société.

— La compagnie d'une femme aussi belle et vive que vous doit être recherchée, approuva chaleureusement le policier.

Mme de Boissie cligna brièvement des paupières.

— Oh, chevalier… Vous me flattez !

Mais son regard s'était chargé d'attente. Nul doute qu'elle espérait désormais quelques galanteries de sa part de manière à pousser plus loin le jeu de la séduction. Les deux vieux boucs lui servant d'amants ne devaient pas toujours se comporter à la mesure de leurs prétentions.

— Votre fille est charmante, remarqua Volnay. Cette beauté ne doit pas passer inaperçue dans le quartier.

Le visage de son hôtesse se durcit.

— Pour cette raison et l'état de son esprit, nous ne la laissons jamais seule, Henri ou moi.

— L'état de son esprit ?

— C'est celui d'une enfant, vous l'aurez remarqué.

— Qui est Henri ?

La maîtresse de maison froissa nerveusement les plis de sa robe.

— Mon majordome. C'est un vieux serviteur de la maison et je l'ai chargé de toujours accompagner Marie au-dehors. Ils ne vont jamais bien loin d'ailleurs. Quelques courses ou emplettes dans la rue. Le médecin recommande qu'elle prenne l'air de temps à autre.

Volnay hocha la tête.

— Et ils n'ont donc pas l'occasion d'aller plus loin ?

— Jamais, répondit-elle sèchement. Les rues sont trop dangereuses.

— D'autant plus, madame, que votre beauté s'est transmise en la personne de votre fille.

Mme de Boissie roula vers lui des yeux faussement indignés.

— Ce langage est-il bien digne d'un entretien ?

— S'il ne l'est pas, j'en suis confus, madame.

Elle se pencha pour lui donner un petit coup d'éventail sur les doigts.

— Vous êtes pardonné, petit polisson !

Volnay eut un sourire gêné et se recula, le dos contre la chaise.

— Madame, avez-vous entendu parler des convulsionnaires ?

Le regard de Mme de Boissie se fit vague.

— Les convulsionnaires ? Diantre, il y en a encore ?

— Oui, et ils se crucifient entre eux pour retrouver dans leurs souffrances l'expérience du Christ, ce qui fait toute leur joie.

— Mon Dieu !

— Certains convulsionnaires vont même jusqu'à reproduire les péchés condamnés par le Christ : adultère, fornication, ivresse…

Mme de Boissie porta la main à sa bouche.

— Oh ! Comme c'est vulgaire ! Dieu tout-puissant, pourquoi me raconter tout cela ?

Le commissaire aux morts étranges hocha la tête. À moins d'être une excellente comédienne, Mme de Boissie se trouvait à mille lieues des appelants et des disciples du diacre Pâris. La porte s'ouvrit soudain avec fracas. Un visage enfantin pointa le nez. Une tresse blonde lui barrait le front mais quelques mèches folâtraient sur ses tempes. À la vue de Volnay, Marie poussa un cri de mouette dans lequel le jeune homme crut percevoir une stridence de joie. Légère comme un oiseau brusqué, elle se glissa entre sa mère et lui.

— Marie, voyons ! la gronda sa mère. Vous êtes d'une inconvenance !

Mais Marie ne sembla pas entendre. Elle jeta au policier un regard pénétrant et tendit une main vers lui. Troublé par son comportement, Volnay admira la clarté de ses yeux et la soie lisse et blonde de ses cheveux. L'attitude de la jeune fille était celle d'une enfant, son corps et ses regards ceux d'une femme prête à la vie.

Soudain, le valet fut là. Efficace et silencieux, il prit la jeune fille par la main et, malgré sa résistance, l'entraîna avec lui hors de la pièce. Mme de Boissie se tourna vers Volnay.

— Où en étions-nous déjà ?

Le policier meubla la conversation pendant encore quelques instants. Visiblement, Mme de Boissie attendait mieux de lui et laissa entrapercevoir son mécontentement. Il prit congé et se retrouva dans la cour. À travers une fenêtre du premier étage de la maison, un visage encadré de cheveux blonds et d'une tresse à la vestale était collé à la vitre. Marie le guettait. À sa vue, elle se mit à pousser de stridents cris d'oiseau qu'il entendit, même étouffés par le verre épais.

L'entrée d'Hélène dans le cabaret provoqua un silence troublé suivi de longs murmures. La jeune femme portait des bottes hautes et un chapeau à plumes qu'elle ôta d'un geste fluide, laissant s'échapper sa chevelure. Les ouvriers au comptoir se retournèrent, la conversation s'arrêta aux tables et les chuchotements cessèrent. Un instant, on n'entendit plus que les raclements de pieds et le son rauque d'une toux. Le chef de bande joua les importants en la conduisant par la main jusqu'à l'endroit où était attablé un jeune homme à la large stature et à la mâchoire carrée.

— Hélène, je te présente Liberté. Liberté, voici Hélène.

Liberté était un grand gaillard qui respirait la santé. Une frange de cheveux noirs tombait sur un front large. Son regard insolent et son air résolu dénotaient un caractère hardi. Sans être bien né, il possédait quelques manières car il se leva aussitôt pour s'incliner courtoisement. Lorsqu'il se redressa, ses yeux se posèrent sur Hélène et ne la quittèrent plus, fascinés.

Le soleil avait déjà disparu lorsque Volnay remonta la rue Saint-Honoré. Il trouva le moine chez lui, occupé à enseigner à sa pie quelques nouveaux jurons bien sentis à l'égard de la royauté.

— N'as-tu pas faim ? demanda-t-il à son père. Je n'ai pour ma part rien avalé depuis ce matin.

— C'est la même chose pour moi et j'ai d'ailleurs acheté en venant quelques jolis fromages de chèvre.

Il alla à la cuisine les chercher et les enveloppa d'une fine tranche de poitrine de porc fumé avant de les faire dorer doucement dans une poêle. Bientôt la barde grésilla et le moine retira la poêle du feu. Il coupa de longues tranches de pain sur lesquelles il servit le fromage chaud et fondant entouré de la poitrine de porc grillée et croustillante. Lui et son fils dégustèrent le mets en silence, le regard perdu dans les flammes. Un petit vin rouge au bouquet de violette accompagna le repas, enveloppant leur palais d'une tendre langueur de fruits rouges.

— Mme de Boissie est une écervelée, dit enfin Volnay en repoussant son assiette. Mais je me méfie des jugements hâtifs ou des évidences. Qu'as-tu appris de plus sur elle ?

Le moine ouvrit un petit coffret et se saisit d'une fiche et de ses bésicles pour lire.

— Comme je te l'ai déjà dit, cette dame est veuve depuis trois ans et se contente de deux amants réguliers. Les rapports des inspecteurs de police et de leurs mouches parlent des amants bien avant la mort du mari.

— C'est fort commun dans un monde où l'on marie les jeunes gens contre leur gré. A-t-on attesté que la mort du mari était bien naturelle ?

— Certes, oui et par deux médecins. Le colonel compensait son inactivité par une gloutonnerie sans limites. Un soir où il s'empiffra plus que de raison, il eut une crise. On lui administra de l'émétique pour le faire vomir, ce qui le soulagea momentanément.

Malheureusement, plus tard on le laissa seul. Il fit une autre crise et périt étouffé dans ses propres vomissements !

— Une fin peu glorieuse… Quel âge a sa fille, Marie ?

— Dix-sept ans.

— Et sans doute douze de moins dans sa tête. Qui sont les amants actuels de la mère ?

Le moine consulta ses fiches.

— Tu es aussi indiscret que les mouches ! Voyons voir. Un notaire et un avocat du Parlement, des gens notoirement plus âgés qu'elle.

— Je ne suis pas certain qu'ils soient en mesure de répondre à ses ardeurs, s'amusa Volnay. En tout cas, je ne vois toujours pas de rapport entre la famille de Boissie et la famille Le Franc.

— Certainement pas les bondieuseries, ricana le moine.

Il replongea dans ses fiches.

— Mme Le Franc était fille d'un maître menuisier. Elle a épousé un apprenti de son père, ce qui a permis à celui-ci de reprendre le commerce à la mort de ce dernier.

Il esquissa une grimace sardonique.

— Cet homme a débuté comme un gueux et sa poche sent toujours le hareng ! Aider sa femme à coups de bûche ! Il doit y prendre un certain plaisir, lui l'ancien apprenti du père de sa femme !

Le moine lut encore quelques lignes.

— À part les frasques du fils, je ne note aucun écart de conduite des époux Le Franc et l'atelier connaît un franc succès. Les rapports des inspecteurs de police sont tout à fait élogieux.

D'un ton caustique, il conclut :

— De vrais petits saints !

— Aucune allusion aux fréquentations religieuses de Mme Le Franc ?

— Quelle couenne celle-là ! Non. Soit la police de Sartine est discrète, soit elle est aveugle.

Son fils fit la moue.

— Il s'agit là de trop petits poissons pour le pouvoir royal.

Volnay n'avait pas eu l'occasion de raconter à son père sa visite de la chambre de Podovski. Ou plutôt, il n'avait pas désiré l'en entretenir devant Hélène. Le jeune homme conta donc sa découverte de la chambre saccagée par d'Éon ainsi que l'affaire de la paire de pistolets et du livre dérobés par celui-ci.

— D'Éon nous cache certainement bien des choses, ajouta-t-il. Il était sans doute aux trousses de notre troisième victime depuis la Russie. Arrivé à Paris, il le recherche et, pour cela, se rend d'abord chez Soubarov où il ne le trouve point. Ensuite, il se procure l'adresse de Podovski et s'y rend. Encore une fois, il ne le trouve pas.

— Mais lui dérobe une paire de pistolets et un livre. Peut-être était-ce ce qu'il recherchait après tout ?

Le commissaire aux morts étranges fit la moue.

— Des pistolets, je ne vois pas trop. Un livre en revanche…

Son regard se fit plus vague.

— À quoi penses-tu ? demanda son père.

— L'aubergiste a vu un livre mais des documents bien reliés peuvent de loin y ressembler. Et si Podovski avait en mains des documents d'État confidentiels qu'on aurait reliés ?

— Et qu'il aurait dérobés à l'ambassade de Saint-Pétersbourg ?

Le policier haussa les épaules.

— Là ou ailleurs mais alors ces documents sont suffisamment importants pour que le chevalier d'Éon quitte précipitamment son poste en plein hiver pour tenter de les récupérer.

— Dans ce cas, objecta le moine, pourquoi tuer Podovski une fois les documents récupérés, si ce sont bien des documents de l'ambassade de France, ou volés, s'il s'agit d'autre chose ?

— Podovski en savait peut-être trop…

Il s'ébroua comme pour sortir de ses pensées.

— Autre chose. Ce matin, le chevalier d'Éon a acheté quatre livres chez l'Écureuil en sortant de chez nous !

Il raconta sa visite dans la librairie de la rue Saint-Jacques.

— Décidément, commenta son père, le chevalier d'Éon est un être plus complexe qu'il n'y paraît. Voici des lectures bien surprenantes pour un homme. Surtout dans notre société gynophobe où l'on considère la femme comme un être vicieux et malicieux, impudique et versatile. Pour Aristote, la femme était une erreur de la nature. Quant à sa perfidie, les Pères de l'Église nous en ressassent les oreilles depuis la Bible : Adam tenté par Ève, Samson trahi par Dalila. Rares sont les esprits éclairés comme moi qui traitent le genre féminin en frère… euh… en sœur.

Son fils haussa un sourcil narquois.

— Ou plus encore…

Le moine garda un silence embarrassé.

— Ce n'est pas tout, fit Volnay.

Il déposa la fiole dérobée chez d'Éon.

— J'ai également découvert cela chez lui. Il en remarquera la disparition mais tant pis.

— Diable, pourquoi ne pas m'en avoir parlé lorsque nous étions avec Hélène ?

— J'ai oublié.

Le moine lui jeta un regard incisif.

— Dis plutôt que tu ne souhaitais pas aborder le sujet devant Hélène.

— Ma foi ! Père, une question en retour. Lorsque tu lui as fait goûter la potion, tu connaissais déjà tous les ingrédients de celle-ci ?

Gêné, le moine tenta de se dérober.

— Je n'étais certain de rien.

— Oh que si ! Nul n'est plus savant que toi. Tu voulais laisser penser à Hélène qu'elle te serait utile, n'est-ce pas ?

Le moine ne se donna pas la peine de répondre. D'un geste agacé, il déboucha la fiole et la renifla.

— Le contenu n'est pas aussi déplaisant que les autres.

Il la goûta prudemment.

— Non, rien à voir. Ceci a bien le goût d'un médicament. C'est l'hiver et tout le monde est malade…

— Oui, mais d'Éon a pu acheter celui-ci chez notre apothicaire de la rue Saint-Honoré. Ce qui pose alors une question fascinante : pourquoi tous les gens liés aux meurtres s'y retrouvent-ils ?

— Mon fils, il a pu acheter cette fiole n'importe où. Penses-tu réellement que d'Éon soit l'assassin ?

Le commissaire aux morts étranges prit le temps de la réflexion avant de répondre.

— Son arrivée à Paris aux trousses de Podovski semble le démontrer tout autant que la dissimulation de faits importants à Choiseul, Sartine et à moi.

— Et les deux autres victimes ?

— Il est arrivé à Paris le jour du premier meurtre. C'est un peu court pour décider d'un assassinat aussi ignoble. Et puis, je ne vois pas le chevalier d'Éon égorger et arracher la langue de ces deux malheureux jeunes gens. Mais en revanche, profiter de ces meurtres pour couvrir celui du Russe en adoptant l'autre méthode. Cela, d'autres l'ont déjà fait…

— Je pense que tu tires très vite des conclusions sur le chevalier d'Éon.

— Il a emporté toute la graisse de l'affaire et il nous manipule tous.

Le moine lui jeta un regard aigu.

— C'est étrange, pendant un moment, j'ai cru que tu l'appréciais.

— Il y a quelque chose en lui de touchant, reconnut comme à regret Volnay.

— Tu vas révéler à d'Éon que tu connais ses mensonges ?

— Diable oui, je jette un gardon mais c'est pour prendre un brochet !

Le commissaire aux morts étrange s'était rendu au Châtelet pour une petite conversation avec l'inspecteur Buhot afin de localiser éventuellement le second logis du chevalier d'Éon à Paris. Sa démarche ne fut pas couronnée de succès car, comme l'avait signalé l'inspecteur, nombre de chambres louées n'étaient pas déclarées. À son retour, le moine l'accueillit placidement.

— Les enfants sont là. Je leur ai donné à manger et nous t'attendions.

Il jeta un coup d'œil à Baptiste qui, assis sur le tapis près du feu, s'amusait avec un grand cheval en carton. À côté de lui trônait un cornet de dragées à moitié vide.

— Je leur ai acheté cela pour les récompenser de leurs bons services ! Rends-toi compte qu'ils n'ont jamais eu de jouets de leur vie !

Il se tourna vers eux.
— Eh bien, les enfants, racontez au commissaire ce que vous avez observé chez notre apothicaire.
Séverin se redressa de toute sa taille.
— Monsieur, nous avons vu que les commis de la boutique font leurs ordures dans l'allée ou la cour malgré les défenses qui leur en sont faites. Cela a provoqué une grosse dispute avec une logeuse.
Le moine jeta un bref regard à Volnay qui haussa une épaule indulgente.
— Vous m'en direz tant !
— Elle a même traité l'apothicaire de tous les noms et lui, en retour, l'a traité de gueuse et de fille à soldats !
— Oh ! C'est très incorrect, fit le moine en souriant.
Le garçon se sentit encouragé.
— Alors, elle lui a répondu qu'il ferait mieux de cesser d'empoisonner les gens avec ses remèdes et d'éviter d'avoir commerce avec de mauvaises personnes pendant la nuit dans sa boutique.
Le policier et son père tendirent l'oreille.
— Elle a vraiment dit ça ?
— Oui.
— Et quoi d'autre ?
— Rien, l'apothicaire est devenu tout rouge et est rentré chez lui.
Volnay et le moine échangèrent un regard entendu.
— Attitude suspecte, lâcha le commissaire aux morts étranges.
Il se tourna vers le garçon.
— Tu saurais reconnaître cette femme ?
— Oh, j'ai vu où elle logeait. Ça nous a bien amusés alors nous l'avons suivie en espérant que cela recommence !

Du pan de son manteau, la nuit habillait les cieux de velours. Sous une lune pâle, les deux enquêteurs arrivèrent près de la boutique de l'apothicaire. Celle-ci était intégrée à un immeuble qui jurait avec la physionomie prise par la rue Saint-Honoré depuis quelque temps.

En fin de journée, les commerçants fermaient boutique, les commis et apprentis se couchaient sur les tables pour y passer la nuit dans un confort tout relatif. Dans le hall d'entrée, un tailleur à l'air grave et aux bajoues tremblotantes leur indiqua où demeurait celle qu'ils cherchaient. Dans l'escalier traînaient des odeurs de feux de bois, de fèves et de soupe d'orge. On entendait des bruits de disputes et de paires de claques distribuées pour calmer les enfants.

La femme habitait un logement insalubre au rez-de-chaussée, une seule pièce au sol de terre battue où manger et dormir. Les mains sur les hanches, comme un pot à deux anses, elle les considéra avec une mine circonspecte dans l'entrebâillement de sa porte. La vue d'une pièce eut le don de la dérider. Son sourire au contact du demi-écu dans sa main dévoila une bouche largement édentée et elle s'écarta pour les laisser entrer.

Dans l'âtre, une soupe mijotait, dégageant une vague odeur rance. Chez les plus pauvres, les céréales se consommaient non pas sous forme de pain levé cuit au four mais d'une bouillie épaisse qui tenait au ventre et apaisait la faim. Elle leur dit travailler comme ouvrière en linge et louer cet appartement à son patron. Ses mains étaient gercées au contact de l'eau glacée de l'hiver et son visage avait adopté la couleur de l'argile humide. Volnay la prit en pitié et ajouta encore une pièce avant de l'interroger sur l'apothicaire. Par chance, il s'agissait de son sujet favori.

— Il s'est répandu en propos injurieux à mon égard, tempêta-t-elle, me traitant de putain qui va se faire foutre avec les abbés à tout vent !

Et en disant cela, elle arrosa copieusement de postillons ses interlocuteurs.

— C'est tout à fait excessif, compatit le moine.

— De véroleuse et de macrelle puante !

— J'en suis choqué ! fit le moine pince-sans-rire.

— Attendez, ce n'est pas tout !

Et voici la crème du discours, songea le moine en reculant pour échapper aux postillons dans la technique éprouvée dite de : *écartez la dragée !*

— Un jour, il m'a tirée par les cheveux et menacée de me couper les oreilles et de les mettre dans sa poche ! cria la femme.

Volnay s'interposa.

— Cet homme est donc violent ?

— Certes, on le voit souvent lever la main sur ses commis. En plus, c'est un mauvais apothicaire !

— Pourquoi cela ?

— M. Blay, le rémouleur, s'est mis à se gratter comme un fou après avoir absorbé une de ses potions.

— Un produit urticant sans doute, expliqua le moine.

— Le médecin est venu et lui a prescrit des bains d'herbe et de lait d'ânesse. Vous rendez-vous compte de la dépense ?

— Certes, fit le moine. Plus les ânesses sont rares, plus le lait est cher.

— Le perruquier est venu se plaindre après avoir bu sa potion, il avait la langue bleue. L'apothicaire lui a remboursé deux fois le prix du produit afin qu'il n'en parle à personne.

— Mais il vous en a parlé.

— Bien sûr ! La couleur a mis plusieurs jours à partir.

Après quelques minutes, Volnay et son père quittèrent les lieux. L'heure tardive et le froid avaient contribué à vider la rue. La nuit reprenait ses droits et nulle lumière ne pouvait l'endiguer et la contenir.

— Nous sommes en possession d'un produit dont la composition a mal tourné, commenta le moine. Problème de dosage sans doute.

— Te sens-tu bien? s'inquiéta son fils.

— Très guilleret. Mais j'en ai bu une infime quantité. Il nous faudra demain interroger ce perruquier.

Il s'interrompit car son fils ne lui prêtait plus attention. Son intérêt s'était porté sur deux silhouettes menues qui se glissaient dans la rue. Un éclat de lune les éclaira furtivement. Le commissaire aux morts étranges vit les visages outrageusement fardés, le rouge aux pommettes. Les deux femmes portaient des bas de laine blanche et l'une avait des souliers à talons rouges. Elles les dépassèrent en leur jetant un regard très professionnel.

— Continue, murmura Volnay à son père, et ne te retourne pas.

Ils obliquèrent dans la première rue sur leur droite puis revinrent sur leurs pas. Ils aperçurent les prostituées cogner à la porte de l'apothicaire et entendirent un juron indistinct. La porte s'ouvrit sur l'apothicaire.

— Ne faites donc pas tout ce bruit, chuchota-t-il. Je vous avais recommandé de passer par-derrière!

Il jeta un coup d'œil à droite et à gauche avant de les faire entrer. La porte se referma doucement et on entendit le verrou claquer.

— Une fois le soleil couché, les conduites sociales changent très rapidement, constata Volnay imperturbable.

Le moine se tourna vers son fils.

— Deux d'un coup ! Diable, la recette de cet homme doit être des plus efficaces. J'aimerais bien la tester !

— Pourquoi ?

— Curiosité intellectuelle, mon fils. Curiosité intellectuelle !

Le commissaire aux morts étranges eut un rictus sévère.

— En toute occasion, l'homme reste un animal !

— Mais la spécificité de sa nature est de dépasser sa nature !

Plus saisi par le froid que par la remarque de son père, le policier battit du pied pour se réchauffer.

— J'aimerais bien savoir ce qui se trame dans cette échoppe, murmura-t-il.

Le moine sourit malicieusement.

— Oh, j'en ai bien quelque idée. Cul pommelé et femme fardée ne sont pas de longue durée ! Notre apothicaire doit leur faire compter les solives du toit !

Un sourire froid éclaira un bref instant le visage du commissaire aux morts étranges.

— Moi, j'aimerais bien savoir si elles vont ressortir de là avec la langue bleue !

— Mon fils, le remède a pour objectif de donner à l'homme une virilité triomphante, je ne pense pas qu'il soit à destination féminine.

— Sauf si l'homme teste ses produits sur ces femmes ! C'est ce que nous allons vérifier.

— J'espère que cela ne va pas durer des heures, soupira le moine. Il fait si froid…

— Pense au soleil, cela te réchauffera !

— Oui, fils, tu as raison. Le soleil de l'Espagne. J'y ai adoré les femmes, les jambons au poivre de Xèrica et les raisins secs de Málaga ! Pourquoi n'irions-nous pas vivre sous ce soleil enchanteur ?

— Père, c'est ici que l'on a besoin de nous.

— Ici, il fait froid ou il pleut, rétorqua le moine excédé. On ne peut émettre une idée sans risquer la Bastille. Les classes laborieuses, qui font toute la richesse de ce pays, sont regardées comme moins que rien alors qu'à la cour on dépense l'argent à la folie. On ne considère que les courtisans, ces useurs de parquet, dont le seul mérite est d'être né et dont la vie se passe à lécher les fesses des grands et recevoir des pensions ! Enfin, le pire de tous est le roi, faible et imbécile, dont le seul souci est de chasser le cerf ou forcer des gamines. Il a regardé tant de fois, les mains dans les poches, son peuple mourir de faim pendant que, dans les campagnes, ses gens disputaient leur nourriture aux bêtes domestiques et, dans les villes, aux rats !

Volnay regarda autour de lui d'un air inquiet. Il avait appris à craindre l'ouïe des mouches au cœur même de l'obscurité et rien ne l'inquiétait plus que le silence de la nuit. Par moments, la police de Sartine lui apparaissait comme une seule et gigantesque oreille, épiant chaque habitant de Paris au cœur même de son intimité.

— Ta langue trop bien déliée t'amènera une fois de plus au bûcher, chuchota-t-il. Le temps d'agir arrivera bien assez tôt sans le compromettre en de vains bavardages.

Le moine frissonna. Par moments, il sentait son fils plus tenté par la violence physique que par sa propre violence verbale ou celle de ses écrits passés. Il en mesurait les dangers mieux que quiconque, ayant déjà sacrifié à ses idées une partie de ses jours. Aussi n'ajouta-t-il rien. D'un air morne, il s'appliqua à taper du pied le pavé afin de se réchauffer.

La moitié d'une heure passa. Le moine battait toujours du pied, composant dans son esprit des équations à résoudre pour passer le temps. Silencieux et immobile, Volnay observait la rue, les narines frémissantes, et nul n'aurait parié un écu sur le contenu de ses pensées. Soudain, il saisit le bras de son père.

— Les voici.

Les deux prostituées remontaient la rue en riant. La première, au teint mat et au regard sombre, arrivait à peine à l'épaule de l'autre. La seconde était d'une beauté stupéfiante, voire poignante si l'on considérait sa situation sociale. La nature avait doté son visage des traits les plus fins et réguliers qu'il soit mais la vie avait glacé toute expression dans ses yeux. En voyant les deux hommes débouler de l'ombre, les femmes pressèrent instinctivement le pas mais Volnay les arrêta.

— Mesdames, vous n'avez rien à craindre.

Il montra quelques pièces au creux de sa paume.

— Deux minutes de votre temps.

La plus petite le considéra d'un air niais. Ses deux grands yeux noirs semblaient arborer une expression continuellement étonnée.

— Deux minutes, c'est peu pour arriver à un résultat !

L'autre pouffa de rire.

— Ça marche pour certains !

Le moine étouffa un sourire.

— Pouvez-vous tirer la langue, je vous prie ? demanda Volnay avec le plus grand sérieux.

Elles le considérèrent comme un dément mais obtempérèrent à la vue des pièces scintillant dans sa main.

— Vous n'avez pas la langue bleue ! s'exclama le policier.

— Pas que je sache, fit froidement la grande.

— Et l'apothicaire ?

— Non plus.

— Il vous a fait boire des potions ?

— Non plus.

Volnay s'impatienta.

— Alors diable, qu'avez-vous fait avec lui ?

La plus grande eut un franc sourire qui illumina tout son visage sans atteindre ses yeux.

— Il nous a baisées en long et en large, dans tous les sens et avec la plus grande vigueur !

Le moine éclata de rire. Son fils baissa la tête et préleva de nouvelles pièces à sa bourse.

— Mesdames, rentrez chez vous et oubliez tout de ces questions. Vous êtes sorties de chez cet apothicaire et n'avez rencontré personne jusqu'à votre demeure à part quelques clients.

— Et pouvons-nous avoir l'honneur de vous compter parmi eux ? demanda ingénument la plus petite.

— Nous ne pouvons pas vous le promettre, répondit très sérieusement le moine. Nous sommes très demandés en ce moment !

Liberté était grand, bien bâti et son hygiène était parfaite. À la surprise de la jeune femme, il se montra un amant aussi vigoureux qu'attentionné. Dans l'ensemble, Hélène passa donc un moment agréable. Au moment approprié, elle engagea la conversation sur la fête des Fous mais Liberté resta des plus laconiques sur le sujet.

Plus tard, Hélène caressa le bras de Liberté. Celui-ci s'était endormi comme un enfant une fois l'amour accompli. Elle se leva doucement et fit le tour de la chambre garnie louée par le jeune homme. Un coffre en bois contenait des vêtements. Dans une petite armoire, elle découvrit d'autres vêtements, un livre, un jeu de cartes et un tapis de pharaon. Elle avait déjà remarqué que Liberté était un joueur car il portait un bracelet en peau d'anguille au poignet gauche pour se porter chance. Elle ne trouva dissimulés ni colle, ni pinceau, ni affiche mais un grand couteau à la lame effilée.

C'est avec ça que tu égorges les gens ?

Le carrosse les attendait rue de la Porte-de-l'Arbalète, devant le passage pavé, bordé de bornes chasse-roues. D'un geste ample, entre la génuflexion et le bonjour, Gaston salua Volnay et le moine en les appelant "vos monseigneurs". Les deux hommes jetèrent au carrosse un muet regard d'interrogation. La mouche concentra son regard sur le commissaire aux morts étranges.

— Il vous attend, dit-il inutilement.

Volnay monta dans la voiture. Le moine allait le suivre lorsqu'une main le retint.

— Pas vous, dit Gaston avec un sourire d'excuse.

Le moine dégagea brutalement son bras et se fendit d'un soupir offensé qui en disait long sur l'indignité infligée. La portière claqua. À l'intérieur, Volnay plissa les yeux pour accommoder sa vision à la pénombre. Sartine, bien sûr…

— Avez-vous du nouveau ? demanda sèchement le lieutenant général de police.

— J'ai plusieurs pistes. Pourquoi ne laissez-vous pas monter mon père ?

Sartine eut un gémissement irrité.

— C'est vous mon commissaire aux morts étranges, pas lui ! Reprenons !

— Vous pourriez lui manifester plus de respect !

— J'ai pour lui l'estime appropriée, je vous assure, répondit froidement Sartine.

Malgré sa colère, Volnay se tut. Il savait que la rivalité entre Sartine et son père ne datait pas d'hier.

— Pour notre première victime, le jeune étudiant en médecine, nous nous sommes intéressés à la famille de Boissie car la victime courtisait la jeune fille, un peu simplette, de la maison. Je vous accorde toutefois que le motif est bien léger et je ne vois pas bien Mme de Boissie payer un tueur à gages pour si peu.

Le lieutenant général de police eut un geste excédé.

— Passons alors !

— Pour la seconde victime, Scipion Le Franc, la situation est plus complexe. Comme vous le savez, sa mère appartient aux convulsionnaires et, avec son mari, a demandé l'enfermement de son fils. Elle est sans doute conseillée par le père Cottu, une figure emblématique du mouvement des appelants et des convulsionnaires. Vous savez qu'à l'approche de la fête des Fous, le mouvement semble sortir de sa discrétion habituelle.

— Certes ! Le cimetière de Saint-Médard est à nouveau le point de ralliement de tous les illuminés de la ville. La police a fait rompre la planche du portrait de notre bon M. Pâris chez un graveur !

Volnay nota la remarque de son supérieur, signe de son inquiétude, avant de reprendre posément :

— Ne dédaignons pas pour autant le bourru M. Le Franc, qui assène des coups de bûche à sa femme, ou le diacre qui suit aveuglément Cottu.

Il marqua une pause mais Sartine était tout ouïe et manifestait des signes d'impatience.

— Quant à la troisième victime, dit Volnay, Podovski étant porteur d'une lettre provenant sans doute de Russie, qui suspecter sinon…

— D'Éon !

— Le chevalier d'Éon, peut-être. Et je dirais, faute de mieux. Il est arrivé à Paris à temps pour commettre les trois meurtres mais de là à commencer aussitôt une sanglante équipée dans les rues de Paris…

— Ou la poursuivre, objecta Sartine. Vous et moi avons déjà connu une affaire où un second meurtrier imite les manières d'un premier crime dont il est complètement innocent.

— Cela ne m'a pas échappé. J'ai appris que le chevalier d'Éon a fouillé la chambre de Podovski, la troisième victime. A-t-il eu accès au sixième bureau ou bien le suivait-il de près ?

— Pas à ma connaissance, maugréa son supérieur, mais vous savez bien que tout homme est corruptible. Et comme le sixième bureau est autant sous la tutelle des Affaires étrangères que de moi, d'Éon a pu se débrouiller pour y accéder.

— Sans que vous en soyez informé ?

La mine de Sartine s'allongea.

— Oui.

Il releva la tête.

— Et s'il avait eu l'intention de l'assassiner, il ne se serait pas adressé à moi. Voici un argument de plus contre lui.

— De là à tuer de sang-froid…

Le lieutenant général de police eut une moue dubitative.

— Peut-être n'était-ce pas sa première intention. Il aurait voulu récupérer quelque chose. Vous savez comme moi qu'il y a eu bagarre. Après cela, il lui aurait été facile de camoufler son meurtre sous la signature d'un autre.

Volnay réprima une grimace car c'était exactement ce qu'il avait pensé. S'il avouait maintenant à Sartine savoir que d'Éon avait rencontré Soubarov avant le meurtre de Podovski, la situation du secrétaire d'ambassade risquait d'empirer. Relevant la tête, il s'aperçut que son supérieur ne le quittait pas des yeux.

— Ne vous laissez pas gagner par la sympathie, lui conseilla celui-ci. L'homme est agréable mais fantasque et d'un grand orgueil. Personne ne sait vraiment ce dont il saurait être capable…

— J'apprécie la sagesse de vos conseils, dit Volnay d'une voix mesurée.

— Mais je les ignorerai, compléta Sartine. Je vous connais ! Vous n'avez donc aucun lien entre ces trois meurtres ?

— Jusqu'à hier, non.

— Ne me faites pas languir !

— Mon père, que vous faites patienter dehors, dans le froid, a découvert ce lien. Vous pourrez l'en remercier par vous-même !

Et le commissaire aux morts étranges raconta à Sartine l'affaire des trois fioles.

— Ainsi nos trois victimes, Mme de Boissie et le diacre qui accompagne le père Cottu sont clients de notre apothicaire !

Il faillit ajouter : "et peut-être le chevalier d'Éon" mais se tut. Le lieutenant général de police hocha la tête d'un air approbateur.

— Votre père a donc encore deux sous de bon sens. Je le croyais dépourvu de cervelle comme de sagesse mais il semble subsister quelques restes de ce brillant esprit.

— Cela dit, nous devons rester prudents…

— Pour une fois, le coupa Sartine, je suis d'accord avec le moine. Les coïncidences n'existent pas en matière criminelle. Qu'attendez-vous pour arrêter cet apothicaire ?

— Une surveillance discrète me paraît plus appropriée dans un premier temps avant de le mettre à la question.

— Vous finassez trop ! Demain matin, à la première heure, venez chercher une patrouille du guet au Châtelet. Elle vous accompagnera. Vous ferez fouiller toute la boutique et me ramènerez ce suspect. Nous trouverons bien à le faire parler !

Il se frotta le menton, là où sa barbe naissante semblait l'irriter.

— Dans toute affaire liée à l'utilisation de poisons ou à l'exercice de la chimie, la présence d'une personne des Sciences est requise. Notre suspect étant apothicaire, je vous recommande d'être accompagnés par un inspecteur de pharmacie de l'Hôtel-Dieu ou d'un membre de l'Académie des sciences.

— Mon père vaut bien l'un ou l'autre, remarqua Volnay.

— Si vous en jugez ainsi ! répondit Sartine d'un ton excédé.

Il le congédia d'un geste et le jeune homme, habitué à ses manières brutales, descendit de voiture. Le fouet claqua. La voix brisée du cocher héla les chevaux.

— Eh ! Attendez-moi !

La mouche se mit à courir et bondit maladroitement pour s'accrocher derrière la voiture.

— Ce pauvre Gaston, ricana le moine, on l'emploie plus aujourd'hui à jouer le larbin que les mouches !

— Que t'a-t-il raconté ?

Le moine lui jeta un regard surpris.

— Comment sais-tu que je l'ai fait parler ?

— Parce qu'au lieu d'avoir l'air indigné d'attendre au-dehors, tu es tout réjoui.

Le moine se renfrogna.

— Toujours aussi observateur, toi ! Notre ami Gaston la mouche m'a appris que nous avons les espions de Choiseul aux trousses depuis ta visite au ministre. Une voiture a suivi la tienne et deux mouches de Choiseul sont à tes basques.

Il jeta un regard discret autour de lui.

— Probablement ont-ils noté ton entrevue avec Sartine quoique, très prudemment, celui-ci est sorti dans une voiture qui ne portait pas ses armoiries.

— Rentrons alors, dit Volnay en lui prenant le coude. Au fait, je suis désolé que Sartine ne t'ait pas laissé monter dans sa voiture.

— Quand il pète à hue et à dia, ce n'est pas un mal !

À l'intérieur, ils furent accueillis par la pie que Volnay sortit de sa cage tandis que son père ravivait le feu. Bientôt la bûche crépita dans l'âtre et la fatigue laissa place à une douce torpeur. Les nerfs se relâchèrent, les langues se délièrent. Le commissaire aux morts étranges raconta à son père son entrevue avec le lieutenant général de police.

— Pourquoi lui as-tu parlé de nos soupçons envers l'apothicaire ? s'étonna le moine. Cette tête de bouc de Sartine va nous gâcher toute l'affaire…

— J'ai parlé à Sartine, expliqua patiemment son fils, parce que c'est notre supérieur et qu'il aurait très bien pu mettre quelques mouches sur nos talons. Pourquoi crois-tu qu'il nous attende dans son carrosse par ce froid devant chez moi ?

— Ils sont bien pressés, Sartine et Choiseul.

— Pourquoi ont-ils si peur ? se demanda Volnay à voix haute.

Le moine eut un sourire sombre.

— Parce qu'on est en train de s'en prendre au roi.

— Comment cela ?

— La fête des Fous veut rappeler la présence écrasante du peuple. De leur côté, les convulsionnaires veulent par leur acte prouver la présence divine. Les uns comme les autres s'en prennent ce faisant au roi car celui-ci n'est ni le peuple, ni Dieu.

Le moine avait dit à son fils qu'il rentrait se coucher mais ce n'était que mensonge. Lorsqu'il s'endormait, le chagrin réussissait à s'infiltrer même sous ses paupières. La journée, il sentait le vide prêt à s'installer en lui et s'étirer jusqu'à emplir la moindre parcelle de son être. D'habitude, les gens donnaient à ce grand vide le nom de solitude, voire d'humeur noire. Le soir, la chaleur des cabarets le remplissait un temps d'espoirs vains avant de le recracher au matin exsangue et désespéré. Cette fois, la nuit l'avait happé dans ses beaux habits et une épée pendait fièrement à ses côtés. D'un coup, plus jeune de vingt ans, il sentait son sang frémir dans ses veines. Il marcha sans peur jusque chez Hélène mais ne l'y trouva point.

D'un pas moins décidé, il reprit son chemin à travers les rues sombres et ne s'arrêta que lorsqu'un vent glacé le saisit sur le quai de la Mégisserie. Une brume légère flottait au-dessus de la rue, brouillant la vue et estompant les enseignes des boutiques ou échoppes. Le moine laissa son regard errer sur les groupes joyeux. Cette gaieté lui semblait tout à coup déplacée. Il connaissait tout de la nuit, ses failles comme ses possibles. Il imagina Hélène perdue dans les bras d'un autre homme, dans un lit ou au gré des cabarets. Le chagrin le secoua alors tout entier.

Tout ceci vaut-il la peine de se foutre l'âme à l'envers ?

Lui dont le bonheur tenait dans le mouvement se sentait tout à coup incapable d'avancer ou de reculer. Immobile, pétrifié comme une moule sur son rocher. Des pensées violentes et chaotiques le secouaient. Il cligna des yeux. D'un pas lourd, il se dirigea vers la voûte éclairée par des lanternes à huile. Les gens qu'il croisait portaient sur leur visage leur misère ou des masques de carnaval. À mesure qu'il s'approchait des cabarets, le monde se remplissait de bruits et de lumières.

Il poussa la porte de L'Oignon. La fumée emplissait la salle, noyant les poutres d'un nuage odorant. Cela sentait la sueur, le vin vert et la pipe de bruyère. Le moine avait envie de s'abrutir de bière et de liqueur de genièvre. Il voulut s'installer seul mais dut se résigner à rejoindre la bruyante tablée et sa petite bande habituelle. Bastienne commença à l'entreprendre mais Margot la chassa.

— Bastienne fait sa chicorée, fit-elle avec humeur. Elle se donne des airs mais elle tient plus de la truie que de la grande dame !

Les lèvres du moine s'agitèrent en un semblant de sourire. Il but sans prêter attention aux propos décousus de la jeune fille mais tendit l'oreille lorsque le son du violon envahit la pièce. On se mit à danser la gigue, la gaillarde ou la courante. Le moine apprécia le pas de cinq ou les aiguillettes et remarqua l'excellente configuration de la jambe des danseuses. Le calme retomba avant que le violoniste entame une lancinante et répétitive mélodie. Aussitôt, des exclamations fusèrent.

— En piste pour le tour de salle !

Maguelone, la patronne, battit des mains, suivie des convives attablés. Certains se levèrent pour former une file. On entraîna le moine malgré lui. À son tour, il posa ses mains sur les épaules de Bastienne et sentit plus qu'il ne vit celles de Margot se poser sur les siennes. Lourdement mais joyeusement, la colonne s'ébranla.

— En avant, en avant !

Ils se mirent à chanter et se trémousser tout en mettant un pas devant l'autre. La colonne s'étira, menaça de se rompre mais maintint sa cohésion tout en faisant le tour de L'Oignon, happant au passage des convives qui vinrent la renforcer.

Stoïque, le moine laissa Margot le pousser en avant. Lorsqu'il estima que sa dignité avait assez souffert de ce tour de salle et qu'il se trouverait bien un ou deux abrutis pour en dire du mal, il retourna s'asseoir à sa table et Maguelone s'empressa de le servir.

Peu à peu, toute la bande essoufflée regagna sa place et le violon se mit à jouer en sourdine un air triste qui arracha des larmes aux filles. Cela mit hors de lui un jeune homme, parcheminier de son état, qui se mit à chanter !

— *"Foutez tout, mais souffrez aussi*
Si vous foutez dans l'autre monde
Que nous foutions dans celui-ci !"

Le moine haussa les sourcils et jeta au chanteur un coup d'œil intéressé. Il était toujours risqué de chanter en public cet extrait du *Bordel des Muses* de Claude Le Petit, brûlé vif à vingt-trois ans en 1667 pour blasphèmes et impiétés.

Ne voulant être en reste, Lafantaisie se leva et entonna :

— *"J'ai dans le con de ma voisine*
Chambre, antichambre et cuisine."

Bastienne releva le défi :

— *"Il n'est point d'autre honneur que de foutre très bien*
Car sans ce doux plaisir la vertu ne vaut rien."

Après cela, elle réclama à boire. Un garçon but dans sa chope et la chercha ensuite des lèvres pour la désaltérer à son tour. On réclama le moine mais celui-ci dit simplement.

— *“La musique est la pâture de l’amour. Jouez encore, donnez-m’en jusqu’à l’excès.”*

Un tonnerre d’applaudissements vint saluer cette belle envolée. Le moine salua avec simplicité et humilité puis se tourna vers le tailleur de pierre.

— Dis-moi, ô frère en jubilation. N’as-tu pas aperçu une belle jeune femme aux longs cheveux fins, bruns aux reflets roux. Elle a d’immenses yeux verts mouchetés de doré et ne peut manquer de laisser une forte impression à quiconque croise son chemin…

Lafantaisie ricana.

— Tu en parles comme si tu en étais amoureux ! Difficile de ne pas la remarquer. Malheureusement, pour toi comme pour moi, la jeune femme est partie avec Liberté. Mais il te reste Margot pour te consoler car elle s’est encapuchonnée de toi !

Il ricana.

— Nul doute qu’elle ne soit encline à porter son choix sur ta brillante personne pourvu que tu te déclares car, permets-moi de te le dire, tu parles plus que tu n’agis !

Le moine ne répondit pas. En s’éloignant, Lafantaisie marmonna d’un ton envieux :

— Sacré Liberté !

Ces derniers mots parurent blesser le moine à mort. Seule, Maguelone le remarqua et s’en inquiéta. Le moine baissa la tête.

— Dire que c’est moi qui l’ai poussée dans ses bras, murmura-t-il.

Volnay faisait les cent pas, les mains dans le dos. Le feu crépitait dans la cheminée. Sur la table se dressaient des assiettes de porcelaine, des couverts en argent et des verres de cristal. Et il se retrouvait seul avec sa pie qui observait son agitation avec des commentaires ironiques.

— Mais bon sang où est-elle ? ne cessait de répéter le jeune homme.

— Bon sang, bon sang, répéta la pie.

— Dois-je aller la chercher ? Mais si je le fais, nous risquons de nous croiser et de ne pas nous trouver !

Son inquiétude allait croissant. Dans les rues, ce soir, la foule laissait entrevoir une insolite et ludique envie de jouer et danser. Lui-même avait été pris à partie à plusieurs reprises, la première fois par de jeunes gens saouls, la seconde fois, de manière plus agréable, par de jeunes filles effrontées qui voulaient lui voler un baiser. Volnay confia ses soucis à sa pie.

— J'espère qu'on ne l'importune pas dans la rue ! Je devrais aller à sa rencontre mais si entre-temps elle arrive et ne trouve personne ?

Il en était là de ces réflexions très pertinentes lorsque l'on frappa à la porte. Soulagé, Volnay se précipita, le cœur léger.

— Ah vous enfin, je vous attendais ! s'écria-t-il.

L'écharpe de leur haleine glacée s'enroula autour d'eux et leurs lèvres se frôlèrent brièvement. L'Écureuil entra avec une moue amusée.

— Vous dites m'attendre mais sachez que je suis venue il y a deux heures puis il y a une heure !

Et elle ne parla ni de son inquiétude ni de son malaise lorsqu'elle avait croisé des jeunes gens aux yeux trop brillants derrière leurs loups de velours. Ceux-ci auraient bien voulu la prendre dans leurs bras et la faire boire pour ensuite lisser leur corps sur le sien. Déjà leurs mains s'insinuaient sous ses jupons avant qu'elle ne s'arrache à leur étreinte et ne se sauve en courant. Elle n'en parlerait pas. Une voix emplie de sagesse lui disait qu'il était inutile de nourrir la colère de son amoureux.

— Oh, je suis navré, s'exclama Volnay consterné. Je ne pensais pas que toute cette affaire me retarderait autant...

Il la dépouilla de son manteau et recula d'un pas pour l'étudier. Elle portait une haute paire de bottines et cette jolie robe de velours rouge qu'il lui avait offerte mais qu'elle ne mettait jamais, la jugeant trop belle pour elle. Baissant les yeux, il imagina ses petits pieds meurtris et martyrisés par les talons. De son côté, l'Écureuil balaya la pièce du regard, admirant la vaisselle en faïence qui recouvrait la nappe blanche.

— Qu'est-ce que ceci ? demanda-t-elle en pointant son doigt vers un coin de la table.

— La saucière, le moutardier, l'huilier, le vinaigrier, le beurrier, le sucrier, le pot à épices...

— Et pourquoi toutes ces cuillères ?

— Mon Dieu, ce sont des cuillères à sel, à moutarde, à ragoût, à condiments, à sucre...

Étouffant un soupir, la jeune fille avoua :

— Je ne savais même pas que tout ceci existait !

Elle battit soudain des mains pour exprimer enfin son ravissement.

— C'est magnifique !

— Dame, répondit en riant le jeune homme, je voulais vous impressionner !

Elle rit à son tour et la glace fut rompue. Tout à coup, elle fut dans ses bras, légère comme une plume.

— Je vous plais ?

Elle avait fait des efforts de toilette et attendait en retour un compliment. Il recula d'un pas pour la contempler de nouveau.

— Vous êtes…

— Ravissante ?

— Le mot est faible, merveilleuse conviendrait mieux.

Elle lui répondit le plus gracieusement du monde par une charmante révérence.

— Chevalier, j'accepte le compliment même s'il est tardif !

Volnay sourit et s'appliqua, par jeu, à lui rendre son salut.

— Mademoiselle est trop bonne !

Un coup de pied sourd heurta la porte, les faisant sursauter.

— Monsieur, cria quelqu'un au-dehors. J'ai les mains bien pleines ! Pouvez-vous m'ouvrir ? Je suis déjà passé il y a une heure mais je n'ai trouvé personne ! Je voudrais bien aller me coucher !

Le policier soupira et alla ouvrir. Le commis du traiteur entra en frissonnant et, guidé par Volnay, entreprit de poser sur la table toutes sortes de mets en les énumérant d'un ton théâtral.

— Pour le plus grand plaisir de mademoiselle et de monsieur le chevalier, voici un plat de truites avec quelques écrevisses pêchées la veille. Un potage de purée de blanc de poularde, des légumes au jus, de la crème double. Pour le dessert, vos palais se délecteront de gâteaux de violettes, et de biscuits de jasmin ainsi que de ce magnifique entremet de crème de pistache veloutée avec quelques châtaignes pilées.

Son discours s'adressait en priorité à l'Écureuil dont il avait remarqué d'emblée le pied mignon, le joli sourire et l'air mutin. Dressé sur ses ergots, on aurait dit un jeune coq au milieu de la basse-cour. D'ailleurs, ses cheveux formaient sur son crâne une crête bien droite. Le commis reprit sa respiration, le temps de déboucher une bouteille couverte d'une fine poussière.

— Vous boirez un tokay du comté de Zemplin, vendangé sur les coteaux de Hegy-Allya. Le pape lui-même l'a nommé divin nectar. Or, comme vous le savez, le pape est infaillible dans ses jugements.

Il se cassa en deux pour s'incliner devant l'Écureuil et conclure :

— Mon maître vous souhaite un bon appétit. Je reviendrai demain chercher les restes !

— Ce n'est pas la peine, fit sèchement Volnay. Je m'occuperai de vous les rapporter.

Il n'aimait pas qu'on regarde effrontément sa compagne. Ravalant son agacement, il raccompagna l'homme à la porte et revint à pas lents vers la table.

— Vous avez fait des folies pour moi, dit l'Écureuil d'un air extasié.

Jamais elle n'avait osé imaginer un tel souper, qui plus est avec l'homme qu'elle aimait. Par moments, la crainte de rêver l'étreignait mais à chaque réveil, Volnay était là, prévenant et attentionné. La première fois qu'il l'avait sortie, c'était pour l'amener au Théâtre-Français, rue des Fossés-Saint-Germain. Pour l'occasion, il avait loué pour elle une tenue de soirée. L'Écureuil éblouie avait découvert une salle ornée de boiseries vert et or, éclairée par une profusion de lustres en verre. Ils se trouvaient debout au parterre avec le public. La pièce se terminait par un divertissement chanté et dansé. Sa mémoire en gardait encore un souvenir ébloui. Son sourire toutefois s'évanouit progressivement lorsqu'elle vit le regard du commissaire aux morts étranges fixé sur deux rouleaux de papier.

— Qu'est-ce ?

— Les rapports sur le père Cottu et le diacre, murmura Volnay dépité. Sartine me les a remis en milieu de journée et je n'ai même pas eu le temps de les lire…

— Cela peut sans doute attendre, hasarda-t-elle, les larmes au bord des yeux.

Alerté, le jeune homme releva vivement la tête.

— Certes, oui ! Certes, oui !

Il tapa dans ses mains et regarda les victuailles.

— Eh bien, murmura-t-il, je pense que nous pouvons passer à table.

L'Écureuil jeta un regard amusé au jeune homme qui montrait des signes manifestes de fébrilité. Jouant le jeu, elle s'immobilisa à côté de sa chaise, attendant qu'on l'écarte pour qu'elle s'asseye. Volnay se précipita.

— Pardonnez-moi…

Elle aimait bien ces moments où il devenait gauche parce qu'alors il était moins intimidant qu'en commissaire aux morts étranges au regard acéré et au jugement tranché. Volnay se figea.

— Suis-je si maladroit ?

Elle eut un rire perlé.

— Au contraire, j'aime bien quand vous devenez attentionné. Vous êtes tellement hors du temps lorsque vous menez une enquête.

Il s'assit à son tour et la couva du regard.

— Vraiment ?

L'Écureuil posa gracieusement les coudes sur la table et son petit menton pointu au creux de ses mains.

— Disons que les choses qui vous préoccupent alors laissent généralement les autres gens parfaitement indifférents !

Il fit mine de s'en attrister. L'Écureuil couvrit sa main de la sienne et dit avec élan :

— Servez-moi donc de ce vin qui plaît tant au pape !

Souriant, Volnay emplit leurs deux verres qu'ils firent s'entrechoquer.

— À vous…

— À nous, rectifia-t-elle timidement.

Ils burent en silence sans se quitter des yeux.

— Je ne reconnais plus de raison lorsqu'il faut m'éloigner de vous, dit Volnay en reposant son verre.

Il perçut un éclat inaccoutumé dans son regard.

— Prouvez-le-moi, dit-elle.

Il s'agita nerveusement, pensant qu'elle parlait d'habiter chez lui et, de fait, c'était exactement le cœur de ses pensées.

— Vous savez, dit-il d'un ton qui se voulait léger, je ne suis pas quotidiennement d'agréable compagnie.

La main de sa compagne serra plus fort la sienne.

— Vous êtes sombre et distant pour que l'on ne vous importune pas mais aussi parce que vous ne vous sentez pas à votre place dans ce monde.

— Pourquoi ?

— Parce que vous êtes tiraillé entre vos aspirations personnelles et les contraintes de votre état de policier du roi. Le moine, lui, semble à l'aise partout mais il n'en pense pas moins. Il a adopté un regard ironique sur ce qui l'entoure mais je le soupçonne d'être aussi désabusé que vous. Lui n'a pas tendance comme vous à exiger des autres plus que ce qu'ils ont l'habitude de donner…

Volnay contempla songeusement l'Écureuil. L'état dans lequel il l'avait trouvée détonnait tant avec sa personnalité et le regard aigu qu'elle portait à seize ans sur les êtres.

— Vous êtes si belle et si intelligente, soupira-t-il.

Elle rosit de plaisir et, pour ne pas la laisser dans l'embarras, il lui montra comment déguster les écrevisses. Il se souvint de sa rencontre avec Casanova lorsque celui-ci lui raconta que, la veille de sa naissance, sa mère eut une forte envie d'écrevisses. La jeune fille rit lorsqu'il raconta l'anecdote.

— Ce Casanova m'aurait plu, lâcha-t-elle sans malice.

— Je ne pense pas ! répondit très vite Volnay.

Avec dextérité, il entreprit de découper les truites, s'appliquant à ce qu'aucune arête ne puisse se planter dans la gorge si délicate de l'Écureuil. La jeune fille ne le quittait plus des yeux.

— Resservez-moi du vin, dit-elle, il donne envie d'aimer.

D'une main un peu tremblante, Volnay s'exécuta.

— Parlerons-nous une bonne fois du sujet qui nous fâche ? demanda-t-elle en reposant son verre.

Elle avait parlé en femme avec une assurance et une intensité palpables.

— Rien ne nous fâche, affirma le jeune homme.

— Oh, si, mon passé. Mon amant m'a flétrie. Il m'a déshonorée puis il m'a offerte à ses amis. Ils m'ont baisée à la bouche, fait chanter des sornettes avant de m'attacher avec des cordes et de me prendre. Même pendant mon sommeil, je les sentais encore en moi, s'activant, la bave aux lèvres. Certains, pris de boisson, vomissaient sur ma poitrine.

Un frisson ébranla tout son corps. Volnay serra les dents. Toute raison fuyait son esprit. Il aurait voulu tuer les tourmenteurs de sa bien-aimée.

— Plus tard, continua l'Écureuil, je me suis enfuie. Comme je vous l'ai raconté, je me proposais aux commerçants contre de la nourriture, aux joueurs dans les tavernes contre de l'argent. Vous m'avez sauvée de tout cela mais parfois encore, la nuit venue, je rêve que je suis une putain et que, du seuil de ma porte, j'appelle les passants…

— Je t'ai prise comme tu étais, dit-il en la tutoyant brusquement. Et ce que tu as été m'est bien égal. Je ne peux rien changer au passé mais je peux t'aider à bâtir ton avenir.

— Je veux seulement que tu m'aimes, répondit-elle d'une toute petite voix.

III

LE JOUR DE LA SAINT-JEAN

Hélas, je ne sais ce que j'ai fait à Dieu qui ne m'a pas donné un cœur de femme.

LE CHEVALIER D'ÉON

I

Je n'ai pas de fortune mais des mœurs et une réputation. Mon bonheur tient tout entier dans ce que je suis.

LE CHEVALIER D'ÉON

Les joues en feu, elle lui avait rendu son baiser. Enlacés, ils avaient traversé la pièce, tournoyant dans la chambre, marquant un temps d'hésitation avant que le lit ne grince sous leur poids. Il craignait qu'elle ne montre trop d'expérience alors qu'elle n'était que pudeur.

Maintenant, elle dormait près de lui et sa respiration était si faible qu'il lui fallait coller son oreille à ses lèvres pour l'entendre. Une fois de plus, son regard s'attarda sur chaque trait de son visage, terminant par les taches de rousseur à l'assaut de l'arête de son nez. Elle paraissait légère comme un rêve mais bien présente puisque le soleil allumait le feu dans sa chevelure.

Avec un soupir résigné, il s'arracha à sa contemplation et sortit doucement de la chambre.

Le moine sursauta en entendant les gonds grincer.

— Nom de Dieu !

Quelques instants plus tard, Volnay poussa doucement la porte de la chambre de son père.

— Dors-tu encore ?

— Tu ne vois donc pas que je suis en train de rêver que je me trouve au pays des *Mille et Une Nuits* avec Schéhérazade à mon chevet ?

Assis sur son lit en désordre, mollement adossé à deux coussins, le moine portait une robe de chambre en soie de Perse et contemplait songeusement la fenêtre.

— Tu ne comptes pas te lever ? demanda son fils.

— Non.

Volnay s'assit sur le bord du lit de son père.

— Que se passe-t-il ?

— J'ai décidé de me retirer du monde. Celui-ci ne me vaut pas !

— Allons, habille-toi, nous avons suffisamment tardé.

— Tu écoutes mais tu n'entends pas, mon fils. Je n'ai plus aucune envie de servir ce monde indigne de moi ! Je vais revêtir la bure pour de vrai et m'abrutir de solitude. Mais pas dans une abbaye, je ne supporterai pas de présence, même silencieuse, à mes côtés.

— Dépêche-toi, s'impatienta son fils, nous sommes le jour de la Saint-Jean. Demain, ce sont les Saints-Innocents !

— La fête des Fous ? Demain ? Déjà ! Attends-moi, j'arrive ! Non, en fait, pars devant.

— Pourquoi ?

— As-tu vu les enfants ?

— Non.

— Voilà ! Ils doivent attendre devant chez toi. Va vite voir ! Je te rejoindrai chez toi après ma toilette.

Volnay le considéra un moment sans rien dire puis haussa les épaules et sortit. Bientôt un coup sourd dans les chambranles signala son départ de la maison. Le moine soupira :

— À présent, ma chère, vous pouvez sortir.

Une frimousse hirsute émergea des draps froissés et des couvertures amoncelées après avoir repoussé quelques coussins.

— Il est parti ? demanda une voix fluette.

Le moine considéra Margot d'un air grave.

— Oui mais je ne dois pas tarder. Maintenant, j'espère que vous allez m'expliquer ce que vous faites dans ma chambre et, qui plus est, dans mon lit !

La forme souple se décolla de son flanc.

— J'espère que vous plaisantez, maugréa la jeune femme en bâillant et en s'étirant.

— Mais pas du tout !

Elle se redressa vivement.

— Vous ne vous souvenez donc de rien ?

Le moine fronça les sourcils. Quelques fragments de souvenirs dérivaient épars dans sa mémoire comme des blocs de glace sur un océan givré. D'abord une ronde grotesque, mains sur les épaules ou à la taille, des tournées qui n'en finissaient plus, le sol qui tanguait sous ses pas sur les quais, seul à la merci du moindre malandrin. Et puis soudain une poigne ferme qui le soutenait.

— Lafantaisie !

— Je lui ai demandé de vous raccompagner. Vous ne teniez plus debout.

— Oui, je crois que j'ai bu du vin jusqu'à la nausée hier.

La bouche de Margot frémit en un léger sourire.

— Vous avez bu à vous emmêler les dents ! Sans nous, vous seriez mort de froid dans les rues ou égorgé par quelque coquin. Lafantaisie nous a laissés à l'entrée de votre impasse en décrétant qu'il n'irait pas plus loin. Je vous ai conduit jusque chez vous. Vous ne trouviez même plus la serrure de votre porte. J'ai ouvert à votre place et fait de la lumière. J'ai ranimé le poêle dans votre chambre et je vous ai couché.

Elle eut une moue malicieuse.

— Je ne me voyais pas rentrer seule chez moi trois heures après minuit. J'ai donc décidé de rester.

— Vous avez fort bien fait.

Margot émit un petit rire satisfait.

— Et comme le poêle est assez bon dans votre chambre et votre matelas large et confortable, j'ai décidé de vous y rejoindre.

— Ma foi…

Le silence se fit. Le moine regardait bien droit devant lui.

— Ma foi, quoi ?

Le moine se tourna vers elle, le visage soucieux.

— Euh, j'ai dormi ?

— Eh oui, répondit-elle d'un air sombre. C'est pitié, n'est-ce pas ? Toutefois…

Son regard s'alluma. De son bras nu, elle entoura le cou du moine et l'attira contre son sein palpitant.

— Maintenant que vous êtes réveillé, nous pourrions…

Le moine échappa adroitement au nœud de ses bras. Il souleva la couverture et passa rapidement une jambe hors du lit.

— Ma très chère enfant, j'ai malheureusement bien à faire aujourd'hui et vous me pardonnerez de ne pas plus vous honorer au réveil qu'au coucher.

Margot tapota le matelas à côté d'elle d'un air enjoué.

— Ne faites pas la bête ! Venez donc vous recoucher avec moi.

— Merci, j'ai assez fait de bêtises ces derniers temps. On va encore dire du mal de moi !

Lentement, il inspira et, comme si sa cage thoracique possédait quelque lien avec sa maison, celle-ci craqua au même moment de tous ses vieux os de bois.

Inutile de me rappeler mon âge !

Rapidement, il s'habilla, se contentant pour cette fois de sa bure de moine.

— Hou ! Je repousse de la gueule à quinze pas, murmura-t-il. Vite, du tilleul et du miel !

Il fit ses ablutions et passa dans la pièce principale où Margot ne tarda pas à le rejoindre. Elle contempla autour d'elle d'un air admiratif pendant qu'il se préparait une tisane.

— C'est vraiment très beau chez vous. Tous ces livres et ce clavecin… Vous savez en jouer ? Et quels délicats tableaux et tous ces bronzes…

Elle se précipita à la cuisine et considéra le thym séché, la sauge, les couronnes de laurier, les bocaux emplis de fleurs séchées ou de poudres de toutes les couleurs.

— Il y a des plantes partout et l'odeur de ces épices…

Elle le considéra avec curiosité.

— Êtes-vous vraiment archiviste ?

La petite Margot était bien plus finaude qu'on n'aurait pu le croire.

— Pas vraiment, avoua le moine. Je suis au service du commissaire aux morts étranges. C'est lui que vous avez entendu tout à l'heure.

La jeune fille se figea, la bouche grande ouverte.

— Oh, mon Dieu ! Vous êtes le moine hérétique !

L'autre se rengorgea.

— Suis-je aussi célèbre que cela ?

Elle se pencha sur lui, tout excitée.

— Vous plaisantez ! Tout Paris parle de vous et du commissaire aux morts étranges. Les meurtres les plus inexplicables sont élucidés par vos soins. Et…

Elle hésita avant d'ajouter :

— On dit que vous êtes un homme bon et généreux.

— C'est ma foi vrai ! fit le moine avec une modestie tranquille.

— Pourtant, vous êtes si proche de nous.

Le moine se fit grave.

— Je suis accoutumé à l'absence de façons.

Elle eut une grimace espiègle.

— Je voudrais bien voir ça au lit !

Il s'écarta d'elle.

— Ce genre de folies n'est plus de mon âge. Je sors. Prenez votre temps. Lorsque vous aurez terminé, refermez bien la porte. Je repasserai donner un tour de clé.

Le moine cligna des yeux dans la clarté de l'aube. Il avait dormi sous le poids de cinquante-deux années, chacune plus lourde l'une que l'autre. Si sa vie n'avait pas été facile, force était d'avouer qu'il l'avait compliquée à loisir. Une fois oubliée Margot, le souvenir d'Hélène remontait à la surface en ondes concentriques. Le moine se sentait glacé, incapable de se réchauffer aux premiers rayons de soleil du matin.

Il prit le chemin de la maison de son fils. Un peu de neige était tombée dans la nuit. Juste quelques traînées de sucre glacé qui collait aux talons. L'haleine blanchie par le froid, des mules remontaient la rue d'un pas las, faisant tinter un grelot autour du cou. Le moine leur jeta un regard fraternel. Le poids de ses pensées était aussi lourd que celui porté par les mules.

Dans la maison de Volnay, Séverin étalait de la confiture sur le pain de son frère. Pendant ce temps, le policier tenait sa pie sur son poing, à la façon d'un fauconnier, à quelque distance de Baptiste qui en oubliait de manger.

— Tu en as mis du temps, commenta le commissaire aux morts étranges à l'entrée de son père.

— J'ai pris soin de ma toilette !

Volnay jeta un regard intrigué à son père.

— Tu as une mine abominable. Me raconteras-tu ta soirée ?

— Pourquoi pas ? Et quelle mission donnerons-nous aujourd'hui aux enfants ? demanda gaiement le moine.

Le policier prit un air soucieux. Il n'aimait guère cet entrain forcé.

— Nous allons jouer un nouveau jeu, dit-il aux enfants, vous suivrez les gens qui nous suivent !

Mal assurée sur ses talons, la femme se tenait droite et raide, engoncée dans un grand manteau rouge. Elle semblait guetter l'arrivée des deux enquêteurs rue Saint-Jacques mais ceux-ci prenaient leur temps, contemplant une affiche, un placard diffamatoire collé à la hâte sur les murs du quartier.

Le moine le lut, les sourcils froncés.

— "Dubreuil, tonnelier, est un coureur de bordel. Marié à une putain, il donne la vérole à toutes les femmes qu'il touche. Je suis bien aise d'en instruire le public pour son édification et qu'on regarde cet individu pour ce qu'il est." Diable, fit le moine en détachant l'affiche et en la déchirant. J'ignore si cet individu est ce qu'il est mais, de toute manière, je n'aime pas ceux qui dénoncent les gens sans signer de leur nom !

— L'approche de cette fête rend les gens fous, gronda le commissaire aux morts étranges. Va au Châtelet et ramène-moi une patrouille des archers du guet, comme Sartine l'a ordonné. Nous nous retrouverons chez l'apothicaire. J'observerai les environs en t'attendant.

Le moine ne semblait pas avoir entendu. Quelque chose ou quelqu'un semblait avoir attiré son attention dans la rue. Son fils tenta de suivre son regard mais il y avait bien trop de monde.

— Père ?

— Oui, fils ?

— M'as-tu bien entendu ?

— Hélas non !

Le policier répéta sa demande et le moine hocha gaiement la tête.

— Je reviens, fils. Le temps de compter jusqu'à dix mille !

Volnay l'observa s'éloigner, intrigué par sa conduite et par la direction qu'il prenait, comme pour retourner chez lui. De nouveau, il balaya les environs du regard. Une jeune fille à la mine espiègle baissa subitement la tête et s'en fut d'un pas pressé dans la même direction que le moine. Le commissaire aux morts étranges se retourna pour la contempler en fronçant les sourcils.

Ayant aperçu Margot dans la rue, le moine s'était souvenu qu'il fallait fermer à clé la porte derrière elle. Aussi prit-il rapidement le chemin de sa maison, s'assura qu'aucun feu n'était allumé et ressortit. La jeune fille l'attendait, un sourire radieux aux lèvres.

— Que faites-vous ici, mon amie ?

— Je vous ai vu revenir chez vous, dit vivement Margot. J'ai pensé que…

— Ah, non, n'en parlons plus ! Je me rends au Châtelet de ce pas et ma mission ne souffre aucun retard.

Il se mit à marcher d'un pas rapide et elle dut courir pour le rattraper.

— Oh, fit-il, vous pourrez peut-être me rendre un service. Connaissez-vous un dénommé Liberté ?

Un manchon sous le nez dissimulant une partie de son visage, la femme vêtue d'un grand manteau rouge le bouscula et se retourna pour s'excuser. Volnay se pétrifia en la reconnaissant.

— Mon Dieu, fit-il.

— Rejoignez-moi au Lapin Agile à deux pas d'ici, lui glissa-t-elle rapidement. On y sert du vin de Tonnerre !

Le commissaire aux morts étranges dissimula sa stupéfaction et se réfugia chez un coutelier où il s'appliqua à étudier le tranchant des lames. Après quoi, il prit le chemin de l'auberge indiquée et rejoignit la femme à une table au fond de la salle.

— Vous êtes fou ! murmura-t-il.

— Folle serait le terme le plus approprié…

— Les femmes mettent de l'eau dans leur vin, grogna Volnay.

Engoncée dans une robe couleur prune, une haute perruque sur la tête et fardée de rouge, la *chevalière* d'Éon sourit, amusée.

— Pas autant que vous le pensez. Et puis, mon vin de Tonnerre ne se boit mouillé que dans l'eau sublime de Chablis !

Le policier écarquilla des yeux stupéfaits en contemplant le chevalier d'Éon imitant si bien l'autre sexe. Celui-ci s'en amusa.

— Vous plais-je en femme ?
— Pas du tout !
— Vraiment ?
— Mais pas du tout ! Et d'abord, pourquoi cet accoutrement ridicule ?
— Il n'a rien de grotesque. Je me suis travesti en femme car des mouches me suivent et je n'ai plus de liberté de mouvement.
— Ce sont les espions de Choiseul et de Sartine. Choiseul vous soupçonne des plus noirs desseins.
D'Éon le considéra d'un œil neutre.
— Vous les avez rencontrés ?
— Oui.
— Vous êtes bien honnête de me le rapporter.
Le commissaire aux morts étranges sentit l'exaspération le gagner.
— L'affaire peut devenir dangereuse pour vous. Il y a déjà eu un mort.
— Je croyais qu'il y en avait trois…
Coudes sur la table, Volnay posa son menton sur ses poings joints.
— Je pense qu'un meurtrier, pour des raisons encore indéterminées, a tué deux jeunes gens. Ces meurtres étant connus à Paris et faisant l'objet de beaucoup de ragots, l'assassin de l'émissaire russe déguisé en moine a tué en employant le même mode opératoire pour brouiller les pistes. J'ai déjà connu cela par le passé !
— Diable, c'est ingénieux.
— Oui, nous avons affaire à des gens rusés et déterminés. Vous, de votre côté, vous vous trouvez seul contre tous, d'autant plus que cet assassin-là pourrait être vous !
— Plus on voudra m'intimider et plus mon courage s'enflammera ! répondit d'Éon avec conviction.

— Faites au moins la paix avec votre ministre qu'il cesse de vous traiter en ennemi.

Le chevalier d'Éon blêmit.

— Pourquoi dites-vous cela ?

— Parce que Sartine m'a amené chez Choiseul et, comme je vous l'ai dit, celui-ci m'a prévenu contre vous.

Le chevalier d'Éon s'agita nerveusement.

— La bassesse des grands m'indigne. On m'a donc calomnié devant vous et en mon absence.

— Diable, on ne calomnie jamais les gens en face !

Volnay se pencha brusquement en avant et s'empara du poignet droit du chevalier d'Éon qu'il maintint serré contre la table.

— Le ministre m'a raconté sur vous des choses dont je ne devrais même pas vous parler. Cela dit, j'ai en commun avec vous que mes états de service ne doivent rien à personne et que ma hiérarchie n'a jamais levé le petit doigt en ma faveur.

D'Éon soupira et se dégagea sans forcer de la poigne de fer du commissaire aux morts étranges.

— Les vilenies et ladreries de ces gens m'insupportent. Je vous sais toutefois gré de n'y prêter aucune attention.

Son ton se durcit.

— Je vis sans l'aide ou le secours de quiconque depuis la mort de mon père. Ma philosophie m'a toujours fait fuir toutes les occasions où il y avait de l'argent à recevoir et je mourrai probablement pauvre. Je ne dois rien à ces vilaines gens et je joue depuis trop longtemps les compères derrière la tapisserie. En fait de bons services, ce sont tous ces grands commis de l'État qui sont mes débiteurs. Quant à moi je ne leur dois que mon mépris !

— Ne montez pas sur vos grands chevaux ! Je vous demande juste de cesser de me mentir ! Avant de vous remettre la lettre en russe, Sartine l'a fait copier dans cette même langue et donnée à traduire. Le véritable signataire lui est apparu, ainsi qu'à Choiseul !

Et ils ne m'ont pas fait part de ce renseignement, songea Volnay. *Loin d'ici*... loin de tout... Soudain il pensa à sa dernière conversation avec d'Éon et comment ce dernier avait sursauté lorsque, après avoir parlé d'éviter la Sibérie, le policier avait traduit par *éviter l'exil*.

— *L'Exilé !* dit le commissaire aux morts étranges. Tel est le signataire ! Et voulez-vous savoir ce qu'en pense Sartine ? Mais d'abord, il vous faudra parler car je pourrais bien vous accuser du meurtre de Podovski. Jamais vous ne m'avez avoué avoir fouillé sa chambre de fond en comble !

— Je suis comme Achille, rétorqua le chevalier d'Éon avec hauteur. "Je n'ai point fait la guerre aux morts et je ne tue les vivants que lorsqu'ils m'attaquent les premiers."

— Alors pourquoi mentir ?

D'Éon lui jeta un regard morne.

— Parce que mon devoir l'exige !

— Exigeait-il que vous me dissimuliez votre visite à Soubarov le jour de votre arrivée à Paris ?

Le chevalier d'Éon pâlit imperceptiblement.

— Ne venez pas à moi la foudre à la main. La connaissance que j'ai maintenant de votre caractère et de vos vertus me pousse à vous faire confiance. Si j'eusse eu l'honneur de vous connaître plus tôt, je vous aurais déjà tout dit.

Il se redressa avec fierté et se cala contre le dos de sa chaise.

— Le petit secrétaire d'ambassade que vous voyez a pourtant à lui seul rapproché la Russie de la France et contribué à l'exil d'un chancelier qui œuvrait contre nos intérêts !

Il se pencha sur Volnay et adopta le ton bas d'un conspirateur si bien que le policier dut tendre l'oreille pour entendre et comprendre.

— Lorsque j'arrivai en Russie, la situation était compliquée. L'impératrice Élisabeth employait un chancelier, Bestoutchev, acquis à l'Angleterre, et un vice-chancelier, Vorontsov, plus ouvert à la France. Après des manœuvres dont je ne vous donnerai pas le détail, Bestoutchev fut arrêté pour crime de lèse-majesté, exilé en Sibérie et remplacé par Vorontsov. Ceci à la plus grande satisfaction de Sa Majesté, notre bon roi Louis XV.

Volnay dissimula sa stupéfaction. Ainsi, le signataire de la lettre en possession de Podovski était l'ancien chancelier Bestoutchev, *l'Exilé…*

— Je ne peux vous révéler le rôle que je fus amené à jouer en cette occasion, continua d'Éon, mais sachez que j'ai fortement contribué à culbuter Bestoutchev en indiquant à qui de droit où se trouvaient certains papiers compromettants. Vous comprendrez que je n'ai pas liberté pour entrer avec vous dans de plus amples explications.

Volnay l'écoutait attentivement. Son oreille était prompte à déceler les mensonges ou les vanités.

— Revenons à notre affaire, fit d'Éon. Vorontsov œuvrait comme nouveau chancelier lorsqu'un jeune étudiant, parlant très bien le français, vint à mon domicile particulier pour me visiter. Comme il n'avait pas pris de rendez-vous, je le fis éconduire mais il m'assiégea alors littéralement. Par lassitude, autant que par courtoisie, je finis par le recevoir. Il avait beaucoup voyagé et me parla d'abord de Paris qu'il semblait bien connaître puis de la Hollande et de l'Angleterre.

D'une main, il entreprit de réajuster sa perruque.

— Il disait vivre de ses rentes mais je conçus bientôt envers lui de violents soupçons. Ceux-ci se confortèrent un jour qu'il me confia avoir passé deux jours et deux nuits en Sibérie avec l'ancien chancelier Bestoutchev pour l'aider à écrire un terrible libelle contre la France, dévoilant les manœuvres de celle-ci auprès de la Russie pour l'amener à une alliance contre l'Angleterre et dénonçant le rôle de Vorontsov dans son éviction avec le concours de la France. Plus grave encore pour moi, le libelle mentionnait la correspondance secrète entretenue par Louis XV avec l'impératrice. Comme vous l'avez deviné, le *Secret du roi* pour lequel je m'étais engagé corps et âme se trouvait menacé !

— C'était suffisant pour tuer, remarqua Volnay en observant de quelle main le chevalier d'Éon sortait la montre de son gousset car le meurtrier était gaucher.

D'Éon tira la montre des deux mains, y jeta un bref coup d'œil puis la rangea en haussant les épaules.

— Peut-être aurais-je mieux fait de le provoquer en duel ! Toujours est-il que je feignis d'être acquéreur du libelle dont il demandait cent mille livres ! J'écrivis à Versailles pour savoir si l'on était disposé à m'accorder des fonds pour négocier. La réponse tarda et Podovski, lassé d'attendre, quitta Saint-Pétersbourg. N'écoutant que mon cœur, je courus chez mon ambassadeur, lui dis que ma mère se trouvait gravement malade et qu'il me fallait retourner d'urgence en France. Après cela, je pris un cheval. Je faillis rattraper Podovski à plusieurs reprises mais sa connaissance du pays joua toujours au dernier moment en sa faveur tandis que je m'égarais ou me trouvais bloqué par la neige.

Le policier se cala contre le dossier de sa chaise et leva les yeux au plafond.

— Quelle aventure que vous me narrez là !

— J'ai toujours mené une vie agitée, le repos me tue !

— Vous avez retrouvé Podovski à Paris ?

— Hélas, non. J'arrivai sur ses traces car je l'avais perdu après Strasbourg. Je n'étais même pas certain qu'il n'ait pas obliqué vers les côtes pour prendre un navire vers l'Angleterre. Mais l'espoir me tenait au cœur car tout se traite à Paris ! Sitôt arrivé, je courus à Versailles où une personne de renom me donna une recommandation pour le sixième bureau. J'y rencontrai un certain inspecteur Buhot.

Volnay tressaillit. La duplicité du fonctionnaire l'irrita mais elle était de mise dans ce monde compliqué. Il savait comment fonctionnait le sixième bureau : les enquêtes établies étaient adressées à la lieutenance générale qui les envoyait au secrétariat d'État aux Affaires étrangères.

— Et Buhot vous a indiqué l'adresse ?

— Oui. Je m'y suis rendu aussitôt. J'ai convaincu l'aubergiste de me laisser monter et j'ai fouillé la chambre.

— Je dirais plutôt que vous l'avez mise sens dessus dessous.

D'Éon lui jeta un regard étonné.

— Pas du tout ! J'ai au contraire fait bien attention que mon passage ne soit pas marqué et j'ai tout remis à sa place.

Volnay expira bruyamment.

— Sartine ! Bien entendu, il a fait fouiller la chambre par ses agents lorsqu'il a reçu son rapport de Buhot. Et il s'est bien gardé de m'en parler !

D'Éon prit un air courroucé.

— Vous voyez comment on nous considère, nous les vrais serviteurs de la France ? Ce butor ! Ce cul vert de Sartine !

Le policier le calma d'un geste.

— Moins fin que Sartine n'est pas bête. Il flatte le dé, c'est-à-dire qu'il le jette doucement. Mais pourquoi ne pas vous adresser à Choiseul ?

— Choiseul est au-dessous de mon mépris et ce n'est qu'avec répugnance que je prononce son nom.

— Il est ministre du roi…

— Choiseul est un boutefeu, il embraserait toute l'Europe si on le laissait faire !

— Il me semble que c'est votre supérieur, insista le policier.

D'Éon se redressa, indigné.

— Choiseul n'est pas introduit au *Secret du roi*. Je n'aurai pas la lâche complaisance de trahir ma mission pour gagner les faveurs d'un ministre mais vous ne pouvez comprendre cela.

— Je crois que si, répondit sèchement Volnay. Je ne suis pas connu pour caresser les grands de ce monde dans le sens du poil.

— Pardonnez-moi, fit d'Éon d'un ton apaisé. Je vois bien que vous n'êtes pas un courtisan mais un homme libre. Quant à moi, j'ai combattu à pied et à cheval pour le *Secret du roi*, je me suis brisé l'échine à porter des messages et j'ai perdu le sommeil en y travaillant jour et nuit. Jamais je ne le trahirai. Rien ne m'effraye, mon courage est inébranlable. Je n'ai pas de fortune mais des mœurs et une réputation. Mon bonheur tient tout entier dans ce que je suis.

Volnay haussa un sourcil. La sortie du chevalier ne l'étonnait guère. Il avait senti en lui une fierté démesurée.

Cependant, si dans les lois de la chaîne alimentaire Sartine et Choiseul tenaient rang de prédateurs, d'Éon pour sa part était loin d'être une brebis. Ce drôle de petit bonhomme semblait en mesure de tenir tête à lui seul à tous les puissants réunis.

— Je suis prêt à vous faire confiance, reprit le policier, mais quelques gages de sincérité seraient en retour les bienvenus.

— Que voulez-vous dire ?

— Ceci : pourquoi vous être rendu chez Soubarov dès votre arrivée à Paris que je situe pour ma part la veille de celle de Podovski ?

— En avez-vous parlé à Sartine ? demanda d'Éon sans un battement de cils en trop.

— Non et pour la seule raison que je souhaitais d'abord vous entendre me raconter votre version de l'histoire.

Et quel mensonge allez-vous bien pouvoir trouver cette fois-ci ?

Le secrétaire d'ambassade hocha la tête.

— J'ai fait la connaissance en Russie d'un parent de Soubarov. Comme il avait entrevu Podovski à mes côtés, il m'a indiqué sans malice lui avoir remis une lettre d'introduction à son intention. J'ai gardé ce fait secret car je désirais conserver un coup d'avance sur tout le monde.

— À mon avis, dit songeusement Volnay, vous en avez plusieurs !

D'Éon ne releva pas.

— Sachant que Podovski allait se rendre chez Soubarov, je l'ai devancé mais sans succès.

Il planta un regard dur dans celui du policier.

— Je n'ai jamais revu Podovski que dans la cave du moine. Mais il n'est pas trop tard. Soubarov va donner une réception avec de riches commerçants pour vendre des fourrures. Retrouvons-nous à vingt et une heures devant sa maison.

— Quel est votre plan pour récupérer le libelle, si tant est qu'il le lui ait confié pour le monnayer ?

— Je m'en remets à la divine providence, la suprême intelligence qui conduit toutes choses !

Le commissaire aux morts étranges tiqua.

— Pour ma part, je préfère m'en remettre à un plan bien établi.

D'Éon sourit.

— La témérité de la chose en fait la sûreté !

La petite mouche au visage rond qui faisait les cent pas devant l'auberge se retourna pour voir sortir l'étrange femme au visage dissimulé sous un manchon. La porte s'ouvrit de nouveau et il sursauta car le commissaire aux morts étranges se dirigeait vers lui d'un pas décidé.

— Gaston ? Tu as repris du service après moi ?

— Certes, oui. M. de Sartine m'a fait l'honneur de me confier la garde de vos arrières. Avec moi, allez sans risque de l'avant !

Il se dressa sur la pointe des pieds et, ainsi perché, entreprit d'observer avec curiosité par-dessus l'épaule du commissaire aux morts étranges la femme qui s'éloignait en vacillant sur de hauts talons.

— Qui était cette personne avec vous ? Pour une femme, elle a une démarche de soudard !

Volnay fit un pas en avant, de manière à lui dissimuler la vue du chevalier d'Éon grimé en femme qui s'éloignait rapidement.

— Une nourrice, dit-il. J'ai recueilli deux enfants et j'envisage de les lui confier.

Gaston la mouche en resta muet d'étonnement.

— Quelle belle âme vous possédez, murmura-t-il. Deux enfants que vous ne connaissiez pas il y a quelques jours et qui ne sont pas à vous ! Moi, j'ai abandonné les miens, il y a dix ans !

Volnay jeta un regard discret dans la rue et murmura :

— Connais-tu l'homme à la canne de rotin à la poignée en argent. Il est vêtu d'un manteau sombre et d'un gilet de couleur brique sous sa veste. Je l'ai repéré hier au Procope lorsque je me trouvais en compagnie du chevalier d'Éon car il nous observait du coin de l'œil.

— Une mouche ? demanda Gaston en se retournant de manière très naturelle pour réajuster la boucle de son soulier.

Il se redressa avec lenteur.

— Non, dit-il. Trop bien habillé pour un tel lieu… comme nous d'ailleurs. Les mouches de Sartine se fondent dans le décor, lui pas.

— Alors qui ? Un espion de Choiseul ?

— Pas à ma connaissance et, si vous me permettez, la personne semble de trop haute condition pour jouer les mouches.

— C'est quelqu'un en tout cas que notre affaire intéresse et j'aimerais savoir à qui sont attachées les ficelles de ce pantin.

— Voulez-vous que je le fasse suivre ?

— Non, gardons l'avantage de ne pas révéler notre attention sur lui. Nous verrons à l'occasion.

Aux alentours du Vieux Louvre, le moine observa des colporteurs et autres imagiers à qui le guet arrachait les portraits, prières et oraisons du diacre François de

Pâris. Des clameurs outrées retentissaient et des passants s'arrêtaient pour prendre fait et cause en faveur des marchands ambulants.

Le moine remonta lentement la rue Saint-Honoré avant de se figer en reconnaissant son fils échangeant à voix basse avec un individu droit comme un piquet. Il vit les épaules de Volnay se raidir et son visage arborer une expression intéressée.

— Je ne m'étais pas trompé alors, marmonna Volnay à l'homme. Cela m'ouvre bien des perspectives. Je vais désormais considérer toute cette affaire sous un autre angle.

Il lui glissa une bourse dans la poche et se détourna. Il aperçut alors son père et se hâta vers lui.

— Qui était cet homme ? interrogea le moine. Il a tout de l'ancien militaire !

Le commissaire aux morts étranges cligna rapidement des paupières.

— Un de mes informateurs. Je t'expliquerai plus tard. Pour l'instant, occupons-nous de cet apothicaire avant d'ameuter tout le quartier avec cette troupe qui te suit.

Tout en se dirigeant d'un pas volontairement lent vers la boutique de l'apothicaire, Volnay raconta à son père son entrevue avec le chevalier d'Éon.

— Que conclus-tu de tout ceci ? lui demanda-t-il.

— Qu'il y a bien du narcissisme chez ce chevalier-là. Ce qui, allié à une vraie témérité, mène généralement tout droit au désastre !

Entre-temps, ils étaient arrivés devant l'office de l'apothicaire. Les passants se retournaient avec curiosité à leur passage. Le commissaire aux morts étranges fit signe aux archers du guet de le suivre à l'intérieur.

— Allons-y !

Ils entrèrent avec fracas dans l'apothicairerie. Les clients surpris sursautèrent et les commis restèrent la bouche béante.

— Ne touchez plus à rien ! Levez immédiatement les bras en l'air, vous et vos commis ! ordonna Volnay. Et que les clients sortent sans rien emporter.

Le moine se tourna vers son fils, un air de reproche sur le visage.

— Tu aurais pu me le laisser dire ! Tu sais bien que j'adore ce genre d'entrée fracassante !

Volnay réprima un sourire et se tourna vers le sergent du guet.

— Gardez-moi les commis au frais, je les interrogerai chacun à leur tour.

— Que se passe-t-il ?

Tout ému, Dieulefit, l'apothicaire, se dressait devant eux en se tordant les mains dans son tablier. Le commissaire aux morts étranges le toisa sans plus de compassion que s'il écrasait une limace.

— Nous allons fouiller toute votre boutique. Je veux connaître très exactement le contenu exact de vos préparations, notamment celle qui rend la langue bleue !

— Mais je ne vois pas…

Le moine l'arrêta.

— Monsieur Dieulefit, je vais soumettre à examen toutes les poudres, pommades, drogues, liqueurs, élixirs, plantes et herbes que je trouverai ici. Vous m'apporterez également vos livres sur lesquels sont portées recettes ou formules magiques. Enfin, je veux examiner vos registres. Au fait, où rangez-vous l'opium ?

— Dans ce tiroir. Je m'en sers pour calmer les douleurs.

— Fièvres et inflammation, je vois, marmonna le moine. Les graines de citrouille et de melon sont aussi de nature froide pour rafraîchir en cas de fièvre. Ah, vous avez ici opium et graines de laitue…

— Pour aider au sommeil.

— Très bien.

L'apothicaire n'eut pas le temps de souffler par les trous de nez qu'il fut saisi au bras par Volnay.

— Vous souvenez-vous des trois personnes dont je vous ai montré le portrait ? Vous avez vendu à chacune une fiole avec un contenu identique. Ce n'était pas pour un mal de gorge comme vous l'avez prétendu mais pour soutenir une virilité défaillante !

Dieulefit courba la tête.

— J'ai menti, c'est vrai, mais uniquement pour sauvegarder ma réputation.

Le commissaire esquissa un sourire de glace.

— Si tant est que vous ayez une réputation, je doute qu'elle survive à cette affaire.

Le moine releva la tête des registres.

— Pourquoi achetez-vous des chiots ?

L'apothicaire s'agita, mal à l'aise.

— Pour faire *l'huile des petits chiens*.

— Je vois : des chiots nouveau-nés que l'on met au bain-marie avec des vers de terre et de l'huile.

— C'est bon en friction pour le mal de dos, ronchonna l'apothicaire.

Le moine soupira.

— Vous devriez vous en tenir aux plantes !

Le sergent du guet vint à eux et s'adressa au commissaire aux morts étranges.

— La voiture est là comme vous l'avez ordonné.

— Très bien, saisissez cet homme.

Sur un signe de leur supérieur, deux archers du guet empoignèrent l'apothicaire et l'entraînèrent au-dehors. L'homme se mit à beugler de peur.

— Que faites-vous ? Mais que m'arrive-t-il ?

Volnay les suivit jusqu'à la voiture. On fit monter de force l'apothicaire et le policier le rejoignit sur le siège glacé. D'un geste sec, il tira les rideaux des portières, les plongeant dans une demi-obscurité.

— Vous faites l'objet d'une lettre de cachet de M. de Sartine. Une fois transféré à la Bastille, vous êtes soumis à la seule volonté du lieutenant général de police. Celui-ci peut vous y laisser autant de temps qu'il le désire, à moins qu'il ne décide de vous transférer à l'hôpital général, de vous libérer avec, parfois, un exil à la clé ou un éloignement de Paris.

— Mais de quoi m'accuse-t-on à la fin ? hurla l'apothicaire terrifié.

— Cela nous ne sommes même pas obligés de vous le révéler ! M. de Sartine a tout pouvoir pour prendre sa décision en l'absence même de preuve matérielle, sur seule présomption de culpabilité.

L'autre se tordit les mains de désespoir.

— Je vous dirai tout. Que voulez-vous savoir ?

— Pourquoi ces trois hommes sont-ils venus chez vous ?

— Mais vous le savez bien. On vient me demander de toute la ville cette potion pour affermir la virilité et multiplier les coïts. Les femmes sont friandes de ce type d'exploit. Moi-même j'en use.

— Vous m'en direz tant !

— C'est ainsi, je n'y puis rien. Je ne fais que fournir ce qui m'est demandé !

Volnay le considéra d'un air sceptique.

— Alors comment expliquer la mort de vos trois clients, en trois jours ?

— Coïncidence.

— Vous ne ferez pas croire cela à Sartine.

Volnay ouvrit d'un geste sec la portière. Un courant d'air glacé pénétra d'un coup dans la voiture et l'apothicaire frissonna.

— Au fait, pourquoi ces langues bleues ? demanda le policier sur le point de sortir.

Heureux de collaborer, l'apothicaire répondit avec tant de hâte et avec un accent si prononcé que Volnay eut du mal à le comprendre.

— Question de dosage. J'ai parfois la main lourde avec certaines plantes.

— Et ce perruquier à la langue bleue que vous avez dédommagé ?

L'autre baissa la tête, honteux.

— On vous a raconté ça aussi ! J'ai eu beau lui dire que cela n'aurait aucune conséquence néfaste et que l'effet attendu sur sa virilité surviendrait quand même, il n'en voulait rien savoir et s'apprêtait à ameuter tout le quartier. J'ai ma réputation…

Il releva soudain la tête, un éclair de compréhension dans les yeux.

— Et je ne l'ai pas tué pour autant, si c'est ce que vous soupçonnez !

Volnay ne répondit pas et sauta souplement à terre. Il fit signe au sergent du guet de monter dans le véhicule à côté du prisonnier pour le surveiller.

— Alors ? demanda le moine lorsque son fils revint près de lui.

— Il est mort de peur mais n'avoue rien. Quant à la langue bleue, c'est juste une erreur de dosage mais sans autre effet.

— Et tu le crois ?

— En tout cas, il a l'accent de la vérité, c'est-à-dire celui de sa Provence natale. As-tu remarqué comme les gens n'essaient plus de dissimuler leur accent natal lorsqu'ils disent la vérité ?

— Que vas-tu faire ?

— Je vais demander qu'on le transfère au Châtelet dans une cellule appropriée. Après une mauvaise nuit et de longues heures d'attente, il se montrera peut-être plus bavard. À moins que tu n'aies besoin de lui pour t'éclairer sur quelques compositions ?

— C'est inutile, répondit le moine, je me retrouve bien dans les registres et les commis sont là si besoin.

— Parfait, je vais dire alors qu'on l'emmène.

Le commissaire aux morts étranges ressortit et dit quelques mots au sergent du guet par la portière de la voiture. Le cocher fit claquer son fouet et cria après ses chevaux d'un timbre cassé. Volnay fit quelques pas, encore caché par la voiture, avant de se figer. Une tête connue tournait le coin de la rue. Le policier se rejeta en arrière et regarda prudemment, masqué encore pour moitié par le coffre du véhicule. C'était le diacre. Celui-ci regarda en direction de l'apothicairerie, blêmit en voyant les archers du guet et fit brusquement demi-tour. Le policier allait lui emboîter le pas lorsqu'il aperçut le personnage ténébreux qui semblait le suivre à chacune de ses rencontres avec d'Éon.

Se sentant observé, l'autre se détourna brusquement et se dirigea d'un pas tranquille vers un cabaret. Volnay hésita un quart de seconde puis lui emboîta le pas. Les odeurs de bière, liqueurs frelatées et tabac imprégnaient les lieux. Seuls d'honnêtes commerçants ou artisans peuplaient pour l'instant les lieux en l'absence de filles.

L'homme à l'air sombre et mélancolique se tenait assis dans un coin de la salle, loin du feu, comme pour échapper aux regards. À l'affaissement soudain de ses épaules lorsque Volnay se dirigea en droite ligne vers lui, le policier comprit que l'autre pensait jusqu'à présent échapper à cette rencontre.

— Puis-je vous tenir compagnie un instant ?

De près, l'inconnu possédait un visage de bois flotté. Ses manières aristocratiques dénotaient un homme de condition.

— Je présume que vous êtes un policier ? fit-il d'une voix dénuée de passion.

— Je présume que cette remarque n'a rien d'offensant ?

— En aucune façon, je vous assure.

— Que diriez-vous d'un petit séjour au Châtelet ?

L'autre resta impassible.

— Et que me vaut cette agréable invitation ? demanda-t-il d'un ton faussement détaché.

Volnay fit mine de réfléchir.

— Le fait de me suivre dans mes déplacements par exemple.

— Pardon si mes pas ont eu l'honneur de croiser les vôtres.

— Décidément, mon invitation va se faire plus pressante.

— Je vous en sais gré, répondit l'autre d'un ton morose. Mais ne vous fatiguez pas, commissaire, je connais déjà les lieux. Je suis du second bureau.

— Le second bureau ?

Volnay se renversa en arrière.

— Le second bureau, c'est pour les affaires de mœurs. Je ne vois pas en quoi le chevalier d'Éon et moi-même pouvons vous intéresser.

Il s'adossa à sa chaise et le contempla fixement.

— Et vous n'avez en rien les manières et le comportement d'un inspecteur du second bureau, je vous assure. Pas plus de ceux d'une mouche de Sartine. Alors, à qui appartenez-vous ? À Choiseul ?

L'autre secoua la tête d'un air étrangement indifférent et, paume ouverte, fit un mouvement de la main en l'air. Quelque peu pris de court, Volnay haussa les sourcils.

— Plus haut que Choiseul ?

Son étrange compagnon était le calme personnifié et ne se donna pas la peine de répondre. Un éclair traversa les yeux de Volnay comme si quelque chose venait de ramener un souvenir aux frontières de sa conscience assoupie.

— Le *Secret du roi*, murmura-t-il.

L'autre ne commenta pas mais, au bout d'un instant, dit pensivement.

— Je sentais bien que vous étiez déjà loin dans vos déductions.

— On dirait…

L'autre s'inclina avec raideur.

— Je ne suis pas autorisé à vous donner le nom de mon commanditaire. Sachez simplement qu'il s'agit d'un homme du plus noble lignage et d'un dévouement total envers Sa Majesté.

Volnay se renversa en arrière contre le dossier de son siège

— En quoi puis-je lui être utile ?

L'homme ne répondit pas tout de suite car la servante apportait un vin doux à son intention. Il goûta au vin du bout des lèvres, fit une grimace et s'essuya la bouche avec un mouchoir en dentelle. Ensuite, il contempla le policier avec intérêt.

— Le chevalier d'Éon est revenu de Saint-Pétersbourg pour confier un courrier au roi et un autre à mon maître de la part de notre ambassadeur auprès de l'impératrice Élisabeth. Nous n'avons pas vraiment compris pourquoi il s'était déplacé lui-même, en plein hiver, par des routes impraticables pour des courriers de si peu d'importance qui auraient tout aussi bien pu attendre la poste ordinaire.

Les yeux mi-clos, le commissaire aux morts étranges attendit la suite.

— Il y a loin de Saint-Pétersbourg à Paris, ajouta l'autre inutilement ou pour gagner du temps. Quelle énergie, ce petit d'Éon !

D'un geste élégant, il éloigna son verre de lui et posa les coudes sur la table en se penchant légèrement vers le policier pour que sa voix porte moins loin.

— Notre curiosité s'est éveillée lorsque nous l'avons vu mêlé à une enquête policière conduite par le célèbre commissaire aux morts étranges.

Le ton était ironique mais Volnay ne releva point la pique.

— Nous l'avons interrogé à ce propos et il nous a répondu que cette affaire ne le concernait en rien. Toutefois, nous avons compris par M. de Sartine que ce jeune Russe assassiné était porteur d'une lettre d'introduction peut-être signée par un ennemi de la France. Dès lors, nous nous sommes interrogés sur la possibilité que le chevalier d'Éon, âme fort romanesque et homme énergique, se soit lancé à ses trousses depuis Saint-Pétersbourg. Mais à quelle fin ?

— Lui avez-vous posé la question ?

— Avant de la lui poser, nous souhaitions en savoir plus. D'Éon est un esprit bien singulier auquel il faut prendre garde. C'est également un homme entier. S'il répond non aujourd'hui, ce sera également non demain. Il nous faut donc poser la question de…

— De la bonne manière, l'aida Volnay.

— Voilà !

— En lui montrant que vous en savez assez pour qu'il ne puisse vous dissimuler la vérité.

— Exactement !

— Si vous employez d'Éon, pourquoi n'êtes-vous pas plus sûrs de lui depuis le temps qu'il vous sert ?

Les yeux de l'autre s'étrécirent.

— Nous cherchions au départ un jeune homme distingué dans le genre de l'escrime, agrémenté d'un peu de conversation littéraire et de quelque sens politique car c'est ce qui plaît à la cour de Saint-Pétersbourg. D'Éon présentait au départ comme un garçon honnête et serviable que nous pensions sans caractère. On imagina de l'adjoindre à notre premier émissaire en estimant qu'il nous servirait bien et qu'on pourrait tout autant le désavouer que le confirmer si besoin.

— Mais il a pris plus d'ascendant et d'assurance que vous ne le pensiez ?

L'inconnu confirma d'un lent hochement de tête.

— Si ce n'était que cela… Le chevalier d'Éon vit dans un univers de romance. C'est une faiblesse charmante mais dangereuse à la longue. Nous direz-vous ce qu'il en est, chevalier de Volnay ?

Ce dernier réfléchit.

— Comment me fier à vous ? Je ne connais même pas votre nom.

— Si vous gardez le secret, je peux vous donner celui d'un homme qui se portera garant de moi.

— Vous avez ma parole.

— Le comte de Broglie.

Le policier dissimula son trouble derrière un masque sans expression. Le comte de Broglie avait été ambassadeur du roi en Pologne. Les théories du moine se confirmaient.

— Une dernière question. N'avez-vous pas reçu du chevalier d'Éon un courrier avant son départ de Saint-Pétersbourg ?

Volnay songeait à la confidence du chevalier d'Éon selon laquelle il aurait envoyé un courrier à son maître pour acheter le libelle.

— Pas le moins du monde.

Au fond de lui, le policier ne fut pas surpris par ce nouveau mensonge de d'Éon mais cela lui ouvrait une nouvelle perspective, hallucinante cette fois.

— Je vous sais gré de votre confiance, l'assura Volnay. Toutefois, je ne puis divulguer à la place d'un autre ce qu'il en est, d'autant plus qu'il s'agit d'éléments de mon enquête.

Il cherchait soigneusement ses mots pour ne pas désavouer la conduite du chevalier d'Éon sans laisser l'autre trop sur sa faim.

— Disons pour vous rassurer que le chevalier d'Éon s'est effectivement mis à la poursuite de Podovski afin de récupérer une certaine chose dont ce dernier ne devrait pas être en possession.

— Quelle chose ? le pressa l'autre.

— Honnêtement, je l'ignore. D'Éon collabore pleinement avec moi pour la retrouver. Je vous en dirai plus demain. Où puis-je vous faire parvenir un mot ?

L'inconnu ne semblait pas des plus satisfaits mais il sentit que Volnay se tiendrait à ce qu'il disait. Il lui donna une adresse et s'en fut après un salut courtois. Dans la taverne, le policier commanda une bière légère mais amère et resta à réfléchir. Ses pensées le ramenèrent très en arrière, regroupant tous les faits, les actions et interactions et analysant les comportements de tous. Peu à peu, une idée prit forme dans son esprit, si évidente en fin de compte qu'il en eut le vertige.

Lorsque Volnay revint dans la boutique de l'apothicaire, son père était en train de humer le contenu d'une potion avant de la goûter du bout du doigt.

— Qu'est-ce que cela ? demanda-t-il.

— De la thériaque, un mélange de plantes dominé par l'opium pour apaiser la douleur. Sans doute ce que venait chercher notre diacre pour les femmes crucifiées. On trouve ce remède dans toutes les pharmacopées mais notre bon apothicaire ne lésine pas sur la quantité d'opium.

— Est-il le seul à acheter ce produit ?

— Oh, non. Beaucoup de maladies génèrent d'atroces souffrances et, pour ceux qui en ont les moyens, il est plus commode de les atténuer par l'absorption de telles potions. De nos jours les gens sont moins résistants au mal que par le passé !

Le moine reposa la fiole qu'il tenait en main.

— Tu as passé bien du temps dehors, remarqua-t-il.

— J'ai vu le diacre. Il m'a semblé paniqué en nous voyant investir les lieux avec le guet.

— Diable ! Tu devais me raconter ce que les informateurs de Sartine t'avaient appris à son sujet.

Volnay baissa la tête.

— Je n'ai pas eu le temps de lire les informations sur Pierre-Joseph Grandjean.

— Foutrebleu ! C'est des plus communs. Cela ne vaut pas François de Pâris !

— L'homme n'a sans doute pas non plus les mêmes origines illustres. Mais ce n'est pas tout, je n'avais pas encore décidé si j'allais le suivre ou lui mettre la main dessus lorsque j'ai aperçu un individu déjà repéré deux fois lors de mes rencontres avec le chevalier d'Éon.

Et il lui raconta toute son entrevue avec le mystérieux agent du comte de Broglie.

— Diable, maugréa le moine, j'ai tort de rester enfermé ici. Tout ce qu'il y a d'intéressant se déroule à l'extérieur !

Le commissaire aux morts étranges se rendit chez lui. Il caressa sa pie, lui donna quelques graines puis alla tirer les rideaux. Une fois les fenêtres calfeutrées, il se mit à genoux et tira sa dague hors du fourreau. Avec sa pointe, il descella délicatement deux lattes du parquet et sortit avec précaution un petit trousseau de clés dissimulé dessous. Il remit les lattes et garda le trousseau. Ensuite, il sortit et se dirigea vers Sainte-Opportune. Aux abords de l'église, on vendait des estampes du diacre Pâris, un vieux chapeau sur la tête, et le commerce semblait florissant.

Il entra dans un petit logement situé au rez-de-chaussée d'un immeuble étroit et malodorant. Là, il ôta un tapis qui dissimulait une trappe. Celle-ci révéla une cave dans laquelle Volnay descendit, une chandelle à la main.

Quelques minutes après, il ressortait de l'appartement l'air soucieux. Il ferma soigneusement à double tour la porte derrière lui et revint à son domicile pour remettre le trousseau de clés dans sa cachette.

Ensuite, il se mit enfin à la lecture des deux rouleaux de papier consacrés au père Cottu et à son étrange diacre au nom pourtant fort commun de Pierre-Joseph Grandjean. Ce dernier était fils de savetier de la paroisse de Saint-Jacques-du-Haut-Pas. Sous-diacre il y a cinq ans et diacre deux ans plus tôt. Rien d'exceptionnel jusqu'à l'année dernière où, placé dans l'orbite du père Cottu, les mouches de Sartine commencèrent à s'intéresser à lui.

Manifestement, l'homme organisait les réunions dans des appartements discrets pour la besogne. Il s'agissait de se cacher dans des quartiers très populaires, au milieu d'une population pieuse et naïve. Les mouches de Sartine pullulant dans la capitale, les lieux changeaient souvent. Il fallait en avertir le troupeau docile qui suivait ses maîtres d'un endroit à l'autre. Le diacre connaissait les noms, les adresses, les mots de passe. Rien n'était laissé au hasard. Un charpentier appartenant à la mouvance fabriquait secrètement la croix. Des manœuvres illuminés la transportaient de nuit avec les reliques. Tout cela nécessitait de l'organisation. Pierre-Joseph Grandjean se chargeait de tout ce qui rebutait les autres. En un mot, il était devenu la cheville ouvrière du mouvement.

Le père Cottu, lui, était d'un autre acabit. Il évoluait dans des milieux proches du pouvoir, près de certains conseillers du Parlement. Son nom était lié à celui d'une certaine sœur Françoise qu'il s'évertuait depuis vingt-cinq ans à bûcher, piétiner et mettre en croix sans que celle-ci s'en lasse. Il avait même tenté de la brûler mais, à son grand désarroi de croyant, sœur Françoise avait reculé au dernier moment, craignant finalement pour sa vie au cas où Dieu serait occupé ailleurs.

Sœur Rachel et sœur Félicité se trouvaient en croix depuis une demi-heure. La croix de sœur Rachel était appuyée au mur. Sœur Félicité avait été crucifiée sur une croix posée à même le sol.

— C'est toujours un spectacle charmant lorsque l'une est crucifiée aux pieds de l'autre, murmura le père Cottu en extase.

L'avocat de La Barre, qui pourtant ne l'appréciait pas, acquiesça.

— Oui, c'est très joli et Dieu aussi apprécie.

La position de sœur Rachel étant la plus fatigante, on avait eu la délicatesse de lui clouer les mains sans trop lui étendre les bras. Un peu de sang suintaient de ses paumes et des pieds. Comme une sueur froide coulait le long de ses tempes, un des spectateurs vint par charité lui passer son mouchoir sur le visage.

Le père Cottu jeta un coup d'œil à Ameline, assise toute droite sur une chaise et qui, de toute évidence, souhaitait se faire oublier.

— Eh bien, mon enfant, dit-il avec bonté. Que ferons-nous de vous ? Il est bon d'avoir renoncé à vos péchés mais vous ne vous êtes pas encore mortifiée. Nous pourrions commencer par des soufflets…

— Mon père, je me soumets à vos lumières, répondit Ameline mais j'aimerais autant ne pas me faire taper, encore moins crucifier.

Le père Cottu échangea un sourire avec le diacre.

— Quelle délicieuse enfant.

Grand, maigre et brun, l'expression douce et avenante, l'avocat de La Barre se retourna, l'air intéressé.

— Je pourrais vous presser pour commencer, sœur Ameline. Souvent, je mets sœur Marie en presse par le moyen d'un tourniquet de mon invention, cela m'évite de la fatigue et permet de presser plus fort.

Ameline secoua la tête.

— Je ne sens pas que Dieu veuille me diriger dans cette voie.

— Comment le savez-vous ? la pressa le père Cottu.

— Souvent, Dieu et moi, nous nous parlons, affirma Ameline avec une assurance qui ébranla l'assistance.

Elle eut soudain un grand sursaut et se figea.

— Dieu m'interpelle ! fit-elle dans un grand hoquet.

Et soudain, elle se laissa tomber de la chaise et, à genoux, rampa jusqu'aux pieds du père Cottu en babillant avec une moue enfantine :

— Bonbons, bonbons, je veux des bonbons.

Puis elle se recroquevilla en boule sur le sol.

— Comme c'est touchant, dit le père Cottu. Dieu miséricordieux varie ses dons. Voyez, il l'a fait retomber en enfance.

L'air sentait la neige lorsque Volnay revint rue Saint-Honoré. La mi-journée passée, il s'arrêta pour manger un pâté aux mauviettes et acheter une tourte à la viande pour son père. Chez l'apothicaire, tel Méphistophélès le moine se démenait dans les vapeurs des cornues et de l'alambic.

— Eh bien, où en es-tu ? s'enquit son fils. Je regrette finalement de n'avoir pas amené un apothicaire avec nous, il t'aurait aidé.

Le moine balaya ces regrets d'un geste désinvolte. En fait, il semblait s'amuser beaucoup.

— Je préfère travailler seul même si cela me prend plus de temps. Je me suis livré à un certain nombre d'analyses. On ne trouve là que plantes et drogues de qualité ordinaire. Aucune n'est mortelle tant qu'elle reste employée d'une main sage et savante comme la mienne. Mais, comme tu le sais, fils, la dose peut faire le poison !

Il tempéra son propos d'une réflexion philosophique.

— Ce qui est le propre de chaque action humaine !

Dans le vase florentin, l'huile, plus légère, flottait à la surface de l'eau de distillation. Le moine la récupéra adroitement et la versa dans un récipient.

— En effet, il est impératif que les prescriptions dosent correctement chaque produit et que celui-ci soit administré dans les règles de l'art.

— As-tu retrouvé la formule du médicament pour soigner la virilité de ces messieurs ?

— Oui et nous ne nous étions pas trompés sur sa composition, Hélène et moi. Il en vend une fiole ou deux chaque jour.

— Quant au contenu de la fiole trouvée chez le chevalier d'Éon ?

— Je l'ai comparé à d'autres produits sans trouver une potion comparable. Je l'ai fait goûter aux commis à qui cela ne dit rien. Bien entendu, cela ne signifie pas qu'elle n'ait pas été produite ici mais, si c'est le cas, impossible d'en apporter la preuve pour le moment.

Le commissaire aux morts étranges hocha la tête.

— Et pour Mme de Boissie ?

— Oh, elle est cliente ici aussi comme nous l'avions vu dans le registre dernièrement.

— Pour la potion de virilité ?

Le moine se permit un fin sourire.

— Madame prend leur argent et le meilleur d'eux-mêmes ! C'est une sybarite !

Volnay hésita.

— J'ai à faire et je ne te suis pas utile ici… Je vais interroger les commis puis je partirai.

Le moine approuva d'un bref hochement de tête.

— Laisse-moi deux archets du guet pour garder la boutique et me donner la main si j'ai besoin d'eux. Je vais me livrer à quelques expériences. Le laboratoire est très bien équipé et j'ai tout ici sous la main.

— Que cherches-tu donc ?

— Il me paraît indispensable de prouver si oui ou non le chevalier d'Éon a été client de cette boutique !

— Certes.

— Et puis, je voudrais jeter un coup d'œil aux potions purgatives ou laxatives. Sartine devrait me voir à ce sujet ! Il y a là tout ce qu'il faut pour éliminer les mauvaises humeurs par voie rectale !

— À plus tard.

— C'est ça ! Attends-moi sous l'orme !

II

En tant que femme, je ne sais que découdre et enfiler.

LE CHEVALIER D'ÉON

Le commissaire aux morts étranges s'efforçait de repérer le dispositif de surveillance mis en place par Choiseul et Sartine devant l'hôtel particulier de Soubarov lorsque le chevalier d'Éon apparut, vêtu d'une grande pelisse en renard bleu et d'un capuchon en fourrure à trois cornes qui lui donnait vaguement l'apparence de quelque monstre des neiges.

— Votre tenue est des plus étonnantes.

D'Éon sourit d'un air entendu.

— Oui, c'est pour qu'on la remarque !

— Est-ce bien utile ?

— Mon Dieu, oui. Ma sortie n'en sera que plus facile à gérer lorsque je n'aurai pas cet accoutrement sur le dos.

Volnay acquiesça songeusement. D'Éon se comportait comme un espion consommé. Ils firent quelques pas et le policier sentit tout le poids des regards dans son dos alors qu'ils pénétraient dans la demeure. Soubarov sembla littéralement enchanté de la visite du chevalier d'Éon et lui fit mille politesses. Rond comme un cerceau de tonneau et le visage poupin, le marchand de fourrures ne ressemblait en rien à l'image qu'on pouvait se faire d'un espion au service des Anglais.

On passa dans la salle de réception car, bien entendu, Soubarov les retint à dîner. Volnay apprécia vaguement la décoration des lieux à la mode du jour avec des meubles laqués à fonds clairs, des décorations florales ou des figures d'animaux. Les invités se succédaient les uns aux autres, l'embonpoint semblant être leur seul sésame pour entrer.

— La foire sera bonne, constata Volnay, les marchands se rassemblent !

D'Éon lui lança un regard de roué.

— Amusez-les, je m'occupe de tout !

Bientôt, on prit place à table. Servis dans une vaisselle de vermeil, les mets suscitèrent quelques commentaires étonnés.

— Il y a peu de plats, remarqua l'un d'eux. Notre hôte s'emploie à brider la bécasse qui sommeille en nous !

— C'est normal, expliqua un de ses collègues qui avait voyagé. Dans leur pays ils amènent les plats en plusieurs services pour manger chaud. Nous n'avons devant nous que les premières entrées. On nous servira ensuite à l'assiette.

— Palsambleu, c'est bien curieux ! Ces étrangers ne font rien comme nous autres !

— Eh non ! C'est pour cela qu'ils sont étrangers !

— Certes !

On se partagea donc des bouchées à la reine, des puits d'amour, mille feuilletés à la légèreté aérienne, des bisques à la purée de petits crabes et des timbales aux œufs de caille. Des serviettes parfumées à l'eau de fleur d'oranger leur étaient régulièrement apportées. Bientôt, le premier valet annonça d'une voix pompeuse :

— Crêtes de coq, cervelles de faisan, langues de carpe et foies de lotte étuvée au vin d'Espagne.

Volnay mangea peu, ne but guère et parla encore moins. De son côté, d'Éon pérorait comme un pédant jusqu'à ce que l'on annonce un rôti de faisan enveloppé de feuilles d'or. Au fil du souper, le commissaire aux morts étranges apprécia les divers invités à leur juste valeur : de gros marchands en peaux et fourrures pour la cour ou les gens riches. Leur conversation était dépourvue de tout attrait. En dehors des bénéfices escomptés et de quelques danseuses d'opéra qui savaient par où les prendre, ils n'éprouvaient aucune curiosité artistique ou émotion quelconque. Leur sens politique se résumait à agréer la politique royale et espérer que nulle guerre ne viendrait entraver leur florissant commerce. Quant à l'aimable Soubarov, il brillait par sa vanité de parvenu et un sens inné des affaires.

Le dessert vit l'arrivée de meringues au sucre cuit, plus légères que les ailes d'un ange, et de biscuits du Palais-Royal que Soubarov trempa dans son verre de madère. Morin s'était surpassé en échafaudant des pâtisseries sophistiquées sous forme de panier de vendanges, de blasons entrelacés de fleurs et de tabatières d'amandes. La crème chantilly dégoulinait comme neige sur les flancs des gâteaux et le caramel recouvrait les croquants. Volnay apprécia pour sa part la glace au pain bis et au beurre frais.

On servit cafés et liqueurs dans une grande salle de bal. Des chaises disposées de part et d'autre laissaient place à une allée où aurait pu passer un défilé militaire. Au signal de Soubarov, des musiciens se mirent à jouer. Au lieu de soldats, on vit des formes féminines menues se glisser entre les sièges pour gagner l'allée. L'une d'elles lui sourit au passage, laissant dans son sillage une odeur capiteuse de rose et de pêche. Ces jeunes femmes étaient manifestement nues sous des manteaux de martre, zibeline, hermine, astrakan ou renard et simplement chaussées de bottines de cuir. Une à une, elles marchèrent jusqu'au bout de l'allée en tentant d'échapper aux mains qui se tendaient vers elles pour revenir à leur point de départ. Elles n'y parvinrent pas.

Au grand chagrin de Soubarov qui avait imaginé les choses autrement, les invités égrillards s'empressèrent auprès des femmes fardées.

— Oh, quel beau vison, minauda l'un d'eux en caressant la fourrure portée par une des femmes.

— Messieurs, rappela l'hôte, ces fourrures coûtent une fortune. On regarde mais on ne touche pas !

— On ne touche pas ! grogna un homme à l'embonpoint prononcé. J'ignorais qu'on nous avait invités à un défilé militaire !

— Si nous ne pouvons pas toucher les fourrures, peut-être peut-on toucher ce qu'il y a en dessous ? proposa avec malice le chevalier d'Éon.

Des hurlements de joie ponctuèrent cette suggestion. Le désordre s'installa. Un des visiteurs lutina une des jeunes femmes, le dos appuyé contre le mur. Un autre accueillit l'une d'elles sur ses genoux et glissa ses mains entre ses cuisses. Les musiciens continuaient à jouer mais les fausses notes se multipliaient. Soubarov se désolait.

— Messieurs, se plaignit-il, ce défilé a des vocations artistiques et vous, mesdames, je ne vous paye pas pour ça.

— Certes, lança un homme en levant le nez de la poitrine d'une défilante. Et c'est pour cette raison que nous sommes obligés de sortir notre bourse !

— Elles nous demandent fort cher, d'ailleurs ! s'écria un autre qui grimpait l'escalier en entraînant sa compagne du moment.

— Mais ce sont des artistes ! supplia Soubarov. Des danseuses d'opéra !

— Ça on s'en rend compte ! grogna un visiteur en puisant des pièces d'or de sa bourse. Ces femmes-là sont chères !

Les yeux étrécis, Volnay chercha d'Éon mais celui-ci avait disparu. Finalement, il quitta son siège et se dirigea vers l'escalier monumental qui menait à l'étage. Soubarov avait finalement succombé à l'excitation générale. Deux danseuses le dépouillaient de ses vêtements et l'allongeaient à même le sol sur un manteau de zibeline. Volnay repoussa doucement une adorable créature vêtue d'une simple cape en renard et dont la poitrine brillait d'une lueur surnaturelle à la lumière des lustres.

Mais où était donc passé d'Éon ?

Il grimpa à l'étage, s'assurant d'un regard pardessus la balustrade de fer doré que personne n'avait remarqué son départ. Poussant une porte au hasard, il se retrouva dans un cabinet de garde-robe. Il reprit son chemin, apercevant par une porte entrouverte le corps d'un homme aux fesses velues et une paire de bottines qui s'agitaient en l'air.

Où peut se situer le bureau de Soubarov ?

Ses recherches l'amenèrent dans un réduit délicieux tapissé de damas rouge qui devait servir de cabinet pour les dîners intimes. Des peintures précieuses couvraient les murs, représentant, sous des festons de fleurs, couples enlacés ou femmes à la feinte indifférence. Des nus raffinés exaltaient la volupté des sens sous des soleils chauds et lumineux ou dans la lumière dégradée d'une fin de journée. La touche légère et serpentine du peintre s'attardait sur la courbe de gorges exsangues avant d'enrober charnellement des poitrines rebondies et des tailles de guêpe. Au charme ambigu de la palette, se mêlait un esprit de galanterie et de fête, l'expression d'un épanouissement.

Pour la première fois depuis longtemps, Volnay éprouva le sentiment d'une nécessaire futilité de la vie. Il pensa au peintre Watteau qui, sur son lit de mort, peignait encore dans l'air des figures imaginaires. Après un dernier regard aux formes exquises, il quitta la pièce afin de poursuivre son exploration, passant successivement d'une chambre aux murs tendus de gourgouran gros-vert à un appartement de bains aux lambris chargés d'arabesques et parsemé de cristaux et de coquillages. Même les occupations quotidiennes avaient ici une allure royale.

Continuant son exploration, il découvrit successivement un cabinet de musique et d'autres chambres aux murs peints à profusion de fruits, de fleurs et d'oiseaux étranges. Sur l'aile gauche, son attention fut attirée par une petite galerie éclairée par des lucarnes. Il la suivit jusqu'à une porte légèrement entrouverte, comme une invitation. Il la poussa doucement et entra dans la chambre. Des torchères portant des girandoles à six branches illuminaient les lieux, révélant une jeune femme à la blondeur parfaite, une beauté piquante aux traits délicats, des yeux bleus immenses et une bouche ravissante. Elle portait des bas roses et c'était à peu près tout. Mais cela suffisait à l'habiller, jugea le jeune homme.

— Si vous venez pour m'acheter mes vêtements, dit-elle avec un sourire mutin, c'est trop tard.

Même à demi nue, elle conservait une certaine solennité et cette distance qu'imposaient parfois, malgré elles, les femmes trop belles. Néanmoins, Volnay hocha la tête d'un air complice.

— Je suppose que mon ami est passé par là, il adore tromper son monde !

Il le lui décrivit après avoir déposé une pièce dans sa main.

— C'est bien lui ! s'exclama-t-elle joyeusement. Vous veniez pour la même chose ?

— Non.

— Vous me rassurez !

Elle déplia ses longues jambes gainées de rose et tapota avec un air suggestif le lit à côté d'elle.

— Venez, votre ami a déjà payé pour vous !

— Pardon ?

— Lui aussi vous a décrit. Il m'a dit que, s'il vous connaissait bien, vous ne tarderiez pas à venir vous enquérir de sa visite !

Volnay émit un juron silencieux. La main blanche de la jeune femme tapa encore une fois le matelas mais cette fois plus impérativement.

— Alors ?

Il s'approcha et se tint debout devant elle.

— Ma question vous paraîtra incongrue mais mon ami avait-il un livre en mains ou bien quelques documents ?

Elle lui désigna d'un geste langoureux un fauteuil revêtu d'étoffe des Indes brodée.

— Il l'a déposé là mais il l'a repris en sortant.

Douée et habituée à susciter le désir, la jeune femme semblait désorientée par cet interrogatoire.

— Mais n'en parlons plus.

Elle se pencha vers le séduisant policier et le toucha légèrement. Le contact de sa main fit vibrer tous les nerfs de son bras.

— N'avons-nous pas mieux à faire ? Voulez-vous que j'ôte mes bas ou préférez-vous que je les garde ?

Le regard du jeune homme s'égara un instant sur ses cuisses fuselées et sa poitrine généreuse avant de revenir, avec un brin de gêne, sur le charmant visage.

— Mademoiselle, je suis bien contrarié de ne pouvoir vous rendre tous les hommages que vous méritez.

Elle éclata de rire.

— C'est à peu près ce que votre ami pensait que vous diriez !

Son rire le poursuivit alors qu'il regagnait le couloir. Là, il buta contre un domestique qui le dépassait d'une bonne tête. L'homme au teint d'olive arborait un air à la fois insolent et méfiant.

— Que fait monsieur ici ? interrogea-t-il d'un ton poli mais suspicieux.

Volnay se racla la gorge.

— Je me suis égaré.

— J'en suis navré. Maintenant, si monsieur veut bien me suivre pour rejoindre les invités…

L'invitation était courtoise mais ferme. Le policier le suivit jusqu'à la pièce de réception. Là, un mélange de corps et de fourrures l'attendait. Le visage sombre, il enjamba les couples vautrés à terre. L'alliance des ventres rebondis et de ces corps graciles et fragiles n'avait rien d'émoustillant. Assis par terre, Soubarov se lamentait sur le sort de ses précieuses fourrures.

— Vous nous quittez déjà ? s'enquit-il.

— Monsieur, dit Volnay sans rire, la vue de ces fourrures souillées me chagrine tant que je me vois dans l'obligation de me retirer !

L'homme se glissa dans l'apothicairerie par la porte de derrière qu'il venait de crocheter. Il fit un pas en avant et plissa les yeux pour accommoder dans la demi-obscurité. De ce côté-ci, les lieux lui étaient inconnus. Il s'efforçait de se diriger sans bruit, repérant la silhouette équilibrée des balances, se rassurant en effleurant les mortiers de bronze et les spatules de fer. Soudain, il étouffa un cri. Des serpents descendaient lentement du toit pour le piquer. Il fit un bond en arrière. La porte de l'enfer entrouverte déversait un flot de monstruosités abjectes. Souvent dans ses rêves, il les avait rencontrées. Cohortes rampantes aux minuscules pieds crochus, insectes maudits déformant le plancher et les poutres du plafond, loups velus qui bondissaient pour vous briser les os, tentacules enserrant votre poitrine jusqu'à vous ôter tout souffle et surtout Celui qui prend appui sur votre esprit, au cœur de vos rêves les plus sombres, pour vous empêcher de vous en échapper.

Sa main tremblante recouvrit la croix qui décorait sa poitrine. Ses lèvres s'ouvrirent silencieusement.

"Aussi moi je te dis que tu es Pierre, et sur cette pierre je bâtirai mon Église, et les portes de l'enfer ne prévaudront point contre elle."

Une paix nouvelle se répandit dans tout son être. Le sentiment diffus que Dieu ne l'abandonnerait jamais et le chargeait de convertir le monde. Alors, sa raison prit le pas sur son imagination et lui montra l'étendue de sa folie. Le bestiaire infernal se composait seulement de serpents et crapauds séchés et de lézards empaillés qui pendaient du plafond.

Il se signa rapidement et reprit sa marche discrète. Il lui fallait traverser le laboratoire, que seule une lampe à huile éclairait. Quelqu'un avait eu la mauvaise idée de s'y trouver. Une très mauvaise idée. Nul ne pouvait s'immiscer entre lui et Dieu. C'est alors qu'il vit le moine. Hérétique ! Un sourire mauvais éclaira son visage. D'un coup, une envie de tuer s'empara de lui. Il expira lentement pour expurger de lui la bouffée de rage qui l'avait saisi. Une fois calmé, il chercha du regard une arme.

Des branches d'arbres griffues et menaçantes semblèrent se tendre vers lui pour le saisir à la sortie de la demeure de Soubarov. Le ciel se voila. Volnay plissa les yeux et s'arrêta, un instant désorienté au cœur des ombres mouvantes projetées par la lune. Au sein de celles-ci se faufilait désormais une silhouette noire. D'un mouvement fluide, le policier se retourna en sortant son pistolet. L'homme leva les bras en l'air et montra ses mains, paumes ouvertes.

— Je ne suis pas armé, monsieur de Volnay. Quelqu'un désire vous voir, quelqu'un que vous avez déjà rencontré au sujet de la traduction d'une lettre.

Volnay comprit d'un trait et hocha la tête.

— Je vous suis.

Et il attendit que l'autre se retourne pour lui emboîter le pas.

Après Sartine, Choiseul ! Tous les comiques du gouvernement de la France se pressaient désormais pour le rencontrer dans leur carrosse !

Il grimpa dans la voiture et ne fut pas étonné d'y retrouver Choiseul engoncé dans une grande pelisse en renard bleu. En dessous, le ministre portait un superbe habit confectionné dans un drap d'argent lisse et nacré. Il accueillit le commissaire aux morts étranges avec une assurance hautaine.

— Votre soirée était-elle plaisante ?

Dans le vaste carrosse aux rideaux tirés, un petit brasero procurait une agréable chaleur mais aussi une fumée incommodante. Volnay s'essuya les yeux qui le piquaient avant de répondre :

— Elle fut en tout cas des plus instructives !

Choiseul fronça soudain les sourcils.

— Mais où est passé le chevalier d'Éon ?

— Je l'ignore. La soirée a un peu… dégénéré…

Le ministre tira un rideau de la portière et appela quelqu'un.

— Où est le chevalier d'Éon ?

— Il n'est pas ressorti, monseigneur.

— En êtes-vous certain ?

— Certes oui, toutes les issues sont surveillées et seul le chevalier de Volnay ainsi qu'une femme sont sortis de cet hôtel particulier.

Volnay réprima un sourire. Tel un illusionniste, le chevalier venait d'escamoter ce que tous suivaient pourtant du regard. D'Éon était passé à travers les mailles du filet ! Choiseul se tourna vers lui, agacé.

— Je n'ai pas l'intention de courir après ce petit effronté de chevalier d'Éon. L'avez-vous ?

— Quoi donc ?

— Ce que vous êtes allé chercher. Parlez-moi franchement.

— J'ignore de quoi vous parlez, répondit paisiblement Volnay.

— Si, vous le savez fort bien ! Que me valent toutes ces cachotteries ? demanda Choiseul d'un ton neutre.

— La parole donnée.

— Tiens, vous êtes un homme d'honneur… C'est bien ma chance ! Parlez maintenant ou vous me fâcherez !

— Monseigneur comprendra qu'en certaines circonstances, notre devoir nous impose de nous taire. On ne peut reprendre sa parole qu'une fois, après on n'en a plus !

Choiseul inspira profondément.

— Je comprends ce que vous me dites mais les exigences liées à vos fonctions ont une priorité absolue sur vos considérations personnelles en matière d'honneur.

Il fit une pause menaçante avant de continuer.

— En l'occurrence, il s'agit d'une affaire d'État. Suis-je clair ? demanda-t-il d'un ton si tranquille qu'il en était presque insupportable en de telles circonstances.

— Je suis navré d'avoir à vous déplaire.

— C'est peu de le dire…

Sa voix devint un filet glacé.

— Vous me désobligez !

Le commissaire aux morts étranges resta silencieux. Cette fois, Choiseul expira longuement pour conserver son calme puis il considéra Volnay avec un intérêt amusé.

— J'avoue que votre conduite m'intrigue. Vous n'avez aucune obligation envers le petit d'Éon et aucun intérêt à me contrarier pour votre avenir.

— Je le reconnais.

— Et vous persistez ?

Choiseul ne cachait plus sa stupéfaction.

— Je peux vous rendre la vie plus que difficile, le savez-vous ?

— Monseigneur, dit Volnay avec grâce, laissez-moi à ma parole et je me fais fort de vous rendre service un jour en retour.

Il ajouta avec une pointe de fierté :

— Les gens comme moi sont rares et si un jour vous avez quelque mission à me proposer, vous saurez que vous pourrez me la confier sans crainte car je suis un homme de parole sachant se taire.

Le ministre n'en revenait pas.

— Vous êtes aussi honnête qu'habile à ce que je vois ! Sartine ne m'a donc pas menti à votre sujet. Néanmoins, faites-moi la grâce de connaître ce qui est préférable pour la France.

— Ma parole…

— Votre personne n'a pas la moindre valeur et votre parole aucune importance.

— Votre opinion sur moi n'est pas aussi passionnante que vous le pensez, répliqua calmement Volnay.

Choiseul manqua s'étrangler. Les gens venaient déposer à ses pieds, cent fois par jour, leurs hommages comme de fidèles et vieux chiens obséquieux et voilà que ce jeune paltoquet lui répliquait tranquillement qu'il n'avait cure de son opinion.

— Vous passez les limites, dit-il.

Volnay posa la main sur la portière.

— Gardez confiance, monseigneur. Je vous ramènerai ce que vous recherchez mais cela se fera dans le respect de mes règles.

Il sauta à terre et fit quelques pas dans la nuit, s'attendant à ce qu'un ordre fuse et qu'une main rude se pose sur son épaule mais rien ne vint. Manifestement, Choiseul n'arrivait pas à se décider à son sujet ou peut-être hésitait simplement à risquer un conflit ouvert avec Sartine. Ou bien encore, les dernières paroles de Volnay avaient-elles calmé le jeu ?

Il lui fallait maintenant se débarrasser rapidement de ceux qui n'allaient pas tarder à le suivre afin de retrouver au plus vite d'Éon. Mais où était passé ce fou de chevalier ?

Le moine venait de terminer l'inventaire des drogues, huiles, eaux et sirops ainsi que des bois de santal utilisés pour le traitement des fièvres. Il rangeait maintenant, devant l'alambic en cuivre, les drogues en provenance du Nouveau Monde : bois de gaïac, *lignum sanctum* et baume du Pérou. Les huiles de friction et les onguents l'attendaient. Des frissons parcouraient déjà sa peau à l'idée de les étaler pour en apprécier la texture moelleuse ou veloutée, leurs odeurs venues d'ailleurs. Absorbé par la précision de son classement, le moine ne prit pas garde à l'ombre menaçante qui grandissait derrière lui. La poudre de tabac, dont il venait de se servir pour une petite prise, le fit éternuer à trois reprises. Comme il avait gardé de ses séjours en prison l'habitude de se parler à voix haute à lui-même, il dit :

— Je crois que je vais bientôt mourir !

Une brève lueur illumina la nuit lorsque la porte de la taverne s'ouvrit. Un colosse en sortit, suivi de deux hommes trapus. Volnay passa devant eux en hâtant le pas. Plus loin, il jeta un coup d'œil par-dessus son épaule. Sous la lune, deux silhouettes se découpaient dans la rue. Le commissaire aux morts étranges n'avait pas l'habitude de courir face au danger. Il fit calmement demi-tour, la main sur la poignée de son épée. En face de lui, on s'immobilisa. Une petite minute passa. Volnay comprit soudain qu'il venait de commettre une erreur.

Il tenta de se retourner mais, le regard dépourvu d'expression, le colosse le saisit à bras-le-corps, lui coupant net le souffle. Dans un seul mouvement on lui saisit les jambes et on le souleva de terre. Il se débattit et réussit à libérer une jambe avec laquelle il donna des coups de pied désordonnés en essayant d'atteindre un visage et de casser quelque nez. Il se trouvait dans l'impossibilité de briser l'étreinte qui l'enserrait. La tête lui tournait et il avait soudain la bouche sèche.

Tout à coup un bâton s'écrasa sur ses côtes, lui arrachant une sourde plainte. Le second coup lui fit éclater la lèvre. Il sentit un goût de fer et de sang dans sa bouche.

— Lâches que vous êtes !

Un être étrange venait de faire son apparition, flottant dans une robe de velours violet, boitant sur de hauts talons, le visage fardé, le rouge aux joues et le menton garni de piquants. La bave aux lèvres, il se mit à frapper sans vergogne de taille et d'estoc, gêné seulement par la longueur et les plis de sa robe. Zébrés de coups, lardés de pointe d'épée, les agresseurs du policier s'enfuirent en hurlant dans la nuit. Le chevalier d'Éon (ou était-ce la chevalière ?) se retrouva à fendre l'air de son épée, face au vide. Il s'arrêta pour reprendre son souffle et dit :

— En tant que femme, je ne sais que découdre et enfiler !

Après quoi, il essuya d'un revers de manche la sueur qui dégoulinait de son visage, mélangeant fard, rouge et poudre de farine dans un résultat écœurant.

— Avez-vous toujours besoin de vous mettre ainsi en scène ? haleta Volnay en se relevant.

Le souffle court, il tâta ses côtes en espérant n'en avoir aucune de cassée.

— Chevalier, dit-il néanmoins, je vous suis redevable.

— Mon ami, vous ne me devez rien. Je douterais de ma virilité si je n'étais pas accouru à votre secours, répondit le chevalier d'Éon.

Un air de grandeur mêlé d'audace ornait son visage. Volnay soupira intérieurement. Ce garçon, si cela en était bien un, remplissait son devoir avec le plus grand sérieux tout en cédant aux pires folies pour rappeler son existence aux grands de ce monde.

— Avez-vous le libelle ? s'enquit-il.

— Bien entendu et je l'ai mis en sûreté.

Le policier se raidit. En un éclair, il venait de comprendre que, plus encore que sa double nature, le double jeu était l'essence même de Louis d'Éon.

— Vous ne me le donnerez pas ?

— Non.

— Alors, il serait temps de le remettre à Choiseul et d'en prévenir Sartine.

Une violente indignation se peignit sur les traits du chevalier d'Éon.

— Il serait bien triste pour moi de voir tomber en des mains aussi déshonnêtes et impures un tel libelle.

— Vous ne changerez donc jamais ! murmura Volnay consterné.

L'autre se redressa de toute sa taille et tituba sur ses talons hauts.

— Hélas, je ne sais ce que j'ai fait à Dieu qui ne m'a pas donné un cœur de femme ! Je vais demeurer tel que je suis pour mon gain ou pour ma perte !

Et il ajouta sur un ton grandiloquent :

— Je vais de ce pas déposer aux pieds du roi l'hommage de mon dévouement.

— Changez d'abord de tenue, lui conseilla Volnay.

Les prostituées se donnaient aux abords du Palais-Royal. Près d'eux, une baladeuse arpentait le trottoir. Non loin de là, dans la nuit sombre et froide, deux carrosses s'étaient arrêtés portière contre portière afin de permettre à leurs propriétaires d'en descendre. Tournant l'un autour de l'autre comme deux chiens cherchant à déterminer qui était le plus dominant, ils se jaugeaient tranquillement du regard.

— Je suis stupéfait par ce que j'ai vu et entendu, lâcha enfin Choiseul.

Il s'était tourné à demi pour s'assurer que nul dans la rue n'entendait ses paroles, oubliant les cochers immobiles.

— Je vous avais prévenu, monsieur le ministre, répondit tranquillement le lieutenant général de police.

— Certes, et mon obstination me coûte cher !

Choiseul se retourna avec un pli sardonique aux lèvres et tendit une bourse à Sartine qui l'empocha sans broncher.

— Un pari est un pari et je veux bien admettre que vous l'avez emporté. Votre commissaire aux morts étranges n'est pas plus impressionné par moi que par…

Il chercha un mot peu désobligeant.

— Que par une araignée, termina-t-il peu satisfait de sa trouvaille.

Un sourire rare éclaira fugitivement le visage du lieutenant général de police avant de disparaître si rapidement qu'un moment le ministre se demanda s'il avait vraiment existé.

— Néanmoins, ajouta Choiseul avec un sentiment de revanche, je lui ai fait donner quelque leçon par mes gens.

Une lueur d'inquiétude traversa le regard de Sartine.

— C'est-à-dire ?

— Ne vous alarmez pas : quelques coups de bâton sur les épaules…

— Vous avez fait bastonner mon commissaire aux morts étranges ? s'indigna Sartine.

— Ce n'est qu'un policier…

— C'est un homme qui en vaut d'autres !

Ils furent interrompus par une cavalcade incongrue dans la rue. Un colosse ensanglanté parut le premier, suivi de deux silhouettes plus menues et mal en point. Tous trois hurlaient comme des veaux.

— Mais ce sont mes gens que j'avais chargés de la correction ! lâcha Choiseul stupéfait.

Sartine comprit et cligna malicieusement des yeux.

— Ne vous alarmez pas : quelques coups d'épée dans les fesses…

Il tapota la bourse dans sa poche.

— Ce pari réglé, revenons-en aux choses importantes.

— Oui, dit vivement Choiseul pour qui cette soirée n'était pas la meilleure de son existence. Qu'en est-il du secret de Podovski et de *l'Exilé* ?

Sartine leva la tête. À la lueur de la lune, son teint prenait une couleur vieil ivoire du plus bel effet.

— Le chevalier de Volnay a fait preuve de jugement en me prévenant avant la soirée chez Soubarov. La chose recherchée est en fait un libelle contre le roi.

— Oh, ce n'est que cela, soupira Choiseul. Encore une de ces saletés : pamphlets orduriers, libelles, chansons ou poèmes satiriques. Nous passons notre temps à en châtier leurs auteurs ou à les acheter ! Un de plus…

— Celui-ci est plus ennuyeux que d'autres s'il est écrit par l'ancien chancelier Bestoutchev.

— Oui, admit le ministre. S'il paraît en Angleterre, cela pourrait nous causer quelques torts.

— Le chevalier d'Éon est passé entre les mailles de nos filets. Il l'a certainement mis en lieu sûr et ne nous le restituera pas avant son retour au pays à un poste digne de son état ou de celui qu'il s'imagine. Vous connaissez son obstination…

Le visage de Choiseul s'orna d'un pli dédaigneux.

— Si ce n'est que cela, nous le renverrons dans sa Bourgogne natale ou dans quelque ambassade.

— Ceci n'est pas de mon ressort, rétorqua Sartine d'un ton pincé. Il vous revient de savoir quoi faire de lui. Pour ma part, je reste saisi d'une enquête criminelle.

Il recula pour se rapprocher de son carrosse et signifier que l'entretien était terminé. Choiseul ne bougea pas, l'air renfrogné.

— Un instant, monsieur le lieutenant de police. Comment le chevalier d'Éon a-t-il pu s'échapper de la souricière que nous avions dressée autour de la demeure de Soubarov ?

Les fossettes de Sartine s'ornèrent d'un pli sarcastique.

— En se déguisant en femme, monsieur le ministre. En se déguisant en femme !

Choiseul resta un moment silencieux puis il grogna :

— Nous enverrons donc d'Éon en ambassade à Londres. Une certaine Mme Leprince de Beaumont y publie un journal consacré à la défense des droits de la femme : le *Journal des dames* !

Le commissaire aux morts étranges tambourina sur la porte. Hélène ne tarda pas à lui ouvrir. Étrangement, à cette heure de la nuit, elle portait encore ses bottes et une tenue de cavalier.

— Que faites-vous là ? s'exclama-t-elle.

Mais après l'avoir examiné de la tête aux pieds, elle ajouta :

— Que vous est-il arrivé ? On vous a fendu la lèvre !

Volnay soupira et s'appuya au chambranle de la porte.

— Ce serait long à raconter. Je suis allé à une soirée avec un homme qui, de temps à autre, se travestit en femme.

— C'est la fête des Fous ! remarqua Hélène avec indulgence.

— Nous avons assisté à une présentation de fourrures portées par de délicieuses demoiselles entièrement nues en dessous, continua Volnay imperturbable. Ensuite, je me suis perdu dans la demeure et en sortant je suis tombé sur un ministre du roi qui, l'instant d'après, a essayé de me faire bastonner par de sinistres individus !

Il posa le front contre son bras.

— Enfin, l'homme déguisé en femme m'a sauvé de leurs griffes.

— Vous menez une vie passionnante, lâcha Hélène dans un sourire. Mais pourquoi venez-vous me raconter tout cela en pleine nuit ? Êtes-vous venu chez moi vous faire soigner et dorloter ?

Volnay se redressa. Plus que la fatigue, son visage reflétait l'anxiété.

— Je cherche mon père. Il est très tard et il n'est pas chez lui. J'ai pensé que…

— Vous pensez mal.

— Oh, pardon.

Hélène fronça pensivement les sourcils.

— Peut-être est-il simplement de sortie. Vous voyez de quoi je veux parler ?

— Au cabaret à cette heure-là ? Mon père m'a dit qu'il passerait chez moi… Et quand il dit quelque chose, il le fait sauf à en être détourné par un argument vraiment…

Son regard effleura la taille fine et vaporeuse d'Hélène.

— Euh… supérieur…

Elle l'interrompit d'un geste péremptoire.

— Où l'avez-vous vu la dernière fois ?

— Je l'ai laissé ce matin à l'apothicairerie avec deux archers du guet.

— Vous connaissez votre père. Plongé dans ses expériences, il ne voit pas le temps passer.

— Vous avez raison. Je vais m'y rendre. Pardonnez-moi pour le dérangement.

— Un instant !

Hélène se dirigea vers sa chambre.

— Je prends mon manteau. Vous m'avez suffisamment inquiétée pour cela.

— Mais ce n'est pas utile…

Elle ne se retourna même pas.

— S'il est resté là-bas si tard, c'est qu'il a besoin d'aide dans ses travaux et je pourrai le seconder.

La jeune femme revint, un manteau sur les épaules et un chapeau à plumes à la main. Elle le dépassa sans un regard. Derrière elle, flottait une odeur de violette.

— Allons-y ! ordonna-t-elle.

Volnay émit un borborygme exaspéré mais obtempéra tant il redoutait l'humeur imprévisible d'Hélène. Les deux jeunes gens marchèrent rapidement à travers les rues sombres, l'un sur les talons de l'autre mais jamais côte à côte. Seules la lune et les fenêtres des cafés éclairaient leurs pas. De temps à autre, le regard de Volnay glissait sur la taille souple de la jeune femme et se détournait. Ils s'immobilisèrent à quelque distance de l'apothicairerie, saisis par le silence tout comme par l'absence de lumière ou de mouvements.

— Pas d'archer du guet ? Votre père les aurait-il renvoyés à cause de l'heure tardive ?

— Il n'est pas comme M. de Sartine. Il se soucie de la santé des gens, lui !

Il s'approcha et frappa à la porte.

— Personne ne répond !

— Peut-être est-il rentré entre-temps, hasarda Hélène. Il est tard…

Quelque chose du prédateur s'était réveillé chez le commissaire aux morts étranges. Tous ses sens en éveil, il semblait flairer l'air et parler à la nuit.

— Faisons le tour. Dans mon souvenir, une porte donne sur la cour et ce sera plus discret de la forcer si nous y sommes obligés.

Lorsque Volnay prenait une décision, il était difficile de la discuter. Hélène lui jeta un regard furtif. Sous les traits du chasseur se dissimulait un homme inquiet. Ils s'introduisirent dans la cour faiblement éclairée. Le policier trouva bientôt la porte qu'il cherchait.

— Elle n'est pas fermée, murmura-t-il, atterré par ce que pouvait impliquer ce constat.

Il se retourna pour constater que, surgie de nulle part, une dague brillait dans la main d'Hélène.

— Soyons prévenants, dit-elle simplement.

Le commissaire aux morts étranges hocha la tête et sortit son pistolet. Après un temps d'hésitation, il tourna le dos à Hélène pour passer en premier. Venant de Volnay, ceci pouvait être considéré comme une certaine marque de confiance.

À l'intérieur, la pénombre était presque totale. Ils progressèrent en silence vers le cœur de l'arrière-boutique, le laboratoire. Se guidant de la main le long d'une table, Volnay sentit tout à coup sous ses doigts une pâte molle. Il se rassura bientôt au contact de petites sphères dures sur un disque de bois, sans doute le pilulier. Le matin même, il avait vu un commis rouler les fragments de pâte entre le pouce et l'index puis sur une surface plane avant de les laisser sécher.

Il ne servait à rien de progresser dans le noir si quelqu'un, immobile, les attendait pour les égorger. Le policier battit donc son briquet. Sur une table de préparation, il découvrit une chandelle, l'alluma et la tint droit devant lui, loin des yeux pour ne pas être ébloui.

Ils arrivèrent au laboratoire. Là, tout était sens dessus dessous. Hélène cria. Le moine gisait au milieu d'un ballon en verre et de bocaux brisés. Sa tête baignait dans le sang. Le cœur de Volnay se mit à battre à se rompre. Il se précipita vers son père et le secoua.

— Père ! Père !

Sa voix était montée anormalement dans les aigus, comme celle d'un enfant paniqué. Hélène s'agenouilla près du moine et tenta de le ranimer. Volnay se saisit du poignet de son père, cherchant le pouls.

— Mon Dieu, mon Dieu !

Horrifiée, Hélène dit :

— Il est mort !

Puis elle éclata en sanglots.

Volnay sursauta et la regarda comme si elle était devenue folle.

— Taisez-vous ! Il n'est qu'inconscient. Trouvez-moi de l'eau et des sels !

Il entreprit d'écarter de la tête de son père les débris de verre et de l'installer plus commodément. À la lueur de la chandelle, il découvrit une fiole brisée ensanglantée et, à la tête de son père, une grosse entaille au cuir chevelu.

Hélène revint avec de l'eau et des sels qu'ils firent respirer au moine afin qu'il reprenne ses esprits.

— Foutrebleu ! dit-il simplement avant de refermer les paupières.

Volnay fit de la lumière dans toute la boutique et ils trouvèrent un siège pour le moine. Ce n'était pas le matériel qui manquait pour soigner un blessé. Les deux jeunes gens nettoyèrent la blessure, le pansèrent et le bandèrent.

— Je n'ai rien vu venir ! dit simplement le moine avant qu'on lui pose la question.

Le policier hocha la tête et, laissant son père à la garde d'Hélène, retourna sur les lieux de l'agression à la recherche d'un indice. Il revint bientôt bredouille mais tomba en arrêt devant le comptoir où trônait le registre, grand ouvert avec une page arrachée.

— J'ai l'impression que le coupable a signé son crime, constata-t-il satisfait en rapportant le registre.

— Plus que tu ne le penses !

Le moine s'était levé et montrait sur une page l'empreinte sanglante d'un doigt.

Ils quittèrent l'apothicairerie en emportant le registre. Volnay respira à fond et l'air glacé emplit ses poumons de milles fléchettes acérées.

— Essayons de trouver une voiture, proposa-t-il.

Ils eurent la chance en chemin de pouvoir héler un cocher. Une fois le moine installé chez lui comme un sultan dans son fauteuil, la tête couronnée de bandages, Volnay inspecta le registre.

— Je ne retrouve pas la page sur laquelle notre diacre Pierre-Joseph Grandjean avait inscrit le nom de François de Pâris.

— N'ennuyez pas votre père avec cette affaire, dit Hélène sur un ton de reproche. Il a besoin de se reposer.

Volnay reposa avec précaution le registre.

— Je vais rester le veiller, ajouta la jeune femme.

— Merci, je resterai aussi.

Hélène soupira.

— Êtes-vous donc médecin ?

— Et vous-même ?

— J'en sais plus sur les secrets de la nature et des plantes que nombre de médecins et d'apothicaires.

L'amusement à peine voilé de la jeune femme était perceptible.

— Allons, ne craignez rien, je ne vais pas abuser de sa faiblesse !

Dépossédé de son devoir de fils, Volnay hésita entre la révolte et la soumission. Son père décida pour lui.

— Mon enfant, tu es le meilleur fils dont on puisse rêver mais Hélène est le médecin idéal. Rentre donc chez toi prendre quelque repos !

Volnay le contempla avec un brin de contrariété. Puis son regard se porta sur les formes souples et agiles d'Hélène avant de croiser ses yeux verts brillant d'un éclat mordoré.

— Je vous le confie, lui dit-il enfin.

Tant Hélène que le moine lui jetèrent un regard étonné, surpris qu'ils étaient par son ton conciliant. Sans un mot de plus, Volnay reprit le registre et sortit d'un pas assuré.

— Cette nuit, le chasseur ne lâchera pas sa proie, prédit le moine songeur.

— Laissez-le agir, votre fils sait ce qu'il fait.

Le moine geignit.

— Ma tête me lance.

— Vous allez dormir et vous reposer, dit Hélène d'une voix apaisante.

Le blessé se tint les tempes entre les mains.

— Comment voulez-vous que je dorme ainsi abîmé ? Quand je souffre d'insomnie, j'écrase sous la dent un morceau de camphre et je l'avale avec une tisane de sauge et de verveine.

Hélène le contempla avec un amusement à peine voilé.

— Vous avez terminé votre représentation ou voulez-vous encore jouer au rôle du malade avec tisane ?

Le moine se redressa d'un coup.

— Vous avez raison, donnez-moi quelque chose de fort. J'ai sur l'étagère de droite, près de la sauge séchée, une flasque d'une eau-de-vie de prune de Lorraine dont vous me direz des nouvelles. Vous nous l'apporterez avec deux verres.

Elle s'inclina devant lui.

— Bien, Votre Altesse !

— Un petit alcool après le repas active la digestion paresseuse, plaisanta le moine. Bien que je n'aie rien mangé depuis midi.

— Avez-vous faim ?

— Pas le moins du monde mais apportez donc aussi cette saucisse sèche qui se traîne près de vous. Nous lui ferons un sort, sorciers que nous sommes !

Hélène mangea du bout des dents et ne fit que tremper ses lèvres dans son verre. Le moine, quant à lui, dévora la saucisse qu'il fit passer par deux gobelets d'eau-de-vie. Enfin ragaillardi, il se tint un moment songeur et silencieux au coin du feu. Les flammes soulignaient les rides de son visage.

— Qui surprendra-t-on au lit demain matin ? demanda-t-il enfin pensivement.

— Pardon ? fit Hélène interloquée.

— Les jeunes gens qu'on surprend au lit le jour des Saints-Innocents reçoivent quelques claques sur le derrière…

— Vous pensez encore à cette stupide fête des Fous ?

— Oui, pour cela, vous et moi avons échoué dans notre mission, constata-t-il sur un ton de regret.

Elle lui jeta un regard incisif.

— Parlez pour vous !

Le moine sursauta.

— Petite cachottière ! Racontez-moi donc !

— Demain, pas avant.

— Mais…

— Vous ne me faites donc pas confiance, Guillaume ?

— Vous vous trompez.

Le ton du moine était grave.

— Après mon cher fils, vous êtes la seule personne en qui je puis placer ma confiance.

Elle se figea puis, le regard vide, elle hocha lentement la tête. Plus tard, dans la chambre, alors qu'allongé il la contemplait, elle commença à se déshabiller. Son regard glissa jusqu'à ses chevilles nues.

— Que faites-vous ma chère ?

— Je viens me coucher avec vous. Il est tard, vous devez dormir et moi j'ai promis à votre fils de veiller sur vous. Je le ferai aussi bien si je m'allonge à vos côtés.

— C'est vrai.

— Et puis, vous avez une blessure à la tête. Cela peut se révéler plus grave qu'il ne paraît. Aussi resterai-je éveillée jusqu'à ce que le sommeil me prenne.

— Très bien.

— Et vous resterez à distance raisonnable de moi. Vous êtes blessé.

— Dans mon orgueil plus que dans ma chair.

— Oh, quel mâle vous faites !

Elle continua à ôter ses vêtements sans plus de pudeur. Lorsqu'elle retira ses bas, ses cuisses dorées étincelèrent à la lumière des chandelles.

— N'y pensez même pas, fit-elle en captant son regard.

— Oh, loin de moi ces pensées. Loin de moi le danger !

Les draps et les couvertures s'ouvrirent, permettant à son corps, à la texture de miel et de café, de se glisser près de lui. Sans mot dire, sa tête se blottit au creux de la poitrine dure et brûlante de l'homme. La main de celui-ci vint jouer avec sa chevelure.

— Que va-t-il se passer demain ? murmura Hélène les yeux grands ouverts.

Le moine ne sut pas si elle avait parlé pour elle-même ou posé une question. Il choisit néanmoins de répondre.

— Oh, ma chère, il se passe des choses terribles ! Lors de la fête des Saints-Innocents, des garçons accomplissent le rite de la flagellation des femmes pour assurer leur fécondité. Le fouet est en paille et les filles aux poignets entravés poussent des gémissements de douleur feints.

Hélène l'écoutait avec un mélange approprié d'indulgence et d'amusement. Son compagnon fit une pause et ajouta en roulant des yeux terribles :

— Et ensuite, il peut se passer des choses plus intimes si la jeune femme en vaut la peine comme vous…

Le rire cristallin d'Hélène s'éleva dans l'air.

— Néanmoins, ajouta le moine, à une certaine époque, il s'agissait plutôt des chanoines et des curés que l'on prenait au lit le matin pour les promener nus dans la ville jusqu'à l'autel de leur église.

— Quel spectacle ! se moqua-t-elle. Vous verrai-je demain amener tout nu par les rues ?

— Ma chère, ce genre de folies a été condamné il y a deux siècles de cela et interdit dans tout le royaume. D'ailleurs, à quel autel m'amener ?

Il s'interrompit pour baiser ses lèvres.

— Sinon à l'autel de votre beauté !

— Flagorneur ! Mais… que faites-vous donc ?

Sa main épousait les courbes de son corps avec une douceur inattendue.

— Cette nuit, ce sont les Saints-Innocents, murmura-t-il. Tout est permis.

IV

LE JOUR DES SAINTS-INNOCENTS

28 décembre 1759

Duos habet et bene pendentes !
Il en a deux, et elles pendent bien !

I

Très chère sœur, si je savais où couche
Votre personne, au jour des Innocens
De bon matin, j'irai à votre couche
Voir ce corps gent, que j'aime entre cinq cents.
Adonc, ma main, vu l'ardeur que je suis,
Ne se pourrait bonnement contenter,
Sans vous toucher, tenir, tâter, tenter.
Et si quelqu'un survenait d'aventure,
Semblant ferais de vous innocenter :
Serait-ce pas honnête couverture ?

CLÉMENT MAROT
(à Marguerite de Navarre)

Volnay ne dormit pas. Dans la nuit, avec le consentement du lieutenant général de police, il fit investir une maison du faubourg Saint-Marcel où résidaient le père Cottu, le diacre et quelques exaltés de la foi. Il y trouva le père Cottu et toute une bande en train d'apporter, comme ils le prétendirent ensuite, de légers secours à une de leurs fidèles en lui marchant sur les bras et les jambes tandis qu'un conseiller au Parlement lui tapait sur la tête avec une bûchette en répétant chaque fois : "Nos têtes sont bien dures ! C'est le Christ qui les a faites si solides !"

L'apparition du commissaire aux morts étranges et des archers du guet ne sembla pas les gêner puisqu'ils auraient poursuivi si le policier ne les avait interrompus. Dans un coin de la pièce, un chevalier de Saint-Louis administrait force soufflets et coups de poing dans les joues d'une sœur dont le visage enflé passait du rouge au bleu.

— Cela ne vous dérange pas de continuer? s'exclama Volnay outré.

— Je ne fais que mon devoir en lui apportant les secours qu'elle réclame, dit l'homme pour toute explication.

Lui aussi ne comprit pas pourquoi on l'interrompait dans son œuvre.

Dans une seconde pièce, on trouva une femme en croix, les yeux fermés, la pâleur de la mort parant son visage. Deux hommes et une femme la veillaient et essuyaient ses tempes en sueur. Ils lui dirent qu'elle s'appelait sœur Sion. Le policier ordonna de quérir un chirurgien de quartier pour ôter les clous. Lorsque l'homme de l'art opéra avec une tenaille, la sœur cria et rendit du sang. Le chirurgien lava soigneusement les plaies, les banda et lui fit avaler un cordial.

À son grand soulagement, Volnay échappa aux incisions cruciales sur la tête mais, comme on le lui fit remarquer, ce n'était pas le jour.

Lorsque la sœur fut assise dans un fauteuil et réconfortée, Volnay s'isola avec elle. Il voulait comprendre. Elle n'était pas sotte et répondit à ses questions avec une grâce infinie et une dignité touchante. Ce que le Christ avait souffert, elle pouvait le supporter, elle aussi, pour racheter le péché de l'humanité. Ainsi, elle se faisait crucifier tous les six mois depuis quelques années.

De prime abord, le commissaire aux morts étranges avait considéré ces femmes comme des victimes et les hommes comme des bourreaux. Désormais, il se rendait compte que les choses étaient beaucoup plus subtiles que cela. Pas un homme n'aurait supporté ce que ces femmes enduraient. C'était dans le creuset des coups, de l'humiliation et de la douleur que ces femmes transformaient une épreuve en victoire et se hissaient définitivement plus haut que le genre masculin.

Lorsqu'il quitta sœur Sion, celle-ci le recommanda à ses prières.

Par acquit de conscience, Volnay fit le tour de la demeure et eut la surprise de découvrir Ameline qui couchait fort sagement sur un grabat dans les combles. Elle lui expliqua avoir trouvé le chemin de la foi après sa visite au cimetière Saint-Médard. Sa conversion devait toutefois laisser à désirer car elle braquait sur lui un regard évaluateur. Manifestement, Ameline était une opportuniste. Elle avait de l'enfant le caprice et, occasionnellement, un brin de perversité mais pas l'innocence.

Le policier l'interrogea sur le diacre.

— Oh, celui-là, il veut passer pour saint, dit-elle dédaigneusement. Cela ne l'a pas empêché de me faire agenouiller pour me montrer son petit Jésus-Christ rabougri à lui.

Elle cracha par terre.

— Mais je ne l'ai pas laissé faire. Je n'ai pas trouvé une place dans une aussi belle maison pour me laisser prendre à l'envers par le premier cul-terreux venu !

Cela n'amusa pas Volnay.

— Fuyez cette maison, lui conseilla-t-il, ou bien on finira par vous y administrer les secours à coups de bûche.

— Ah, non, répondit-elle. Ici, on donne des coups de bêche dans les reins. Et c'est moi qui tiens le manche !

Deux archers du guet amenèrent le père Cottu et le diacre Pierre-Joseph Grandjean dans une salle froide et sans ornement au rez-de-chaussée de la maison du faubourg Saint-Marcel. Un étrange personnage, à moitié bossu et muni d'une tête trop grosse pour ses épaules, les suivait d'un pas tranquille, une écritoire sous le bras. Il s'agissait d'un greffier du Châtelet que Volnay avait fait quérir.

Le père Cottu prit naturellement place dans le fauteuil le plus confortable comme pour signifier qu'il n'avait rien à se reprocher. Le diacre se tint debout, derrière lui, en signe de soumission, à moins que cela ne soit pour ne pas attirer l'attention et mettre quelqu'un entre lui et le commissaire aux morts étranges. Le greffier trempa sa plume dans l'encrier.

— Des femmes que l'on bat ou que l'on crucifie, dit Volnay le front sombre. Ce que j'ai découvert dans cette maison est révoltant. Et je ne parle même pas de ce que j'ai vu dans un appartement du faubourg Saint-Antoine où l'on brûlait les chairs. Qu'avez-vous à dire à ce sujet ?

— Vous n'y êtes pas, dit le père Cottu. Nous touchons là aux différents états divins : le feu, la croix et les secours. C'est là toute l'œuvre de Dieu !

— J'ai beaucoup de mal à vous suivre sur ce terrain-là, répondit Volnay d'une voix glacée.

— Dieu nous demande parfois de crucifier jusqu'à trois femmes de concert, reprit l'oratorien extasié. Le spectacle est alors magnifique ! Ah, si vous connaissiez sœur Françoise lorsqu'en croix elle prêche sur les malheurs de notre Église, les miracles accomplis par le bienheureux François de Pâris et la venue prochaine du prophète Élie ! Tel est le plan de Dieu !

— Et pourquoi le plan de Dieu, si charmant soit-il, n'inclut-il pas de crucifier le père Cottu ou son diacre ? s'enquit le commissaire aux morts étranges.

N'obtenant pas de réponse, il changea de sujet.

— Au centre des meurtres qui ont ensanglanté Paris ces derniers jours, se trouve une apothicairerie. Or, il semble que le fantôme de François de Pâris soit revenu parmi nous puisqu'il a signé de son nom, sur le registre de cette boutique, l'achat d'une potion pour lutter contre les effets de la douleur !

Le père Cottu toucha discrètement le bois de la croix qu'il portait au cou. Comme celle du Christ, elle semblait faite de bois de cèdre et d'une traverse d'olivier. Ses gestes étaient volontairement mesurés. Il s'appliquait à effectuer tout mouvement avec lenteur et simplicité pour tromper son monde quant à sa rapidité de pensée. Celle-ci était pourtant fulgurante car son regard s'était égaré un bref instant sur son diacre dès que le nom de Pâris avait été prononcé.

D'un coup, Volnay s'emporta.

— C'est vous ! dit-il au diacre. Vous qui signez François de Pâris !

— Vous vous trompez ! balbutia le diacre.

— C'est ce que nous allons voir ! L'apothicaire est au rez-de-chaussée de la maison, encadré par deux archers du guet. Il vous a déjà décrit et vous reconnaîtra.

L'autre fit un pas en arrière, le visage soudain terreux.

— Mon ami, lui dit le père Cottu d'une voix ferme, c'est péché que de mentir.

Il avait parfaitement évalué la situation et tenait à se placer d'emblée dans le bon camp : celui de ceux qui n'ont rien à se reprocher. Le diacre baissa la tête, vaincu.

— Cet apothicaire est renommé dans Paris pour distiller à base de plantes d'Orient des potions contre la douleur. Je souhaitais seulement éviter toute souffrance inutile à ces femmes…

Les cils du père Cottu voilèrent un instant son regard.

— Vous fûtes là très charitable mais c'est à Dieu de calmer ou non leurs souffrances.

— Pardonnez-moi, mon père, murmura le diacre contrit.

Ils semblaient avoir oublié jusqu'à l'existence du commissaire aux morts étranges. Celui-ci se rappela à leur attention en se raclant la gorge.

— Cela est loin d'être votre action la plus grave.

Le policier dévisagea le diacre.

— Vous voulez imiter l'inimitable. Sa vie entière, François de Pâris a couru de pauvre en pauvre pour panser leurs plaies, tout en s'efforçant de mener leur genre de vie. Faites-vous de même aujourd'hui ? Vous n'avez pas les joues bien creuses, vous marchez d'un pas alerte, vous reluquez des Ameline…

Le diacre rougit et le père Cottu leva les yeux au ciel.

— Et vous courez les apothicaires !

— Je ne comprends pas.

— Vous allez comprendre.

Les ténèbres semblaient imprégner la voix de Volnay.

— Dans la journée, vous vous êtes rendu chez notre apothicaire de la rue Saint-Honoré. Vous avez vu les archers du guet investir la boutique. Dès lors, vous n'avez eu de cesse de récupérer la page de ce registre qui pouvait amener à faire le rapprochement avec vous. Pour cela, vous avez failli tuer mon collaborateur, le moine.

Volnay prit le registre sur ses genoux et l'ouvrit là où la page avait été arrachée.

— Tendez votre main !

— Mais que…

— Tendez-la, vous dis-je ! répéta Volnay d'un ton sans réplique. Oh, mais vous vous êtes blessé au doigt !

D'un geste vif, il lui piqua l'index blessé avec une aiguille et pressa le bout du doigt sur le livre.

— Vous m'avez fait mal, se plaignit le diacre en retirant vivement sa main.

— François de Pâris ne se plaignait pas pour si peu, se moqua le policier. Maintenant observez ce registre. Un homme a arraché hier cette page mais il s'est blessé au doigt auparavant dans les débris de verre. Comme vous. Pour arracher cette page de la main gauche, il s'est appuyé de la main droite, propre comme l'écuelle d'un chat ! En voici les traces. Ici, une empreinte de son index taché de sang. À côté, celle que je viens de faire en pressant votre doigt ensanglanté sur la page.

Il sourit en pensant au triomphe que ferait le moine à sa place en développant ses théories.

— Mon collaborateur le moine a remarqué que l'empreinte de chaque doigt est unique. Si vous n'en êtes pas convaincu, nous pouvons faire l'expérience. Nous verrons alors, après observation au microscope, que ces deux empreintes sont les mêmes.

Le père Cottu se pencha soudain vers le diacre.

— Mon ami, vous êtes en état de péché mortel ! Ne condamnez pas votre âme éternelle et confessez-vous au commissaire comme à moi-même !

Sous couvert de charité chrétienne, c'était jeter le diacre en pâture aux loups. Le père Cottu releva bien haut la tête.

— Car dans cette affaire, je n'ai rien à me reprocher et notre mouvement ne saurait être jugé du fait de la faiblesse d'un de ses membres à qui, de surcroît, elle n'a rien commandé !

L'oratorien avait parfaitement évalué la situation et, en bon joueur d'échecs, semblait prêt à sacrifier son fou pour échapper au mat. Le diacre le comprit immédiatement et pâlit. Sans appui, il était moins que rien. Ses rêves de sainteté s'envolaient. Au lieu de servir de reliques à des générations de croyants, ses os se décomposeraient dans la terre, rongés par les vers. En un clin d'œil, peu enclin à la pitié, Volnay jugea de la descente aux enfers du diacre Pierre-Joseph Grandjean.

— J'ai eu peur, je l'avoue, balbutia le diacre. Je voulais juste arracher la page du registre. Je ne pensais pas trouver quelqu'un. Lorsque je l'ai vu me tournant le dos, il était trop tard pour reculer. Dieu a armé mon bras.

— Laissez donc Dieu où il est, le gourmanda le père Cottu. Il ne pousse certainement pas au meurtre !

Abandonné de tous, le diacre semblait une proie facile. En bon prédateur, Volnay attaqua aussitôt.

— Maintenant, expliquez-moi comment vous avez tué Scipion Le Franc.

Le diacre sursauta comme si un serpent venait de le piquer. Faute de preuves et de faits, le commissaire aux morts étranges tapait à l'aveuglette. Personne ne connaissait mieux que lui le fardeau des secrets hideux que portaient nombre d'honnêtes gens. Semblant comprendre les raisons de l'acharnement du policier sur son diacre, le père Cottu tira prudemment sa chaise de côté.

— Répondez !

— Dieu m'est témoin, vous vous trompez ! pleura le diacre.

— Scipion Le Franc était un mécréant sans foi ni loi, irrécupérable. M. et Mme Le Franc se trouvaient sans autre descendance. M. Le Franc malade et son épouse acquise à votre cause, vous pouviez espérer un héritage ou un don important. Mort, le mécréant pouvait rapporter gros !

Quelque chose dans le langage corporel du diacre indiqua à Volnay que cette pensée l'avait effleuré. Le père Cottu se signa vivement.

— Pour ne pas être soupçonné, reprit le policier impitoyable, vous commettez deux meurtres, un avant et l'autre après, noyant du même coup les soupçons.

L'autre gémit et balbutia quelque chose d'incompréhensible. On entendit alors un raclement de gorge discret et le greffier se pencha en avant pour dire d'un ton très poli :

— Pardonnez-moi mais je n'ai pas compris la réponse de ce monsieur.

Volnay reposa sa question et sursauta en découvrant la nouvelle configuration des lieux. Pendant que le policier parlait, le père Cottu avait tourné subrepticement son siège, face au diacre, de manière à se retrouver dans le camp des accusateurs !

— Je n'ai pas tué Scipion ! larmoya le diacre. Un garçon qui chantait comme un ange !

Le commissaire aux morts étranges se figea. Il venait de comprendre le lien entre les meurtres !

L'aube se levait à peine. Une pluie glacée s'abattait sur la ville. Les gouttières déversaient des ruisselets d'eau sur les passants. Des portions de rues au pavé inégal devenaient si impraticables que les petits Auvergnats s'y postaient pour établir à grand renfort de planches des ponts de bois improvisés. Les passants pouvaient les emprunter moyennant quelques sous. La somme variait selon la richesse des habits de ceux qui s'y présentaient et la largeur de la flaque ou du ruisseau de boue.

Vêtu de bas de soie blanc, veste et gilet, un frac sur les épaules, le chevalier d'Éon paya son péage comme chacun. Des traits tirés marquaient son visage et le vieillissaient. Les bottes crottées, il arriva rue Saint-Jacques. Plus il approchait de son but, plus il sentait croître sa détermination. Son regard brillait d'une lueur farouche lorsqu'il repéra la librairie dans laquelle une adorable jeune fille au visage couvert de taches de rousseur lui avait vendu des livres. Trouvant la boutique fermée, il serra fortement la poignée de son épée. Tant pis, il attendrait. Sa mission s'achèverait bientôt.

Volnay entra chez le moine un peu après l'aube. Il n'avait pas dormi de la nuit, comme le prouvaient ses traits las et sa mine brouillée. Impatient de prendre des nouvelles de son père, mais soucieux de ne pas le réveiller s'il dormait encore, il murmura :

— Père ? Père ?

Comme personne ne répondait, il alla jusqu'à la chambre dont il poussa la porte.

— Père ? Oh…

La vision d'Hélène dormant blottie dans les bras de son père le contraignit à battre en retraite. Il referma la porte. Un instant plus tard, il perçut le froissement de draps et entendit quelqu'un s'habiller dans la chambre. Pendant ce temps, il s'occupa à faire du feu tant le froid était grand à l'intérieur de la pièce. Hélène vint le rejoindre dès les premières flammes. Elle se tint un moment à côté de lui. Ils avaient le même âge et, dans d'autres circonstances, ils auraient pu être amis, voire plus.

— Je ne vous demande rien, chuchota Volnay le regard perdu dans le vide.

— Votre père a besoin de se sentir plus jeune, je l'y aide un peu. N'y voyez aucun mal !

Volnay ouvrit la bouche et la referma.

— Vous êtes trop bonne, grimaça-t-il.

Signe d'agacement, Hélène haussa un sourcil.

— Ne prenez pas cet air offusqué. Je suis très attachée à votre père et je l'apprécie beaucoup. C'est un homme comme on n'en fait plus.

— Il a vingt-cinq ans de plus que vous !

— Les jeunes gens de mon âge me traitent avec beaucoup moins de respect et d'attention que lui.

— Oh, je vous en prie, je ne veux pas entendre ce genre de choses !

Il alla à la fenêtre et appuya son front contre la vitre.

— À l'approche de la fête des Fous, tout le monde semble gagné par un vent de folie. Vous et mon père comme les autres !

Hélène posa une main sur son épaule.

— Oui, dit-elle, et il faut que nous en parlions !

L'Écureuil ouvrit la porte de la librairie. À cette heure-ci, son patron prenait le café au chaud. Le sentiment d'une présence derrière elle la poussa à se retourner vivement. Un gentilhomme d'une trentaine d'années se tenait là, son chapeau à la main. À ses côtés, pendait une épée très menaçante. En une fraction de seconde, elle sentit l'immense tension qui l'habitait.

— Mademoiselle, je vous attendais, dit-il simplement.

Le moine s'était réveillé plus tard et en bonne santé. Sa belle prestance, sa robe de chambre en serge indienne et un nouveau bandage serré autour de sa tête lui donnaient un air de sultan. Et de fait, il trônait comme un prince, dans son meilleur fauteuil, près du feu flambant joyeusement, tandis qu'Hélène s'empressait pour lui servir son café.

— Alors, comment se passe la fête des Fous ? demanda-t-il à son fils.

— Un peu partout en ville, dit Volnay, on a jeté des potées d'urine et d'excréments du haut des fenêtres sur tout ce qui portait un uniforme ou un bel habit.

— Ah ! C'est très bien, ça, gloussa son père. Et quoi d'autre ?

— Au coin du quai de l'Horloge, on a brûlé un mannequin ressemblant fort au pape. À Saint-Antoine, face à la vieille rue du Temple, de jeunes gens se sont donnés en procession, certains travestis en femmes, et des commerçants ont fait percer des tonneaux de vin.

— Encore ! se réjouit le moine.

— On a vu à Saint-Gervais des prêtres barbouillés de suie et travestis, chanter et danser dans le chœur, ajouta son fils d'un ton las. Ils ont immédiatement été arrêtés mais, après vérification, ce n'étaient pas des prêtres. Paroisse Saint-Sulpice, on a chanté des chansons obscènes mais les archers du guet ont fait évacuer l'église. Ici et là, on a détourné des chants liturgiques comme celui de *Gaudeamus* à la place du *Laetabundus*.

— J'aurais bien aimé entendre rouler quelques dés dans les églises, regretta le moine.

— À Saint-Médard enfin, termina son fils pressé d'en finir, des diacres ont été pris à manger du boudin noir sur l'autel tandis que brûlaient dans les encensoirs de vieilles savates. On les a rapidement amenés au Châtelet où ils méditent dans une cellule avec de l'eau jusqu'aux genoux. Le cimetière de Saint-Médard a également été fermé et son entrée gardée par le guet. À l'heure qu'il est, tout est rentré dans l'ordre.

Le moine se rembrunit.

— Lorsque la société serre les fesses, constata-t-il, les espaces de liberté individuelle se réduisent considérablement !

Le valet faisait les apprêts de la barbe à Sartine lorsqu'on apporta un pli à ce dernier. Il le lut et le froissa de rage.

— Comment ça ! hurla-t-il à son secrétaire qui avait eu le malheur de lui remettre ce papier. Il a trouvé le coupable et c'est moi, lieutenant général de police, qui dois me déplacer pour entendre son histoire ? Et qui plus est dans la demeure de ce damné moine, excommunié par le passé !

— C'est le message qu'il m'a prié de vous transmettre, répondit l'autre d'un ton malheureux. Vous savez également que le moine a été blessé cette nuit. Cela explique sans doute le lieu choisi.

Le lieutenant général de police eut un hochement de tête sec.

— Qu'on fasse amener mon carrosse. J'y vais mais j'espère qu'on aura réponse à toutes mes questions !

— J'aurais bien voulu en être, dit le moine lorsque son fils lui raconta la soirée chez Soubarov.

— Ces choses-là ne sont plus de ton âge, répondit Volnay fatigué.

— C'est à voir, fit songeusement le moine en se lissant la barbe.

— En tout cas, d'Éon s'est bien joué de nous. Il est entré en homme dans un accoutrement très voyant et tout le monde l'a attendu vêtu de la sorte. Au lieu de cela, il est ressorti en femme, passant sans encombre entre les mailles du filet. Je lui ai pour ma part servi de laissez-passer à l'entrée !

— Le singe s'est servi de la patte du chat pour tirer les marrons du feu, et troubler l'eau claire, ironisa le moine.

— Enfin ! Se travestir en femme !

— C'est peu commun, admit son père mais l'histoire est remplie d'illustres personnes qui ont revêtu les habits de l'autre sexe.

— Par exemple ?

Le moine se lissa la barbe d'un air gourmand.

— Voyons, il y a d'abord Hercule. Lorsqu'il est donné en esclavage à Omphale pour expier le meurtre d'Iphitus, sa maîtresse lui fait exécuter des tâches féminines en habit de femme.

— Je l'avais oublié.

— Il y a ensuite Achille qui revêt des tenues féminines à la cour du roi Lycomède.

— Certes !

— L'inverse existe également, mon fils. Dans l'*Odyssée*, la déesse Athéna apparaît à Ulysse ou à son fils Télémaque sous des traits masculins…

— C'est ma foi vrai, admit Volnay troublé.

— Ce serait un intéressant cas à analyser.

— À analyser ?

Le moine caressa sa courte barbe.

— J'ai ma théorie là-dessus. Il ne s'agit pas tant de vouloir ressembler à l'autre sexe que de transgresser une interdiction, de briser un tabou.

— À moins qu'il n'appartienne réellement à l'autre sexe…

Le moine le regarda d'un air gouailleur.

— Mon fils, je peux t'assurer une chose à propos de d'Éon.

— Laquelle ?

— "Il en a deux, et elles pendent bien !"

— *Deo gratias !* murmura son fils pour rester dans le ton.

II

Tout le monde croit ce qu'il veut bien croire et adapte la vérité à ses propres convictions.

Sartine, le chevalier d'Éon, Hélène, le moine et son fils se tenaient chez le moine. Volnay en effet craignait que chez lui la pie ne se livre à quelques facéties verbales peu du goût du lieutenant général de police.

— Vous me dites que vous avez résolu le mystère de cette affaire et que leur auteur est en cet instant même sous les verrous ? demanda Sartine incrédule.

Le commissaire aux morts étranges acquiesça en souriant.

— Et qui donc est le coupable ? s'impatienta Sartine.

— Le valet de Mme de Boissie !

Les yeux du lieutenant général de police brillaient d'excitation.

— Dites-moi, Volnay, à quel moment avez-vous soupçonné cet homme ?

— Cela vous paraîtra étrange mais lorsque j'ai vu marcher le valet qui accompagnait la fille de sa maîtresse dans la rue, j'ai observé plusieurs choses. Sa démarche d'abord, raide et bien rythmée. L'homme marchait au pas comme un ancien soldat ! Ensuite, il se trouvait à la même hauteur que la jeune fille alors qu'un simple domestique serait resté quelques pas en arrière. Enfin, lors d'une course chez le boucher, je vis l'homme régler ses commissions de la main gauche. Ces trois faits n'étaient pas probants en eux-mêmes mais suffisants pour attiser ma curiosité. J'ai trouvé un ancien sergent du régiment de feu M. le colonel de Boissie pour lui montrer discrètement le valet lors de ses commissions rue Saint-Honoré.

Il s'interrompit pour un bref clin d'œil vers son père.

— Il l'a formellement identifié comme un de ses sous-officiers d'intendance, ayant quitté l'armée en même temps que son colonel pour rester à son service. Enfin, il m'a révélé un fait troublant. L'accident survenu au colonel et l'ayant laissé paralysé ne s'était pas déroulé quinze ans auparavant, comme Mme de Boissie le prétendait, mais vingt ans. Mme de Boissie voulait bien entendu dissimuler le fait que son mari n'était alors plus en mesure de procréer puisque la jeune Marie est âgée de dix-sept ans ! Dès lors, connaissant la nature sensuelle de Mme de Boissie, le comportement familier et l'attachement apparent du domestique envers la jeune Marie, je me suis demandé s'il n'en était pas tout simplement le père.

— Un valet, maugréa Sartine d'un ton dédaigneux.

— Mais bel homme, dans le temps, et vigoureux. J'ignore si la liaison a duré longtemps. Je pense que non, le malheureux domestique devant rester à sa place, à supporter les débauches de la mère de son enfant sans pouvoir lui-même se faire reconnaître de cette dernière.

Volnay s'interrompit un instant, jaugeant son auditoire.

— Mais qui dit père ne signifie pas assassin. Seulement, l'homme était gaucher comme notre meurtrier et ancien militaire. Or, il n'est pas si évident que cela d'égorger aussi proprement trois jeunes gens en pleine forme.

Le commissaire aux morts étranges eut un bref sourire.

— Sur le moment, je vous avoue que je n'en ai pas tiré de conclusions. D'autant plus que les pistes étaient nombreuses : des convulsionnaires menés par le père Cottu et un diacre fort suspect, un apothicaire au comportement mystérieux et un certain marchand de fourrures pouvant être dépositaire de maints secrets. Je ne parle même pas d'une certaine personne qui, à elle seule, pouvait catalyser tous les soupçons.

Il jeta un bref regard au chevalier d'Éon qui leva un regard tranquille vers le plafond pour s'absorber dans sa contemplation.

— Mais alors… fit Sartine.

— Alors, j'ai trouvé que l'on s'intéressait trop à la troisième victime parce qu'elle était russe, trop à la seconde parce que ses parents étaient proches des convulsionnaires et pas assez à la première !

Il fit une pause, narguant d'Éon.

— Tout en courant après les petites affaires laissées par le chevalier d'Éon, je continuai mon enquête à mes heures perdues ! La dernière fois que je me rendis chez Mme de Boissie, la jeune Marie guettait mon départ à la fenêtre et m'a invité à monter la rejoindre. C'était assez aisé car sa chambre est au premier étage et des saillies dans le mur permettent de bonnes prises. J'ai imaginé alors que notre Marie souffrait d'une certaine forme de maladie la poussant vers les hommes. Le jeune étudiant en médecine se serait vu inviter à monter chez la jeune fille. On peut aussi imaginer que le père naturel les surprenne et, pensant qu'on a abusé de son état mental, ait occis le coupable. Mais Scipion Le Franc venait du quartier Saint-Antoine. Comment serait-il entré en contact avec elle ? Certes, il était client chez l'apothicaire, comme nous le découvrons grâce au moine, mais la jeune fille n'a jamais mis les pieds dans cette boutique, comme me le confirma l'apothicaire.

Volnay fit quelques pas dans la pièce, comme s'il souhaitait mettre de l'ordre dans ses pensées.

— Et puis cette nuit, lorsque j'ai interrogé le diacre après l'agression contre le moine, il m'a dit à propos de Scipion : il chantait comme un ange ! Je me suis souvenu qu'une des maîtresses de ce dernier, Ameline, nous avait confié qu'il chantait comme un pinson. Et alors, tout s'est mis en place dans ma tête.

Il jeta un coup d'œil à la porte comme s'il s'attendait à la voir s'ouvrir sur deux jolies frimousses.

— Des enfants que j'avais engagés pour surveiller les abords de la maison de la rue Saint-Honoré m'avaient rapporté avoir suivi un jour le valet et la jeune Marie chez un maître de chant. La jeune fille pousse en effet des cris d'oiseau mais émet des sons d'une pureté absolue.

Signe de fatigue, il se gratta la nuque puis se passa longuement la main sur le visage avant de reprendre :

— À l'aube, je me suis rendu chez le maître de chant. J'ai eu confirmation que le jeune Scipion Le Franc a connu là-bas la jeune Marie, un jour où le valet l'y avait laissée le temps d'une course. Le maître de chant m'a confié que Marie chantait comme un rossignol mais était chaude comme une petite caille. D'où la surveillance constante dont elle faisait l'objet. Scipion courait après tout ce qui portait une robe et Marie devait être une proie ravissante… et facile. Il a dû la suivre et, à un moment, recevoir le même genre d'invitation muette ou explicite mais le père veillait…

Il soupira.

— Notre assassin connaissait, comme tout le monde dans le quartier, une certaine potion de notre apothicaire ayant pour résultat, outre l'effet de vigueur escompté, de rendre la langue bleue. Il s'est aperçu que les deux jeunes gens étaient clients de l'apothicaire, à côté de sa maisonnée. En coupant ces langues, il coupait également tout lien avec l'apothicaire et le quartier.

S'approchant du feu, il se frotta les mains au-dessus des flammes. Maintenant que son enquête se terminait, un grand froid le saisissait. Lui seul savait ce qu'il restait encore à faire et, à cette idée, tout son être se révulsait.

Se reprenant, il continua son récit.

— Deux amoureux, deux morts. La place est maintenant libre mais Mme de Boissie reçoit la visite du commissaire aux morts étranges en personne ! C'est la panique chez le père de Marie. Si l'on découvre que les deux victimes étaient les amants de sa fille, les soupçons se porteront à terme sur lui. Alors, l'idée lui vient d'un troisième crime, perpétré de la même manière que les deux premiers et sans aucun rapport avec sa maisonnée.

D'un regard légèrement ironique, il balaya la pièce du regard.

— C'est ce que j'ai vérifié dans la nuit auprès du coupable dans sa cellule. Pendant que d'autres dormaient, moi je travaillais !

Il fit silence avant de reprendre.

— Le soir du feu d'artifice, le domestique demande à sa maîtresse la permission d'assister au spectacle sur les quais de Seine. C'est là qu'il choisira sa victime, au hasard. *Tuez qui vous voulez !* En chemin, rue Saint-Honoré, il se retrouve à marcher derrière un moine : notre ami Podovski qui dissimule son identité sous une bure. Cela lui semble une bonne idée de trucider un homme de Dieu pour éloigner les soupçons loin de sa fille Marie. Fatalité, le moine sort de l'apothicairerie ! Mais cela, notre assassin l'ignore.

Pour la première fois, le moine intervint.

— Et il est loin de se douter qu'en choisissant sa victime au hasard, il va mettre les plus hauts sommets de l'État dans un état de tension extrême !

— Et perturber complètement nos recherches, compléta Volnay, nous entraînant sur la piste d'un apothicaire fou ou d'un complot international. Cela dit, j'ai vite compris que le chevalier d'Éon ne pouvait être un meurtrier…

D'Éon inclina légèrement la tête vers lui pour le remercier.

— Quant au diacre ou aux époux Le Franc, si éventuellement je pouvais comprendre un meurtre, voire un second pour mener sur une fausse piste, le troisième ne se justifiait plus. Et l'apothicaire était de loin la dernière personne à devoir tuer ses clients ! Les choses ont alors commencé à se mettre en place dans mon esprit. J'en revins à mes premières observations et découvertes sur le domestique de Mme de Boissie. Comme je vous l'ai dit, l'allusion aux talents de chanteur de Scipion Le Franc et ma visite à l'aube au maître de chant ont fait le reste.

Il jeta un regard à son père, passablement désappointé.

— J'ai donc ordonné l'arrestation du valet de Mme de Boissie à l'aube. On a saisi sur lui un couteau dont les dents correspondent aux marques relevées sur le cou des victimes. J'en remercie le moine. Le valet est également passé aux aveux en échange de la possibilité de revoir une dernière fois sa fille, permission que je lui ai accordée.

— Bien joué, Volnay ! s'écria Sartine ravi.

Manifestement, savoir qu'un simple valet était le meurtrier le soulageait au plus haut point. Un souci sembla toutefois traverser l'esprit du lieutenant général de police qui s'assombrit.

— Et mon coupable pour la fête des Fous ?

Volnay intervint énergiquement.

— Une enquête à la fois ! Nous avons eu suffisamment à faire en seulement trois jours. De toute manière, le mauvais temps s'est chargé de décommander votre fête !

Sartine sauta sur ses pieds.

— C'est juste ! Et puis, nous finirons bien par trouver l'imprimeur ! Il ne me reste plus qu'à m'occuper des appelants et des convulsionnaires. Discrètement, bien entendu !

Il fit quelques pas vers la porte avant de se raviser. Lentement, comme à regret, il se retourna.

— Quant à vous, chevalier d'Éon, merci pour votre aide en cette affaire.

Ces derniers mots semblèrent lui brûler la bouche. Sartine enfonça son chapeau sur sa tête et sortit.

Volnay s'approcha doucement de d'Éon.

— Nous allons laisser le moine se reposer après sa blessure à la tête.

Il désigna du menton Hélène.

— Mademoiselle est sa garde-malade…

Il avait dit cela sans humour, du moins c'est ce que l'on crut généralement. Dehors, il attrapa le bras du chevalier d'Éon, le forçant à se tourner vers lui. Ses yeux brillaient d'une flamme pâle. Autour d'eux, la pluie éclaboussait le sol dans un halo argenté.

— Maintenant que nous sommes seuls et que votre farce est terminée, allez-vous repartir en Russie ?

— Plaît-il ?

Le policier esquissa un sourire glacial.

— Il n'y a jamais eu de libelle, n'est-ce pas ?

S'arrêtant de marcher, le chevalier d'Éon soutint calmement son regard.

— Bien sûr que si.

— Il ne s'agit pas d'un libelle mais d'un livre. Et vous avez récupéré celui-ci aux premières heures ce matin, dans une librairie de la rue Saint-Jacques où vous l'aviez dissimulé le jour où vous y avez fait vos achats. Bien avant la soirée chez Soubarov au cours de laquelle vous avez prétendu avoir récupéré le libelle !

— Comment savez-vous cela ?

— Disons que j'ai quelques relations avec la libraire !

Il fit un pas en avant, dominant le chevalier d'Éon de la tête.

— Je devrais vous donner une belle correction. Vous vous êtes bien moqué de moi tout ce temps !

Sous la pluie battante, les deux hommes formaient un duo inconfortable, marqué par la rage contenue du commissaire aux morts étranges et la hauteur blessée du chevalier d'Éon.

— Ne me le reprochez pas, dit lentement ce dernier, vous auriez fait la même chose dans ces conditions.

— Je ne crois pas, répondit Volnay d'une voix si douce qu'elle en devenait inquiétante. J'exècre les fourbes, les dissimulateurs, les menteurs et les manipulateurs.

D'Éon pâlit imperceptiblement.

— Maintenant, gronda le policier, dites-moi ce qui s'est réellement passé avec Podovski.

Soudain, d'Éon s'ébroua comme un jeune chien dans le froid matin, allant et venant autour de lui avec une certaine agitation à mesure que son sang s'échauffait.

— Je vous avais averti ! La vérité voyage dans des forêts épaisses et profondes, remplies de pièges et d'étranges détours… J'ai accueilli ce jeune Podovski à Saint-Pétersbourg et, par courtoisie, je l'ai hébergé chez moi. Pour tout remerciement, il m'a volé ma bourse, une paire de pistolets et un livre fort ancien. J'aurais pu m'accommoder de ces pertes matérielles si dans la reliure de ce livre, je n'avais pas dissimulé un courrier de la main même du roi avec des instructions bien précises…

— Le *Secret du roi*…

— Comme vous l'avez deviné, je transmets des courriers personnels de Sa Majesté à l'impératrice Élisabeth sans que le ministre ou l'ambassadeur ne le sache. J'ai juré sur ma vie que j'étais seul dépositaire de ce secret.

— Et la lettre pour Soubarov ?

D'Éon eut un étrange sourire.

— Ce que je vous ai révélé n'est que l'exacte vérité.

Volnay fronça les sourcils.

— Mais la signature… *l'Exilé*. Tout le monde a cru qu'il s'agissait de l'ancien chancelier…

— Tout le monde croit ce qu'il veut croire et adapte la vérité à ses propres convictions. Cette signature a cristallisé les craintes d'un ministre et d'un lieutenant général de police ! En vérité, c'était une vieille et innocente plaisanterie entre ces deux commerçants. Comme l'un résidait à Paris et l'autre à Saint-Pétersbourg, le second signait par ironie *l'Exilé* puisque Paris est la ville centre de tout avec Londres.

— Et vous n'avez rien dit…

D'Éon eut l'air gêné.

— Que vouliez-vous donc que je fisse ?

— Dire la vérité par exemple !

L'autre eut un sourire froid.

— La vérité avait le mérite de la simplicité mais vous aurait-elle convaincu ? Et, encore une fois, comment aurais-je pu justifier m'être lancé aux trousses de Podovski sans révéler le *Secret du roi* ?

Il hocha sentencieusement la tête.

— Revenons à mon histoire. Après ma visite infructueuse à Soubarov, j'ai guetté devant sa demeure l'arrivée de Podovski. Lorsqu'il s'est présenté, je l'ai intercepté dans la rue pour le contraindre à me remettre le livre volé. Effrontément, il m'a dit l'avoir revendu à un libraire. Je l'ai contraint à m'accompagner chez ce commerçant pour le récupérer mais, en entrant dans l'échoppe, il m'a fortement poussé en avant et s'est enfui. Je me suis lancé à sa poursuite sans parvenir à le rattraper dans les rues populeuses de Paris. Je suis revenu chez le libraire qui, bien entendu, n'avait jamais racheté ce livre à Podovski.

Ses narines frémirent.

— La mort dans l'âme, j'ai erré quelque temps dans les environs.

— Qu'avez-vous fait alors ?

D'Éon lui jeta un regard amusé.

— Ce que je vous ai déjà raconté. Je me suis rendu au sixième bureau pour tenter d'apprendre où logeait Podovski.

— Bien sûr… murmura le policier.

— L'inspecteur Buhot m'a vendu fort cher ce renseignement. Eh oui, la police est vénale mais cela m'évitait de passer par M. de Sartine ! Venant de Russie,

Podovski ignorait totalement que tous les registres sont sous contrôle de la police royale ! Je me suis donc rendu à l'auberge, l'épée au côté, prêt à le tuer si besoin. Podovski n'était pas rentré. J'ai soudoyé le patron afin de récupérer le livre et ma paire de pistolets.

— Cela je le savais, murmura Volnay comme l'aurait fait son père.

D'un geste ample, d'Éon secoua son chapeau pour l'égoutter. La pluie ruissela sur son visage et il s'essuya le front avec la manche de sa veste.

— Je me suis ensuite rendu chez le roi pour lui présenter mes hommages et lui remettre un courrier que le marquis de l'Hôpital, profitant de mon départ pour la France, m'avait confié afin de gagner du temps. En sortant de chez le roi, je croisai le lieutenant général de police à qui l'on me présenta. Cet honneur me valut d'être ensuite convoqué le soir même au Châtelet, là où je vous ai rencontré !

Il se rengorgea quelque peu comme si la chose soulignait son importance.

— Inquiet, je me rendis chez Sartine où je compris que Podovski avait été assassiné. On me montra la lettre d'introduction à Soubarov. Comme je vous l'ai dit, je la traduisis sans malice.

— Pourquoi toute cette comédie par la suite ?

— J'étais dans l'impossibilité de parler du *Secret du roi*. Ma mission accomplie, j'attendais l'occasion pour repartir aussitôt qu'on aurait constaté que je n'étais d'aucune utilité. Hélas, cela n'a pas été le cas. On s'est imaginé toute une fable sur l'ancien chancelier Bestoutchev.

— Pourquoi avoir inventé cette histoire de libelle ?

Un éclair zébra le ciel au-dessus d'eux. Aucun n'y prêta attention. D'Éon jeta à Volnay un regard ironique.

— Le mensonge est parfois plus opportun que la vérité. Vous étiez tous si intelligents et sûrs de vous que vous ne me laissiez pas en paix. Surtout vous…

— Pardonnez-moi, je cherchais simplement le meurtrier de trois jeunes gens !

— J'en suis conscient, fit d'Éon d'un ton ennuyé, mais mes devoirs envers le roi limitaient mes options. J'ai donc inventé quelque chose pour vous satisfaire et, pour ce faire, je suis simplement remonté de votre conclusion erronée, à savoir que tout partait de l'ancien chancelier Bestoutchev. Et j'ai imaginé ce libelle dont la prétendue existence expliquait tout et m'évitait de révéler le *Secret du roi.*

— Et vous êtes même allé jusqu'à dérober un livre chez Soubarov pour me laisser croire à son existence. Quelle imagination fantastique !

— J'ai sans arrêt des idées prodigieuses pour tromper mon monde !

Le commissaire aux morts étranges serra les dents. L'insouciante irresponsabilité de d'Éon le remplissait d'indignation.

— Je pense pour ma part que vous avez inventé cette histoire de libelle à des fins personnelles. Celui-ci n'existe pas mais un ministre le croit et pense qu'il est en votre possession. C'est une précieuse monnaie d'échange pour plus tard, une assurance en quelque sorte contre les coups du destin.

Le chevalier d'Éon se pencha brusquement sur lui. Son visage ruisselait de pluie mais ses yeux restaient secs et chauds comme de la lave. La fureur déformait ses traits d'habitude paisibles.

— Et que croyez-vous donc ? J'ai couru toute ma vie comme une vierge folle après l'ombre des choses. Je n'ai pas un liard en poche et je suis à la merci de la moindre disgrâce. Je me suis sauvé, moi et le *Secret du roi* !

— La prochaine fois qu'il vous faudra vous tirer d'affaire, vous n'aurez qu'à inventer que vous êtes une femme ! cracha Volnay écœuré.

D'Éon se figea, interdit.

— Mon Dieu, quelle sotte idée !

Tout le monde avait déserté le domicile du moine à l'exception d'Hélène, debout devant lui, les mains dans le dos.

— Alors, petite cachottière, dit le moine. Vous deviez me parler de vos déductions…

La jeune femme hocha la tête.

— J'ai trouvé l'homme qui a voulu ressusciter la fête des Fous. Vous aviez raison, il est des plus dangereux.

— Vraiment ? Alors, qui était-ce ? Liberté ? Le père Cottu ?

— Un pauvre fou.

— Mais qui est-ce ?

— Fermez les yeux, je vais vous le révéler.

— Quelle curieuse idée !

— Merci de satisfaire mon caprice !

Le moine ferma les yeux en souriant. Il entendit Hélène s'éloigner de quelques pas et revenir en portant quelque chose qui tintait.

— Tendez les deux mains droites devant vous, ordonna-t-elle.

Docilement, le moine s'exécuta. La morsure froide de l'acier le fit sursauter. Il ouvrit les yeux alors qu'Hélène achevait de lui passer le deuxième fer.

— Que faites-vous ? s'exclama le moine.

— J'ai promis à Sartine de ramener le coupable enchaîné. Il est devant moi !

Elle se pencha vers lui, le visage fermé comme une pierre.

— Vous vous êtes bien moqué de moi pendant tout ce temps. Tous ces beaux conseils, vos interminables digressions sur la fête des Fous, ces longs discours… Mais regardez-vous maintenant, les fers aux poignets, avant que je ne vous traîne devant Sartine !

Elle le saisit à la nuque.

— À genoux ! À genoux !

D'une main ferme, elle le força à s'agenouiller devant elle.

— Et maintenant, vous allez ramper devant moi et me supplier !

Le moine releva la tête, l'air stupéfait. Hélène le considérait d'un air dur :

— Avez-vous entendu, vieux fou ?

Et puis, insensiblement, le masque dur se craquela, des rides apparurent au coin de sa bouche, un long soupir fusa de sa gorge et se transforma en un fou rire irrépressible. Le moine la regardait comme si elle était devenue folle.

— Oh pardon, Guillaume, mais si vous voyiez votre tête ! C'est trop drôle ! Je me suis bien vengée !

Elle rit encore.

— Allons, dit-elle en reprenant son souffle et en comprimant encore son hilarité. Relevez-vous, voyons. C'était pour de rire !

Elle se saisit d'une clé et le débarrassa de ses fers.

— Pardon pour cette mascarade, fit-elle, mais après tout c'est de bonne guerre. Elle n'est pas de meilleur goût que la vôtre mais j'avais promis à Sartine d'enchaîner le coupable, pas de le lui amener !

— Vous m'avez traité de vieux fou ! remarqua le moine.

— Je ne le pensais pas.

— Alors, il valait mieux ne pas le dire !

— Je m'excuse, dit très sérieusement Hélène en étrécissant ses yeux. Ce n'était pas très malin de ma part.

Il marmonna.

— Oh, arrêtez. Si quelqu'un a des excuses à présenter, c'est bien moi.

— Heureuse de vous l'entendre dire ! À vous seul, vous avez mis la ville sens dessus dessous, rendu Sartine malade et fait trembler l'Église !

Le moine redressa la tête avec fierté.

— C'est vrai !

— Mais le plus grave, reprit Hélène contrariée, c'est que vous m'avez laissée enquêter sur cette affaire en m'orientant sur de fausses pistes.

Le moine plissa les yeux d'un air chagriné.

— En lançant la fête des Fous, je ne pouvais imaginer que vous étiez chargée d'enquêter à ce sujet. Après cela, il m'était difficile d'orienter les soupçons sur moi !

— Je le conçois.

— Et vous, comment m'avez-vous découvert ?

— Oh, c'est très simple. Le soir où vous êtes venu chez moi et que nous avons… Bref, dans nos étreintes, j'ai senti l'odeur de la colle sur votre peau. La nuit de votre blessure, j'ai fouillé votre maison pendant votre sommeil et trouvé dans votre cellier toute la préparation nécessaire à la réalisation de la colle.

Sa main se posa sur son épaule.

— Vous rendez-vous compte des risques que vous preniez en entreposant ce matériel chez vous ? Même votre fils n'aurait pu vous éviter la Bastille…

— Que voulez-vous, ma chère, pendant la fête des Fous, les fous deviennent sages et les sages deviennent fous !

Hélène secoua la tête en signe d'agacement et sa chevelure ondula, comme parcourue de vagues.

— Guillaume, vous avez toujours été les deux à la fois.

— C'est juste, c'est juste…

Elle le scruta longuement et il supporta sans broncher tout le poids de son regard doré.

— Qu'espériez-vous donc, Guillaume ? Couvrir Sartine de ridicule ? Renverser la monarchie ? Retrouver votre jeunesse ?

— Je ne sais pas au juste. Peut-être un peu de tout cela mais…

Il hésita, les yeux dans le vague. Une drôle de lueur dansait dans ses prunelles.

— Surtout je désirais que tous les gens soient ou se sentent égaux durant trois jours ou simplement le temps d'une chanson. Je voulais que… le monde soit gai.

Hélène le contempla un instant pensivement et un sourire adoucit ses traits.

— Il l'a été, Guillaume. Pour quelques instants il l'a été.

Assis auprès du feu, le moine laissait se dérouler l'écheveau de ses pensées, depuis que cette idée folle avait jailli en lui jusqu'à son accomplissement. Par moments, un brin de fierté le traversait car à lui seul il avait mis tout le pouvoir royal en émoi. Et puis, la tristesse s'abattait sur lui, car il avait échoué et il se sentait moins qu'une marionnette à qui l'on aurait coupé les fils. Lorsque son fils entra, il ne se retourna même pas. Volnay s'approcha lentement. Son regard se posa sur les fers qui gisaient aux pieds de son père.

— Alors père, Hélène t'a démasqué, elle aussi ?

Le moine se retourna vivement.

— *Tu quoque fili !* Toi aussi, mon fils, tu savais ?

— C'est même moi qui ai procuré les fers à Hélène !

— Oh !

Volnay haussa les épaules, l'air soudain gêné.

— Comme tu t'es joué d'elle et de moi, une petite leçon s'imposait. Oh, elle n'a guère duré, conviens-en.

— Certes, reconnut le moine, et seul mon orgueil en a souffert !

Son fils soupira.

— Et moi ? Au moins as-tu songé à moi ? Que ferais-je si on t'enfermait en prison ?

— Oh, en prison…

Tout à coup, Volnay s'emporta.

— Mais te rends-tu compte que tu as mis en émoi tout Paris et que Sartine ne ferme plus l'œil depuis trois jours ? Sans compter les convulsionnaires qui ont sauté sur l'occasion pour tenter de ressusciter leur mouvement…

— J'ignorais que ma fête des Fous deviendrait une tribune pour les appelants et leurs convulsionnaires. Tu te doutes que cela m'a contrarié !

Il soupira.

— Ah, quel drôle de père je fais !

Son fils expira lentement et, d'une voix très douce, dit :

— Jamais je n'ai rêvé d'un autre père…

Le moine se retourna et le considéra un instant.

— Ne dis pas de bêtises, si je possède encore une once de fierté, c'est parce que j'ai un fils comme toi.

Volnay rougit légèrement et, pour dissimuler son trouble, fit quelques pas vers la cheminée pour tisonner le feu.

— Comment m'as-tu découvert?

Si toute la joie de vivre du moine s'en était allée pour de bon, il lui restait, encore intacte, son insatiable curiosité intellectuelle. Le policier se trouva soulagé de pouvoir revenir sur un terrain plus familier.

— Tu n'as cessé de disserter sur la fête des Fous : ses origines, ses buts… Et tu espérais tant qu'elle se réalise que cela a éveillé mes soupçons. Pour fortifier ceux-ci, je me suis rendu dans une de tes vieilles caches. J'y ai trouvé une imprimerie portative, de l'encre fraîche et le modèle des affiches.

Le moine lui jeta un regard de reproche.

— Et tu ne m'as rien dit?

Volnay se retourna lentement, le tison à la main.

— Non, c'était à toi de me parler.

— Et tu m'as laissé aller jusqu'au bout?

Doucement, le policier remit le tison en place.

— Je ne voulais pas interrompre ton jeu avant l'heure. Tu aurais eu des regrets.

Le moine posa son menton sur ses deux poings et s'abîma dans la contemplation des flammes.

— C'est gentil à toi.

Comme Hélène, un instant plus tôt, la main de son fils se posa sur son épaule.

— Au moins, t'es-tu bien amusé?

Le moine se renfonça dans son fauteuil.

— À la vérité, pas autant que je l'avais pensé. Pas autant…

Lorsqu'Hélène revint, le feu brûlait avec la même intensité mais les flammes avaient multiplié à l'infini les ombres autour du moine. De fait, la silhouette de celui-ci oscillait entre ombres et lumières. Les yeux mordorés de la jeune femme brillèrent d'une lueur indéfinissable dans la demi-obscurité de la pièce. Le moine n'esquissa pas un geste. Le silence se fit absolu. Seules leurs respirations oppressées révélaient la trace d'êtres vivants et souffrants dans la pièce.

— Pourquoi avoir couché avec Liberté ? demanda soudain le moine.

Les lèvres de la jeune femme frémirent.

— Pour mon enquête…

Puis elle reprit d'une voix sourde.

— Qu'est-ce qu'un Liberté pour moi ? Une belle gueule, quelques minutes de plaisir avant de l'entendre ronfler et qu'il tire la couverture à lui. Je ne m'attache à personne et j'oublie aussitôt tous les hommes que j'ai connus.

Elle baissa les yeux.

— À part vous…

Soudain, un éclat pâle, arraché aux lueurs du feu, révéla un mouvement furtif chez Hélène. Elle lui tendit un pendentif serti d'une petite pierre.

— Cadeau, dit-elle simplement.

— Oh, grand merci ! dit le moine en se levant pour se saisir du présent.

— Cette pierre est de l'azurite, un remède contre la mélancolie.

Elle avait parlé en choisissant soigneusement ses mots. Le moine planta son regard dans le sien. La lueur des flammes soulignait ses traits tirés. Tout à coup, il semblait usé par le temps et, pour le moins, très fatigué.

— En ai-je tant besoin ?

Ses rides s'étaient accentuées autour des yeux.

— Oui, répondit Hélène, mais si vous la portez, n'allez pas ramasser des fleurs d'ellébore noir. Elles vous attristeraient pour longtemps.

— Dieu m'en garde !

Hélène le contempla longuement avant de l'étreindre.

— Adieu.

— Nous ne nous reverrons plus, n'est-ce pas ?

— Jamais je ne pourrai oublier ce qui me rapproche de vous. Vous serez toujours dans mon cœur, Guillaume.

Le moine la regarda s'éloigner. Lorsque la porte se referma derrière elle, il desserra avec lenteur ses doigts et contempla pensivement la petite pierre enchâssée au creux de sa paume.

— C'était donc ça la fête des Fous, murmura-t-il. Un remède à ma mélancolie…

TABLE

Retrouvez les enquêtes
du commissaire aux morts étranges
dans les collections Babel noir et Actes noirs.

CASANOVA ET LA FEMME SANS VISAGE

1759. Une femme sans visage est retrouvée dans Paris. Volnay, le "commissaire aux morts étranges", se charge de l'enquête. Surveillé de près par Sartine, qui voit d'un mauvais œil ce policier hors normes, Volnay, secondé par un moine étrange et Casanova lui-même, remonte la piste d'un crime qui pourrait impliquer la Pompadour et Louis XV en personne. L'épisode inaugural d'une formidable série policière historique.

Grand prix Sang d'encre de la ville de Vienne 2012.

MESSE NOIRE

Une nuit de 1749, dans un cimetière parisien, le corps d'une jeune fille est retrouvé sur une tombe, elle a sans doute été sacrifiée lors d'un rituel sataniste. Sartine, le lieutenant général de police, craint une résurgence des messes noires sous le règne du très contesté Louis XV... Toujours aussi mal vus du pouvoir en place, le commissaire aux morts étranges et son non moins étrange compagnon, le moine hérétique, explorent la part d'ombre du siècle des Lumières.

Prix *Historia* du roman policier 2013.

HUMEUR NOIRE À VENISE

Dans la Venise du XVIIIe siècle qui agonise lentement en s'oubliant dans de splendides fêtes, des pendus se balancent sous les ponts comme autant de fleurs au vent. Volnay, répondant à l'appel de son ancien amour, mène l'enquête dans les eaux troubles de la Sérénissime tandis que le moine fait face à ses démons. Avec cette quatrième enquête du commissaire aux morts étranges, Olivier Barde-Cabuçon confirme son goût de l'intrigue et des masques.

ENTRETIEN AVEC LE DIABLE

La fille d'un bourgmestre possédée par le diable, des villageois qui meurent chaque jour, une abbaye hantée depuis la mort de son abbé, une dame blanche errant dans la forêt, et une jeune fille à la capuche rouge qui semble ne pas craindre les loups. Trop de tensions dans un espace trop restreint, et une enquête étonnante pour le commissaire aux morts étranges.

BABEL NOIR

Extrait du catalogue

138. LOUISE PENNY
Défense de tuer

139. ROGER ALAN SKIPPER
Le Baptême de Billy Bean

140. JOSÉ LUIS MUÑOZ
Babylone Vegas

141. PETER MAY
Scène de crime virtuelle

142. ERIK AXL SUND
Catharsis

143. VÍCTOR DEL ÁRBOL
La Maison des chagrins

144. GUSTAVO MALAJOVICH
Le Jardin de bronze

145. DÉMOSTHÈNE KOURTOVIK
La Nostalgie des dragons

146. KJELL ERIKSSON
Les Cruelles Étoiles de la nuit

147. NICOLAS MATHIEU
Aux animaux la guerre

148. NELE NEUHAUS
Méchant loup

149. WALTER MOSLEY
En bout de course

OUVRAGE RÉALISÉ
PAR L'ATELIER GRAPHIQUE ACTES SUD
REPRODUIT ET ACHEVÉ D'IMPRIMER
EN AVRIL 2016
PAR NORMANDIE ROTO IMPRESSION S.A.S.
À LONRAI
POUR LE COMPTE DES ÉDITIONS
ACTES SUD
LE MÉJAN
PLACE NINA-BERBEROVA
13200 ARLES

DÉPÔT LÉGAL
1re ÉDITION : JANVIER 2016
N° d'impression : 1601613
(Imprimé en France)

2